현대문학총서 57

권환의 문학과 근대 지식

전희선

전희선 全希瑄

　강원대학교 국어교육과를 졸업하고, 강릉원주대학교 교육대학원에서 「박세영 시에 나타난 현실 인식과 시적 형상화 방법 연구」로 교육학석사, 같은 대학 대학원 국어국문학과에서 「권환의 문학적 생애에 나타난 근대 지식 의미 연구」로 문학박사 학위를 받았다. 그 외의 논문으로 「권환의 행보와 아버지 존재와의 관계 연구」(2014) 등이 있다. 현재 강릉명륜고등학교 국어 교사이다.

권환의 문학과 근대 지식

초판 1쇄 인쇄 · 2021년 1월 5일
초판 1쇄 발행 · 2021년 1월 15일

지은이 · 전희선
펴낸이 · 한봉숙
펴낸곳 · 푸른사상사

주간 · 맹문재 | 편집 · 지순이 | 교정 · 김수란 | 마케팅 · 한정규
등록 · 1999년 7월 8일 제2-2876호
주소 · 경기도 파주시 회동길 337-16 푸른사상사
대표전화 · 031) 955-9111(2) | 팩시밀리 · 031) 955-9114
이메일 · prun21c@hanmail.net
홈페이지 · http://www.prun21c.com

ⓒ 전희선, 2021

ISBN 979-11-308-1754-5　93800
값 28,000원

현대문학
연구총서

57

권환의
문학과 근대 지식

전희선

Kwon Hwan's Literature and Modern Knowledge

푸른사상
PRUNSASANG

문학작품이 우리에게 삶의 의미를 일깨워준다면 그것은 작품 속에 형상화된 삶의 가치 때문이다. 작품 속 인물이 그를 둘러싼 환경 속에서 살아낸 삶의 태도에 우리는 감동을 받는 것이다. 태어난 삶을 온 힘을 다해 살아내는 것, 그것은 멋진 일이고 귀감이 될 일이다. 기실 사람으로 태어나 어떻게 살아야 하는가는 인류의 오랜 화두였다. 성인들의 오래된 말씀부터 짧은 글귀 하나까지 그것은 우리에게 삶의 지침이 되어왔다. 그 지침의 길을 걷고자 했던 인물의 삶의 형상화가 문학작품이다. 그리고 문학작품은 역시 현재의 삶을 살았던 한 인물, 작가의 창작품이다.

그래서 우리는 문학작품을 읽을 때 종종 작품과 작가의 삶을 연관 지으려 한다. 작가는 대개 자신이 살아간 삶을 자신의 문학작품에 드러내고, 우리는 작품 속 인물의 삶이 현실에 기반한 작가의 삶이라는 것을 떠올리며 우리가 지녀야 할 삶의 태도를 현실감 있게 생각해보는 것이다. 그래서 작가가 살아간 삶은 우리에게 삶의 본보기가 되어준다. 작가를 지식인이라고 했을 때 작가의 삶은 지식인으로서의 삶을 제시할 수도 있다. 그런 점에서 우리는 지식인으로서의 작가의 삶을 생각해보게 되고, 그를 끌고 간 지식에 대해서도 관심을 갖게 된다.

권환의 문학과 근대 지식으로 내용을 엮어가기로 했을 때 문학과 지식의 연결 관계를 고민했다. 권환은 일제강점기 일본의 제국대학 출신자였고, 카프(KAPF) 활동의 맹원으로 활동했다. 해방 직후에는 조선문학가동맹의 결성을 위해 앞장섰고, 이후 조국이 분단되는 비극을 보며 지병으로 사망했다. 권환은 당대 최고의 근대 지식인이었으며, 그가 가진 근대 지식으로 문학 활동을 했다. 권환에게 근대 지식은 삶의 바탕이자 문학의 자산이었다. 문학작품과 지식의 관계를 살펴보는 일은 해당 작가와 작품의 근원적 관계를 해석하는 일이 된다. 이것은 필자가 권환과 그의 문학작품을 연구하고자 할 때 근대 지식을 중심에 두어야 할 이유가 되었다. 권환의 문학 생애에 근대 지식이 의미 있게 작동했다고 여겨졌기 때문이다.

1부 '근대 지식인으로 문학하기'에는 권환에게 근대 지식은 어떻게 형성되어 어떤 의미로 자리 잡아갔는지 살펴본 것이다. 권환은 권위 있는 양반 집안인 안동 권씨 장남으로 태어났다. 어릴 적에는 전통 유가적 분위기에서 유가 사상을 바탕으로 지식 체계를 잡아갔으나, 성장하면서 근대 지식을 수용해갔다. 권환의 아버지가 세운 '경행학교'를 통해 근대 교육과 민족 교육을 받았고, 서울과 일본으로 유학하여 근대 지식을 체계적으로 익혔다.

권환이 근대 지식을 형성해갈 때 일제강점기의 시대적 상황은 그에게 영향을 미쳤다. 권환의 아버지를 통해 전해진 민족의식은 근대 지식을 수용할 때 기본 태도가 되었다. 그는 국난의 어려움을 근대 지식으로 극복하고자 했다. 이는 일제의 탄압이 거세지던 1940년대에도 지속되었다. 이 시기에 발간된 두 권의 조선어 시집은 일제강점기 일본의 파시즘에 저항한 행동으로 볼 수 있었다. 해방 직후 권환이 조선문학가동맹의 결성에 앞장섰던 일도 같은 맥락에서였다. 그는 통일된 새나라 건설을 염원했으나 시대적 혼란으로 뜻한 바를 이루지 못했다. 하지만 그는 멈추지 않았다. 말년에 지병으로 고생하면서도 글쓰기를 통해 세상과 삶에 대한 자신의 생각을 나타내었다. 권환의 첫 작품부터 마지막 작품까지 그의 문학작품에는 근대 지식으로 파악된 세상의 모습이 있었고, 그 세상 속에서 살아가는 민중의 모습이 담겨 있었다. 권환은 근대 지식인으로서 민중을 이해하고 민중과 소통하고자 했다. 이것의 실천 방법은 문학이었다.

2부 '시인으로서 근대 지식 펼치기'에는 권환 문학 연구 성과를 고찰한 글과 권환의 시 작품 및 문학 활동에 관해 그간 발표한 논문을 실었다. 권환은 시 작품을 주로 창작했지만 역사의 격변기를 문학을 통해 살아낸 작가인 만큼 권환이 창작한 작품을 장르별로 연구한 결과물도 무게감 있게 보아야 한다. 이에 권환 연구의 성과물을 전반적으로 훑어보고 앞으로 진행해야 할 연구 방향을 짚어보았다.

한편 권환은 『카프시인집』을 비롯하여 『자화상』, 『윤리』, 『동결』의 시집을 내었던 만큼 시인으로서 펼친 그의 활동에 의미를 찾아보고자 했다. 권환의 시는 '뼉다귀 시'라 불리며 예술적 성취에 지적을 받기도 했지만, 수용자를 기준으로 하면 리얼리즘의 시적 성취는 달라질 수 있었다. 카프 시절 글자를 모르는 문맹층을 위한 방법을 구체적으로 제시한 만큼 수용자에 대한 권환의 고민을 읽어내고자 하였다. 또한 시 작품에 여성 프롤레타리아를 화자로 내세운 것에 주목하였다. 소외된 여성들을 문학으로 중심에 설 수는 있게 한 것에 의미가 있다고 보았기 때문이다. 나아가 이와 같은 권환의 노력은 『카프시인집』을 베스트셀러로서 자리 잡게 하는 데 중요한 요인이 됨을 강조하였다.

문학 활동가로서의 권환도 의미 있게 살펴보았다. 해방 직후 권환은 조선문학가동맹의 결성에 앞장섰다. 조선문학가동맹은 좌·우 대립의 구도를 넘어 화합을 이룬 단체이다. 이에 문인들을 한자리에 모이도록 움직이게 한 동력에 조선 유가의 '중(中)', '화(和)'의 아비투스가 자리하고 있음을 밝히고자 하였다. 이것은 권환이 근대 지식을 체계화할 때 내면에 자리 잡고 있던 유가적 태도가 영향을 미친 것과 통할 수 있었다.

권환이 살아간 시대는 우리 역사의 수난과 격변기 그리고 혼란의 시대였다. 일제강점기, 해방, 분단이라는 굵직한 사건들 속에 권환이 남긴 발자취가 새겨져 있다. 역사적 시련기를 권환은 그의 근대 지식으로 헤쳐 나갔고, 그것은 그의 문학 활동으로 드러났다. 권환의 문학을 그의 근대 지식으로 풀어보는 것은 작가이자 지식인으로서 실천의 태도를 읽을 수 있게 한다. 그리고 한 인간으로서 혼란의 시기를 걸어간 그의 걸음은 우리에게 어떻게 살아가야 하는지 방법을 제시한다는 점에서 의미가 깊다.

이 책이 나오기까지 여러분의 도움이 있었다. 연구를 진행할 때 격려와 지도를 아끼지 않으신 최병우 지도교수님께 우선 감사의 인사를 드린다. 둔탁한 제자의 부족함을 너그러움으로 감싸주시면서도 학문의 엄격함을 알 수 있게끔 이끌어주셨다. 퇴임하신 후에도 계속되는 제자의 질문에 세심히 답해주신 것에 더욱 감사를 드린다. 교수님께서 보여주신 가르침의 본을 이어가고자 한다. 박사논문 심사과정에서 내용을 꼼꼼히 읽고 수정해주신 박호영, 김윤정, 이미림, 정연수 선생님께 이 자리를 빌려 감사드린다. 어려운 여건 속에서도 권환기념사업회를 이끌어가는 관계자 분들께도 감사와 응원을 전한다. 권환기념사업회의 존재가 권환 연구에 큰 힘이 된다. 계속 번창하여 나가기를 기원한다. 책이 출간될 수 있도록 원고를 받아주신 푸른사상사 한봉숙 사장님께도 감사의 말씀을 드린다. 필자가 꼼꼼하지 못하여 편집 과정에 어려움을 드렸음에도 성심껏 교정해주신 편집부 직원분들께도 고마움을 전한다. 연구를 진행하는 동안 가족과 함께 하지 못하는 시간이 많았음에도 불평을 내색하지 않고 지지를 보내준 가족에게 사랑의 마음을 전한다. 무엇보다 두 아이의 엄마로 연구 활동하는 며느리를 말없이 도와주시며 공부에 집중할 수 있도록 힘을 보태주신 시어머니 김동옥 여사께 감사의 인사를 드린다. 따뜻한 마음에서 오는 여유의 태도를 배우고 싶다.

2020년 10월, 초당에서
전희선

차례

제2부 시인으로서 근대 지식 펼치기

권환의 문학과 근대 지식

제1부

근대 지식인으로 문학하기

1장

근대 지식인 권환에 대한 재조명

1. 지식인과 문학연구

지식인은 그가 속한 사회가 윤리적으로 올바르고 정의롭게 나갈 수 있도록 시대가 요구하는 바를 실천하는 사람이다. 그러므로 지식인이 갖추어야 할 덕목은 사회 정세를 올바르게 판별할 수 있는 분석력과 해야 할 일을 행동으로 옮기는 실천적 태도라 하겠다. 만약 명쾌한 분석은 있으나 그에 따른 실천이 없고, 실천을 행할 열정은 있으나 정확한 분석력이 없다면 올바른 지식인이라 할 수 없을 것이다.

사르트르는 '지식인이란 자기 자신 속에서, 그리고 사회 속에서 실천적인 진리[1]에 대한 탐구와 지배 이데올로기 사이에 벌어지는 대립을 깨달은

---

[1] 사르트르는 '실천'은 현실을 드러내고, 현실을 극복하며, 현실을 보존하는, 그리고 현실을 미리 앞서서 변경하는 실천적인 지식의 계기를 포함하는 것이라 하였다. 행위란 지금 있는 것을 가지고서 아직 없는 것을 실현하는 것인데, 이때 아직 없는 것의 관점으로부터 출발해서 지금 있는 것을 드러내는 파악 작업은 가능한 한 정확해야 한다. 아직 존재하지 않는 것을 실현하기 위한 수단을 이미 있는 것 속에서 찾아야 하기 때문이다. 존재를 파악할 때, 방향이 주어진 자기 고유의 변화 가능성을 존재 자신 속에 담고 있는 것처럼 존재를 파악하는 실천적 탐구, 실천적인 진리가 이 수준에 위치한다고

사람'[2]이라고 하였다. 지배계급과 피지배계급 혹은 부르주아 계급과 프롤레타리아 계급 사이의 중간에 위치한 지식인은 보편주의와 특수주의 사이에서 일어나는 갈등과 모순을 통해서 탄생하는 것이다.[3] 그러므로 지식인은 지배계급이 그들의 이익과 권력을 위해 진리를 이용하고자 할 때 그 모순을 깨달아 폭로할 수 있어야 한다. 촘스키도 이와 같은 의미로 '도덕적 행위자로서 지식인이 갖는 책무는 인간사에 중대한 의미를 갖는 문제에 대한 진실을 그 문제에 대해 뭔가를 해낼 수 있는 대중에게 알리려고 노력하는 것'[4]이라고 하였다.

그러므로 지식인이 이 사회에 필요한 이유는 사회가 올바른 방향으로 나아갈 수 있도록 길을 제시하는 데 있다. 내가 속한 사회가 올바른 방향으로 나아가고 있다는 확신은 사회 구성원에게 앞으로의 삶이 잘 될 것이라는 전망을 갖게 한다. 만약 사회가 비윤리적이고 불합리한 방식으로 의견이 진행되고 의결된다면 거기에는 모순의 은폐성이 자리하는 것이다. 비윤리적이고 불합리한 방식의 통용은 사회의 발전을 가로막는 것이므로 그 안에 존재하는 은폐된 모순을 지적하고 알려야 한다. 지식인이 해야 할 임무가 바로 이것이다.

은폐성은 '걷어내는' 행동으로 없앨 수 있다. 걷어낸다는 것은 드리워진 장막을 '발견'해야 가능한 것인데 발견은 '인식'의 힘으로 이루어진다. 인식은 '사물을 분별하고 판단하여 아는' 것이라는 사전적 의미가 있다. 즉 분별력, 판단력이 있어야 하는데 이때 '지식'이 작동한다. '지식'은 흔히 '알고 있는 것'이라고 한다. '안다'는 것은 지각되어 일어나는 것이다. 하지

하였다. 사르트르, 『지식인을 위한 변명』, 박정태 역, 이학사, 2007, 16쪽.

2) 위의 책, 53쪽.

3) 위의 책, 159쪽 참조.

4) 촘스키, 『지식인의 책무』, 강주헌 역, 황소걸음, 2005, 16쪽.

만 단지 '알고 있다'는 것만으로 분별력, 판단력을 보장할 수 없다. 어떤 내용을 어떻게 알고 있는가에 따라 '지식'의 의미와 역할이 달라지므로 '알고 있는 것'의 상태를 점검하는 것이 필요하다.

만약 '윤리적으로 올바르고 합리적인' 지식이라면 그 지식은 사회에 필요한 지식이라 할 수 있을 것이다. 사회의 은폐된 모순을 드러내고 나아갈 방향을 알려줄 것이기 때문이다. 나아갈 방향으로 함께 나아가는 것. 이것을 가능하게 하는 것이 지식이고, 이를 실천하는 이가 지식인이다. 그러므로 지식인은 항상 사회 구성원을 향해 있어야 한다. 그것은 사회 구성원의 삶과 함께한다는 의미이다. 삶을 떠나 있는 지식은 의미 없기 때문이다.

결국 문제는 '삶'이다. 인간이 살아감으로써 이루어지는 '삶'은 주체인 인간이 그를 둘러싼 환경, 즉 세계와의 관계 속에서 만들어 나간 양태이다. 주체인 인간은 자신을 둘러싼 환경과 조화를 이룰 수도 있고 극복하고자 애쓸 수도 있고, 도전하여 성공하거나 실패할 수도 있다. 인간이 삶을 살아가기 위해 시도한 모든 행위는 그 자체로 의미를 가진다. 문학이 의미를 갖는 이유도 바로 그러하다. 문학은 인간 삶의 반영이기 때문이다.

언어로 그려낸 인간의 삶, 문학은 그러므로 인간의 삶을 돌아보게 한다. 우리는 작품을 통해 작가가 어떤 가치관으로 그 세계를 헤쳐 나갔는지 알 수 있다. 또한 작품 속 인물을 통해 우리는 이 세상을 어떻게 살아가야 할지 그 방법을 간접 체득하게 된다. 그러므로 우리는 문학작품을 통해 삶을 어떻게 살아가야 하는가에 대해서 알게 된다.

이것은 문학이 지식과 연결되어 있음을 말해준다. 우리는 기존에 가지고 있던 지식으로 문학작품의 내용을 이해한다. 독자가 가지고 있는 배경지식의 정도는 문학작품의 의미를 깊이 있게 만들어주는 변수가 된다. 행간의 의미를 이해하는 데 배경지식이 관여하기 때문이다.

문학작품을 읽는다는 것은 독자에게 지식을 형성하게도 한다. 문학작품을 통해 독자는 간접 체험하게 되고 세상과 인간에 대해 자신이 몰랐던 부분을 알게 되는 것이다. 이는 기존에 자신이 가지고 있던 배경지식과 어우러져서 또 하나의 지식을 만들 것이다.

문학과 지식의 연관성은 작가와의 관계에서도 드러난다. 작품은 작가가 창작하는 것이므로 작가의 지식이 작품에 영향을 미친다. 작가가 가지고 있는 지식은 세상을 바라보는 도구가 되어 세계를 해석하고 전망에 대해 생각하게 한다. 그러므로 작가가 어떤 지식을 갖추었는지를 살펴보는 것은 작가에 대한 이해는 물론 작품에 대한 이해를 정확하게 할 것이다.

작가와 작품에 대한 정확한 이해가 필요한 이유는 문학작품이 우리에게 세상을 살아가는 것에 대해 많은 것을 알려주기 때문이다. 권선징악의 윤리적 교훈은 물론이고 시련에 부딪혔을 때 포기하지 말고 나아가야 할 이유, 한 인간의 절박한 소망이 이러저러한 이유로 벽에 부딪혔을 때 주인공이 느끼는 좌절감의 체험, 한 시대 앞에서 기회주의자로 살아간 삶이 역사의 심판을 받아 얼마나 긴 시간 동안 풍자되는지, 그리고 인간에게 가장 소중한 사랑의 기쁨 등등. 우리가 문학작품을 통해서 알게 되는 삶의 의미는 참으로 많고 가치 있다. 그러므로 우리는 문학작품을 정확히 읽어내야 하며 그것은 지식의 도움으로 더욱 깊어질 수 있다.

우리가 지식에 초점을 맞추었을 때 지식이 문학작품에 어떻게 관계하는지 생각해보게 된다. 문학작품은 작가의 창작품이므로 문학작품과 관계되는 지식은 작가의 지식과 떼어놓을 수 없다. 즉, 지식인과 문학 연구의 문제가 되는 것이다. 작가의 지식이 어떻게 문학작품을 만들게 되었고, 그 작품을 읽는 독자는 어떻게 자신의 지식을 새롭게 형성해가는가의 문제인 것이다. 이 글에서 주목하는 점도 이것이다. 문학작품을 창작한 작가는 어떤 지식을 어떻게 활용했는가? 작가의 지식은 문학작품을 통해서 독자와 어떻게 소통하려 했는가? 작가와 문학작품과 독자의 관계를 고려했을 때

　제1부 근대 지식인으로 문학하기

작가가 활용한 지식은 작가의 삶에 어떤 의미였는가?[5] 이 글은 이 점에 집
중하여 작가와 작가가 소유한 지식, 문학작품을 통해 이루고자 한 독자와
의 소통에 대해 알아볼 것이다.

2. 권환에 대한 새로운 연구의 필요성

근대와 전근대 혹은 근대와 반근대에 대한 논의는 오랜 시간 다양한 방
면에서 있어왔다. 근대의 정신과 경험을 가장 잘 압축해서 표현하는 것은
'시계'이다.[6] 시계에 나타난 숫자는 시간을 시, 분, 초 단위까지 나타내어
표시한다. 근대 이전의 시간에 대한 인식은 막연하게 어느 정도의 시간만
을 나타내는 것이었지만[7] 시계로 표시되는 시간은 시간을 세분화한다. 이
는 시간이라는 것을 양적인 대상물로 바라본다는 것이다.[8] 양적 대상이 된
시간은 우리가 의도한 대로 나누고 계산할 수 있다. 공장에서 근무하는 노
동자의 출·퇴근 시간을 정하고, 점심시간·휴식시간을 정할 수 있다. 노
동자는 정해진 시간에 맞추어 자신의 신체 리듬을 조정해야 한다. 임금 또
한 근무 시간과 초과 근무 시간으로 나뉘어 지급되므로 노동자의 노동은

---

5) 문학과 '작가–작품–독자'의 관련성에 대해서 문학을 단순히 물적 대상으로 바라볼 것
   이 아니라 작가–작품–독자의 구도 속에서 역동적으로 구체화되는 문학현상으로 보아
   야 한다는 견해가 있다. 이러한 구도에서 작가는 개인의 차원에서만 논의될 수 없다.
   문학현상이 하나의 제도로 존재하고, 작가는 제도 속에서 구체적인 활동을 통해 의미
   를 구현하는 주체이기 때문이다. 구인환·우한용·박인기·최병우, 『문학교육론』, 삼
   지원, 2001, 135쪽 참조.

6) 이마무라 히토시, 『근대성의 구조』, 이수정 역, 민음사, 1999, 65쪽.

7) 근대 이전의 시간을 나타내는 표현의 예로는 '한 식경이 지났을까', '소 여물 주는 시간
   에' 같은 막연한 표현이 있다. 시간을 구분 짓는 12갑자 또한 2시간 단위를 묶어서 나
   타낸 것으로 근대의 시계가 표현하는 '17시 15분 19초' 같은 개념은 아니었다.

8) 이마무라 히토시, 앞의 책, 70쪽.

시간 단위로 계산되는 셈이다.

위의 경우는 단적인 예로 살펴본 것이지만 양적인 대상물이 된 시간은 이렇게 미세하게 나뉘어 우리의 생활을 지배한다. 우리의 신체리듬, 조직 생활, 삶의 양식이 시계의 흐름에 맞추어져 돌아간다. 시간을 나타내는 시계에 우리의 인생을 맞추어가므로 시계의 시간은 우리의 가치관을 지배한다. 이는 반대로 말하면 우리의 가치관을 시계가 나타내는 시간에 맞추어 갈 수 있다는 뜻이다. 즉 다가올 미래의 우리 삶을(시간을) 세분화해서 우리가 생각하는 대로 기획하여 끌고 갈 수 있다는 것이다.

이는 '의지'라는 개념으로 설명할 수 있다.[9] 의지는 우리 삶의 앞에 다가올 미래의 시간을 우리가 기획하는 대로 만들고자 하는 뜻이다. 미래의 시간을 인식한다는 것은 우리의 삶에 펼쳐질 세분화된 시간을 인식한다는 것이고, 우리의 미래는 시간을 계산하여 우리가 뜻하는 대로 이끌어갈 수 있는 것이다. 앞에서 근대성을 가장 압축해서 나타내는 것이 시계라고 하였다. 시계로 표현된 시간 개념을 받아들인다는 것은 근대의 합리적 정신과 미래를 기획할 수 있다는 태도를 받아들이는 것이다. 근대 지식은 이러한 배경하에 형성된 지식이며 근대 지식을 받아들인다는 것은 근대의 합리성을 바탕으로, 배움을 통해 우리의 미래를 우리가 기획하는 대로 이끌고 가겠다는 뜻이다.

그렇다면 근대 지식이란 어떤 것일까? 앞에서 확인한 대로 근대의 핵심을 미래지향적 시간을 자신의 기획에 의해 이끌어가는 것이라고 했을 때, 근대 지식이란 미래의 시간을 우리가 기획한 대로 이끌어갈 수 있도록 해주는 앎의 체계라고 정리할 수 있을 것이다. 미래는 과거를 발판으로 이어

---

9) '의지'를 이와 관련해서 설명하는 것은 이마무라 히토시의 의견을 참고한다. 위의 책, 76쪽.

제1부 근대 지식인으로 문학하기

진다. 여기서 우리가 기획하고자 하는 미래의 시간이란 미래지향적인 것이다. 미래지향적이 되려면 우리의 삶과 사회는 과거보다는 나은 모습이어야 한다. 지식으로써 과거에 몰랐던 우리의 무지를 일깨우고 나아가 우리의 사회를 발전시키려는 의지를 발휘한다면 그것은 근대 지식과 연결될 것이다.

이 글에서 다루고자 하는 작가는 권환(1903~1954)이다. 연구대상으로 권환을 택한 이유는 그는 근대 지식의 소유자로서 그의 지식을 바탕으로 작품을 창작했으며, 그가 창작한 문학작품을 통해 독자와 소통하고자 애씀으로써 실천하는 지식인의 전형을 보여주었다고 생각했기 때문이다.

권환은 조선 명문가 안동 권씨 장남으로 태어나 일제강점기를 거치며 교토제국대학을 졸업한 후 조선프롤레타리아예술가동맹(KAPF) 맹원으로 활동했고 해방 이후 월북하지 않고 고향에서 머물다 지병인 결핵으로 사망했다. 이것은 권환에 대해 매우 간략하게 설명할 수 있는 내용이지만 간략한 내용 속에 많은 설명을 요구하는 요소들이 숨어 있다.

먼저, 그는 왜 입신출세의 길을 걷지 않고 카프 활동을 했는가 하는 점이다. 안동 권씨라는 조선 제일의 명문가 집안의 장남이라면 뼈대 있는 양반 가문 출생이며 집안 대대로 전해져온 학문적 분위기와 수준, 경제적 역량이 높았다고 할 수 있다. 중세 서양의 제도에 빗대어 표현하자면 귀족계급이라 할 수 있는데, 그는 왜 일신이 편할 수 있는 길을 걷지 않았던 것일까? 더구나 일제강점기 교토제국대학을 졸업한 그의 학력을 확인하게 되면 그 의문은 더욱 커진다.

다음은, 1940년대 일제의 탄압이 극에 달해가고 모든 문인들이 붓을 꺾거나 눈가림으로라도 일본어로 문학작품을 썼던 시기에 권환은 어떻게 두 권이나 조선어 시집을 발간할 수 있었는가 하는 점이다. 이에 대해서는 권환과 임화의 관계로 설명하기도 하는데, 일제강점기 서적 발간의 의미와 관련지어 살펴볼 필요가 있을 것이다. 또한 이때 발간된 권환의 시들은 자연과 서정을 노래한 시들이 대부분이다. 일제강점기 서정시가 가지는 의미와 권환이 추구한 '쉬운 시' 창작의 가치와 더불어 그 의미를 살펴볼 것이 요구된다.

그 다음은 카프의 맹원으로 활동한 그가 해방 이후 왜 월북하지 않았는가 하는 점이다. 권환은 카프의 맹원으로 활동하였고, 특히 임화·김남천 등과 더불어 카프 2차 방향 전환을 주도한 인물이다. 해방 직후에는 이기영·한설야와 더불어 조선프롤레타리아문학동맹을 결성하는 데 앞장섰다. 이기영·한설야가 일찌감치 월북했고, 임화·김남천, 그리고 그 외 문인들도 월북하여 문학에서 펼친 그들의 이념을 정치적으로 이루어놓고자할 때, 다시 말하면 권환이 카프 시절에 가졌던 정치적 이념을 현실적으로 이룰 공간을 찾을 수 있는 기회가 왔을 때, 그는 월북을 선택하지 않았다. 이는 권환의 전향 문제와 관련하여 논의되는 부분이다.

앞에서 한 작가의 지식은 문학작품을 창작하는 데 영향을 미칠 수 있음을 언급하였다. 권환의 삶에 대해서 지적한 몇 가지 의문점들은 권환의 삶과 그의 문학작품에 반영된 지식이 어떤 의미를 가지는지 살펴봄으로써 풀어낼 수 있을 것이다. 이 글에서 주목하는 권환의 지식은 근대 지식이다. 일제강점기 교토제국대학을 졸업하기까지 그가 받은 수업의 내용은 근대 지식이었고, 그의 문학작품은 근대 지식의 산물이다.

그런데 지식은 그 자체로 멈추어 존재하지 않는다. 지식은 소유한 주체가 기존에 가지고 있던 지식을 바탕으로 새로운 지식을 만들고 주체가 접하는 지식은 주체의 가치관에 의해 취사선택된다. 즉, 지식은 주체의 삶속에서 주체와 관계하며 존재하는 것이다. 그렇다면 권환이 소유한 근대 지식은 그의 삶 속에서 그가 가지고 있던 기존의 가치관과 융합되어 새로운 의미를 만들고 그의 삶을 이끌었으며 작가로서 문학작품을 생산하게 하였을 것이다. 여기에 시인 권환이 소유한 근대 지식은 그의 삶 속에서 어떤 의미로 작용했는지 살펴볼 필요가 생긴다.

근대 지식은 근대의 합리성을 바탕으로 한다. 합리성은 수학과 과학의 합리성이다. 수학과 과학의 합리성은 순환적이고 비분절적으로 존재하던 세계를 직선적이고 분절적인 세계로 인식하게 하는 틀이다. 그러므로 근대의 세계관으로 세상을 보았다는 것은 과학적 세계관으로 합리적인 사고를 하였다는 것이다. 이는 조선에 있었던 기존의 유가 사상과 구별되는 지점이다. 조선의 유가적 관념으로 보면 세계는 순환적 질서에 따라 움직이는 것이고 '나'라는 존재는 세상의 존재들과 구별되지 않고 어우러져 함께 살아간다.

권환은 전통 양반 가문에서 유가적 영향을 받으며 어린 시절을 보냈으나 성장기에는 일본 유학을 통해 근대 지식을 습득했다. 일제강점기 근대 지식의 최종 · 최고 교육기관이 제국대학이었으므로 권환은 일제강점기 가장 정점에서 근대 지식을 습득한 것이다. 이는 권환의 가치관이 유가적 사고에서 근대적 사고로 전환되었을 것임을 말해준다. 사고의 전환은 근대 지식의 습득을 통해 이루어졌을 것이다. 따라서 근대 지식이라는 기준으로 권환의 삶을 바라보는 것은 권환의 삶과 문학을 정확히 들여다볼 수 있게 할 것이다.

3. 근대 지식인의 사회적 실천

이 글에서는 근대 지식인으로서의 권환의 생애를 이해하려고 할 때 생길 수 있는 의문점을 그가 습득한 근대 지식과의 관계를 통해 살펴보고자 한다.

이를 위해 권환의 근대 지식이 어떻게 형성되었는지를 우선 살펴보되,

권환의 생애부터 확인하고자 한다. 이는 권환의 유가적 사고가 어떻게 근대 지식으로 전환을 이루어가는지 그 과정을 추적하는 일이다. 이것은 권환의 집안 배경부터 알아보는 일이 될 것이다. 권환의 집안은 조선의 전통 양반 가문이었으므로 가문에 대대로 전해오는 가풍의 영향을 받았을 것이고 이것은 권환이 근대 지식을 습득할 때 적지 않은 영향을 주었을 것이다. 특히 이 글에서 주목하는 것은 아버지의 영향이다. 집안의 가풍은 아버지를 통해 이어진다. 권환의 아버지는 구한말 집안의 제실로 쓰이던 경행재(景行齋)를 사재를 털어 근대 교육을 할 수 있는 학교로 만들어 운영하였다. 부친의 이러한 행동은 권환에게 지식인이 시대와 사회를 위해 무엇을 해야 하는지에 대해 생각하게 했을 것이다. 이는 근대 지식을 어떻게 받아들여야 하는가의 입장과 연결된다. 그러므로 권환에게 근대 지식은 실천의 의미를 가질 것이다.

　권환의 내면을 알아볼 수 있는 방법으로 그의 시 작품을 중심으로 하여 문학작품 전반을 훑어보고자 한다. 이것은 그의 '문학 생애'를 살펴보는 일이 될 것이다. 문학작품은 인간의 내면이 삶과 어우러져 진실하게 표현된 것이다. 따라서 권환의 문학 생애는 그의 문학작품을 통해 파악되는 생애이며, 문학과 긴밀히 연관을 맺으며 이루어진 그의 삶이다.

　권환의 문학작품 중 시를 중심으로 살펴보고자 하는 것은 시인으로서의 업적이 가장 크기 때문이다. 특히 그의 시는 시기에 따라 시적 경향이 급격히 달라졌다. 카프 시절과 카프 해체 이후의 시적 경향이 전혀 다른데, 이는 일제에 의한 카프 강제 해체라는 시대적 상황과 맞물려 있다. 이는 시를 통해 식민지라는 상황과 정신적 탄압이라는 상황을 어떻게 헤쳐 나갔는지 알 수 있음을 암시한다. 따라서 권환이 지식인으로서, 그리고 작가로서 일제강점기에 자신의 사상을 어떻게 이어갔는지 살펴보는 것은 탄압의 시대에 대한 응전의 태도를 살펴보는 일이 될 것이다. 이는 권환이 카

제1부 근대 지식인으로 문학하기

프 해체 이후에 왜 서정시를 썼는지의 이유를 알아보는 것과도 연결된다. 서정시 창작은 그의 전향과 관련되어 논의가 되는데 창작 의도를 다각도로 살펴볼 수 있는 기회가 될 것이다.

권환의 활동과 시의 특징을 알아보기 위해서 카프 시절의 다른 작가와 비교해볼 것이다. 특히 임화·안막을 중심으로 비교해보고자 하는데, 이들은 권환과 함께 카프의 맹원이자 2차 방향 전환을 주도한 인물이기 때문이다. 카프의 방향 전환은 조직의 이념을 따라간 것이므로 당시 카프가 지향한 바가 무엇이었는지 보여줄 것이다. 한편 같은 노선을 따랐다 하더라도 이를 내면화한 양상은 저마다 달랐을 것이다. 2차 방향 전환 당시에 이들이 쓴 논문과 작품들을 통해 카프의 노선을 어떻게 받아들였는지 확인해보고자 한다. 이는 카프 활동에 임하는 태도가 어떠했는지 밝혀줄 것이며, 카프 해체 이후 각자의 행보를 설명하는 데에도 도움을 줄 것이다.

끝으로 지식의 의미와 관련지어 '실천'의 의미에 대해 살펴보고자 한다. 권환이 해방 직후 월북하지 않고 남한에 있었다는 것은 움직이지 않은, 즉 뜻을 행동으로 옮기는 실천을 하지 않은 것이다. 권환이 카프 활동가였음을 고려할 때 월북하지 않은 것을 실천이라 할 수 있는가의 문제가 남는다. 이에 관해서는 권환이 진정으로 이루고 싶어 했던 것을 살펴봄으로써 의문을 풀어보고자 한다. 권환이 꿈꾸는 새로운 세상은, 즉 근대 지식을 통해 머릿속에 그려왔던 이상은 어떤 모습이었는지 확인하는 일이 필요할 것이다. 이는 해방 이후 한반도의 정치적 상황에 비추어 결국 권환이 선택해야 할 것이 무엇이었는가를 판단하게 할 것이다.

이를 위해 본 연구에서는 부르디외의 '투쟁의 장'을 의미 있게 활용하고자 한다. 사회 구성원은 저마다 각각의 장(場, field)을 이루어 살고 있는데, 각각의 장에는 진입권을 획득해서 그들의 이해에 맞게 구조를 변경시키려는 신참자들(nouveaux entrants)과 자신들의 독점적 지위를 유지하고 경쟁을 배제하려는 기존 행위자 혹은 집단 사이에 투쟁이 있다. 이러한 장의 '구조'는 '이전의 투쟁들을 통해 축적되어왔고 이후의 전략들을 이끌어갈 특수한 자본의 특정 분포' 상태이다.[10]

사회에는 다양한 종류의 시장이 있듯이, 다양한 종류의 자본('경제적', '문화적', '상징적')이 있다. 장들의 가장 중요한 속성 중의 하나는 특정한 종류의 자본을 다른 자본으로 전환시킬 수 있다는 것인데, 특정한 교육자격은 어떠한 직업에서 현찰로 바꿀 수 있는 것과 같은 것이다.[11]

자본의 특정한 분포 상태에서, 최대 자본을 가지고 있는 사람은 그것을 보존하는 전략 쪽으로, 즉 기존의 구조 자체가 의문시되지 않는 억견(doxa)의 상태를 유지하는 쪽으로 나아가려 한다. 자본이 거의 없는 사람들은 전복, 혹은 이론(異論, heterodoxy)의 전략들을 구사하는 경향이 있다. 이전까지는 거론되지 않았던 것들을 담론의 세계, 나아가 비판의 세계로 불러들임으로써, 이론(理論)은 지배적 행위자 혹은 집단들이 침묵을 중지하고 정통(正統, orthodoxy)을 방어하는 담론을 생산하게끔 만든다. 투쟁에 참가하는 사람들이 상호 적대적인 목표를 가지고 있다고 할지라도, 그들은 일반적으로 시장 혹은 장을 유지하는 데 공통의 이해관계를 가지고 있다. 투쟁에 참여함으로써, 그들은 게임의 규칙이 논란의 대상이 되었던 바로 그 게임 자체를 재생산하는 데 기여한다.[12]

이것은 '언어시장'에서도 나타난다. 여기에서 특수한 자본은 언어자본, 즉 문법적으로 완벽한 표현을 생산할 수 있는 능력뿐 아니라, 특수한 시장에 내놓을 수 있는 적절한 표현을 생산할 수 있는 능력이다.[13] 화자들이 소

---

10) 부르디외, 『상징폭력과 문화재생산』, 정일준 역, 새물결, 1995, 56쪽.
11) 위의 책, 57쪽.
12) 위의 책, 57쪽.
13) 위의 책, 58쪽.

제1부 근대 지식인으로 문학하기

유하고 있는 언어자본이 많을수록 화자들은 차이의 체계를 자신들의 이익에 맞게 이용할 수 있으며, 그럼으로써 구분의 이윤[14]을 확보할 수 있다.

권환은 카프 해산 이후에 조선어로 된 두 권의 서정시집을 출간하였다. 이는 일제강점기 말에 일본어를 조선 사회에서 소통 가능한 언어로 강제하던 상황에서 조선어를 사용하고, 서정시로써 조선적 정서를 표현함으로써 일본어가 조선어를 누르고 권력을 차지하고 있던 상황을 부인하는 행동으로 볼 수 있게 할 것이다. 즉, 권환은 일본어와 일제가 강제하는 파시즘의 정책에 조선어 서정시집으로써 저항하는 태도를 보인 것이며, 이로써 조선어와 조선적 정서 유지라는 이윤을 취한 것이라 할 수 있는 것이다.

조선은 근대를 받아들였지만 조선의 근대성은 일본 제국주의의 지배 논리를 받아들일 수밖에 없는 모순을 내포하게 되었다. 이는 조선 사회에 진입하여 권력을 차지한 일본 제국주의와 주도권을 잃어버린 조선이 투쟁하는 상황에서 근대 지식을 소유한 조선의 지식인이 취해야 할 행동을 고민하게 하였다. 카프 활동, 카프 해체 후의 조선어 서정시집 발간, 해방 이후 조선문학가동맹 활동, 이후 월북하지 않은 권환의 행보는 역사적 배경에 의한 투쟁의 장에서 근대 지식으로 시대의 탄압에 응전하고자 한 지식인의 역할이었음을 알 수 있을 것이다.

---

14) 계급사회에서 악센트, 구문, 어휘상의 변이는 '훌륭하다'거나 '저속하다'거나 하는 식으로 구분되며 그것을 사용하는 화자들을 구분해낸다. 위의 책, 59쪽.

2장
권환의 근대 지식 체계 형성 과정

1. 권환의 성장에 미친 아버지의 존재감

권환의 본명은 권경완(權景完)이며, 이명은 권윤환(權允煥)이다. 권환은 1903년 1월 6일(음)에 태어나 1954년 7월 30일에 타계했다.[1] 그가 살아간 시기는 우리나라의 역사적 격변기에 해당한다. 구한말 나라가 외세의 침

---

1) 권환의 생애에 관해서는 선행 연구에 기대어 살펴볼 수 있다. 권환 연구의 최초의 학위 논문인 권은경의 「권환 시 연구」(경남대학교 교육대학원 석사학위 논문, 1990, 7쪽)에 안동 권씨 족보를 참조한 권환의 가계도가 언급된다. 출생 연도는 호적등본에는 1906 년이나, 안동 권씨 족보에는 1903년으로 기록되어 있어 족보의 연도를 따르고자 하였 다. 1993년 발표된 목진숙의 학위 논문(「권환 연구」, 창원대학교 대학원 석사학위 논 문, 1993, 7쪽.)에는 권환의 막내동생 권경범(權景範)의 증언을 통해 출생 연도를 밝 히고 있다. 호적부의 1906년 1월 5일 출생하여 1954년 7월 7일에 사망했다는 내용이 권경범의 증언과 다름에 주목하였다. 권경범은 권환이 1903년 1월 6일(음)에 태어나 1954년 7월 30일에 타계했다고 밝히고 있다. 이렇게 호적등본과 증언의 내용이 일치 하지 않는 점에 대해 목진숙은 권경범 씨의 말을 빌려 한국전쟁 당시 화재로 면사무소 건물이 불에 탔으며 이후 호적 재작성 때 착오를 일으킨 것이라고 하였다. 이러한 내용 은 안동 권씨 족보에도 권경범 씨의 진술 사항과 일치하게 기재되어 있으므로 그의 출 생과 사망일에 대해서는 권경범 씨의 증언을 따르기로 함을 밝혔다.

략에 매우 혼란스러웠던 시기에 태어나 일제강점기에 청년 시절을 보내고 해방 이후 한국전쟁을 겪었다.

역사적 격변기와 맞물려 있는 권환의 삶은 그를 역사적 사건 속에서 바라보아야 하는 것이 필요함을 말해준다. 역사의 격변기 속에서 권환은 삶의 방식에 대해 중요한 선택을 하였을 것이다. 사회는 인간에게 삶의 방식을 정하게 한다. 인간은 자신의 가치관으로 삶을 살아가지만 가치관은 사회의 분위기에 영향을 받는다. 시류에 휩쓸리거나 신념을 지키고 살거나 삶의 방식을 결정할 때는 자신을 둘러싼 주변, 즉 사회의 분위기에 영향을 받는 것이다.

권환이 살아간 일제강점기와 해방기의 혼란, 이어지는 한국전쟁은 격변기 속에서 개인에게 삶의 방식을 선택하라고 요구했다. 권환은 자신의 선택 기준으로 역사적 격변기를 살아갔는데 그의 선택 기준에는 집안의 영향이 크게 작용했다고 보여진다. 권환은 조선 시대 명문가 안동 권씨 집안의 장남으로 태어나 자랐기 때문이다.

권환의 아버지는 권오봉(權五鳳), 어머니는 김혜향이고, 권환은 이들 사이의 장남이다. 안동 권씨 복야공파 36대 손이다. 그의 출생지는 경상남도 창원군 진전면 오서리 554번지이고 그의 조상은 임진왜란 후 대대로 이곳에서 살았다고 한다. 안동 권씨라는 명문가에, 300년을 넘게 한 곳에서 살아왔으므로 권환의 집안은 창원, 마산 등지에서 영향력을 가진 집안이라 할 수 있다. 권환의 아버지 권오봉에 대해서는 '사진사(四進士) 팔문장(八文章)'을 배출한 관록 있는 명문에 태어났다[2]는 말이 있다. 즉 이름 있는 문장가를 배출한 명문가 집안이라는 것인데, 창원, 마산 등지에서 권환의 집안

---

2) 목진숙, 위의 글, 7쪽.

이 미치는 영향을 대강 짐작할 수 있다.[3]

권환의 아버지 권오봉은 김규식이 총사로 있는 사립 흥화(興化)학교를 졸업한 구한말 지식인이면서 고향에 경행보통학교를 세운 교육자이기도 하였다.[4] 또한 백산상회에 500주로 참여한 대주주였으며, 같은 백산상회 대주주이자 중외일보사를 경영한 남저 이우식의 셋째 딸을 둘째 며느리로 맞이하는[5] 등, 경제적·사회적으로도 명망이 있는 인물이었다.

권오봉의 업적이라면 사재를 털어 학교를 세운 것인데 '경행학교'가 그 것이다. 그가 세운 경행학교 건물은 원래 안동 권씨 문중 재실이던 경행재 (景行齋)로 현재 경상남도 문화재 제132호로 지정되어 있다. 경상남도 문화재 정보 시스템[6]은 경행재에 대해 다음과 같이 설명하고 있다.

> 창원 경행재(昌原 景行齋)는 1867년(고종 4)에 세워진 안동 권씨 문 중 재실이다. 일반 묘하(墓下)에 건립되는 재실과는 다르며 1868년에 훼철된 회계서원(檜溪書院)의 분원에 해당한다. 처음에는 제사 지내는 재실 겸 서당으로 사용하였으나 1910년 일제강점기에는 사립학교인 경 행학교로 사용하였다. 지방 신식 교육을 담당하면서 민족운동의 근원 지로 많은 애국 열사를 배출하였는데, 대표적 인물로는 상해임시정부 에서 활동하다 순국한 이교재와 3·1운동 당시 삼진지구의 주역이었던 권영조를 꼽을 수 있다. 1927년 폐교한 이후에는 지역의 문화시설로 이 용되어 왔다.
> 경행재는 진전천의 우측 충적평야에 있는 오서리에 북동향하여 자리 잡고 있다. 정면 5칸, 측면 1.5칸이며 홑처마 팔작지붕이다. 정면 좌우

---

3) 실제로 권환의 집안사람 중에는 해방 직후 마산여자중학교 교장을 지내던 권영운, 권 환보다 나이가 어리기는 하지만 성균관대학교 총장을 지낸 당숙 권오익 선생도 있다.

4) 이덕화, 「권환의 문학세계」, 『피어선 논문집』 6집, 1994, 277쪽.

5) 이장렬, 「권환 문학 연구」, 경남대학교 대학원 박사학위 논문, 2003, 8쪽.

6) http://heritage.gyeongnam.go.kr/map/cultural.jsp

에 0.5칸 규모의 툇간을 부가한 것이 특징이다. 1988년 보수공사 때 좌측에 누마루를 1.5칸 늘려 규모가 커졌으나 외관상 큰 변화 없이 오늘에 이르고 있다. 평면은 좌측부터 1.5칸의 누마루, 툇마루가 딸린 온돌방 1칸, 대청 2칸, 툇마루가 딸린 온돌방 1.5칸으로 구성되어 있다. 공포 양식은 정면부에만 소로로 장식했으며 온돌방에는 창방과 소로가 없는 장여수장집이다. 상부가구는 간단한 3량가이다.

이 내용을 통해 알 수 있는 것은 경행재가 ① 안동 권씨 문중 재실이며 ② 회계서원의 분원에 해당하고 ③ 재실 겸 서당이었던 것을 일제강점기에 사립학교로 바꾸었다는 것, ④ 지방 신식교육을 담당했으며 민족운동의 근원지였다는 점이다.

경행재가 안동 권씨 문중의 재실이었다는 점을 염두에 두어 '안동권씨 대종원'[7]의 자료를 참고하면 권환의 집안은 복야공파 현조 월암공의 후손으로 나온다. 월암공은 창원군 진전면 오서리의 입향조이다. 월암공은 '효제(孝悌)를 실천하지 않으면 글을 읽지 않음만 못하다'라고 하여 배운 것의 실천을 강조하였다. 오서리에는 모선재·요산재·서계재·경행재·비산재·죽산재 등 많은 유적이 있고 이곳의 월암공의 자손들은 대실권씨라 부르고 있는데 4진사(進士) 8문장(文章) 4효열(孝烈)을 배출했다고 한다.

'경행재'의 '경행(景行)'[8]은 시경에 나오는 구절로 '저 산이 높으면 우러러 오를 것이며, 길이 크면 행하여 이를 것이다.'라는 뜻이다. 큰길은 우리가 걸어가야 할 바른 길이므로 그 길을 그치지 말고 계속 걸어가면 성인이 될 수 있다는 것이다. 학문의 정진을 강조하는 뜻이라 하겠다. 경행학교는 비록 정식 허가를 받은 학교는 아니었지만 당시 지역의 근대 교육과 민족 교

7) http://www.andongkwon.org/bbs/board.php?bo_table=z2_04

8) 『詩經』「小雅」〔車舝〕4-5 "高山仰止 景行行止, 四牡騑騑 六轡如琴 覯爾新昏 以慰我 心". 유교문화연구소, 『시경(詩經)』, 성균관대학교 출판부, 2015, 1022쪽.

육을 담당하는 데 큰 역할을 했다고 한다.[9] 권환의 아버지 권오봉은 명문 장가의 후손으로 배움의 가치와 앎의 실천에 대해 깊이 생각했던 것으로 짐작된다. 이것은 권환의 아버지가 지식인의 면모를 지녔음을 보여준다.

공자의 가르침으로 대표되는 유학에서는 '인의예지(仁義禮智)'를 강조했 는데, 공자가 그의 가르침에서 가장 중요한 '인(仁)'을 어떻게 실현하는가 에 대해서 언급한 내용에 주목할 필요가 있다.

> 공자가 위나라에 갈 때에 염유가 그 수레의 말을 몰았는데, 공자가 말했다. "백성이 많구나." 염유가 말했다. "백성이 많은 다음에는 또 무 엇을 더해주어야 합니까?" 공자가 말했다. "부유하게 해주어야 한다." 염유가 말했다. "생활이 넉넉한 다음에는 또 무엇을 더해주어야 합니 까?" 공자가 말했다. "가르쳐야 한다."[10]

백성에게 가르쳐야 할 내용은 '인(仁)'이다. 인을 갖추어야 군자(君子)가 될 수 있는데, 공자는 그것을 위한 우선 조건으로 '부유해야 함'을 말한다. 즉 '잘 먹고 잘 살아야' 한다는 것인데, 나라를 다스리는 자는 백성이 풍족 하게 살 수 있도록 애써야 함을 강조한다. 공자의 사상을 계승한 맹자 또 한 강조하는 내용이 같다.

왕도정치를 강조했던 맹자는 항산(恒産)과 항심(恒心)을 중요하게 여겼 다. 항산은 생활의 안정이고 항심은 교육을 통해 이루어진 마음의 안정이 다. 궁극적으로 도달해야 할 이상은 항심이나, 맹자는 항산 없이는 항심이

---

9) 송성안, 「마산 개항 이후 일제강점기 마산지역의 근대 교육」, 『지역문학연구』 12호, 경 남부산지역문학회, 2005, 98쪽.

10) 『論語』「子路」 09 "子適衛 冉有僕 子曰 庶矣哉 冉有曰 旣庶矣 又何加焉 曰 富之 曰 旣富矣 又何加焉 曰 敎之". 『주자가 집주한 논어』, 정후수 역, 도서출판 장락, 2002, 317~318쪽.

제1부 근대 지식인으로 문학하기

이루어질 수 없다고 하였다.

> 일정한 생업이 없어도 일정한 마음을 갖는 것은 오직 선비가 그렇게
> 할 수 있지만, 백성과 같은 경우는 일정한 생업이 없으면 그로 인하여
> 일정한 마음이 없습니다. 진실로 일정한 마음이 없으면 방탕하고 편벽
> 되며 사치를 하지 아니함이 없을 것입니다. 죄에 빠지는데 미친 다음에
> 좇아 형벌을 가하면 이는 백성을 그물질하는 것이니, 어찌 인한 사람이
> 있으면서 백성을 그물질할 수 있겠습니까?[11]

　이처럼 유가 사상에는 백성의 풍족한 삶을 생각하는 마음. 즉 부의 균등
한 분배에 대해 강조하고 있다. 이러한 부의 분배는 타인을 생각하는 마음
에서 나온다. 이는 유가의 인(仁)을 이루는 바탕이라 할 수 있다. 그렇다면
자신이 가진 것을 나누어주는 행위는 인(仁)의 실천이라 할 것이다. 이것은
알고 있는 것을 실행에 옮기는 것이므로 지식인의 실천과 연결된다.
　'지식인(知識人)'이란 어떤 의미인가? 국어사전의 정의를 빌리면 지식
인[12]이란 '일정한 수준의 지식과 교양을 갖춘 사람. 또는 지식층에 속하는
사람.'이라고 정의된다. 그리고 '지식(知識)'[13]이란 ① 어떤 대상에 대하여
배우거나 실천을 통하여 알게 된 명확한 인식이나 이해. ② 알고 있는 내
용이나 사물. ③ 철학적 의미로 인식에 의하여 얻어진 성과. 사물에 대한
단편적인 사실적 · 경험적 인식을 말하며, 객관적 타당성을 요구할 수 있

---

11) 『孟子』「梁惠王章句上」7-15 "(…)孟子, 日 無恒産而有恒心者 惟士爲能 若民則無恒産
　　因無恒心 苟無恒心 放辟邪侈 無不爲已 及陷於罪然後 從而刑之 是 罔民也 焉有仁人 在
　　位 罔民 而可爲也". 유교문화연구소, 『맹자(孟子)』, 성균관대학교 출판부, 2006, 61쪽.
12) 디지털 국립국어원 표준국어대사전 참고(http://stdweb2.korean.go.kr/search/View.jsp),
　　표제어 : 지식인.
13) 위의 사전, 표제어 : 지식.

는 판단의 체계를 이른다.[14] 이것을 단순하게 정리하자면 지식인이란 알고 있는 내용이나 사물이 있는 사람 정도로 말할 수 있다. 우리는 무언가를 알고 있는 지식인에게 책무감을 요구할 수 있을까?

'지식인'[15]이라는 구별되는 명칭을 부여할 때는 알고 있는 정도가 남보다 많을 때이다. 알고 있는 것이 많다는 것은 세상을 보는 인식이 깨어 있음을 의미한다. 그러므로 움베르토 에코는 '지식인이란 일반인들이 눈치채지 못하는 중요한 사항을 지적해주는 사람'[16]이라고 하였다. 이때 일반인이 눈치채지 못하는 중요한 사항이란 무엇일까? 은폐되어 있는 숨은 권력이라든가 사회의 모순일 것이다. 그것이 다수 대중들을 소외시키고 고르게 분배되어야 할 이윤이 잘못 분배된다거나 할 때 이러한 것을 지적해줄 수 있어야 할 것이다. 그래서 촘스키는 '책임 있는 지식인'에 대해 '인간사에 중대한 의미를 갖는 문제에 대한 진실'을 '그 문제에 대해 뭔가를 해낼 수 있는 대중에게 알리고자 노력하는 사람이다.'[17] 라고 하였다. 그러므로 지식인에게 중요한 것은 행동과 실천이다.

그러므로 권환의 아버지가 사재를 털어 학교를 세운 것은 지식인으로서 해야 할 실천을 보여준 것이라 할 수 있는데 이는 그의 아들인 권환에게도 영향을 미친 것으로 보인다. 왜냐하면 권환은 당시 최고의 엘리트 코스라고 할 수 있는 제국대학 출신자인데, 그럼에도 불구하고 일신의 안녕을 위

---

14) 이외에도 위의 사전에서는 『불교』 '벗02'을 이르는 말. 아는 사람이라는 뜻'이라는 설명도 있다. '그 사람이 착한 사람으로서 세상을 올바르게 지도하면 선지식이라고 하고, 나쁜 사람이면 악지식'이라고 한다.

15) 지식인의 정의에 대해 잘 분류하고 있는 책으로 이성재, 『지식인』, 책세상, 2012를 참고할 수 있다.

16) 위의 책, 21쪽.

17) 촘스키, 『지식인의 책무』, 강주헌 역, 황소걸음, 2005, 16쪽.

제1부 근대 지식인으로 문학하기

해 친일을 한다거나 입신출세의 길을 걷지 않았기 때문이다.

일제강점기 일본의 제국대학을 졸업했다는 것은 당시 최고의 엘리트로 인정받는다는 것이고, 그것은 사회적 출세의 길을 보장받을 수 있다는 것이다. 실제로 일제강점기 교토제국대학을 졸업한 학생들의 사회 진출 내용을 조사한 정종현[18]의 연구를 참고하면 교토제대에 유학한 조선 유학생 대부분이 법경(法經)계열에 치중하여 과정을 선택했다. 이들이 졸업한 이후 진출을 살펴보아도 관료가 된 경우가 교토제대를 졸업한 전체 조선인 유학생 55%에 해당한다고 하였다. 그는 이러한 현상을 '식민지 시기 지식과 권력의 밀월 관계를 방증하는 것'이라고 하였다.

권환 또한 교토제국대학을 졸업하였고, 그가 마음만 먹었다면 일제강점기 관료로 출세할 수 있었을 것이다. 하지만 권환은 일본 제국에 충성하는 엘리트의 길을 걷지 않고 제국주의에 반대하는 일에 앞장섰다. 정종현의 같은 글에는 교토제대 학생들 중에는 관료의 길을 걷지 않고 식민지 체제를 비판하고 그 전복을 모색하는 실천을 수행하다가 투옥되거나 죽음에 이른 인물들이 존재한다[19]고 하였다. 그러한 사례 중에 권환을 꼽았으며, 권환처럼 민족 · 무산자 운동과 관련을 맺었던 사람들은 전체 유학생 숫자에 비하면 적은 숫자이지만, 입신출세가 보장된 제국대학 학생들이라는 점을 감안하면 얼마 되지 않는 면면들이 큰 의미를 지닌다[20]고 하였다.

그렇다면 왜 권환은 입신출세가 보장된 길을 마다하고 사회주의 운동에 앞장서게 되었을까? 그 이유를 찾는 데에는 권환의 가치관이 드러났을 것

---

18) 정종현 외, 「일본 제국대학의 조선 유학생 연구(1) – 京都帝國大學 조선 유학생의 현황, 사회경제적 출신 배경, 졸업 후 경력을 중심으로」, 『대동문화연구』 80집, 성균관대학교 대동문화연구원, 2012, 463쪽.

19) 위의 글, 463쪽.

20) 위의 글, 465쪽.

이라고 짐작할 수 있는 문학작품을 살펴보는 것이 도움이 될 것이다.

권환이 세상에 내놓은 첫 작품은 소설 「아버지」이다.[21] 권환이 「아버지」를 발표할 때의 시기는 1925년이고, 이는 권환이 일본으로 유학하여 야마가타(山形)고등학교에 다니고 있을 때이다. 교토제대 입학하기 1년 전의 작품인데, 일본 유학 시절의 권환의 의식을 참고할 수 있는 작품이 될 수 있다.

간단히 내용을 살펴보면 다음과 같다. 영수 아버지는 고향에서 자식 공부시키는 것이 힘들어지자 영수와 함께 일본으로 건너간다. 영수 아버지는 철공장, 탄광, 선박에서 노동을 하며 돈을 벌지만 결국 아버지는 배가 난파되어 돌아가신다. 아버지의 유해를 안고 영수는 귀국하고 이후에 공부할 기회를 얻어 부산의 상업학교에 진학하게 된다는 내용이다.

소설의 제목은 작품의 내용과 주제를 압축시키는 중요한 역할을 한다. 권환이 처음 세상에 내놓은 작품의 제목이 '아버지'인 것은 평소 권환의 마음속에 아버지의 존재가 의미 있게 차지하고 있었음을 보여준다.

> 아버지는 그러케 잘자시든술도 금하시고 발을참엇지 한시도못참든 담배도 쓴어 한푼두푼 모이는쪽쪽 우편국에 저금하얏습니다. 하로는아버지가 그이를보고 『여보게 성숙(聖淑)(일가아저씨의字)이 저달부터는 영수긔애를 학교에들어보낼나네 다맛 돈몃푼이라도잇슬적에 하로밧비 공부를식혀야지 내가이러케 고생을하는것도 다그애째문이야!』 하얏습니다.
>
> ― 권환, 「아버지」[22] 부분

「아버지」에 등장하는 영수 아버지는 아들 영수의 학비를 벌기 위해 영

---

21) 이장렬, 앞의 글, 4쪽 참조.
22) 『신소년(新少年)』 3권, 1925년 9월호, 31쪽.

제1부 근대 지식인으로 문학하기

수와 함께 일본으로 건너간다. 소설 속 영수 아버지가 고향인 농촌에서 진 빚이 너무 많아 돈을 벌기 위해 고향을 떠나고 타국 일본에서는 죽을 뻔한 위험을 겪으며 고생한다는 것은 당시 가난한 조선인들이 겪었던 삶의 모습을 형상화한 것이다. 권환은 일본에서 고생하는 조선인 노동자를 보고 이들에 대해 안타까움을 느꼈음을 짐작할 수 있다.

그런데 권환이 그려내는 영수 아버지의 모습이 눈여겨 볼만하다. 그는 조선인 노동자의 모습을 '아버지'의 모습으로 형상화했는데 아버지의 노동의 목표가 '돈 벌어서 영수 공부시키는 것'에 있다고 표현한 것이다.[23]

「아버지」의 영수 아버지는 비록 가난한 농군이고 배운 것이 없기는 하나, 돈 많은 주변의 어떤 사람보다 윤리적으로 바르고, 가족에 대한 책임감이 큰 인물이다. 죽는 순간까지 가족을 걱정하고, 영수를 공부 시키고 싶어 하였다. 그리고 아들 영수 또한 부모에 대한 효성이 지극하다. 영수는 아버지가 자신을 공부시키고 싶어했던 마음을 잊지 않고, 주경야독하며 열심히 공부한다. 이 작품의 마지막 장면은 열심히 공부한 영수가 부산의 상업학교에 합격했고, 입학을 위해 어머니, 누이동생과 함께 기차를 타고 가는데 그때 가족 모두 아버지를 떠올리는 것이다.[24]

권환은 아버지의 도움을 받아 유학하였다. 서울 유학부터 치자면 권환의 유학 기간은 10년이다. 긴 기간 동안 권환의 아버지는 유학 경비를 마련하는 데 헌신적이었다고 한다. 권환은 늘 자신을 위해 헌신하는 아버지를 생각했던 것 같다. 그러므로 다른 곳에 마음을 돌리지 않고 학업에 열중할 수 있었다.[25]

---

23) 전희선, 「권환의 행보와 아버지 존재와의 관계 연구」, 『한중인문학연구』 44집, 한중인문학회, 2014, 216쪽.

24) 위의 글, 216쪽.

25) 위의 글, 216쪽.

우리는 여기에서 작품 「아버지」의 영수와 그의 아버지, 작가 권환과 그의 아버지 모습이 겹쳐짐을 알 수 있다. 자식의 공부를 위해 헌신적으로 뒷바라지하는 두 아버지의 모습, 그런 아버지의 뜻을 잊지 않고 열심히 공부하는 두 아들의 모습이 그것이다. 이것은 권환이 이 시기에 아버지를 어떻게 인식하고 있었는지를 보여준다. 그것은 가족에 대한 책임감을 끝까지 간직하고 자식을 위해 희생하고 봉사하는 모습이다.[26]

물론 영수 아버지와 권환 아버지가 처한 외적 정황들에서는 반대의 모습이 많다. 가난한 농민 혹은 노동자 신분의 영수 아버지와 지주이자 인텔리인 권환의 아버지는 오히려 대척점에 있다고 볼 수 있을 것이다. 하지만 소설 속 영수 아버지의 언행은 매우 품격 있는 모습으로 점잖은 양반의 모습과 다르게 느껴지지 않는다. 이것은 영수 아버지라는 인물이 가난한 농군 혹은 노동자라는 인물의 전형을 살려내지 못한다는 것이다. 여기에는 소설 「아버지」가 권환의 첫 작품이므로 숙련되지 못한 권환의 형상화 능력이 문제가 될 것이다. 하지만 그렇기 때문에 영수 아버지의 모습에 권환 아버지의 모습이 투영될 수 있는 것이다. 따라서 권환은 자신의 아버지의 모습을 소설 속 영수 아버지의 모습에 드러내었음을 짐작해볼 수 있다.[27]

권환이 지식인으로 성장한 데에는 집안의 분위기가 강하게 작용하였음을 말할 수 있다. 휘문고보 시절의 정보와 일본 유학에 관해서는 김윤식[28]의 연구가 자세한데, 그는 권환이 유학한 학교의 학적부를 열람하여 내용을 고증하고자 했다. 김윤식에 의하면 휘문고보[29] 학적부에 기록된 권환

---

26) 위의 글, 216쪽.

27) 위의 글, 216쪽.

28) 김윤식, 「이념에서 서정으로-카프 시인 권환과 교토제대」, 『작가론의 새 영역』, 강, 2006, 24~29쪽.

29) 김윤식은 '휘문중학교'라는 명칭으로 내용을 설명한다. '휘문'의 이름은 민영휘가 세운

은 (1) 사족(士族)이며, (2) 자산 상황은 추수 오백 석이고, (3) 신장 4척 8촌, (4) 두 해 동안 성적 순위가 42명 중 12위, 56명 중 25위, (5) 종교는 대종교 라고 나와 있다고 하였다.

(1)의 사족(士族)이라는 의미는 평민과 구분되는 말이다. 평민과 사족은 일본식의 호적에서 가문의 지위를 구분하는 말인데, 평민이 아닌 사족이었 다는 데서 권환의 가문이 지위를 갖추었던 것으로 평가되었음을 알 수 있 다. (2) 추수 오백 석이라면 천 석지기의 반인데, 거부는 아니지만 경제적 여유는 있던 집안인 것을 알 수 있다. (3) 신장 4척 8촌이면 약 145cm이다. 권환의 체격이 왜소했음을 알 수 있다. (4)의 성적은 중상위권이었음을 보 여준다. 이는 권환의 학업 능력을 말해주는 것이기도 하지만, 타지에서의 유학 생활이 성실했음을 증명해주는 것이기도 하다. (5) 대종교는 단군을 섬기는 신앙인데, 일제강점기에 대종교를 학적부에 쓸 수 있었다는 것은 권환의 집안과 본인이 민족의식을 강하게 갖고 있었음을 짐작하게 한다.[30]

이와 같은 내용으로 알 수 있는 것은 권환은 조선의 명문가 안동 권씨 집안의 장남이며, 유학을 뒷받침할 수 있는 경제력 있는 집안에서 태어났 으며, 왜소한 체격을 지닌 성실한 성격으로 민족의식이 강한 집안의 분위 기 속에서 자랐다는 것이다. 가치를 실천하는 아버지를 둔 아들은 역시 실

학교에 고종황제가 내린 이름이다. 1918년 사립휘문보통고등학교(4년제)로 개칭한 이 후 1922년 4월 휘문고등보통학교(5년제)로 개칭한다. 1938년 4월 휘문중학교(5년제) 로 개칭한 이후 1951년 8월 휘문중학교(3년제)와 휘문고등학교(3년제)로 분교하였다. 휘문중학교 홈페이지(http://www.whimoon.ms.kr/schoolContent/schoolHistory.do) 참 조. 권환이 다닌 시기는 1922년이므로 당시의 이름을 사용하여 이 글에서는 '휘문고등 보통학교'라 칭한다.

30) 김윤식은 권환이 가정 및 본인 신앙이 대종교라 하였음에 주목한다. 김윤식, 앞의 책, 25쪽. 이는 권환이 집안의 종교를 내면으로 받아들였음을 말해주는데, 아버지를 통해 이어지는 집안의 가치관이 권환에게 전달되었다고 볼 수 있다.

천하는 삶의 태도를 지닐 가능성이 높다. 권환이 아버지의 가치를 이어받았을 것이라 주장할 수 있는 근거는 권환이 대종교를 믿는다고 기록한 데에서도 찾을 수 있다. 단군을 섬기는 대종교는 그 사상에서 민족성을 강하게 드러낸다. 권환의 아버지는 경행학교를 세움으로써 민족교육을 위해 앞장섰다. 그리고 이를 보고 자란 권환은 책임감을 갖고 헌신하는 아버지의 모습을 소설 「아버지」에서 형상화하였다. 이는 아버지의 가치가 아들에게 전달되었음을 말해준다.

남아의 경우 어머니보다 아버지에게서 받는 영향이 더 크게 나타난다는 연구 결과가 있다. 어머니와 더 많은 시간을 보냈어도 아버지의 정서 표현에만 유의미하게 영향을 받는다는 것이다.[31]

부르디외는 각 계층의 문화적 배경이 자식에게도 이어짐을 언급한 바 있다. 부계사회에서 자녀는 아버지의 재산이나 특권에 대해 분명하게 법 차원에서 제공된 권리를 즐긴다고 하였다. 아버지는 가정 내부에서 사회적 권력을 자신의 힘으로 드러내며 법적 제재 조치를 이용해서 자신의 교육행위를 행사할 수 있다[32]고 하였다. 권환에게 보여지는 지식인으로의 면모, 그리고 민족주의적 성향, 실천의 모습은 그의 집안 분위기, 구체적으로는 아버지에게서 받은 영향이 큰 것이다.

권환의 아버지가 문중의 재실 겸 서당을 신식학교로 바꾸어 나라 잃은 시기에 민족교육의 산실로 만들었다는 것은 배움을 바탕으로 한 실천 의

---

31) Boyum & Parke, "The role of family emotional expressiveness in the development of children's social competence", 1995. 송하나, 「아동의 부정적 정서에 대한 아버지의 반응과 아버지에 대한 아동의 표상과의 관계 연구」, 『인간발달연구』 15집, 한국인간발달학회, 2008, 71쪽에서 재인용.

32) Bourdieu & Passeron, 『재생산－교육체계 이론을 위한 요소들』, 이상호 역, 동문선, 2003, 23쪽.

제1부 근대 지식인으로 문학하기

지가 있었음을 보여주는 것이다. 권환은 이러한 가풍 속에서 아버지로부터 교육받고 자랐으며 이것이 평생 그의 가치관 형성과 태도 확립에 강한 영향을 미친 것으로 생각된다. 즉, 지식인으로서 지녀야 할 사회에 대한 책무감을 권환은 그의 아버지에게서 배웠다고 할 수 있는 것이다.

2. 근대 계몽기의 모순 인식과 대안 모색

권환의 일본 유학은 1923년부터 1929년까지의 시간으로 20세에 시작된 타국에서의 유학은 27세에 마무리 된다. 권환의 일본 유학 기간은 길었으므로 일제에 의해 이루어진 근대 교육을 충분히 내면화할 수 있는 시간도 있었을 것이다. 곧, 권환에게 근대 지식은 자신의 삶의 가치관을 형성하는 데 직접적인 영향을 미쳤다고 할 수 있다. 그러면 권환이 인식한 근대의 모습은 어떤 것이었을까?

근대의 기본 정신을 합리성에 둔다면 근대 지식은 합리적 세계관으로 이루어진 지식 체계들을 말하는 것이 된다. 권환이 일본 유학을 통해서 근대 지식을 받아들였다면 그는 합리성에 바탕을 두고 세계를 인식했다는 것이 될 것이다. 그런데 합리적 사고는 수학적 사고를 바탕으로 한다. 이는 자연을 수학적 사고로 바라보는 것으로 추상적으로 구분되었던 시간을 직선적 시간의 순서로 나누어 본다는 것이다.

과거에 대해 미래를 설정하고 무지에 대해 앎을 설정한다는 인식들은 주체와 타자로 구분짓는 것과 연결된다. 우리가 세상을 인식할 때 대상을 인식하는 주체가 있고 대상이 되는 타자가 있다. 시간을 대상화하여 구분지으려는 인식은 세상도 사회도 사람도 구분지어 바라본다. 세상을 과거와 현재로 나누고, 무지했던 과거와 앎으로 채워질 미래로 나누고 나면, 우리가 나아가야 할 방향이 분명해진다. 무지한 세상을 앎의 세상으로 일깨우는 것은 계몽주의의 핵심이다. 그러면 어떤 앎으로 깨우쳐야 하는가. 근대의 합리성이다. 이 합리성은 수학적으로 계산된 것이다. 계몽주의에도 연결이 되는 이러한 근대의 특성은 삶과 사회, 세계에 대한 인식으로 확장되어 자리 잡아 간다.

서양에서 형성된 이러한 근대 지식은 일본에 수입되고 개화기를 통해 조선에도 들어온다. 이는 중국이 청일전쟁 패배로 동아시아 패권경쟁에서 물러나면서 한국의 서양문명 수용 통로가 차츰 일본으로 바뀌게 된 것이다.[33] 구한말에서 1910년대 경에는 조선의 관비 유학생이 일본으로 건너가 신지식을 배웠다. 이들은 국권 회복과 근대화라는 시대적 과제를 위해 노력했다.[34] 이 시기에 일본으로 유학하여 계몽주의를 주장한 대표적 작가로는 최남선과 이광수를 들 수 있는데 이들은 모두 조선의 근대화를 주장하였다.[35]

권환은 어려서는 아버지를 통해 한학을 공부했으나 경행재에서 이루어진 신식 교육을 받고 근대 교육제도로 설립된 중동과 휘문학교, 일본 유학 후 야마가타 고등학교, 교토제국대학을 다니며 제도권 내의 근대 교육을

---

33) 고유경, 「근대 계몽기 한국의 독일 인식—문명 담론과 영웅 담론을 중심으로」, 『근대 계몽기 지식의 굴절과 현실적 심화』, 이화여자대학교 한국문화연구원 편, 소명출판, 2007, 297쪽.

34) 박선미, 『근대여성, 제국을 거쳐 조선으로 회유하다—식민지 문화지배와 일본유학』, 창비, 2007, 63쪽.

35) 최남선과 이광수의 계몽 인식에 대해서는 송기한의 견해를 참고한다. '최남선은 근대 국가를 건설하기 위한 조선만의 동질화 전략을 필생의 과제로 받아들여 조선주의를 주장하였다. 그것의 하나가 시조 부흥 운동이다.' '이광수는 근대 부르주아 형성기의 지식인답게 월등한 우월의식을 갖고 미몽의 상태에 있었던 조선을 개화하려 들었다. 그는 조선의 근대를 가로막고 있었던 제반 사유들을 개혁하기 위해 자신이 할 수 있는 사유체계들을 글쓰기를 통해 표방했다.' 송기한, 『한국 시의 근대성과 반근대성』, 지식과교양, 2012, 55쪽, 83쪽.

받았다. 권환의 아버지 권오봉이 선각자적인 인식으로 세운 경행재에서 교육받고 이어서 제도권의 근대 교육을 이수했다면 권환이 공부해야 하는 이유 중에는 '무지함을 깨우치겠다'는 계몽주의의 성격이 포함된다. 그러면 이때 권환에게 있었던 계몽주의는 개화기의 선각자들이 생각한 계몽주의와 같은 종류의 것이었을까?

> 東京留學生들…… 中에 一流로 自任하는 者들은 決코 時勢에 逆行하는 愚를 學하지 아니한다. 그네가 筆로 舌로 絕叫하고 또 畢生의 精力을 다하야 노력하려 하는 바는 産業의 發達, 敎育의 普及, 社會의 改良 등이다. 엇더케 하면 조선을 知케 하고 富케 할까 하는 것이 그네의 理想이었다. [36]

이광수의 글을 보면 동경유학생들이 중요하게 생각하는 것은 조선의 부국강병이다. 그리고 조선의 부국강병은 근대 지식, 근대 문명을 받아들임으로써 가능하다고 인식하고 있다. 그런데 근대 지식은 동경유학생들에 의해 전파 가능한 것이다. "조선을 알고 부유케" 하는 것은 지식인들이 무지한 조선인을 일깨우는 입장에서 일어나는 것으로 보고 있다. 이것은 한편으로는 이광수가 생각한 지식인의 의무를 말해주는 것이기도 하다. 일본에서 근대성을 공부한 유학파 지식인들이 조선에 돌아와서 무지몽매한 조선인을 일깨우고 그들의 삶을 부유하게 만들 수 있도록 해야 하는 것이다. 지식인의 의무를 강조하고 있다는 면에서 권환과 공통점이 있지만 근대성을 바라보는 시각과 제국의 논리를 인식하는 면에서는 차이가 난다. 권환은 근대성의 장점만을 바라보지 않았다. 그는 근대의 모순도 함께 보

---

36) 이광수, 「五道踏破旅行」, 『每日申報』(1917.8.16), 김경택, 「1910·20년대 동아일보 주도층의 정치경제사상 연구」, 연세대학교 대학원 박사학위 논문, 1999, 111쪽에서 재인용.

앗다. 근대의 발달은 산업의 발달을 수반하고 산업의 발달은 자본가와 노동자의 문제, 농촌의 황폐화, 제국주의의 식민지 수탈을 발생시킨다. 권환이 사회주의 운동가로 활동한 것은 이와 같은 근대의 모순을 인지했기 때문에 나오는 것이다.

근대성을 성취해야 할 하나의 이상적 상태[37]로 보는 것은 오히려 식민지 국가가 제국주의의 논리를 내면화하는 모순을 만들게 된다. 이러한 모순은 개화기 선각자들에게 큰 영향을 준 중국의 량치차오(梁啓超)의 논리에서도 발견할 수 있다. 권환과 량치차오의 연관성은 권환의 아버지가 세운 '경행학교'의 교육 내용으로 짐작해볼 수 있다. 경행학교의 교육과정이나 교사 체계에 대해서 현재까지 구체적인 자료를 알 수 없지만 권환의 당숙인 권오익의 글을 통해 간접적으로 짐작해볼 수 있다.

당시 사립소학교 교육은 배일사상의 고취와 항전의식의 앙양에 전력을 다하여 순국열사·의사에 대한 선동적 강화와『幼年必讀』,『越南亡國史』류의 愛國 讀物에 많은 시간이 할애되었고 상급반에는 량치차오의『飮氷室文集』중의『朝鮮亡國史略』이 부교재격으로 등장되었다.[38]

권오익이 말하는 '당시 사립소학교'는 '경행학교'를 말하는 것이다.[39] 위

---

37) 이와 관련하여 곽은희가 언급한 '이념적 근대'성을 적용할 수 있다. 이념적 근대란 근대성을 이념의 견지에서 이해하는 것으로, 근대를 이상적인 사회 상태로 보고, 그 구현을 사회적 목적이나 과제로 삼는 것을 일컫는다. 하지만 근대성은 그것이 추구해야 할 이상적인 상태로 머물러 있지 않는다. 그러므로 근대성에 대하여 올바로 접근하기 위해서는 이념의 견지에서뿐만 아니라 현실태, 실정성(positivity)의 견지에서도 파악할 필요가 있다고 하였다. 곽은희, 「일제 말 친일문학에 나타난 식민지 근대성 연구—최남선·이광수의 비평을 중심으로」, 영남대학교 대학원 박사학위 논문, 2007, 7쪽.

38) 권오익, 「나의 학창시절」, 『素波閑墨』, 대한교과서주식회사, 1994, 94–95쪽.

39) 송성안, 앞의 책, 100쪽.

의 내용을 보면 경행학교에서 중점을 둔 교육이념은 '배일사상', '항전 의식' 등임을 알 수 있다. 곧 민족교육을 강조했음을 알 수 있는데, 눈에 띄는 것이 '량치차오'의 저서를 읽었다는 점이다. 인용문에 언급된 『유년필독(幼年必讀)』, 『월남망국사(越南亡國史)』, 『음빙실문집(飮氷室文集)』, 『조선망국사략(朝鮮亡國史略)』는 모두 량치차오의 저서이다. 량치차오[40]는 일본에서 유학한 근대 지식인으로 중국의 변법자강운동을 일으켰던 사람이고, 그의 저서는 조선의 개화기 지식인들에게 많은 영향을 미쳤다.[41]

『월남망국사』는 프랑스의 식민지가 되어버린 베트남의 망국을 기술한

---

40) 량치차오(梁啓超, 1873~929)는 중국 광동성 신회현의 한 섬에서 태어났다. 어려서부터 뛰어난 재질을 보여 나이 12세에 수재(秀才)가 되었으며 17세에 향시에 응시하여 거인(擧人)이 되었다. 1890년 상경하여 회시(會試)에 실패했으나 유신변법파(惟新變法波)의 선구자였던 캉유웨이(康有爲)와 사제의 인연을 맺고 생애 전환기를 맞이했다. 캉유웨이와 함께 1898년 광서제(光緖帝)로 하여금 무술신정(戊戌新政)을 선포하게 했지만 서태후를 중심으로 한 보수파의 반대로 실패하고 말았다. 1898년 일본으로 망명한 이후 1911년까지 해외에서 13년의 망명 생활을 했다. 이 시기 와세다 대학의 창립자 오오쿠아 시게노부(大隈重信) 등의 헌정당 원로들의 지원으로 『청의보(淸議報)』(1898)와 『신민총보(新民叢報)』(1902)를 간행하였다. 일본에 체류하면서 량치차오는 일본 메이지유신의 성공에서 계시를 얻어 서양의 사상, 학술, 정치제도 등을 대대적으로 수용하여 자신의 애국사상, 신민사상, 교육사상 등을 형성하였다. 이들 사상들은 그가 주관한 신문과 잡지를 통해 발표되어 중국 국내에 커다란 영향을 미쳤다. 중국으로 돌아와서 1913년 위안스카이(袁世凱) 정부에 입각했지만 계속되는 권력투쟁 속에서 정치적 활동의 전망을 상실하고, 1917년 정치계에서 완전히 은퇴했다. 이후 일 년 동안 유럽을 여행한 뒤 1929년 신장병으로 죽을 때까지 학술사업에 몰두했다. 우림걸, 『한국 개화기 문학과 량치차오』, 박이정, 2002, 26~27쪽, 이혜경, 『량치차오 : 문명과 유학에 얽힌 애증의 서사』, 태학사, 2007, 17~23쪽 참조.

41) 량치차오의 글이 조선에 최초로 소개된 것은 1897년 『대한조선독립협회회보』 제2호이다. 이후 량치차오의 사상은 조선 개화기 지식인들에게 많은 영향을 주게 되는데 그이유는 량치차오가 주관한 신문이 조선에 들어올 수 있었기 때문이다. 량치차오의 『청의보』, 『신민총보』와 같은 신문들은 조선의 경성과 인천에 있던 대리 발행처 혹은 발행판매처를 통해 바로 수입될 수 있었다. 우림걸, 위의 책, 27~28쪽 참조.

책인데 1900년대 한국 독자들에게 가장 널리 읽혀진 책 중의 하나이다. 1906년 11월에 현채(玄采)에 의해 국한문혼용체로 번역하여 한국에 소개되었는데, 현채의 번역본에 「조선망국사략」의 글이 포함되어 있다. 주시경은 이 책을 다시 순한글로 번역하여 출간했고 당시 학교 교재로 널리 사용되었던 『유년필독』에 수록하기도 했다.[42)

량치차오의 『음빙실문집(飲氷室文集)』은 일부가 5년 후 『음빙실자유서(飲氷室自由書)』라는 이름으로 국내에 번역·소개되었는데, 이 책은 영웅 논설들을 비롯하여 비스마르크를 위시한 서양 근대의 위인들을 소개함으로써 근대 계몽기 말기에 집중적으로 전개된 영웅 담론에 상당한 영향을 미쳤다.[43)

인용문은 권오익의 글이고, 권환이 경행학교에서 량치차오를 읽으며 공부했다는 확실한 기록은 없지만, 경행학교는 아버지가 세운 학교이고 몇 년 차이가 나지 않는 당숙이 그곳에서 공부했으며 량치차오가 당시 개화기 지식인에게 미친 영향이 매우 컸음을 생각한다면 권환이 량치차오의 글을 접했다고 보는 것에는 무리가 없을 것이다. 더구나 량치차오의 글 중에는 독일의 위인 비스마르크, 철학자 칸트를 소개한 글들이 있는데 권환이 전공한 독일 문학과 자연스럽게 연결된다.

당시의 일본과 조선, 독일의 관계를 연구한 서적[44)을 참고하면 독일은 일본이 자신의 근대화를 위해 모방한 서양의 여러 나라들 중 가장 중요한 위치를 차지한 나라였고, 근대 계몽기의 지식인들이 누구보다도 열광했던 독일의 영웅은 독일 통일의 주인공 비스마르크였다고 한다. 독일을 통일

---

42) 위의 책, 37쪽 참조.
43) 고유경, 앞의 글, 295쪽.
44) 위의 글, 298~316쪽.

제1부 근대 지식인으로 문학하기

하여 강력한 국가를 만드는 데 앞장선 비스마르크를 통해 조선인들이 망국의 상황을 딛고 일어설 수 있는 태도를 본받고자 했을 것임을 짐작할 수 있다. 량치차오 또한 그의 저서에서 독일의 비스마르크를 배워야 할 영웅으로 언급했던 것도 열강의 침략으로 위기에 처한 중국을 구할 수 있는 정신이라 여겼기 때문일 것이다.

그런데 량치차오가 전하는 이러한 영웅 담론과 근대화 정신은 몇 가지 문제점을 안고 있다. 량치차오의 근대 사상이 조선의 개화기 지식인에게 미친 영향은 부국강병을 이루어 열강의 침략에서 벗어나자는 것이었다. 부국강병을 위해서는 '나라의 힘'을 길러야 하는데 이는 교육의 힘으로 이루어진다. 그런데 교육의 힘으로 우리가 이루어야 하는 것은 서구의 '나폴레옹', '비스마르크' 같은 위대한 인물의 양성이다. 이들처럼 훌륭한 인물이 되어 국가를 부강하게 만들어야 한다는 주장이었다. 하지만 사회진화론이 바탕이 된, 힘을 가진 자가 경쟁에서 승리한다는 논리는 제국주의의 논리이다.[45] 결국 서구 근대 교육을 받아들여 힘을 기르자는 논리는 힘을 가진 국가가 약한 국가를 지배해야 한다는 제국주의의 논리를 그대로 받아들인 것이 되어버렸다.

1차 세계대전의 발발과 중국 정치혁명의 한계를 접한 량치차오는 1920년대에 와서 다시 유가의 도덕 철학과 불교, 묵자의 평화주의와 크로포트킨의 연대주의 등의 다양한 대안적 이데올로기들에 대해서 관심을 보이지만[46] 초기에 량치차오가 견지한 '부강한 국가'를 위해 '강자의 힘'을 가져야 한다는 논리는 약자와 인권을 존중해야 하는 근대 민주 정신에는 위배되는 것이

---

45) 이와 관련해서는 박노자, 「힘으로서의 자유 : 량치차오의 강권론적 '자유론'과 구한말의 지성계」, 『한국민족운동사연구』 39, 한국민족운동사학회, 2004를 참고할 수 있다.
46) 위의 글, 261쪽.

었다.

바로 이 지점이 권환과 량치차오가 구분되는 점이다. 권환이 '경행학교'에서 독일 영웅을 접하고 이상적 근대국가로서 독일을 알게 되었다면, 독일의 문화와 독일 영웅은 권환과 경행학교 학생들에게 망국의 상황을 딛고 일어설 수 있는 방법이 되었을 것이다. 즉, 권환에게 독일 문학은 외국 문학으로서가 아니라 민족의 문제를 해결할 방법으로 작용한 것이다.

하지만 권환은 량치차오의 방식으로 근대를 인식하지 않았다. 그는 근대의 힘을 인식하면서도 근대의 모순을 함께 보았다. 그는 교토제국대학 졸업논문으로 「革命詩人 Ernst Toller의 작품에 나타난 그의 사상」을 썼다. 권환이 논문의 대상으로 삼은 작가 에른스트 톨러[47]는 표현주의 작가이며 반근대성을 주장하였다. 표현주의는 급속한 기계주의, 물질만능주의를 깨뜨리는 것을 주장하는 것인데, 이것은 근대의 문명으로 나타난 산업사회의 문제를 지적하는 것이다. 권환의 졸업 논문이 에른스트 톨러를 주제로 잡은 것이고, 에른스트 톨러를 혁명시인으로 규정하고 있다는 것은 권환이 근대의 모순을 함께 인식하고 있다는 것이다.

권환이 일본에 유학하던 당시 톨러의 대표적인 희곡 작품인 〈독일인 힝케만〉을 번역한 작가로는 기타무라 기하츠(北村喜八)[48]와 다무라 도시오(田村俊天)[49]를 들 수 있다. 이들은 톨러의 극을 반전극으로, 인간성 혹은 인류

---

47) 에른스트 톨러(1893~1939)는 유대계 극작가이자 시인이다. 반전주의자로서 동맹파업에 가담해 형무소에 들어갔고, 그곳에서 표현주의적 희곡 〈변신(Die Wandlung)〉(1919)을 썼다. 그 후 공산당에 관련했고, 5년 동안 복역했고, 복역 중 「군중인간」, 「기계 파괴자」, 「독일인 힝케만」, 시집 『제비의 글』을 썼다. 김윤식, 앞의 책, 30~31쪽 참조.

48) 北村喜八, 『獨逸男 ヒソケマソ: 表現派戲曲悲劇三幕』, 東京: 新詩壇社, 1924, 2쪽. 이정숙, 「김영팔 희곡 「대학생」의 변화와 표현주의극 「힌케만」의 영향」, 『한국극예술연구』 50, 한국극예술학회, 2015, 93쪽에서 재인용.

49) 田村俊天, 『ヒソケマソ』, 東京: 靑文カゼネット, 1925, 3쪽, 위의 글, 93쪽에서 재인용.

애를 추구하는 작품으로 소개하면서 톨러의 작품을 관통하는 중요한 사안을 전쟁, 일자리 부족, 그리고 자본가들의 착취로 보았으며, 이를 통해 톨러를 인간성을 상실하게 하는 것들을 강하게 비판하는 작가로 규정했다.[50] 권환이 이들 번역가의 작품을 접했다면 에른스트 톨러에 대해 설명하는 이와 같은 내용들을 읽었을 것이다. 권환은 논문 제목에서 톨러를 '혁명시인'으로 규정하고 있다. 이는 표현주의의 특성과 아울러 톨러가 주장하는 내용이 당시의 사회가 안고 있는 근대성의 모순을 바로잡고 인간성을 회복하는 것에 있다고 생각했기 때문이었을 것이다.[51]

톨러는 자서전 『독일에서의 청춘 (Eine Jugend in Deutschland)』을 썼다.[52] 자서전은 개인의 사상과 가치관을 진실하게 나타낸다. 그는 1차 세계대전에 참전하여 전쟁의 비극을 체험하였고, 히틀러에 대한 대중의 지지를 보면서 미성숙된 대중들의 문제점을 느꼈다. 그래서 그는 자서전에서 대중을 올바르게 교육하는 것이 필요함을 강조하였다. "미래의 학교가 해야 할 가장 중요한 과제는 아이들에게 인간적 상상력과 감정이입의 능력을 가르쳐

---

50) 위의 글, 93쪽.

51) 이강복은 에른스트 톨러의 작품에 나타난 '혁명'의 의미를 연구하였다. 그는 톨러의 희곡작품 〈변화〉 서시 부분에서 톨러가 시인의 사명을 역설하고 있음을 지적하였다. 그에 의하면 시인은 세상의 고통을 함께 경험하고 고통을 당하는 이들에게 기쁨을 선사할 형제를 찾고 혁명적으로 행동할 것을 촉구한다. 그것은 상대에 대한 요구일 뿐만 아니라, 시대에 대한 책임을 통감하고 사회개혁을 위해 선구자적인 진실된 인간으로 거듭나야 할 자신의 길에 대한 예시라고도 하였다. 이강복, 「에른스트 톨러의 작품에 나타난 혁명의 의미」, 『국제문화연구』 17집, 청주대학교 국제문제연구원, 1999 참조.

52) 이 책은 1933년 네덜란드 암스테르담에서 출간되었다. 톨러의 유년시절부터 1924년 독일 바이에른의 니더쇠넨펠트 형무소에서 그가 출옥할 때까지의 삶을 기록하고 있다. 서문과 총 16장으로 구성된 이 책은 1893년부터 1924년까지 30년간의 삶을 다루고 있다. 이상복, 「역사 반성으로서의 자서전-에른스트 톨러의 『독일에서의 청춘』」, 『브레히트와 현대연극』 35권, 한국브레히트학회, 2016, 102쪽.

주는 것이고 타성과 싸워 이기고 극복하도록 하는 것이다."[53]라고 한 것은 인간적 감정의 회복과 자율적 인간으로 올바르게 성장하는 것이 중요함을 강조한 것이다. 권력과 권위에 대한 복종심은 히틀러로 대표되는 파시즘을 확장시키고 말 것이다. 근대의 모순을 극복하고 파시즘의 횡포를 제어할 수 있는 힘은 올바르게 성장한 대중에게서 나온다. 그것이 혁명을 가능하게 할 것이다. 권환은 평생 동안 대중에 대한 올바른 교육과 근대의 모순성을 극복하는 데 힘을 쏟았다. 이는 권환과 톨러가 지향한 가치가 매우 유사함을 보여준다.

일본 유학을 통해 근대의 모순을 인식한 권환은 그 대안으로 '사회주의'를 택하였다. 사회주의는 자본주의 근대에 대한 총체적인 비판 이론이라는 점에서 반근대 담론의 앞자리에 있지만 근대적 합리성과 과학성, 체계성의 산물이란 점에서 근대의 적자이기도 하다.[54] 사회주의가 갖는 이러한 이중성은 사회주의에서 볼 수 있는 비판과 성찰적 성격 때문이다. 현상을 대상화하여 인식하는 태도는 근대 지식의 특성이다. 사회주의는 근대의 산물로 발생한 사회 현상을 대상화하여 인식하였고, 그 인식은 근대성에 대한 비판으로 이어졌다. 사회주의가 인식한 근대의 문제점은 산업 문명으로 발생한 소외의 문제이다. 그리고 계급으로 구성된 사회구조이다. 사회주의의 궁극적 목적은 혁명을 통한 계급 해방에 있으므로 목적 달성을 위해서는 개인의 실천이 필요하다. 실천은 인간의 행동이다. 그리고 행동은 지속성을 요구한다. 지속적인 행동의 유지는 개인의 자기비판으로 이어지므로 사회주의는 끊임없는 자기비판과 성찰을 요구하는 것이

---

53) 위의 글, 116쪽에서 재인용.
54) 박헌호, 「'계급' 개념의 근대 지식적 역학」, 『상허학보』 22집, 상허학회, 2008, 15쪽.

다.[55)]

사회주의가 갖는 자기비판과 성찰적 성격은 권환으로 하여금 자신이 처한 상황을 돌아보게 했을 것이다. 근대의 모순을 극복하기 위해 끊임없는 성찰을 요구하는 사회주의의 성격은 식민지 청년이 처한 상황을 극복할 수 있는 방법을 고민하게 했을 것이다. 그것은 지식인이 지녀야 할 실천적 자세와도 통했으며 앞으로 살아가야 할 삶의 태도와도 연결되는 것이다.

권환은 근대 지식으로서 사회주의를 습득하였다. 우리는 일반적으로 근대 지식을 전통 지식과는 단절되는 별개의 것으로 생각한다. 하지만 한 개인이 새로운 지식을 받아들일 때는 기존에 자신이 가지고 있던 지식 체계를 바탕으로 한다. 그러므로 권환에게 습득된 근대 지식으로서의 사회주의는 그가 가지고 있던 가치 체계와 상통하는 면이 있다.

권환은 어려서는 아버지에게서 한학을 배웠다. 그것은 사서삼경(四書三經)을 바탕으로 한 유가 지식이었다. 인의예지(仁義禮智)를 바탕으로 하는 유가 지식은 수신(修身)의 태도를 바탕으로 권환에게 윤리적 자세를 갖추게 하고 인간에 대한 사랑의 마음을 갖게 하였을 것이다. 경행학교로 이어진 교육에서는 계몽기 신학문을 바탕으로 망국의 어려움에 처한 민족이 나아가야 할 길을 배웠을 것이다. 서울 유학과 일본 유학을 통해서는 제도화된 근대 지식의 체계를 갖출 수 있었다. 그리고 현상을 대상화하여 연구하는 근대 학문의 연구 방법을 바탕으로 근대의 모순을 파악할 수 있었다. 이것은 에른스트 톨러가 보여준 반근대성과 혁명성을 지지하는 태도로 나아갔고 이어 사회주의 사상에 대한 관심으로 이어졌다.

권환이 일본 유학 시절 마르크스 사상을 접한 것은 당시 일본의 분위기

---

55) 박헌호는 근대 지식으로서의 사회주의가 갖는 성찰의 내면적 · 사회적 의미와 동력학에 주목하였다. 위의 글, 24쪽 참조.

때문으로 보인다. 교토제대 시절 그가 활동한 조선인 유학생 모임의 기관지 『학조(學潮)』가 이미 강한 사회주의적 경향을 보였고, 교토제국대학에서도 사회주의 경향을 보이는 교수들도 있었다. 권환이 제국대학을 다니면서 몸을 담고 있던 조직체는 '재교토조선인유학생학우회'였다. 이 모임의 기관지가 『학조』였는데, 권환은 '권경완'이라는 이름으로 『학조』에 「알코잇는 령−엇든 尼僧의 참회담」을 발표한다. 당시 일본은 다이쇼 데모크라시[56]의 분위가 퍼져 있었고, 이에 따라 사회주의 사상도 만연해 있었다. 이것은 교토 지역 유학생 모임의 기관지 『학조』에서도 일어나는 분위기였다.

교토의 조선유학생 잡지를 연구한 정종현에 따르면 '재교토조선인유학생학우회'는 그 기관지로[57] 『학조』를 창간하였고, 이 단체는 단순 친목만을 위한 조직은 아니었으며, 노동야학에 강사를 파견하기도 하였다. 특히 『학

---

56) 다이쇼 데모크라시란 호헌 3파 내각에 의한 개혁들이 이루어진 1905년부터 1925년까지 거의 20년간 일본의 정치를 비롯해 널리 사회·문화 각 방면에 현저하게 나타난 민주주의적 경향을 말한다. 마쓰오 다카요시, 『다이쇼 데모크라시』, 오석철 역, 소명출판, 2011, 5쪽 참조.

57) 당시 교토 지역에서 발간된 유학생 관련 잡지로 『학우(學友)』, 『학조(學潮)』, 『경도제국대학조선유학생동창회보(京都帝國大學朝鮮留學生同窓會報)』가 있음을 확인할 수 있다. 『학우(學友)』는 1919.1.1, 『학조(學潮)』는 창간호(1926.6.27)와 2호(1927.6.15), 『경도제국대학조선유학생동창회보(京都帝國大學朝鮮留學生同窓會報)』는 창간호(1936.11.10)부터 제6호(1941.12.20)까지 발행된 것으로 보인다. 이 중 『학조』는 1920년대 일제의 '문화통치'의 일환으로 제2차 조선교육령이 시행되어 증가된 조선 유학생들이 개별 학교의 차이를 넘어서 조선유학생학우회를 조직한 단체 '경도유학생학우회(京都留學生學友會)'의 기관지이다. 이 조직은 경도제대(京都帝大), 동지사대(同志社大), 입명관대(立命館大), 동지사여자대학(同志社女子大學), 삼고(三高)와 전문학교 및 중학교 등의 유학생을 망라하였으며, 1926년 당시 500여 회원을 지닌 조직이었다. 『학조』의 발행인과 학우회의 대표자들은 교토제대와 동지사 재학생들이었다. 정종현, 「경도의 조선유학생 잡지 연구」, 『민족문화연구』 59호, 고려대학교 민족문화연구원, 2013, 471~478쪽 참조.

제1부 근대 지식인으로 문학하기

조』 2호가 간행될 때 교토학우회의 대표는 조선공산당원이자 신간회 교토 지회 간사, 고려공산청년회 일본총국 위원 등의 이력을 지닌 교토제대 농학부 송을수(宋乙秀)였다. 따라서 『학조』 2호에는 창간호보다 마르크스주의적 경향이 노골적으로 드러난 기사들이 많았다.[58]

권환은 『학조』 2호에 권경완이라는 이름으로 소설 「알코잇는 령-엇든 尼僧의 참회담」을 발표하였으므로, 그도 교토학우회 및 『학조』 활동과 관련을 맺고 있었음을 짐작할 수 있다.[59]

「알코잇는 靈-엇든 尼僧의 참회담」의 줄거리는 다음과 같다. 원래 어느 중학교 교사의 아내였던 여자 주인공은 화단의 장미가 예뻐서 장미꽃을 꺾는다. 그리고 이것을 남편에게 던졌는데 뜻밖에도 장미꽃의 가시에 남편 눈이 찔린다. 상처는 쉽게 아물지 않고 깊어져 결국 남편은 실명하게 된다. 이후로 줄곧 남편 시중을 들던 아내는 어느 순간부터 남편이 귀찮아진다. 대신 자신과 남편을 위로하기 위해 집에 자주 방문하던 남편의 친구를 좋아하게 된다. 결국 남편의 친구와 불륜을 저지르게 되고, 이 사실을 알게 된 남편은 분노를 참지 못해 아내를 칼로 찌르고 자살한다. 비록 칼이 어깨를 빗맞게 되어 아내는 살아났지만 자신의 잘못을 회개할 목적으로 절에서 수도하며 살아간다. 소설의 첫 대목은 이러한 아내의 고백이다.[60]

> 내가 이절(寺)로오기는 오년전수무네살적임니다 내가저번화하고 환락(歡樂)만흔 속계(俗界)를 도망해서 이적막한산ㅅ속 적은절을 차저온 것은 과거의더럽고죄악만흔생활을 모다쟁화(淨化)식혀 맑고밝은세계를털끗만치라도보고십허그리햇지마는 과연엇더케될 난지요 되고안되

---

58) 위의 글, 483~486쪽
59) 전희선, 앞의 글, 212쪽.
60) 위의 글, 217쪽 참조.

는것은 모두내 발미테쌧처잇는신앙(信仰)의압길과 가슴속에수련(修鍊)
돼 가는령(靈)의힘에잇겟지요[61]

이 작품에서 두드러지게 강조되는 것은 윤리성이다. 아내의 불륜은 비
윤리적인데, 그것에 대해 아내는 깊이 반성하고 있다. 독자가 부도덕한 아
내를 받아들일 수 있다면 그것은 아내가 자신의 죄를 참회하고 있기 때문
이다. 참회하는 행동은 아내의 비윤리성을 씻어준다. 그래서 다시 윤리적
인 아내로 돌아오게 한다. 일본 유학 중인 권환이 윤리성을 강조하는 작품
을 썼다는 것은 당시 그의 내면이 윤리성을 지켜야 한다는 것에 비중을 두
고 있었기 때문이라 생각할 수 있다. 윤리성은 인간에 대한 배려와 인간다
운 삶을 지향한다. 그런데 이러한 윤리성은 사회주의 사상에서 소외된 인
간을 배려하려는 윤리성과 통하는 면이 있다.

> 임금노동의 평균 가격은 최저임금, 즉 노동자가 노동자로서 가까스
> 로 생활을 유지하게 하는데 절대적으로 필요한 생존 수단의 총액이다.
> 따라서 임금노동자가 자신의 노동으로 전유하는 것은 단지 생존을 가
> 까스로 연장하고 재생산하는 데에나 충분하다. 우리는 결코 노동의 산
> 물에 대한 이 개인적 전유, 인간 생명의 유지와 재생산을 위해 이루어
> 지는 전유, 타인들의 노동에 대한 지배를 가능하게 할 잉여는 전혀 남
> 기지 않는 전유, 이러한 전유를 폐지하려는 것이 아니다. 우리가 제거
> 하고자 하는 것은 다만 이 전유의 비참한 성격, 노동자가 자본을 증가
> 시키기 위해서만 살고 지배계급의 이익이 필요로 하는 한에서만 살도
> 록 허용되는, 이 전유의 비참한 성격일 뿐이다.[62]

---

61) 이순욱, 「권환의 소설 「알코잇는 靈」의 자리」, 『근대서지』 3호, 근대서지학회, 2011,
242쪽에서 재인용.

62) 마르크스・엥겔스, 『공산당 선언』, 개레스 스테드먼 조스 서설・주해, 권화현 역, 펭귄
클래식코리아, 2010, 246~247쪽.

사적 소유의 적극적 지양은 인간적 생활의 자기화로서, 모든 소외의 긍정적 지양이며 따라서 종교, 가족, 국가 등등으로부터 자신의 인간적인, 즉 사회적 현존재로의 인간의 회기이다. 종교적 소외 그 자체는 오직 의식의 영역에서만, 인간 내면의 영역에서만 생기지만, 경제적 소외는 현실적 생활의 소외이다. 따라서 소외의 지양은 양측면을 포괄한다.[63]

마르크스는 사적 소유의 욕망이 소외의 이유가 됨을 강조하였다. 더 많이 소유하려는 욕망은 상대를 기만하고 재물을 약탈하게 만든다. 사적 소유에 대한 욕망이 커지면 착취가 발생한다. 자본가 계급이 더 많은 잉여가치를 생산하기 위해 노동력과 노동자의 시간을 착취한다. 노동자는 자본가의 착취로 인해 스스로의 노동에서도 소외되어 간다. 결국 이러한 문제를 해결하기 위한 것이 '사적 소유의 지양'이다. 사적으로 더 많이 소유하려는 욕망을 내려놓고 생산된 재화를 균등하게 분배하여 소유로 인해 생기는 모순을 해결하는 것이다. 이른바 '공산주의'로 일컬어지는 제도가 마르크스가 생각한 이상사회였다.

맹자는 '항심(恒心)'을 위해 '항산(恒産)'이 우선되어야 한다고 했다. 공자 또한 백성이 배부른 것이 먼저라고 했다. 유가에서 강조하는 경제적 만족은 궁극적으로는 군자의 도를 이루기 위한 것이다. 이것은 현대의 사회복지 사상과도 연결할 수 있는 점으로 마르크스의 사회주의 사상에서 강조하는 소유의 균등한 분배를 떠올리게 한다.[64] 경제적 만족 후에야 갖출 수

---

63) 마르크스, 『1844년의 경제학 철학 초고』, 최인호 역, 박종철출판사, 1990, 298~299쪽.
64) 유가 사상을 바탕으로 현대의 사회복지 사상을 연구한 논문들로는 다음을 참고할 수 있다. 백남권, 「선진 유가의 사회복지 사상 – 맹자를 중심으로」, 한국방송통신대학교 대학원 석사학위 논문, 2015 ; 유종국, 「맹자의 보민론이 지닌 사회보장적 성격」, 『한국사회복지학』 65집, 한국사회복지학회, 2013 ; 임헌규, 「유가에서의 도덕과 이재」,

있는 인간 삶의 가치에 대한 지향은 유가 사상과 마르크스의 사상의 공통점이라 할 수 있다.[65] 이러한 공통점은 구한말 유가 지식인들이 사회주의 사상에 공감할 수 있는 바탕을 만들어준다.[66] 정통 유가 집안에서 자라난 권환은 근대 지식을 습득하며 근대성을 익혔지만 근대가 생산한 비인간적인 모순에 대한 대안으로 사회주의에 관심을 갖게 된다. 그것은 유가와 사회주의 사상이 통하는 지점에서 해법을 찾은 것이라 할 것이다.

3. 근대 정신의 수용과 사회주의의 신념화

근대 교육제도에 의해 근대 지식을 습득한 권환은 근대의 직선적 시간관을 바탕으로 합리적으로 사고하였다. 앞 절에서 사회주의는 유가에서 지향하는 인간다운 삶에 대한 지향과 공통점이 있다고 하였다. 하지만 봉건제도하에서 형성된 전통 유가 사상과 근대 문명하에서 발생한 사회주의

『한국철학논집』 31집, 한국철학사연구회, 2011.

[65] 박노자는 극동 사회주의의 근저에 흐르고 있는 유가적 심성을 가장 잘 보여주는 텍스트가 궈모뤄(郭沫若, 1892~1978)의 『마르크스의 공자 방문기』(1925)라고 하였다. 그는 공자와 마르크스의 가상 대화를 중심으로 하는 이 텍스트에서 공자가 자신의 인정(仁政), 균분(均分), 대동(大同) 이념이 마르크스의 공산(共産) 관념과 대동소이하다고 웅변하자 마르크스는 원시 유가를 비(非)과학적인 공산주의로 인정해준다는 점을 지적한다. 유가에 대한 진보주의자들의 비판이 있던 1920년대 중반에도 원시 유가의 고귀한 인본주의를 사회주의의 전신(前身)으로 인정해주는 신사상가들이 언제나 있었음에 주목하였다. 박노자, 『우리 역사 최전선』, 푸른역사, 2008, 105쪽 참조.

[66] 일제강점기 유학적 지식인의 사회주의 수용 양상을 연구한 심상훈은 1920년대 경북 남부지역의 사회주의 운동 중심에는 명문가 집안 출신들의 유학적 지식인들이 있었다고 하였다. 이들은 당시의 시대적 문제를 유가를 대신해 사회주의라는 새로운 이념으로 달래고자 했으며 새로운 이상향의 실천을 사회주의의 민족해방운동으로 표출하고자 했을 것이라 하였다. 심상훈, 「일제강점기 유학적 지식인의 사회주의 수용과 민족운동」, 『동아인문학』 29, 동아인문학회, 2014, 423쪽.

는 차이점이 있다.

> 맹자가 말했다. "이제 은혜가 충분히 금수에 미치지만 공이 백성에게 이르지 못하는 것은 유독 어째서입니까? 그렇다면 한 깃을 들지 못하는 것은 힘을 쓰지 않기 때문이며, 한 수레의 장작을 보지 못하는 것은 눈 밝음을 쓰지 않기 때문이며, 백성이 보호를 받지 못하는 것은 은혜를 쓰지 않기 때문입니다. 그러므로 왕이 왕을 하지 못하는 것은 하지 않을 뿐이지, 하지 못하는 것이 아닙니다."[67]

백성의 삶을 국가가 보장해주어야 한다는 의미로 해석이 되기도 하지만 주체는 왕이다. 유가에서는 봉건제에서 존재하는 계급사회 안에서 리더로서의 왕의 자세를 언급한다. "임금은 임금답게 신하는 신하답게(君君臣臣)"라는 큰 틀 안에서 왕이 지켜야 할 도리로서 백성의 삶을 지켜줄 것을 강조하는 것이다.

하지만 사회주의에서는 세상의 구조를 자본가와 무산자 계급 간의 갈등 구조로 본다. 사회에 존재하는 불평등은 자본가 계급의 착취에 의해 이루어진 것이므로 무산자 계급의 주도로 자본가 계급을 물리치고 무산자 계급의 연대를 만들어야 함을 강조한다.

> 지금까지 존재한 모든 사회의 역사는 계급투쟁의 역사이다.
> 자유민과 노예, 귀족과 평민, 영주와 농노, 동업조합의 장인과 직인, 한마디로 억압자와 피억압자는 서로 끊임없이 대립하면서 때로는 은밀하게 때로는 공공연하게 싸움을 벌여왔으며, 이 싸움은 매번 사회 전반

---

67) 『孟子』「梁惠王章孟句子上」7–7, "(…)今 恩足以及禽獸 而功不至於百姓者 獨何與 然則 一羽之不舉 爲不用力焉 輿薪之不見 爲不用明焉 百姓之不見保 爲不用恩焉 故 王之不 王 不爲也 非不能也". 『孟子』, 앞의 책, 44~45쪽.

의 혁명적 개조로 끝이 나거나 투쟁 계급의 공멸로 끝이 났다.[68]

우리가 의도하는 부르주아적 재산의 폐지에 대해 당신들이 자유, 문화, 법률 등에 관한 당신들 부르주아 관념의 기준을 적용하려거든 우리와 말다툼할 생각을 말라. 당신들의 관념들 자체가 부르주아적 생산 조건과 부르주아적 재산 조건의 산물에 불과하기 때문이다. 당신들의 법률도 만인을 위한 법으로 화한 당신들 계급의 의지, 곧 그 본질적 성격과 방향이 당신들 계급의 경제적 조건에 의해 결정되는 당신들 계급의 의지에 불과하다.[69]

계급과 계급 적대로 얼룩진 낡은 부르주아 사회 대신에, 우리는 각인의 자유로운 발전이 만인의 자유로운 발전의 조건이 되는 연합체를 가지게 될 것이다.[70]

사회주의는 무산자 계급의 주도로 자본가 계급을 물리쳐서 하나의 연합체를 만드는 것이 핵심이다. 궁극적으로는 계급이 사라진 사회를 만들어야 하는데, 그래야만 각 개인의 발전으로 사회 모든 사람의 자유로운 발전이 생기기 때문이다.

일본 유학을 통해 권환이 인지한 근대 지식으로서의 사회주의는 계급성에 그 핵심을 두고 있다. 권환은 유가적 전통으로 바탕을 이루었던 민중들의 삶에 대해 지식인으로서의 책임감을 가졌다. 그는 근대 지식인으로서 사회주의를 만나 사회에 존재하는 불평등의 근본 원인이 계급 차별에 있음을 인지하여 그것을 물리치는 데 초점을 두게 된 것이다. 카프 활동 시기 권환의 시에 특별히 계급 대립을 표현한 작품이 많은 것도 권환이 인지

---

68) 마르크스 · 엥겔스, 앞의 책, 228쪽.
69) 위의 책, 228쪽.
70) 위의 책, 255쪽.

제1부 근대 지식인으로 문학하기

한 계급 대립 때문일 것이다. 계급성에 대한 인식은 권환이 근대 지식인으로서 민족 문제를 해결할 수 있는 열쇠였다.[71]

이와 같은 특징을 잘 찾아볼 수 있는 시는 『카프시인집』에 실려 있다. 『카프시인집』[72]은 1931년 11월 집단사에 발행된 것으로 권환을 비롯하여 김창술·임화·박세영·안막 등 다섯 명의 카프 맹원들의 시가 수록되어 있다. 『카프시인집』이 발행된 배경을 살펴보면, 1931년 6월에 있었던 1차 카프 검거 사건으로 약해진 조직력을 강화하고 그동안의 카프 활동의 성과를 보여주기 위해서이다. 시집에 작품을 실은 시인들이 2차 방향 전환의 주역들이므로 이 시집은 카프 중앙 집행부의 사상과 태도를 집약적으로 가늠해볼 수 있는 자료가 된다.

권환은 이 시집에 「정지한 기계」, 「그대」, 「우리를 가난한 집 여자라고」, 「가려거든 가거라」, 「소년공의 노래」, 「타락」, 「머리를 땅까지 숙일 때까

---

71) 이와 관련하여 설명할 수 있는 예로 이원조의 경우를 들 수 있을 것이다. 김윤식은 이 원조가 마르크시스트가 된 이유가 마르크스주의가 주자학의 이념성과 등가로 파악되기 때문이라 하였다. 퇴계 이황의 후손인 이원조가 끊임없이 회복하고자 하는 지향점은 자기를 키워내었던 주자학적 이념의 고귀성에 준하는 것이라 하였다. 이념의 고귀성을 당대에서 찾는다면 마르크스주의밖에 없었고, 이념에 대한 등가적 인식 방식은 주자학의 이념의 고귀성이 다만 한 가지 표준이었던 까닭이라고 하였다. 김윤식, 『한국현대문학사상론』, 일지사, 1992, 237쪽 참조.

72) 『카프시인집』의 현대판 출간이 2004년 열린책들 출판사에서 이루어졌다. '한국 대표 시인 초간본 총서' 중의 하나로 발행되었는데, 초간본의 내용을 현대국어 표기로 발행한 것이 특징이다. 이 책의 해설을 쓴 이남호(고려대학교 국어교육과)는 『카프시인집』의 발간 의미를 다음과 같이 정리하였다. "『카프시인집』은 피지배 계급의 정치적 선동을 목적으로 씌어진 시들을 묶은 것이다. 꽤 많은 구절들이 검열에 의해 삭제되어 있음에서도 짐작할 수 있듯이, 이 시집의 시들은 핍박받는 민중들이 세상의 주인이 되어야 한다는 뚜렷한 인식과 도덕적 열정을 지니고 당시 식민지 현실에 대한 단호한 저항의 태도를 보여준다." 김창술 외, 『한국 대표 시인 초간본 총서 카프시인집』, 열린책들, 2004, 108쪽.(이하 『카프시인집』이라 표기함.)

지」의 7편의 작품을 실었다. 권환의 시 경향에 대해 여러 연구자들의 평가가 있는데, 카프 시인들에 대한 본격적인 비평서를 낸 김재홍은 권환의 시가 갖는 의의에 대해 '1930년대 전반 카프 절정기이자 최후 시기에 선전·선동시의 한 전형을 이루어냄으로써 볼셰비키 예술운동에 어느 정도 뚜렷한 자취를 남겼다.'[73]라고 하였다. 그는 권환 외에도 여러 카프 시인들의 특징을 압축적으로 제시한 것이 특징이다. 권환에 대해서는 '볼셰비키 프로시인'이라고 하였는데 이를 다른 프로시인―박영희와 김창술은 '경향파 프로시인', 박세영은 '신념파 프로시인', 박팔양은 '갈등의 프로시인', 김해강은 '동반자 프로시인', 임화는 '낭만파 프로시인'―에 대해 표현한 것과 비교해보면 권환이 카프 조직의 기본 이념에 충실하려 하였음을 짐작할 수 있다. 카프 조직의 기본 이념이란 마르크스 사상을 따르는 것에 있고 권환이 인지한 근대 지식으로서의 마르크스 사상은 계급성에 그 핵심을 두고 있으므로 그의 시에는 계급 차별, 계급성이 사라진 세상에 대한 기대감이 뚜렷하게 표현되어 있다.

왜 너희들은 못 돌리나?
낡은 명주같이 풀죽은
백랍(白臘)같이 하얀
고기 기름이 떨어지는 그 손으로는
돌리지 못하겠니?

너들께는 여송연(呂宋烟) 한 개 값도
우리한테는 하루 먹을 쌀값도 안되는 그 돈 때문에
동녘 하늘이 아직 어두운 찬 새벽부터
언 저녁별이 반짝일 때까지 돌리는 기계

---

73) 김재홍, 『카프시인비평』, 서울대학교 출판부, 1995, 229쪽.

　　　　　　　　　　제1부 근대 지식인으로 문학하기

빈배를 안고 부르짖는 어린 아들 딸을
떨쳐 놓고 와서 돌리는 기계
기만척(幾萬尺) 비단이 바닷물같이 여기서 나오지만
추운 겨울 병든 아내 울을 떨게 하는 기계
가죽 조대(調帶)에 감겨 뼈까지 가루된 형제를 보고도
아무 말없이 눈물 찬 눈물만 서로 깜빡이며 그냥 돌리는 기계

— 권환, 「정지한 기계」[74] 부분

　"너희들"과 "우리"로 구분하면서 자본가 계급과 무산자 계급의 대립을
드러낸 작품이다. 고생을 모르고 자란 자본가 계급은 외양부터 달라 "백
랍"처럼 "하얀 손"을 가졌다. 그리고 풍족한 삶을 살고 있는 그들의 손에는
"고기 기름이 떨어"진다. 하지만 우리와 같은 무산자 계급은 자본가 계급
의 "여송연 한 개 값"도 안되는 돈을 벌기 위해 "새벽"부터 "저녁별이 반짝
일 때까지" 일을 해야 한다. 더구나 공장에서 일을 하기 위해 이들은 "빈배
를 안고 부르짖는 어린 아들 딸을 떨쳐 놓고" 와야 한다. 하루종일 공장에
서 일하며 수많은 "비단"을 만들어내지만 "추운 겨울 병든 아내"를 따뜻하
게 입혀줄 옷감을 가질 수는 없다. 함께 일하는 공장 노동자는 "뼈"만 앙상
하게 남을 정도로 건강 상태가 좋지 않지만 가족들을 위해 일을 해야 하므
로 힘들어도 쉬지 못하고 "아무 말없이 눈물 찬 눈물만 서로 깜빡이며 그
냥" 기계를 돌려야 한다.

　이 시는 계급에 따라 대조적으로 생활하는 모습을 보여주고 있다. 세상
이 계급 차별에 의해 움직여지고 있음을 구체적 상황 속에서 형상화하였
다. 이는 권환이 인지하고 있는 계급의식을 드러낸다. 권환이 사회주의 사

---

74) 황선열 편, 『아름다운 평등』, 도서출판 전망, 2002, 19쪽.(이하 『권환 전집』이라 표기
　함.)

상을 접함으로써 그 핵심인 계급성을 분명히 인식하고 있음을 보여주는 것이다. 계급에 따른 대조적인 삶의 모습은 다음의 시에서도 형상화된다.

우리는 나 어린 소년공(少年工)이다

뼈와 힘줄이 아직도
봄바람에 자라난 풀대처럼
연하고 부드러운 나 어린 소년
부잣집 자식 같으면
따뜻한 햇빛이 덮혀 있는 풀밭 위에서
단 과자 씹어가며 뛰고 놀 나 어린 소년
부잣집 자식 같으면
공기 좋은 솔 숲 속 높은 집 안에서
글 배우고 노래 부를 나 어린 소년이다

그러나 우리는 지금
햇볕없고 검은 먼지 찬 제철공장(製鐵工場) 안
무겁고 큰 기계 앞에서
짜운 땀을 흘리는 소년공이다
이른 아침부터 늦은 저녁까지
기계를 돌리고 망치를 두드려도
……운 주인 영감의 ……
모……어른의 앞……로
부드러운 ……에 푸른 ×티만 남기는 것밖에
아무것도 얻어간 없는 소년공이다

— 권환, 「소년공(少年工)의 노래」[75] 부분

위의 시는 '부잣집 자식'과 공장 노동자인 '소년공'의 계급 대립의 구도

---

75) 『권환 전집』, 28쪽.

　　　　　　　　　　　　　　　　제1부 근대 지식인으로 문학하기

를 취하고 있다. "따뜻한 햇빛이 덮혀 있는 풀밭 위에서/단 과자 씹어가며 뛰고 놀"며 "공기 좋은 솔 숲 속 높은 집 안에서/글 배우고 노래 부를" 부잣집 자식에 비해 "햇볕없고 검은 먼지 찬 제철공장 안/무겁고 큰 기계 앞에서/짜운 땀을 흘"려야 할 소년공은 처지와 행동이 대립된다.

앞에서 인용한 시가 일반적인 노동자의 삶에 관한 것이라면 위의 시는 나이 어린 소년 노동자를 대상으로 하고 있다는 점에서 차이가 난다. 노동자의 열악한 삶에 대한 안타까움은 나이 어린 노동자를 대상으로 했을 때 그 감정이 더욱 커진다. 한창 배우고 즐겁게 뛰어놀아야 할 소년들을 공장으로 내몰고 있는 현실을 표현하며 계급에 의한 차별적 삶을 보여주고 있다.

인용된 두 시는 모두 자본가 계급과 무산자 계급의 대립 구도를 분명히 하고 있다. 자본가 계급에 의해 착취당하고 그들에 비해 가난의 고통을 겪으며 살고 있는 무산자 계급의 모습을 부유하게 살고 있는 자본가 모습과 대조하여 나타내고 있다. 이것은 계급 대립을 분명하게 보여주는 것으로 독자들로 하여금 자연스럽게 부당한 계급 구조를 철폐해야겠다는 생각을 하게 만든다. 선동 효과를 노리는 이러한 구도는 운동으로서의 카프 문학의 특징을 나타낸다.

권환은 다른 카프 작가들에 비해 이러한 방법으로 계급 차별의 모순을 드러내었다. 두드러지게 나타나는 면이 여성의 태도에 대한 것이다. 『카프시인집』에서 여성 화자가 등장하는 시로는 김창술의 「가신 뒤」, 임화의 「우리 오빠와 화로」, 권환의 「우리를 가난한 집 여자라고」 3편이 있다. 권환은 다른 카프 시인들에 비해 사회주의 운동가로서의 여성상을 계급 대립에 투쟁하는 여성으로 그리고 있다.

이월…………

함박눈이 펑펑 쏟아지던 그날에

한 동지요 연인인 그리고 남편인 당신을 그 눈 속에서 보내었지요
원수놈의 그날이었습니다

(…)

나는 울었어요 너무나 분하여서 울었어요
그러나 내가 남편을 빼앗겼다고 울었다면은 죽일 년이에요

그보다 더한 동지를 빼앗김이 분하였어요
〈우리는 부부의 사랑보다 동지로서 사랑하라고〉
항상 당신께서 하시던 말씀을 잊지 아니했어요 한평생 안 잊을 테에요
— 김창술, 「가신 뒤」[76] 부분

김창술의 「가신 뒤」는 노동운동을 하는 남편이 잡혀간 이후의 아내의 마음을 표현한 시이다. 초점은 남편을 잃은 아내의 상실감에 있는 것이 아니라 동지로서의 남편을 잃은 분노를 표현한 데 있다. 이를 통해 그려지는 여성 화자의 모습은 자신의 연애 감정마저도 이념을 위해 기꺼이 접어둘 수 있는 여성이다.

"그러나 내가 남편을 빼앗겼다고 울었다면은 죽일 년이에요"라는 표현과 "우리는 부부의 사랑보다 동지로서 사랑하라고"라는 표현은 개인적 감정까지 억제하고 당위성에 충실하려는 모습을 보여준다. 사회주의 사상으로 교육받은 활동가로서의 여성이 지녀야 할 이상적 태도라 할 것이다.

사랑하는 우리 오빠 어저께 그만 그렇게 위하시던 오빠의 거북무늬

---

76) 『카프시인집』, 19쪽.

화로가 깨어졌어요.

　언제나 오빠가 우리들의 피오닐 조그만 기수(旗手)라 부르는 영남이가

　지구에 해가 비친 하루의 모든 시간을 담배의 독기 속에 어린 몸을 잠그고 사온 그 거북 무늬 화로가 깨어졌어요. (…)

　언제나 철없는 제가 오빠가 공장에서 돌아와서 고단한 저녁을 잡수실 때 오빠 몸에서 신문지 냄새가 난다고 하면

　오빠는 파란 얼굴에 피곤한 웃음을 웃으시며

　……네 몸에선 누에똥내가 나지 않니 하시던 세상에 위대하고 용감한 우리 오빠가 왜 그날만

　말 한마디 없이 담배 연기로 방 속을 메워 버리시는 우리 우리 용감한 오빠의 마음을 저는 잘 알았어요

　(…)

　그리고 오빠……

　저뿐이 사랑하는 오빠를 잃고 영남이뿐이 굳센 형님을 보낸 것이겠습니까

　섧지도 않고 외롭지도 않습니다

　세상에 고마운 청년 오빠의 무수한 위대한 친구가 있고 오빠와 형님을 잃은 수없는 계집 아이와 동생

　저희들의 귀한 동무가 있습니다

　그리하여 이 다음 일은 지금 섭섭한 분한 사건을 안고 있는 우리 동무 손에서 싸워질 것입니다.

　　　　　　　　　　　　　　　— 임화, 「우리 오빠와 화로」[77] 부분

「우리 오빠와 화로」의 여성 화자는 노동자 세상에 대한 꿈을 간직한 여성이며 부모 없이 노동자로 살아가는 세 남매 중의 하나이다. 가난한 노동

---

77) 『카프시인집』, 64~67쪽.

자이지만 이들은 오빠를 중심으로 가족애가 깊으며 노동운동가로서 더욱 깊은 연대 의식을 갖고 있다.

'우리 오빠'는 노동운동가이지만 맹목적 투쟁가의 모습이 아니다. 누이의 걱정에 피곤함에도 불구하고 미소를 지으며 따뜻한 말로 위로해주는 사람이다. 이렇게 믿음직하고 속 깊은 오빠가 하는 노동운동은 옳은 일이며 오빠와 같은 "무수한 위대한 오빠 친구"와 더불어 가난한 노동자를 위한 세상은 이루어져야 할 것이라는 믿음을 갖게 한다. 그러므로 이 시의 여성 화자는 오빠가 구속되어 없는 상황이지만 개인적 상실감을 드러내지 않는다. "저뿐이 사랑하는 오빠를 잃고 영남이뿐이 굳센 형님을 보낸 것이겠습니까/섧지도 않고 외롭지도 않습니다"라고 다짐하는 모습은 역시 운동가로서 지녀야 할 당위성을 나타낸다.

> ×들은 많은 이익을 거름같이 갈라가면서
> 눈꼽짝만한 우리 삯돈은
> 한없는 ×들 욕심대로 자꾸자꾸 내려도
> 아무 이유 조건도 없이 신고 남은 신발처럼
> 마음대로 들었다 ××쳐도 될 줄 아느냐
>
> (…)
>
> 안남미밥 보리밥에
> 썩은 나물 반찬
> ×지죽보다 더 험한 기숙사 밥
> 하ㅡ얀 쌀밥에 고기도 씹어 내버리는
> ×의 집 여편네 한번 먹여 봐라
>
> (…)
>
> 우리들을 여자라고

가난한 집 헐벗은 여자라고
마른 ×를 마음대로 **뺄라구** 말라
우리도 항쟁을 한다……을 안다

(…)

아무래도 ××는 우리니
×을 때까지 하× 하리라 ×우리라

　　　　　　　　— 권환, 「우리를 가난한 집 여자라고」[78] 부분

'이 노래를 공장에서 일하는 수만 명 우리 자매에게 보냅니다'라는 부제가 달린 이 시의 여성 화자는 공장 노동자다. "안남미밥 보리밥에/썩은 나물 반찬/×지죽보다 더 험한 기숙사밥"을 먹는 모습은 공장 여공들의 열악한 상황을 드러낸다. 그것은 "하얀 쌀밥에 고기도 씹어 내버리는/놈의 집 여편네"와 대조된다. 부르주아 계급의 여성들에 대비되는 가난한 여공들의 삶의 모습은 공장 노동자의 삶의 모습을 사실적으로 그려내면서 프롤레타리아 계급에게 부르주아 계급에 대한 적대감을 불러일으키게 한다. 또한 "×들은 많은 이익을 거름같이 갈라가면서/눈꼽짝만 한 우리 삯돈은/한없는 ×들 욕심대로 자꾸자꾸 내"린다는 표현에서 착취당하는 노동자의 모습도 알 수 있다.

권환의 시를 「가신 뒤」, 「우리 오빠와 화로」와 비교하면 감상성보다는 자본가 계급에 대한 적개심이 더 직접적이고 강하게 표출되고 있음을 알 수 있다. 자연히 각 작품의 여성 화자는 낭만적 의지를 가진 여성 화자와 현실적 투쟁 의지를 가진 여성 화자로 구분된다. 이를 보면 프롤레타리아의 삶을 충실히 그려 내라는 당시의 카프 노선을 가장 충실히 따르고 있는

---

78) 『권환 전집』, 24~26쪽.

것은 권환의 작품임을 알 수 있다.

이처럼 권환의 시에는 사회주의 운동가로서 그들의 이상 사회를 위해 행동하는 모습이 잘 나타나 있다. 근대 지식으로서의 사회주의는 계급을 기준으로 세상을 구분하였다. 세상의 모순은 계급성에서 오는 것이었으므로 이를 철폐하여 계급의 대립이 없는 사회를 만드는 것이 이들이 그린 이상적 사회였다. 권환은 이상 사회를 실현하기 위한 핵심이 계급의 대립을 없애는 것으로 인지하였고 이를 실천하려는 의지를 시에 나타내었다.

제1부 근대 지식인으로 문학하기

3장

근대 지식과 식민지 현실에 대한 인식

1. 삶의 표현으로서의 리얼리즘

문학에서 삶은 내용이고 가치 지향적이다. 삶이 문학작품에 반영되는 것은 작가의 인식과 관련된다. 작가가 세상을 어떻게 인식하느냐에 따라 작품 속에 반영되는 삶은 다양하게 펼쳐진다. 루카치는 "현실에 대한 모든 올바른 인식의 토대는 외부세계의 객관성, 즉 그것이 인간 의식과 독립하여 존재한다는 사실을 인정하는 것"[1]이라고 하였다. 이는 문학 또는 예술에서 그려진 외부세계는 작가의 의식을 통해 반영되는 것임을 강조하는 것이다.

아리스토텔레스는 예술은 모방이라고 하였다. 이는 플라톤이 평가절하했던 모방의 가치[2]를 삶을 인식할 수 있는 훌륭한 방법[3]이 될 수 있는 것으

---

[1] 루카치, 「예술과 객관의 진리」, 『리얼리즘 미학의 기초 이론』, 이춘길 편역, 한길사, 1993, 43쪽.

[2] 플라톤은 미메시스란 참된 세계의 순수한 형상에 따라 감각의 세계 속에 감각적 대상으로 실현된 일종의 허상을 재차 어설프게 흉내내어 만드는 행위라고 하였다. 김헌, 「아리스토텔레스 『시학』의 세 개념에 기초한 인간 행동 세계의 시적 통찰과 창작의 원리」, 『미학의 역사』 1권, 미학대계간행회 편, 서울대학교 출판부, 2008, 95쪽.

[3] 아리스토텔레스에게 미메시스는 단순하게 감각적 대상의 표상을 조작하는 것이 아니

로 인정한 것이다. 인간은 모방의 행위를 통해 대상을 흉내 내려 한다. 여기에서 인간의 학습 행위가 이루어지는데 이렇게 발달하는 인간의 인식 능력은 대상을 예술적으로 재현하는 과정에서 감정적 쾌락뿐만 아니라 지성적 쾌락까지 느끼게 된다. 모방은 이렇게 인식론적으로 가치를 만들어낸다.

그렇다면 우리 삶은 작품 속에 어떻게 예술적으로 재현되어 나타나야 하는가? 모방이 인식과 관련된다면 우리는 삶을 어떻게 인식하고 있는가? 모든 문학작품에 삶이 나타나지만 그 삶이 우리의 진실한 삶인가 하는 데는 의문을 가질 수 있다. 이것은 문학과 삶의 거리와도 관련 있는 문제일 것이다.

예술을 위한 문학으로서 작품을 바라보는 입장에서는 삶 속에 드러나는 구체적 현상보다 삶의 본질을 표현해야 한다고 할 것이다. 삶을 위한 문학으로서 작품을 바라보는 입장에서는 문학이 구체적 삶의 반영이므로 인간 삶의 모습을 있는 그대로 표현해야 한다고 할 것이다. 전자의 경우에는 문학이 삶과 거리를 둘 것을 강조한다. 예술의 실현을 위해 문학작품에는 구체적 삶의 모습보다는 추상화된 본질, 가치 등이 형상화되어야 하기 때문이다. 후자의 경우에는 문학이 삶과 가까워야 한다. 세밀한 삶의 묘사를 통해 현재 인간이 처해 있는 삶의 모습을 드러내고, 그 속에서 인간이 앞으로 나아갈 바와 역사의 발전적인 모습을 형상화해야 하기 때문이다.

리얼리즘은 삶과 거리가 가까운 문학이다. 작품 속에 삶이 반영되어 있기 때문이다. 반영이론이라고 말해질 수 있는 이러한 입장은 삶이 작품 속에 어떻게 반영되어야 하는가의 문제로 연결된다. 루카치는 "정당하고 포

라, 감각적 대상과 그 대상 안에 간직된 형상과 진상을 올바르고 아름답게 재현하는 창조행위인 것이다. 위의 책, 98쪽.

제1부 근대 지식인으로 문학하기

괄적인 반영이론은 최초로 변증법적 유물론과 더불어–마르크스, 엥겔스, 레닌의 저작 속에서–성립하였다"[4]고 하였다. 그는 레닌의 진술 중 다음의 말에 주목하였다.

> 물질, 자연 법칙, 가치 등의 추상물들, 한마디로, 모든 과학적인 추상
> 물들은 자연을 보다 심오하게, 보다 충실하게, 보다 완전하게 반영한다.
> 생동하는 관찰에서 추상적 사유에로 그리고 여기에서 실천적 활동에
> 로–바로 이것이 진리와 객관적 현실을 인식하는 변증법적 도정이다.[5]

세상에 존재하는 "과학적인 추상물들"을 생동하는 태도로 관찰해야 한다. "생동하는 관찰"이 다소 생소하게 들린다. 이것은 "진리란 처음에서가 아니라 끝에서–좀 더 정확하게 말하자면, 과정 속에서–발견된다."[6]라는 레닌의 말을 참고하면 이해가 쉬울 것이다. 그는 진리는 과정 속에서 발견되는 것이므로 진리를 발견하려는 생동하는 힘으로 세상에 존재하는 과학적 추상물들을 관찰할 것을 요구한다. 그런데 이렇게 생동하는 관찰력으로 과학적 추상물들을 관찰하다 보면 추상적 사유에로 도달하게 된다. 그것은 삶의 본질이고, 우리가 나아가야 할 바이다. 그런데 우리가 나아가야 할 그 삶의 본질에 도달하기 위해서는 실천이 필요하다.

이러한 유물변증법은 객관적으로 존재하는 현실을 관찰하는 데에서 사유가 생기고 그 사유를 통해 도달한 본질을 위해 실천해야 할 당위를 얻게 하는 방법이 된다. 유물변증법을 통해 실천하는 문학을 해야 한다는 것은 권환이 강조하는 바이다. 그는 사회주의자로서 가져야 할 객관적 태도를 중요하게 생각하며 비실천 객관주의는 배격해야 한다고 하였다.

---

4) 루카치, 앞의 책, 43쪽.
5) 위의 책, 45쪽.
6) 위의 책, 44쪽.

우리 사회주의자는 일체의 비과학주의-주관주의를 배척한다. 우리
는 엄정한 과학주의자-현실주의자-객관주의자이다. 다른 모든 것과
마찬가지로 예술도 역시 그러한 태도로 창작하며 감상한다.

그러나 우리의 소위 '객관주의'는 재래-맑스 이전의 모든 소박 유물
론자들의 말하는 객관주의, 즉 주관과 통일 없는 비실천적 객관주의와
는 엄정한 대립을 해야 한다. 우리의 객관주의는 주관과 통일한 실천적
객관주의이다.[7]

권환은 변증법적 유물론을 강조하고 있으며 '실천'의 태도를 보이고 있
다. 이 지점에서 우리는 권환이 작품을 창작할 때 임하는 입장이 어떤 것
이었는지 알게 된다. 일반적으로 문학작품, 특히 시를 창작할 때는 마음
속에 일어나는 감흥이 중요한 요소가 된다. 감흥은 외적 세계의 사물 혹은
상황에 의해 일어나는 것으로 마음속의 감흥이 시적 장치를 입어 표현되
면 시가 되는 것이다. 즉, 시인은 시를 창작할 때 의도성보다는 자연적 감
흥의 발로에 먼저 기댄다는 것이다.

그런데 권환은 시를 창작할 때 정해진 이념과 창작 방법에 따랐다. 마음
속에 일어나는 감흥의 자연스러움에 기대기보다는 카프 조직의 구성원으
로서 조직의 노선을 따르는 것에 더욱 충실했다는 것이다. 이는 문학의 목
적성을 우위에 내세우는 것인데, 카프 조직의 목적이 '무산계급 문화의 수
립을 기하는'[8] 데 있는 만큼 그것에 충실한 것이라 하겠다.

권환은 유물변증법적 창작을 강조하였다. 유물변증법적 방법을 문학의

---

7) 권윤환, 「무산예술운동의 별고와 장래의 전개책」, 『중외일보』, 1930.1.30(이 글에서 권
환은 권윤환의 이름으로 글을 실었다). 임규찬 · 한기영 편, 『카프비평자료총서』 IV, 태
학사, 1989, 68쪽에서 재인용.(이하 『카프비평자료총서』라고 표기함.)

8) 카프가 조직될 당시의 강령은 "우리는 단결로서 여명기에 있는 무산계급문화의 수립
을 기함."이었다. 『동아일보』, 1926.12.27. 권영민, 『한국 계급문학 운동사』, 문예출판
사, 1998, 81쪽에서 재인용.

창작 방법으로 채택한 것은 소비에트에서 문학의 볼셰비키화와 일정한 관련이 있다. 유물변증법적 창작 방법론은 마르크스주의 혹은 변증법적 유물론에 근거를 두고 문학을 창작할 것을 그 목표로 하고 있다. 이 방법론은 소련에서 1929년 볼셰비키화 결의와 함께 공식적으로 제창되고, 1930년 11월 하리코프에서 열린 국제작가동맹 제2차 대회의 〈국제 프롤레타리아 문학 및 당문학의 정치적, 예술적 제문제에 관한 결의〉에서 프롤레타리아 문학의 창작 방법으로 채택되었던 것이다. 유물변증법적 창작 방법은 무엇보다도 문학에 있어서 정치성을 중시한 것으로 당파성 · 인민성 · 계급성을 강조하며, 모든 사물을 유물변증법적 관점에서 파악할 것을 강조하였다. 문학에 있어서 당파성의 강조는 1929년 10월 라프(RAPF)가 레닌의 정치적 이념에 바탕을 두고 문학의 당파성을 확립할 것을 결의하면서 시작된다.[9]

카프의 2차 방향 전환을 주도하고 볼셰비키주의를 주장한 권환은 변증법적 유물론을 강조하고 있으며 '실천'의 태도를 보이고 있다. 권환은 사회주의 이론을 택할 때는 물론 그 활동에 열정이 더해지는 때에도 '실천'을 염두에 두고 있다. 그런데 '실천'은 삶을 기반으로 하여 이루어진다. 카프 조직원으로서 목표로 삼는 부르주아 계급에 대한 투쟁, 사회주의 건설을 위해서는 무산자 계급의 삶을 공감하고 함께할 수 있어야 한다.

---

9) 조진기, 『한일프로문학의 비교 연구』, 푸른사상사, 2000, 243쪽. 조진기는 '예술의 당파성'이 레닌의 '문학은 당의 문학이어야 한다'라는 지적에서 비롯된다고 한다. 레닌은 새로운 프롤레타리아 문학은 자산계급의 영리적 출판과 악습, 자산계급 문학의 권위주의와 개인주의 및 낡은 무정부주의와 이익 추구에 대한 강한 투쟁과 함께 사회주의 무산계급은 당의 문학 원칙을 제기하여 그 원칙을 발전시키고 최선의 형식으로 이 원칙을 실현할 것을 주장했다고 하였다. 예술의 당파성을 갖게 하려면 시대의 가장 선진적인 사상을 표현하고 자기의 창작으로 공산당을 위해 투쟁해야 한다고 하여 당파성과 함께 인민성을 강조했다고 하였다. 위의 책, 244쪽 참조.

그런데 무산자 계급에 대한 삶의 공감이란 단순한 감상이나 동정 혹은 막연한 이상, 원칙없는 경로를 따르면 안 된다. 권환은 카프 조직원으로서 당원이 지녀야 할 태도에서 벗어나지 않기 위해 조직의 노선을 충실히 따랐다. 권환의 시에서 보이는 '뼉다귀 시'와 같은 건조함은 이러한 이유로 발생한 것이다.

> 소부르조아지들아
> 못나고 비겁한 소부르조아지들아
> 어서 가거라 너들 나라로
> 환멸의 나라로 몰락의 나라로
>
> 소부르조아지들아
> 부르조아의 서자식(庶子息) 프로레타리아의 적인 소부르조아지들아
> 어서 가거라 너 갈 데로 가거라
> 홍등(紅燈)이 달린 카페로
> 따뜻한 너의 집 안방구석에로
> 부드러운 보금자리 여편네 무릎 위로!
>
> — 권환, 「가려거든 가거라」[10) 부분

'우리 진영 안에 있는 소(小)부르조아지에게 주는 노래'라는 부제가 달린 이 시는 사회주의자로서 활동하기는 하나 그 사상이 여전히 부르주아적인 이들을 비난하며 쓴 시이다. "소부르조아지"는 "비겁"하고 "프롤레타리아의 적"이다. 이들은 동지로서 함께 싸울 수 없다. "너 갈 데로 가"라고 외치는 것은 투사로서의 자세를 갖추지 못한 이들에 대한 비난이다.

---

10) 『권환 전집』, 27쪽.

1927년을 방향 전환기, 1928년을 프롤레타리아 수난기라 하면 1929년은 계급 분석기, 소부르조아 청산기라 할 수 있다. 벌써 우리가 협동 투쟁하기에 너무도 이해가 괴리되는 부르계급은 더욱 그 두각을 높이 들어 ××제국주의자와 야합하기를 공연(公然)히 하며 중간에서 동요하는 소부르 또 일시적으로 우리 진영에 부기(付寄)해 있던 소부르는 추풍에 낙엽같이 부르 진영으로 몰락해 따라갔다. 이것이 1929년 우리 조선 프롤레타리아운동의 과정(過程) 현상이었다.[11]

1929년을 돌아보며 쓴 위의 글에는 해당 해의 의미를 "소부르조아 청산기"로 규정짓고 있다. 이들은 일본 제국주의와 야합하며 일시적으로 우리 진영에 있다가 "추풍에 낙엽같이 부르 진영으로" 가버렸다. 카프 조직에서는 사상의 기반이 확고하지 않는 이들을 청산했음을 강조하고 있는데, 사상이 순수하지 않은 자를 청산하는 것은 2차 방향 전환 이전 동경의 '제3전선파'에서 제기되었던 문제이다.

제3전선파의 구성원이었던 조중곤·이북만·한설야 등의 소장파는 방향 전환이란 정치투쟁으로 나아가야 함을 강조하며 볼셰비키화를 주장하였다. 조중곤은 1928년 「예술운동 당면의 제문제」에서 이전의 방향전환론이 '질적방향전환론'이 되지 못하고 있다고 지적하고 질적 전환을 위하여 후쿠모토이즘(福本主義)을 강조하였다.[12] 후쿠모토이즘은 "단결하기 전에 완전히 분열해야 한다"는 것이 핵심이다. 카프 조직이 계급의 대립을 척결하는 매개자로서 그 역할을 다하려면 조직 안의 불순한 세력들을 몰아내야 한다는 주장이다. 제3전선파는 카프 2차 방향 전환에서 주도권을 잡게 되므로 제3전선파의 주장은 2차 방향 전환 이후 카프 활동의 노선에 영향

---

11) 권윤환, 앞의 글, 『카프비평자료총서』 IV, 52쪽에서 재인용.
12) 조진기, 앞의 책, 57~58쪽 참조.

을 주었다고 볼 수 있다. 권환의 「가려거든 가거라」는 '분열 후 재조직'해야 한다는 당시의 흐름을 따르고 있는 것이다.

「가려거든 가거라」에서 주장하는 소부르주아들의 청산은 예술운동의 볼셰비키화를 행동으로 실천하기 위해서이다. 권환은 「조선 예술운동의 당면한 구체적 과정」[13]에서 "조직의 형태보다도 구성인원의 선택 문제가 보다 더 중대하고 긴급"하다고 하였다. 그러면서 구성원의 조건으로 "소설이나 시 등의 창작기술이 숙련하더라도 비겁성, 인텔리성, 타협성이 많은 이보다도 오히려 창작적 기술은 비록 조졸(粗拙)하더라도 타협성이 적고, 희생심 많고, 직업적 운동가의 소질 가진 예술운동가에게 중임을 담당시켜야 할 것이다."라고 강조하였다. 이것은 "이론이나 기술 본위보다도 투쟁 역량 본위로 조직"해야 하기 때문이라고 하였다.

여기서 우리가 관심을 갖게 되는 부분은 창작 기술이 비록 떨어져도 조직과 사상에 대한 진실한 애정이 더욱 필요함을 강조하는 부분이다. 창작 기술이 뛰어난 이들은 능력자, 곧 인텔리겐치아들을 말한다. 권환은 같은 글에서 "의식 낮은 인텔리 작가보다도 기술 미숙한 노동자 출신 작가로" 할 것을 강조하였다. 인텔리겐치아들의 도움은 조직을 이끌 때 긴요한 도움이 될 것이다. 그러나 권환은 프롤레타리아트의 성장을 믿었으며 이를 실제 조직을 이끌 때 고려할 것을 주장하였다. 삶의 현장에서 직접 생산하고 노동하는 이들의 가치를 인정하고 이들의 삶을 나타내려고 한 것은 그의 작품에서도 나타난다.

> 빈배를 안고 부르짖는 어린 아들 딸을
> 떨쳐 놓고 와서 돌리는 기계

---

13) 권환, 「조선 예술운동의 당면한 구체적 과정」, 『중외일보』, 1930.9.2. 『카프비평자료총서』 Ⅳ, 193쪽에서 재인용.

기만척(幾萬尺) 비단이 바닷물같이 여기서 나오지만
추운 겨울 병든 아내 울을 떨게 하는 기계
가죽 조대(調帶)에 감겨 뼈까지 가루된 형제를 보고도
아무 말없이 눈물 찬 눈물만 서로 깜빡이며 그냥 돌리는 기계

(…)

너들의 호위 ××이 긴 ×을 머리 위에 휘두른다고
겁내서 그만 둘진대야
너들의 사랑 첩(妾) 개량주의가 타협의 단 사탕을 입에 넣어준다고
꼬여서 그만 둘진대야
우리는 애초에 ×××× 시작 안했을 게다

(…)

기계가 쉰다
우리 손에 팔짱을 끼니
돌아가던 수천 기계도 명령대로 일제히 쉰다
위대도 하다 우리의 ××력!

왜 너들은 못 돌리나
낡은 명주같이 풀죽은
백랍같이 하—얀
고기 기름이 떨어지는 그 손으로는
돌리지 못하겠니?

—— 권환, 「정지한 기계」[14] 부분

이 시에 그려진 파업하는 노동자들은 자본가의 지배 수단인 기계를 돌
리지 않음으로써 자신들의 존재 가치를 알리고 있다. 파업을 시작한 노동

---

14) 『권환 전집』, 20~21쪽.

자들은 그 의지가 매우 굳다. "타협의 단 사탕"을 거부할 수 있는 그들은 중간에 그만둘 요량이었으면 "시작 안했을" 것이라고 분명히 밝힌다. 노동자들이 그들의 목소리를 자신 있게 낼 수 있는 이유는 기계 앞이기 때문이다. 이제까지 기계는 자본가들이 부를 증식할 수 있는 수단이었다. 하지만 이제는 노동자들이 자신의 존재 가치를 알릴 수 있는 수단으로 내세우고 있다. 그들이 기계를 멈추고 그들의 목소리를 낼 수 있는 것은 그들이 살고 있는 삶의 모습을 대상으로 인식할 수 있었기 때문이다.

작품에서 노동자인 화자가 인식한 "백랍같이 하—얀/고기 기름이 떨어지는" 자본가의 손은 계급 차별에 의해 대조적으로 살고 있는 삶의 차이다. 자본가의 "하—얀" 손은 노동자가 누릴 수 없는 것이다. "하—얀" 손 앞에서 노동자는 추위와 배고픔에 떨고 있는 가족들의 모습을 떠올린다. 아무리 일을 해도 이 가난한 상황을 극복할 수 없다는 모순은 노동자들로 하여금 기계를 멈추게 하였다.

"정지한 기계" 앞에서 노동자들은 그들 존재의 "위대함"을 알게 된다. 노동운동이 나아가고자 하는 바를 형상화한 대목이어서 다소 이상적으로 그려진 면도 있다. 하지만 노동자들로 하여금 기계를 멈추게 할 수 있었던 것은 그들의 열악한 삶에 대한 인식 때문이었다. 권환은 힘든 노동에도 불구하고 가난하게 살고 있는 노동자의 삶을 구체적으로 표현해내었다. 특히 이 시는 노동 환경의 위험을 형상화하고 있다는 점에서 그 현실성을 더욱 높였다고 할 수 있다.

"가죽 조대(調帶)에 감겨 뼈까지 가루된 형제"의 모습은 인간에게 위협적인 기계의 모습이 나타나 있다. "가죽 조대(調帶)에 감"기는 사건은 분업의 노동 형태가 인간을 기계의 부속품처럼 만들고 있음을 보여준다. 더 비극적인 것은 끔찍한 노동 사고를 겪어도 "아무 말없이 눈물 찬 눈물만 서로 깜빡이며 그냥" 기계를 계속 돌려야 하는 상황이다. 다소 극단적으로 표현

제1부 근대 지식인으로 문학하기

한 것 같지만 당시 공장 노동자의 삶을 기록한 자료를 참고하면 실상을 바탕으로 한 것이었음을 알 수 있다.

> 여공들이 대부분 농촌 출신이기 때문에 가난하고 거친 생활이야 새삼스러운 것이 아니었지만, 그들 역시 농촌의 신선한 공기, 느린 움직임, 마을 사람들과의 어울림에 익숙하였다. 그러나 이제는 끊임없이 주의해야 하고 동료 직공과의 대화도 전혀 불가능하고 귀가 멍멍해지는 기계들로 가득 찬, 무덥고 창문도 없는 숨 막히는 작업실에 근로시간 내내 갇히게 되었다. 게다가 피곤함에 지쳐 부주의할 경우 여공들은 기계에 쉽게 손가락을 잘릴 수도 있었다. 기계 속, 바닥 위, 공기 속에, 그리고 여공의 머리카락과 눈, 귀, 코, 목 등에 공장 먼지가 계속 쌓였다. 면섬유의 미세한 입자들 때문에 숨 쉬는 것 자체가 어려웠고, 심한 경우 기관지병이나 결핵에 걸리기도 했다.[15]

일제강점기 여자 공장 노동자의 열악한 삶을 기록한 글이다. 먼지가 쌓이고 숨쉬기 힘든 상황은 작업 환경의 열악함을 나타내지만 더욱 위험한 것은 피곤한 여공들이 자칫 부주의할 경우 신체에 상해를 입을 수도 있는 상황이다. 일반적으로 여공들은 시골에서 상경하여 공장을 다니고 있었고 열악한 상황에서 근무하여 번 돈은 시골로 보내고 있었다. 비록 당시에는 공장이 많지 않아, 공장 노동자의 수가 농민에 비해 적었겠지만 공장 노동자의 생활환경은 농촌에서 일하는 것 못지않게 열악했음을 보여준다. 더구나 신체의 안전을 위협받는 상황에 놓여 있었다. 권환은 이러한 여공들의 삶의 현실을 시로 나타내었다.

> 안남미밥 보리밥에
> 썩은 나물 반찬

---

15) 카터 J. 에커트, 『제국의 후예』, 주익종 역, 푸른역사, 2008, 286쪽.

×지죽보다 더 험한 기숙사 밥
하—얀 쌀밥에 고기도 씹어 내버리는
×의 집 여편네 한번 먹여 봐라

태양도 잘 못들어 오는
어두컴컴하고 차디찬 방에
출×조차 ……게 하는
××보다 더 ……한 이 기숙사 사리
낮이면 양산 들고 연인과 식물원(植物園) 꽃밭에
밤이면 비단 커텐 밑에서 피아노 타는
×집 딸 자식 하루라도 시켜봐라

— 권환, 「우리를 가난한 집 여자라고」[16] 부분

　'이 노래를 공장에서 일하는 수만 명 우리 자매에게 보냅니다'라는 부제
가 달려 있는 이 시는 공장에서 일하는 여공들의 열악한 삶을 구체적으로
나타내고 있다. "안남미밥, 보리밥"은 "하—얀 쌀밥"과 대조되어 불평등한
식사로 나타나고 "썩은 나물 반찬"은 "고기"에 비해 인간다운 대접을 못
받는 상황을 보여준다. "태양도 잘 못들어 오는 어두컴컴하고 차디찬 방"
은 "양산, 식물원 꽃밭" 그리고 "밤"에 치는 "피아노"와 대조되어 생활의
격이 차이가 남을 말해준다.
　브레히트는 "리얼리즘적인 것은 사회적인 인과관계의 복합체를 발견하
며, 지배자들의 관점이 지배자들의 관점이라는 것을 폭로하며, 인류사회
가 처해 있는 가장 시급한 문제들을 해결하기 위한 가장 포괄적인 방안들
을 마련하는 계급의 관점에서 글을 쓰며, 발전의 계기를 강조하며, 구체적

---

16) 『권환 전집』, 24~25쪽.

이면서도 추상화를 가능하게 하는 것이다"[17]라고 하였다.

리얼리스트로서 권환은 계급의 차이에 의해 불평등하게 생활하는 프롤레타리아트의 삶에 주목하였다. 현실의 삶은 외부에 존재하는 객관적인 현실이다. 외부의 객관적인 현실이 계급 모순에 있음을 파악해야 이들이 추구해야 할 본질로서의 추상화가 가능해진다. 그리고 그것을 위해 움직여야 할 실천이 나오는 것이다. 인용한 위의 시 후반부에는 "우리도 항쟁을 안다"는 표현이 나온다. 여공들이 일으킬 '항쟁'은 도달하고 싶은 이상을 위한 '실천' 행위이다. 그런데 실천은 현실의 삶을 인식한 뒤에 방향을 잡을 수 있다. 권환의 시에는 프롤레타리아 계급의 현실적 삶이 구체적으로 나타나 있다. 이것은 그가 프롤레타리아트의 삶에 관심을 가진 것이고 그들의 삶에 공감하고 소통하려 한 것이다. 권환이 권위 있는 명문가 집안의 출신이고 일본 제국대학 출신의 인텔리였음을 생각하면 프롤레타리아트와의 소통 의지는 더욱 큰 의미를 가진다.

> 눈보라는 하로 종일 북쪽 철惑을 따리고 갔다
> 우리들이 그날 -회사 뒷문에서 '피케'를 모든 그 밤 같이······
>
> (···)
>
> 東海 바다를 것처오는 모지른 바람 회사의 뽐푸, 징박은 구두발 휘몰
> 아치는 눈보라-
> 그 속에서도 우리는 이십일이나 꿋꿋히 뻗대오지를 안었니
>
> 해고가 다 무에냐 끌려가는 게 다 무에냐 그냥 그대로 황소같이 뻗대

---

17) 베르톨트 브레히트, 「루카치에 대한 반론」, 『문제는 리얼리즘이다』, 홍승용 역, 실천문학사, 1985, 145쪽.

이고 나가자

　보아라! 이 치운 날 이 바람부는 날-비누궤짝 짚신짝을 실코

　우리들의 이것을 이기기 위하야

　구루마를 끌고 나아가는 저-어린 行商隊의 少年을……

　그러고 기숙사란 門 잠근 방에서 밥도 안 먹고 이불도 못 덮고

　이것을 이것을 이기려고 울고 부르짖는 저-귀여운 너의들의 게집애

들을……

　감방은 차다 바람과 함께 눈이 되리친다

　그러나 감방이 찬 것이 지금 새삼스럽게 시작된 것이 아니다

　그래도 우리들의 선수들은 멧번ㅅ재나 멧번ㅅ재나 이 치운 이 어두

운 속에서

　다-그들의 쇠의 뜻을 달구었다

　참자! 눈보라야 마음대로 밋처라 나는 나대로 뻗대리라

　기쁘다 ××도 ×××군도 아직 다 무사하다고?

　그렇다 깊히 깊히 다-땅 속에 들어들 백혀라

　으-ㅇ 아모런 때 아모런 놈의 것이 와도 뻗대자-

　나도 이냥 이대로 돌멩이 부처같이 뻗대리라

　　　　　　　　　　　　　　— 임화, 「양말 속의 편지」[18] 부분

　'1930. 1. 15. 남쪽 항구의 일'이라는 부제가 붙은 시이다. 구체적으로는
남쪽 항구 부산에서 벌어진 조선방직회사 총파업(2천여 명)에 부쳐 쓴[19] 시
로 시적 화자는 파업에 참여한 노동자로 현재 감옥에 잡혀 있다. 밖에는

---

18) 임화, 『현해탄』(임화전집 I · 詩, 한국근현대민족문학총서 13), 풀빛, 1988, 56~57쪽.

19) 김윤식, 『임화 연구』, 문학사상사, 2000, 281쪽.

제1부 근대 지식인으로 문학하기

"눈보라"가 몰아치고, "감방은 차다". 동지들은 "이십일"이나 파업으로 버텨오다 "해고" 당하고, "끌려"가버렸다. 하지만 화자의 의지는 꺾이지 않는다. "참자! 눈보라야 마음대로 밋처라 나는 나대로 뻗대리라"라고 말하며 투쟁의 의지를 확고히 한다.

김윤식[20]은 이 시가 임화에게 중요한 것은 「우리 오빠와 화로」에서 벗어나 혁명적 투쟁기에로 스스로를 이끌어 올리는 전환점에 해당되기 때문이라고 하였다. 분명 이 시에는 「우리 오빠와 화로」, 「네 거리의 순이」 등의 시에서 볼 수 있는 감상적인 요소가 거의 없다. "뻗대이고", "멧번ㅅ재나" 등의 딱딱한 느낌을 주는 시어들의 반복과 "무에냐", "달구었다", "백혀라" 등의 여운을 주지 않는 문장 종결형 표현은 시 전체의 분위기를 격한 선전·선동의 분위기로 몰고 간다.

하지만 이 시는 앞서 살펴본 권환의 시와 비교했을 때 투쟁의 힘, 삶의 표현의 구체성이 떨어진다. "기숙사란 門 잠근 방에서 밥도 안 먹고 이불도 못 덮고"의 표현에서 열악한 노동자의 삶이 표현되기는 하나 시 전체적으로 보았을 때 차지하는 비중은 적다. 권환의 시에서 계급 대립의 구도를 세우며 여러 부분에서 노동자의 삶을 구체적으로 표현한 것과 비교하면 임화의 시에서 구체성이 떨어진다는 것은 더욱 분명히 드러난다.

이 시는 "눈보라는 하로 종일 북쪽 鐵窓을 따리고 갔다"라는 날씨 상황을 언급하는 것으로 시작한다. 그런데 이러한 날씨 상황은 이 시를 읽는 감상자의 마음을 감성적으로 만들어준다. "눈보라"가 연상시키는 "하얀색"이 미적 감성을 불러일으키고 비록 "철창"이기는 하지만 "창"에 부딪는 눈은 영상미를 만들어준다. 더구나 "날씨" 현상은 인간의 힘으로 막아낼 수 없는 것이다. 날씨 상황은 인간이 그것에 맞추어 적응해가야 하는 것이

---

20) 위의 책, 281쪽.

다. 몰아치는 눈보라는 인간의 힘으로 막아낼 수 없다. 개인의 의지로 막아낼 수 없는 불가항력적 상황에서 인간은 좌절한다. 하지만 좌절할 수밖에 없는 상황에서도 좌절하지 않을 힘을 내야 한다. 그렇게 만들어주는 힘은 '꿈, 희망, 이상'이다. 인간이 이상을 꿈꿀 때 힘이 나며 꿈을 놓지 않을 때 낭만이 생긴다.

"그렇다 깊히 깊히 다―땅 속에 들어들 백혀라", "나도 이냥 이대로 돌멩이 부처같이 뻗대리라"로 끝맺는 내용은 "눈보라" 몰아치는 상황을 결국 "뻗대는" 것으로밖에 대응할 수 없는 불가항력적 상황을 확인시켜준다. 그런데 시적 화자는 좌절하지 않는다. 굴복할 수밖에 없는 상황에서도 굴복하지 않으려는 의지. 이것은 독자에게 낭만적 이상에 대한 기대를 갖게 한다. 권환에게 두드러지는 '구체적 삶'의 표현과 임화에게 두드러지는 '낭만적 이상'의 표현. 이것은 카프 조직원으로서 카프 문학을 어떻게 형상화할 것인가에 대한 작가의 문학관과도 연관이 있다. 이와 관련하여 임화가 쓴 다음의 내용은 문학에 대해 임화가 중요하게 생각한 것이 무엇이었는가를 짐작하게 한다.

> 왜냐하면 문학은 現實과 理想―꿈이 모순하고 조화하지 않는 가운데서 그것을 통일 조화시키려는 열렬한 행위적 의욕의 표현인 때문에……. 理想에의 적합을 향하여, 현실을 개조하는 행위, 즉 이미 존재한 것을 가지고 존재하지 않은, 그러나 존재할 수 있고, 또 반드시 존재할 세계를 창조하는 그것이 문학의 기본적 성질이다. 그러므로 문학은 꿈 없이는 존재하지 않는다.[21]

---

21) 성아(星兒), 「무산계급 문화의 장래와 문예작가의 行程(二) : 행동 선전 기타」, 『조선일보』, 1926.12.28. 손유경, 「임화의 유물론적 사유에 나타나는 주체의 위치(position)」, 『한국현대문학연구』 24, 한국현대문학회, 2008, 225~226쪽에서 재인용.

문학의 미학적 가치로서 '감성'과 '꿈'은 중요하다. '꿈'은 다가올 미래에 대한 기대감을 갖게 하며 그 기대감은 '감성'으로 이어져 인간의 행동을 변화시킬 수 있기 때문이다. 인간의 행동을 변화시킬 수 있다면 '운동으로서의 문학'의 기능을 말할 수 있을 것이다. '결국 운동으로서의 문학이라는 표현은 독자의 꿈에 호소하는 문학만이 의식적 행동을 야기할 수 있다는 신념의 다른 이름'[22]이라고 주장할 수도 있기 때문이다.

그러나 한편으로는 카프라는 조직이 계급 척결을 위한 혁명의 실천 행동을 강조하는 것이었음을 생각할 때 '운동으로서의 문학'은 기존의 부르주아 계급의 관념성 혹은 감상성과 구별되는 적극적 운동의 실천을 요구하는 표현을 더 바람직한 것으로 여겨야 할지 모른다. "아직도 이 시(「양말 속의 편지」)에서는 혁명적인 시가가 갖추어야 될 힘을 발휘하는 시형식에의 고려가 결여되어 있음도 사실이다."[23]라는 김윤식의 평가를 주목할 필요가 있다.

카프 조직원으로서 권환은 조직의 이념에 따라 프롤레타리아 계급의 삶에 집중하였다. 궁극적으로 도달해야 할 지점은 '프롤레타리아 해방'이라는 '이상'이 이루어진 상태였겠지만 그 이상에 도달하기 위해서는 프롤레타리아들이 겪는 현실의 삶을 인지해야 했다. 추운 겨울, 이른 새벽의 힘

---

22) 손유경, 위의 글, 223쪽. 손유경은 임화의 이 글을 인용하면서 임화의 유물론적 세계관을 인간의 '감성'이나 '꿈' 그리고 '열정'과 같은 미적 자질과 상관적으로 기술해야 할 필요성이 있다고 하였다.

23) 김윤식, 『임화 연구』, 282쪽. 김윤식은 이와 관련하여 혁명적 시가의 특징으로 꼽을 수 있는 작품으로 임화의 「헌시」를 꼽았다. 그는 「헌시」 첫 연을 인용하면서 짧막한 시 구절이야말로 혁명적 시가의 특징이며, 그만큼 속도 있고 날카로우며 힘을 발휘하는 것이라고 하였다. "죽어도/썩지 않을/하나를 지닌/가슴과 가슴은/ 공처럼 부푸러/드는 손/마디마디 맺힌 피/발을 구르면/따뜻이 흘러나려/너른 會場은/온전히 한 심장"(「헌시」 첫 연).

든 노동, 적은 임금, 굶주리는 노동자의 삶을 바로 보는 것은 세상에 드러
난 현상을 분석적으로 파악하는 것에서 이루어진다. 근대 지식인 권환은
대상을 과학적으로 분석하는 태도를 바탕으로 프롤레타리아의 삶의 모순
을 인지하였다. 이것은 리얼리즘의 정신으로 이어졌다. 과학적으로 분석
된 삶을 문학에 반영하고 그 문제의 해결책을 찾아 문학에서 실천하고자
하였다. 이것은 '운동으로서의 문학'의 특성을 이룬다.

임화가 감성에 호소하여 '운동으로서의 문학'을 형성해갈 때, 권환은 삶
의 구체적 표현으로서 '운동으로서의 문학'을 만들어갔다. 권환은 카프 조
직의 이념에 충실했으며 이념의 실천을 위해 프롤레타리아의 삶에 집중하
였다.

2. 아이디얼리즘의 실현 방법으로서의 대중화

리얼리스트로서 민중의 삶에 관심을 가진 권환은 그들이 핍박받고 있는
처지를 깨쳐 나갈 수 있도록 알려주고자 했다. 이것은 카프 2차 방향 전환
의 노선과도 통한다. 1930년 4월 카프는 조직 개편을 한다. 서기국·조직
부·교양부·출판부 외에 연극부·미술부·음악부를 설치하였다. 카프의
조직 개편은 문학 분야에 그쳐 있던 조직의 활동을 전 예술 분야로 확대하
여 예술적 조직으로서 그 성격을 강조한 데 있다. 이는 예술운동의 볼셰비
키화와 관련 있다.

예술운동의 볼셰비키화는 소련의 영향을 받은 것이다. 1929년 10월 모
스크바에서 열린 '러시아프롤레타리아작가동맹(RAPF)'은 제2회 총회에서
'볼셰비키화'를 결의하였다. 이것은 전세계 프롤레타리아 예술운동의 방
향을 제시한 것이 되었는데, 일본에서는 구라하라의 「나프 예술가의 새로
운 임무」라는 논문에서 주장되었고, 조선에서는 안막의 「조선 프로예술가

의 당면의 긴급한 임무」로 나타났다.[24]

1929년의 소련은 레닌 사후 스탈린이 정권을 잡은 시기이다. 이 시기 스탈린은 당 활동의 모든 영역에서 인사 정책을 강행하고 공산당과 정부기관들의 중앙집권화를 추진한다. 그 결과 이데올로기적이고 교육적인 부분에 대해 통제가 이루어지고 하위 시스템이 재구성된다. 당은 모든 작가들에게 사회주의 건설과 프롤레타리아트의 계급투쟁에 적극적으로 참여하는 동시에 보다 내용이 풍부하고 생산적이며 폭로적인 문학을 창작하도록 강하게 호소하기에 이른다. 당은 모든 작가들을 결합시키고 통제하에 두기로 결정하였고, 이를 위해 문학 과정에 대한 라프(RAPF)의 헤게모니를 활용했다. 그리하여 라프는 문학 통치의 수단으로 전락하고 만 것이다.[25]

이렇듯 소련의 볼셰비키화 노선이 사회주의 건설과 계급투쟁에 적극 참여할 것을 강요함으로써 조선의 카프도 이에 영향을 받는다. 2차 방향 전환을 주도한 이는 임화 · 안막 · 권환으로 꼽히는데, 카프가 하나의 조직체임을 고려한다면 이들의 주장은 서로 일치하여 통하는 부분이 있다. 하지만 이들을 면밀히 살펴보면 주장의 초점은 조금씩 차이가 나며 방향 전환을 주장하게 된 배경과 목적까지 다름을 알 수 있다. 이 절에서는 카프의 2차 방향 전환과 관련하여 권환이 주장한 볼셰비즘의 특징을 임화 · 안막과 비교해서 알아보고자 한다.

카프의 '볼셰비즘'은 '대중화 노선'과 관련이 있다. 대중화 노선은 대중에게 프로 예술을 널리 알리자는 의도로 주장된 것인데, 이는 김기진의 논쟁에서 시작한다. 이후 장준석의 「우리는 왜 쉽게 쓰지 않으면 안 되는가」 등

---

24) 조진기, 앞의 책, 269쪽 참조.

25) 천호강, 「1920년대 문학영역에서의 볼셰비키의 정책」, 『러시아어문학연구논집』 37집, 러시아문학회, 2011, 177~178쪽 참조.

에서 노동자·농민이 잘 이해할 수 있는 쉬운 글을 써야 한다는 주장으로 이어진다. 1차 방향 전환 이후에 전개된 대중화 논쟁과 2차 방향 전환으로 이어지는 볼셰비키화에 대해 박정선[26]은 대중화 논쟁에 비해 볼셰비키 논쟁은 '조직'을 강조한 것이 특징이라고 하였다. 즉 2차 방향 전환은 카프의 조직화된 노선을 강조하고 이행할 것을 주문하는 것이라 할 수 있는 것이다.

임화는 「조선프로예술운동의 당면한 중심적 의무」(『중외일보』, 1930.6.28～?)에서 이 용어를 처음 사용하였고[27] 이후 「시인이여! 일보전진하자!」(『조선지광』 91호, 1930.6)에서 시가 대중화되어야 하고 프롤레타리아화해야 한다고 강조한다. '일보 전진'이란 노동자·농민의 생활감정을 자기의 생활감정으로 하는 것을 의미하는데 이를 위해서 시인은 '시인'인 것을 완전히 포기해야 한다고 주장했다. 임화 자신의 시에 깃들어 있던 낭만적 성향을 배격할 것을 강조하며 볼셰비키화의 바탕을 이룬 것으로 보이는 글이다. 그러나 프로 예술의 시가 '대중화, 프롤레타리아화'해야 한다는 주장만 나와 있을 뿐 구체적 방법이 언급되어 있지 않다.

1930년 동경에서 쓴 이 글은 임화가 동경으로 유학하여 이북만 등의 제3전선파와 함께 활동하고 있을 때 작성되었다. 제3전선파는 카프의 실천 노선에 대해 카프 경성 본부와 대립[28]하고 있었지만 이후에 카프 본부를

---

26) 박정선, 「카프 목적의식기의 프로시 대중화론 연구」, 『어문논총』 40집, 한국문학언어학회, 2004, 165쪽 참조.

27) "동지 임화의 「프로예술운동의 당면한 중심적 임무」는 이 '볼셰비키화'를 처음으로 상정시켰던 것이다." 안막, 「조선 프로예술가의 당면의 긴급한 임무」, 『중외일보』, 1930.8.17. 『카프비평자료총서』 IV, 183쪽에서 재인용.

28) 카프의 1차 방향 전환 이후 그 실천 노선에 대해 카프 경성 본부와 제3전선파인 동경지부가 대립해왔다. 카프 경성 본부의 박영희는 목적의식론을 주장하며 문예의 영역에 한정하여 의식의 전환을 강조하는 데 초점을 두었고, 동경지부 제3전선파의 이북만

장악하고 2차 방향 전환을 주도하였다.[29] 이때 임화는 권환, 안막과 더불어 카프 중앙위원회에 선출된다.[30]

은 대중적 조직을 기반으로 하여 예술 부문 내에 있는 모든 대중의 주체적인 결성에 의해 카프의 조직을 확대해야 한다고 하였다. 이북만의 이러한 논리는 '예술 대중화론'이라 할 수 있는데 예술운동의 주체와 그 목적과 속성을 모두 노동자·농민에 직결시키고 있다는 점이 특징이다. 권영민, 앞의 책, 169~171쪽 참조.

29) 권영민은 동경의 『무산자사』 위원이었던 김남천·임화·권환·안막 등은 코민테른 12월 테제에 의해 공산당 재건 계획에 따라 국내에 들어왔다고 본다. 이들의 임무는 세 가지였는데 첫째, 지하 사상 단체들과의 연대성을 확보하면서 노동자들을 조직화하는 것, 둘째, 신간회를 해소하여 공산당의 재건을 주도하는 것, 셋째, 예술운동의 볼세비키화론을 내세우면서 카프 조직을 개편하는 것이었다. 이에 따라 임화·권환·안막 등은 경성에서 카프 조직을 근거로 계획을 추진하고 김남천 등은 평양 지역을 중심으로 하는 노동자들의 조직 사업에 관여하면서 1930년 8월부터 확대되기 시작한 평양 고무공장 노동자들의 파업을 측면에서 지원했다고 하였다. 위의 책, 206~207쪽 참조.

30) 카프는 1930년 4월 조직을 개편하였는데 내용은 다음과 같다.

	명 단	비 고
중앙위원회 위원	박영희·임화·윤기정·송영·김기진·이기영·한설야	(보선임원) 권환·안막·엄흥섭
중앙위원회 서기국	송영·박세영·홍우식·신응식	
조 직 부	윤기정	
출 판 부	이기영	
교 양 부	박영희	
기 술 부	김기진	뒤에 권환으로 교체
문 학	권환(상임)·송영·엄흥섭·이기영·임화·한설야·박영희	
영 화	윤기정(상임)·김남천·임화·이응종·박완식	
연 극	김기진(상임)·신응식·안막·최승일·한택호·신영	
미 술	강호(책임자)·정하선·이상대·안석영	
음 악		(결원)

『조선일보』, 1930.4.26. 위의 책, 207~208쪽에서 재인용.

그리고 카프 조직은 1931년 3월 임화 주도로 다시 개편된다. 카프확대 위원회를 열어 개편한 조직을 승인받고자 했으나 일본 경찰에 의해 개최가 금지되었다. 김윤식은 이때 개편된 조직도는 임화가 카프 내에서 주도권을 잡았음을 보여주는 것이라 하였다.[31]

1931년의 조직도는 1930년 4월의 조직도를 바탕으로 하고 있지만 임화가 서기국 일원으로 되었다는 점이 특징이다. 일반적으로 공산당의 조직상에서 중심부가 서기국이며 서기국은 조직 전체를 총괄하며, 따라서 모든 정보를 쥐고 있는 곳이다. 운동 개념을 확인하고 창출해내는 두뇌에 해당되는 곳이다.[32] 윤기정이 서기장, 임화가 서기로 되어 있는데, 임화의 보성중학교 선배인 윤기정을 서기장으로 하고 임화 본인을 서기로 두었다는 것은 카프의 심장부를 임화가 차지한 것이라 할 수 있다.[33] 임화에게 카프 2차 방향 전환은 카프 조직 장악이라는 결과물을 안겨다 준 것이다.

> 우리는 '예술운동의 볼셰비키화'를 새로이 제출하여 이 중심적 과제를 수행할 긴급하고도 고귀한 임무를 가진 것이다. (…) (조직에 관하여서는 동지 임화의 「프로예술 운동의 당면한 중심적 임무」가 있으므로 나는 주로 작품 그것에 대하려 한다.)[34]

임화가 카프 2차 방향 전환에서 조직을 구성하는 데 중점을 둔 것은 안막의 글에서 확인할 수 있다. 김윤식은 이에 대해 "안막, 김팔봉이 카프 볼셰비키화를 예술 작품 자체의 것으로 보고자 한 데 대하여 임화, 김남천은

---

31) 김윤식, 『임화 연구』, 311~312쪽. 참조

32) 위의 책, 311쪽.

33) 위의 책, 311~313쪽 참조.

34) 안막, 「조선 프로예술가의 당면한 긴급한 임무」, 『중외일보』, 1930.8.17. 『카프비평자료총서』 IV, 183쪽에서 재인용.

제1부 근대 지식인으로 문학하기

분명히 조직체의 볼셰비키화를 겨냥한 것"[35)]이라 하였다.

안막은 「프로예술의 형식문제 – '프롤레타리아 리얼리즘'의 길로」[36)]에서 프로 예술의 형식은 "과거 유산적 형식 속에 그 형식적 방법론적 가능을 찾"아야 한다고 강조하였다. 그 방법은 변증법을 통한 것이고 프롤레타리아 리얼리즘은 이를 통해 이루어진다고 하였다. 이어서 그는 작품을 '이데올로기'적 방면과 '피시콜로기(심리)'적 방면으로 나누어 설명하였다. 피시콜로기는 대중의 관심, 흥미와 관련 있는 것이다. 그러나 대중의 관심을 끌기 위해 비프롤레타리아적 요소를 사용하면 안 된다는 것이다.[37)]

그러면 이와 같은 안막의 논리가 실현된 작품은 어떠할까? 카프는 1차 검거 사건으로 조직의 분위기를 수습하고 2차 방향 전환의 가치를 알리기 위해 『카프시인집』을 발간하였다. 여기에는 안막의 작품이 2편 실려 있는데 이들 작품에는 2차 방향 전환의 노선이 어떻게 형상화되었는지 살펴보자.

> 십 년이나 참고 참아 왔다는구나
> 쌀 한 톨 못 먹고 속아만 왔다는구나
> 그놈들이 모두 빼앗아 가고 무얼 또 뺏으려누
> 또 속을 줄 아나 우리는 일어났다는구나

.

---

35) 김윤식, 『임화 연구』, 318쪽.

36) 안막, 「프로예술의 형식문제 – '프롤레타리아 리얼리즘'의 길로」, 『조선지광』 제90호, 1930.3. 『카프비평자료총서』 Ⅳ, 89쪽에서 재인용.

37) 안막은 이와 관련하여 김기진이 '극도로 재미 없는 정세'를 극복하기 위해 「춘향전」에 사용된 요소라도 끌어와야 한다는 논리에 대해 '원칙적 근본적 오류', '개량주의적 일화견(日和見)주의적'이라고 하며 임화의 비판 내용을 언급하였다. 위의 글, 『카프비평자료총서』 Ⅳ, 79쪽 참조.

××에 ××에 삼만(三萬)의 형제가 모여든 지 십 년
밤낮 자갈밭 시궁창을 논밭으로 만들었구만
오오 마누라 자식 딸을 굶겨 죽이지 않았누
또 ××들 논밭을 그저 뺏길 줄 아나

비 맞고 백 리나 걸어갔던 지난봄을 잊을까 보냐
그놈들 그놈들 다 한 놈들이었지
물 안 대고 몇 달이나 뻗댔던 지난해는 지고 말았지만
이번은 기어코 이기고 말 테다

(…)

전 조선의 형제가 이겨라 이겨라 한다는구나
한 ×이 ×으면 열 ×이 모이자
열 ×이 모이면 백 ×이 모이자
뭉치면 꼭 이긴다는구나

××를 데모로 몰아갈 때다
본 × 같은 형제가 돌아온다는구나
×합×를 선두로 몰아갈 때다

　　　　　　　　　— 안막, 「삼만의 형제들－북쪽 농장의 일」[38] 부분

'북쪽 농장의 일'이라는 부제가 있듯 이 작품은 농민들의 소작 쟁의와 관련된 것이다. 그러나 이 시에서 언급되는 시적 상황은 소작쟁의를 일으킨 농민들이 "실패"한 상황이다. 논에 "물 안 대고 몇 달이나 뻗대"기도 했지만 결국 소작농들은 "지고 말았다". 이들이 싸움에서 진 이유는 "다 한 놈

---

38) 『카프시인집』, 90~93쪽.

들" 때문이다. "몰래 논에 물 대는 놈"이었고, "삼만의 형제를 팔아 먹으려는 놈들"이었다. 하지만 이번에는 "기어코 이"길 것을 다짐한다. 이기기 위해서는 "죽을 때까지 싸"워야 한다고 말한다. "전 조선의 형제가 이겨라 이겨라" 하며 응원하고 있고 "뭉치면 꼭 이긴다"고 하니 우리는 뭉쳐서 꼭 이기자고 다짐하고 있다.

이 시에서 "쌀 한 톨 못 먹고"와 "그놈들이 모두 빼앗아 가고", "밤낮 자갈밭 시궁창을 논밭으로 만들었구만", "마누라 자식 딸을 굶겨 죽이지 않았누"라는 표현은 소작농들의 비참한 현실이 나타나 있지만 다소 추상적이다. "빼앗기고", "못먹는" 상황은 매우 비참한 상황이지만 구체적인 상황 묘사가 아니다. 안막은 실제 농민이 되지 못했으므로, 즉 그들의 고통을 공감하려는 노력은 있었으나, 실제 체험한 사실은 아니므로 추상적으로 그려낸 농민들의 비참함은 독자의 마음속에 비감(悲感)을 불러일으키지 못한다. 이는 안막이 주장했던 '피시콜로기'를 충분히 살려내지 못했다는 것인데, 독자 대중의 감흥을 불러일으키지 못하면 대중의 세력 확대라는 과제는 실패할 수밖에 없다.

> 그런데
> 동지야 너는 왜 우울한 얼굴을 하고 있느냐
> 언제나 어떠한 어려운 때나 긴 숨을 안 쉬는 네가
> 투쟁가를 부르던 네가 왜 이처럼 우울한 얼굴을 하느냐
> 그렇다
> 우리들의 신문은 나오지를 못하였으며
> 우리들의 집합은 해산만 당하였다
> 우리들의 대열에선 비겁한 많은 놈들이 탄압이 겁이 나서 달아났다
> 그리고 몇 번째 우리들의 용감한 형제는 모조리 빼앗기어 버리었다
> 동지야 그래서 너는 그렇게 우울한 얼굴을 하는구나
>
> (…)

동지야 너는 의심할 아무것도 없다 너의 갈 곳은 〈싸움터이고 무덤 속〉이다

동지야 너는 의심할 아무것도 없다 〈××할 전 세계〉가 있을 뿐이다

동지야 오직 우리들은 용감히 전진하자!

— 안막, 「백만 중의 동지」[39] 부분

이 시는 조직원으로 함께 일했던 동지를 격려하는 내용의 작품이다. 그런데 동지가 "우울한 얼굴"을 하고 있다. 이유는 "신문"은 폐간되었고 "집합"은 "해산만 당"했고, "우리들의 용감한 형제는 모조리 빼앗기어 버렸"기 때문이다.

피시콜로기의 잣대로 보자면 동지가 가진 '우울감'은 당시 조직원들에게 퍼져 있던 감정이었을 것으로 보인다. 시 작품에서 그것도 카프 중심 구성원이 언급한 시에서 형상화된 내용이라면 조직의 정세 반영일 가능성이 많기 때문이다. 그런데 이 작품은 조직원의 운동가에게 초점이 맞추어져 있으므로 노동자·농민의 피시콜로기를 언급하고자 한 것이 아니다. 즉 프롤레타리아적인 피시콜로기는 아니라는 것인데, 조직원인 동지가 느꼈던 우울감은 자신들의 운동에 대한 전망을 확신할 수 없기 때문에 오는 것이다. 이는 인텔리이므로 생겨나게 되는 감정인데, 이는 피시콜로기의 충실한 작용이라 보기 어렵다. 다만 작품의 끝부분에서 강조하고 있는 "전진하자!"라는 표현으로 프롤레타리아 세상을 향한 의지와 확신을 잃지 말 것을 당부하고 있다는 점에서, 즉 이 또한 피시콜로기에 호소하여 문제를 극복하고자 한다는 점에서 의미를 가질 수 있다.

앞에서 언급한 「삼만의 형제들」과 「백만 중의 동지」는 프롤레타리아 해

---

39) 『카프시인집』, 94~98쪽.

방 운동이 당국의 탄압으로 좌절된 상황을 소재로 삼고 있다. 「삼만의 형제들」은 소작농의 입장에서, 「백만 중의 동지」는 조직원의 입장에서 운동 상황의 좌절을 표현한 것이 차이점이다. 이들이 실패한 원인은 당국의 탄압 때문인데, 탄압이 거세지므로 운동을 포기하고 당국에 협조하는 조직원이 생겨난다. 이들은 조직 활동에 균열을 내고 의심을 만든다.

특히 일본의 검열은 여러 방면으로 카프 조직을 옥죄어 왔는데 임화가 기관지 발간을 위해 자신의 신혼집에 『집단(集團)』 간판을 걸었으나 결과물을 내지 못하였고, 카프 단행본을 내기 위해 기획한 『카프 7인집』도 민중서관의 광고로만 게재한 채 미완으로 끝나버렸다. 이러한 사건들은 카프 조직원의 활동 여건을 악화시켰고, 궁극적으로 카프 2차 방향으로 제시한 예술의 볼셰비키화 운동에 타격을 주었다.[40]

이것은 카프가 제작하려는 창작물을 일본이 검열로 불허하는 상황에서는 안막이 주장하는 "작품을 진정으로 맑스주의적 이데올로기로 쓰는 것"은 불가능함을 말해주는 것이다. 결국 카프 2차 방향 전환과 관련하여 노선의 차이를 보였던 임화와 안막의 대립 문제는 현실적 여건으로 인하여 임화의 논리가 옳았다고 할 수 있다. 김윤식은 이에 대해 다음과 같이 평하였다.

바로 이러한 사실이 안막의 패배와 임화, 김남천 노선의 승리를 새삼 말해주는 것이라 하지 않을 수 없다. 말을 바꾸면, 마르크스주의로 무장한 창작에서의 볼셰비키화는, 일제강점기, 이른바 천황제 국가독점 자본주의 아래서는 사실상 불가능한 것이었으며, 또 그것은 의식의 수준에서도 성립되기 어려운 것이었다.[41]

---

40) 김윤식, 『임화 연구』, 319쪽 참조.
41) 위의 책, 319쪽

강화되는 검열로 인해 출판되지 못하는 프롤레타리아 예술 작품은 의미를 가질 수 없는 것이다. 결국 남는 것은 '조직'이다. 카프 조직은 자연스럽게 지하로 숨어들 수밖에 없었을 것이며 카프가 주장하는 볼셰비키화는 '예술 작품의 볼셰비키화'가 아니라 '조직의 볼셰비키화'가 되는 것이다. 이는 카프 2차 방향 전환이 임화에게는 조직의 장악이었다는 것을 분명히 보여준다. 이것은 "예술운동 볼셰비키화의 이론은 1930년도 카프의 이론적 비평적 활동의 가장 중요한 부분이었지만 예술운동 볼셰비키화에 관해서는 카프 전체가 통일된 견해를 가질 수 없었다."[42]는 안막의 회고를 통해서도 확인된다. 안막은 예술가 집안에서 태어난 자신의 의식 속에 흐르는 예술감을 프롤레타리아 리얼리즘으로 확립하려 했으나 당국의 검열과 탄압으로 뜻을 펼치지 못하고 만 것이다.

안막은 그의 회고글에서 1930년 9월 3일『중외일보』지상에 권환이「조선 예술운동의 구체적 과정」이라는 제목의 논문을 발표하였는데 권환은 이 논문 속에서 예술운동의 볼셰비키화를 위한 구체적 방침을 논하였다고 언급한다.[43] 권환의 이론에 대한 안막의 평가는 "사실 가장 구체적인 이론이었다."[44]라는 것이다. 이 논문에 대해 안막이 정리한 내용은 다음과 같다.

   (1) 어떠한 제작을 할 것인가
      1) 내용 : 혁명적 프롤레타리아의 이데올로기를 내용으로 할 것
      2) 제재 : 조선 프롤레타리아가 국제적 국내적 정세에 의해 당면한 문제를 제재로 할 것
      3) 형식 : 대중적인 노동자 · 농민에게 이해시키기 쉬운 형식

---

42) 안막, 「조선프롤레타리아운동 약사」, 『사상월보(思想月報)』, 1932.10. 『카프비평자료총서』I, 128쪽에서 재인용.

43) 위의 글, 『카프비평자료총서』I, 127쪽 참조.

44) 위의 글, 『카프비평자료총서』I, 128쪽에서 재인용.

제1부 근대 지식인으로 문학하기

실제로 권환은 「조선 예술운동의 구체적 과정」에서 '우리는 어떠한 작품을 제작할까'라는 제목으로 내용을 전개하고 있는데, 이때 카프 작품이 나아가야 할 방향을 "내용, 제재, 형식문제"로 나누어서 언급한다. 권환이 언급한 "내용, 제재, 형식문제"의 구체적 내용은 안막이 파악한 것과 같다. 이 중 "제재"와 관련하여 권환은 "지금까지의 작품은 조선의 프롤레타리아트와 그의 ××가 문제 삼는 것을 과제로 하여 의식적으로 제재를 선택, 취급한 작품이라고는 볼 수 없었음을 지적"하고 작품의 제재로 취급할 기준을 다음과 같이 구체적으로 제시하였다

1. ××의 활동을 이해하게 하여 그것에 주목을 환기시키는 작품
2. 사회민주의, 민족주의 ×치운동의 본질을 ××하는 것
3. 대공장의 ×××× 제네랄 ×××
4. 소작××
5. 공장, 농촌내 조합의 조직, 어용조합의 ××, 쇄신 동맹의 조직
6. 노동자와 농민의 관계를 이해케 하는 작품
7. ××××의 조선에 대한 ××××(예하면 민족적××, ××××확장, ×××××조합 등의 역할…) ××시키며 그것을 맑스주의적으로 비판하여 프롤레타리아트의 ××을 결부한 작품
8. 조선 토착부르조아지와 급 그들의 주구가 ×××××와 야합하여 부끄럼 없이 자행하는 적대적 행동, 반동적 행동을 폭로하여 또 그것을 맑스주의적으로 비판하여 프롤레타리아트의 ××을 결부한 작품
9. 반×××××의 ××을 내용으로 하는 것
10. 조선프롤레타리아트와 일본 프롤레타리아트의 연대적 관계를 명확하게 하는 작품, 프롤레타리아트의 국제적 연대심을 환기하는 작품[45]

---

45) 권환, 「조선 예술운동의 구체적 과정」, 『중외일보』, 1930.9.4. 『카프비평자료총서』 IV, 197~198쪽에서 재인용.

복자가 많아서 내용을 정확히 파악하기는 힘드나 사용된 단어들이 "대공장, 소작, 공장·농촌 내 조합의 조직, 맑스주의적으로 비판하여 프롤레타리아트의, 조선 프롤레타리아트와 일본 프롤레타리아트의 연대적 관계" 등이다. 이로 보아 안막이 정리한 대로 "조선 프롤레타리아가 국제적 국내적 정세에 의해 당면한 문제를 제재로 할 것"을 강조하고 있음을 알 수 있다. 이어서 권환은 시에 대해서도 취해야 할 제재의 특성에 대해서 언급하고 있다. 그는 "노래의 주인공(예하면 노동자가 혹은 부르가 부르는 노래)과 노래의 대상적 주인공(예하면 부르주선전의 생활을 혹은 프롤레타리아의 생활을 노래하는 시)은 즉 창작의 주인공과 같이, 또 시의 서사적 내용은 창작의 소재와 같이 말할 수 있"음을 지적하였다. 그리고 "시도 역시 막연한, 프롤레타리아 시가 아닌 사회 민주주의적 시와 명확히 구별할 수 있는 시를 즉 현재의 조선 프롤레타리아트의 ××적 과제와 결부한 ××의 시점을 가지고 노래해야 한다"고 강조하였다.

그가 시의 제재와 관련하여 강조하고 있는 것은 '소재'를 통해 막연한 프롤레타리아 시를 벗어나라는 점이다. 특히 '시의 서사적 내용'에 관한 소재를 언급하고 있음이 눈에 띈다. 이것은 대중적으로 많이 읽힐 수 있는 양식이 시에 있어서 '서사성'을 이용하는 것이라고 생각했음을 짐작할 수 있다.

다만 이때 권환이 주의해야 한다고 강조한 것은 "대중의 관심을 끌기 위해 '연애요소, 탐정장면, 기타 소위 흥미적 요소'를 쓰지 말라"고 한 점이다. 프로 예술가는 그들의 현실 문제와 그들의 생활을 보다 더 정확하게 심각하게 전개, 묘사할 때엔 그들을 보다 더 많은 관심을 가지게, 보다 더 깊은 감흥을 주게 해야 한다. 그런데 흥미적 요소를 고의로 삽입한다면 그들의 감정을 비속화시키며 결국 ××의식의 관능적 흥미에의 굴복, 따라서 맑스주의의 부정화를 가져올 것이라 하였다.

이는 권환이 카프의 문학작품이 어떻게 하면 그들의 이념을 유지하면서 대중적으로 흥미를 끌 수 있을까에 대해 일관되게, 그리고 구체적으로 고민하고 있음을 보여주는 대목이다. 시의 서사성을 언급한 것은 대중의 흥미를 끌 수 있는 방법이라 생각한 것이지만 대중의 흥미를 높이는 것에만 천착하여 정작 이들이 이루고자 하는 리얼리즘의 성취를 놓치면 안 된다는 것을 인지하고 있는 것이다.

'형식' 문제와 관련해서는 루나차르스키의 "내용은 스스로 일정한 형식을 요구한다. 어떠한 내용에는 다만 하나의 최후의 형식만이 적응하는 것이다."라는 말을 인용하면서 프로 예술이 추구해야 할 최후의 형식에 대해 언급한다. 최후의 형식이란 "××적 ××주의적 사상과 감정을 가장 명쾌하게 표현하며 독자에게 가장 강한 인상을 주는 형식"이라고 하였다. "내용이 ××적이고 선동적이므로 그것의 형식은 현실적 직설적이어야 하고 또 그것의 독자대상은 소부르 인텔리겐치아가 아닌 노동자·농민이므로 그것의 형식은 간결하고 평이해야 할 것"을 말한다. 곧 안막이 정리한 대로 '대중적인 노동자·농민에게 이해시키기 쉬운 형식'을 강조하고 있는 것이다. 특히 시 부문에서 기교를 부리지 말 것을 강조하는 점이 눈에 띈다.

> 형식에 대해서는 우리는 여러 가지 복잡다단하게 문제삼을 필요가 없다. 다만 현재 우리 조선의 중요산업의 대공장 노동자와 빈농에게 ×
> ×적 ××주의적 사상을 선전·선동하기에 가장 적절한 형식의 획득에 노력할 것뿐이다.[46]

그는 프롤레타리아 예술에서 대중적 예술과 고급적 예술을 말할 수 없다고 하였다. 프롤레타리아 예술은 노동자·농민을 주체 대상으로 한 예술이어서 형식도 노동자·농민이 잘 이해하고 잘 감흥하면 그만이기 때문

---

46) 위의 글, 『카프비평자료총서』 IV, 201쪽에서 재인용.

으로 보았다. 그래서 기교라는 것은 부르주아 예술의 것이므로 기교 문제로 카프 문학을 평가하려는 것은 잘못된 것임을 강조한다.

시에서 기교라는 것은 비유, 상징, 언어의 애매성 등일 텐데 이러한 기교를 부리다 보면 작품이 어려워지고 구성이 복잡해지는 것이다. 권환이 강조하는 '대중적인 노동자·농민에게 이해시키기 쉬운 형식'은 기교를 부리지 않고 프롤레타리아트의 생활을 소재로 프롤레타리아트의 사상과 감정을 쓰는 것이다.

이와 같은 '쉬운 형식'에 대한 주장은 그가 조선 빈농층의 수준을 구체적으로 나누어 파악하는 것으로 이어진다. 이 글에서 권환은 조선 빈농층의 수준을 글자를 아는 정도에 따라 나누어 대중화 방법을 달리해야 한다고 특별히 주장하였다. "'가나다'도 못 읽는 빈농층에게는 연극이나 영화 등으로 ××사상을 선전·선동해야 하며, 언문소설을 겨우 읽을 만한 순문맹 면한 빈농층에게는 평이하게 써야 한다."고 하였다. 그러므로 "조선의 프로예술가들은 형식의 '평이'에 대해서 다른 선진제국의 그들보다 더 많은 주의를 해야 한다."라고 하였다.

그가 조선의 빈농층을 '순문맹', '순문맹 면한 이'로 나누고 이들에게 저마다의 수준에 맞는 방법으로 문학작품을 제공할 것을 주장하는 것은 우선은 조선 빈농층에 대한 관심이 바탕이 된 것이라 할 수 있다. 글자를 읽지 못하는 민중들에 대한 고려는 안막에게도 보이지만 빈농층의 수준을 보다 구체적으로 나누고 있는 것은 권환에게서 더욱 분명해진다. 이는 권환의 시가 복잡한 기교, 즉 차원 높은 시적 상징을 쓰지 않은 것을 설명해주는 근거가 된다. '쉬운 시'에 대한 권환의 가치 지향은 다층적 언어 기교를 이해하기 힘든 '순문맹 면한 이'에 대한 고려에서 시작된 것으로 보아야 할 것이다.

졌다 기어만 지고 말았다

　　　　　　　　　　　제1부 근대 지식인으로 문학하기

기어만 지고 말았다
금번 지면 두 번째
두 번째나 기어만 지고 말았다

하기야 작년 금년 두 번이 모두 다
그 ××자와 마찬가지로 죄 많고 미운
타락 간부(墮落幹部)
배반자(背反者)
우리 ××을 타협으로 팔아먹은 그놈들
그놈들 때문에 지기야 졌지마는
그렇지만 그놈들은 믿어 일을 맡기고
그런 놈들을 진작 안 쫓고 둔 것은
우리의 책임이다 우리의 허물이다

졌다 기어만 지고 말았다
두 번째나 지고 말았다
그렇지만 우리는 지고 난 ××을 공연히 분하다고만 하지 말고
다시 일어날 준비나 하자

타락 간부
배반자
그놈들을 모조리 몰아내 버리고 쫓아내 버리고
이놈의 ××에나 이기도록 하자
그래서 열 번을 지면 열 번을
백 번을 지면 백 번을
일어나고 일어나서
이길 때까지 싸워 보자
××× 머리를 땅까지 숙일 때까지

　　　　　　　— 권환, 「머리를 땅까지 숙일 때까지」[47] 전문

---

47) 『권환 전집』, 31쪽.

카프 조직원들의 운동 실패를 언급하고 있는 작품이다. "벌써 두 번째" 나 싸움에서 진 결과는 화자에게 분노를 일으킨다. 싸움에서 진 이유는 "타락 간부, 배반자"들 때문인데, 근본적으로 "그놈들을 믿어 일을 맡기고/그런 놈들을 진작 안 쫓고 둔", "우리의 책임" 때문이다. 이들을 믿고 일을 맡긴 우리들이 잘못이라고 하는데, 화자의 언급을 통해 짐작할 수 있는 것은 권환이 '믿음'을 저버린 동지의 행동에 상당히 분노하고 있다는 것이다. 이를 달리 말하면 권환이 중요하게 생각한 것이 '믿음'이라는 것이다. 믿음을 저버린 동지의 행동은 조직을 어려움에 빠트린다. 이는 남아 있는 동지들에게도 이들이 추구하는 이상에 대해 의심하게 만든다. 배반 동지들이 위험한 이유인 것이다. 그러므로 흔들리는 조직을 힘있게 결속시키기 위해서는 배반한 동지들에게 자신들의 성공을 보여주는 것이다. "열 번"이나 "백 번"이나 지더라도 싸워서 이 시의 제목처럼 그들이 "머리를 땅까지 숙일 때까지" 싸워 이겨야 하는 것이다.

이 시는 동지의 배반에 대한 분노와 싸워 이기자는 열정이 감정의 여과 없이 그대로 분출되어 선전·선동의 효과를 시도하는 것이 특징이다. 그리고 이 시에는 권환이 주장하는 '쉬운 시'를 위해 특별한 시적 기교도 사용하지 않았다. 겨우 찾을 수 있는 시적 장치란 연을 구분했다는 정도이다. 그러므로 작품이 전달하고자 하는 내용이 별 어려움 없이 직접적으로 전달된다. '순문맹 면한' 빈농층이 이 시를 읽었다 하더라도 어렵지 않게 이해했을 것이다.

> 우리는 그대를 이때껏
> 다만 한 우리들의 좋은 동무만으로 알았더니라
> 다만 우리들과 같이 괭이 들고 석탄(石炭)파는 한 광부(鑛夫)만으로
> 알았더니라

(…)

그래서 일만 마치면 노름과 싸움밖에 할 줄 밖에 모르던 이 광산에
　우마같은 대우도 충실하게 받을 줄 밖에 모르던 이 광산에 불평과 ×
×의 화×을 뿌려주며
　××과 싸우는 우리들의 군영(軍營)-조합(組合)을 만들어 놓고 간 그
대를
　그래서 늙은 뱀같은 광산주가 음흉한 꾀로 우리를 속이려 할 때
　……불경기 핑계 대고 적은 임금을 또 내리려 할 때
　……이유 조건도 없이 동무들을 쫓아내리려 할 때
　밤잠을 안 자고 가만 가만 우리들을 찾아다니면서
　우리들 가슴 속에 가지고 있는 불평과 ××의 화×에다 유황불을 붙
여 주어
　××과 끝까지 싸우게 하는 그대를
　우리는 다만 한 광부 우리들의 좋은 동무로만 알았더니라
　다만 침착하고 세상일 잘 알고 정다운 동무로만 알았더니라
　다만 한 좋은 동무만으로 알았더니라

　그러다가 인제야 알았다
　그대를 ×들의 손에 뺏기고 난 인제야
　그대를 다른 많은 용감한 동무들과 같이
　×××에 끌려 보내고 난 뒤 한 달된 인제야 알았다
　그대도 우리의 가장 믿어할 지도자의 한 삶
　땅 밑을 파고 다니는 숨은 지도자
　조선의 ××의 한 사람인 줄을

－권환, 「그대」[48) 부분

역시 어려운 시적 기교가 사용되지 않아 쉽게 이해되는 시이다. 광산에

---

48) 『권환 전집』, 22~23쪽.

서 광부로 함께 일한 동지였던 "그대"가 붙잡혀 가고 난 뒤에야 진정한 우리들의 지도자인 그의 존재감을 크게 느낀다는 내용이다. 위의 시는 프롤레타리아트를 선전·선동하기 위해 노동의 현장 속으로 들어간 운동가들의 모습을 그려내었다. 진실이란 외적 만남을 통해 생성하는 것이다.[49] 현재 자신의 처지를 깨닫기 위해서는 스스로의 힘으로는 안 되며 외부적 존재의 도움이 필요하다. 이 시에서는 노동 현장 속으로 들어간 "그대"에 의해 "일만 마치면 노름과 싸움밖에 할 줄 밖에 모르"고 "우마"로 취급당하던 자신들이 스스로의 존재 가치를 깨닫게 되었음을 말한다. 구체적으로 그대가 한 일은 착취당하던 우리들 노동자의 처지를 깨닫게 하여 투쟁에 참여할 수 있는 마음가짐인 "불평"을 갖게 해주었고, 조합을 만들어놓은 일이다.

---

[49] 레닌은 노동계급이 적절한 계급의식을 자신이 속한 '조직'의 발전을 통해 '자생적'으로 획득하지 못한다고 하였는데, 이에 대해 지젝은 레닌의 진실이란 궁극적으로 유물론의 진실이며 이는 레닌이 인간의 사고는 객관적 실체를 거울 모사한다는 '반영이론'를 고수한 것과 연결 지을 수 있다고 하였다. 레닌이 말하는 인텔리들이 외부로부터 프롤레타리아에게 지식을 전달해야 하는 상황에서는 외부성이라는 엄밀한 지위가 강조되는데, 이 외부성의 엄밀한 지위는 '객관적 지식'인가 아니면 '개입된 주체의 진실'인가를 물을 수 있다. 지젝은 라캉의 이론을 도입하여 분석은 육체에 주체의 욕망에 대한 객체라는 원인을 부여하는 외적 핵심을 통해서만 가능하다고 한다. 지젝에 따른다면 레닌이 말하는 '당'은 자기중심적 행위자가 아니라 외부의 핵심과 투쟁하는, 바깥에 놓인 행위자가 된다. 당의 필요성은 노동계급이 절대로 '충분히 스스로' 되지 못한다는 사실에 근거한다. 레닌이 외부성을 고집한 궁극적인 의미는 '적절한' 계급의식이 '자생적으로' 생기지 않으며, 노동계급의 '자생적 경향'에 대응하지 않는다는 것이다. '적절한 계급의식'은 고된 노력을 통해 쟁취되는 것이라 하였다. 이는 정신분석 치료의 상황과도 같다고 지젝은 언급하는데, 라캉이 강조했듯이 원초적인 앎의 충동이란 없으며, 자발적인 인간의 태도는 '나는 그것에 대해 아무것도 알고 싶지 않아'라는 것이라 하였다. 정신분석 치료는 가장 내적인 경향을 실현하는 것과 달리 '기질을 거스르는' 과정이어야 한다고 하였다. 지젝, 『혁명이 다가온다─레닌에 대한 13가지 연구』, 이서원 역, 도서출판 길, 2006, 51~68쪽 참조.

권환은 「조선 예술운동의 구체적 과정」의 글에서 '어떻게 카프를 조직할까'의 소제목으로 "조직의 형태보다도 구성인원의 선택문제가 보다 더 중대하고 긴급하다"고 하며 갖추어야 할 요건으로 다음의 세 가지를 제시하였다.

> 첫째, 창작적 기술 본위로부터 투쟁역량 본위로
> 둘째, 의식낮은 인텔리작가보다도 기술 미숙한 노동자 출신 작가로
> 셋째, 직업적 소질 다부(多否)를 표준하여 해야 한다.[50]

이는 대중화 노선과 관련하여 의식을 갖춘 노동자·농민의 확대를 고려한 주장이다. 김기진이 일반적인 대중을 고려했다면 권환은 의식을 갖춘 노동자·농민을 프롤레타리아 문학의 대중으로 고려하였다. 즉 노동운동을 함께 할 수 있는 프롤레타리아트가 필요했던 것인데, 그래서 권환은 카프의 조직에서 조직 형태보다 "구성인원의 선택 문제"가 더 중대하고 긴급하다고 한 것이다.

권환이 제시한 긴급하게 갖추어야 할 요건을 정리하면, 투쟁 역량을 갖춘 노동자·농민을 조직원으로 양산하는 것이다. 이들이 있어야 카프에서 주장하는 대중화를 이룰 수 있는 것이고 권환 자신의 이론도 실현시킬 수 있는 것이다. 따라서 "의식 낮은 인텔리 작가보다 기술 미숙한 노동자 출신 작가"들이 더 의미 있다고 생각하는 것이다.

그러므로 작품 「그대」에서 형상화된 "그대"는 카프 지도부들이 이상적으로 생각하는 모델이 될 것이다. 부재의 상황에서 존재감을 더욱 부각시킬 수 있다는 것은 상대방의 감정과 의식에 큰 자리로 스며들어 있었다는 것이다. 노동자·농민들이 프롤레타리아트의 생활을 문학으로 형상화하

---

50) 권환, 앞의 글, 『카프비평자료총서』 IV, 194쪽에서 재인용.

려는 인텔리들을 받아들이고 카프 조직원·지도부원들을 통해 자신들이 앞으로 나아가야 할 길을 새롭게 깨달아 행동할 수 있다면 카프 조직원들이 지향했던 대중화는 이루어지는 것이다.

안막의 경우도 앞에서 인용한 시에서 보았듯 운동의 어려움으로 우울함에 빠져 있는 "동지"를 형상화했다. 하지만 그의 시 「백만 중의 동지」에 나타난 "동지"는 배반한 동지에 대한 실망과 그로 인해 겪은 좌절감에 빠져 있는 동지이다. 이 동지는 조직원들과 함께 인쇄물도 만들고 대중들 앞에서 감동의 연설도 했고 그러다가 용감하게 감옥에도 갔다 왔다. 하지만 이 "동지"는 우울감에 빠져 있다. 이 우울감은 집단이 세운 목표 달성이 요원해짐으로 해서 생긴 것이지만, 이 시에서는 해결점을 개인의 투쟁 의지에 두고 있다. "동지"가 겪고 있는 개인적 우울감은 본인의 투쟁 의지로 극복해야 하는 것이다.

볼셰비키 대중화를 주장한다고 했지만 조직은 카프 이념을 대중적으로 확산시키지 못했고 조직원들의 투쟁 의지만을 거듭 강조했다. 결국 안막은 카프의 볼셰비키화를 구호로만 외친 것이라 할 수 있다. 안막의 이러한 특징은 권환과 비교했을 때 구체성이 떨어진다. 권환은 그의 시 작품에서 볼셰비키 대중화를 현실성 있게 끌고 가려는 모습을 보이기 때문이다.

「조선 예술운동의 당면한 구체적 과정」에서 권환은 조선의 예술운동에서 가장 긴급하고 중대한 것은 '지입(持入)' 문제라고 하였다. 즉 프롤레타리아를 위해 창작한 예술품을 어떻게 노동자·농민 속으로 가지고 들어가야 하는가에 대한 방법적인 고민이다.

그는 지입의 구체적 방법으로 '기관지' 문제를 언급하고 있다. "어떠한 내용으로 조직 통일된 기관지를 가져야 할까"에 대해서 논하고 있다. 이를 위해서 "실재적 재료"와 "창작적 재료"를 구분하고 있는데, 예술은 사회의 실재적 재료를 창작적 재료로 형상화시킨 것이다. 선전·선동의 임무를 더욱 합리적으로 더욱 강력하게 수행하려면 "사회의 실재적 재료(예하면 투쟁리포트-세계 정세 등)를 모집 또 설명하는 방법"도 가능하다고 하였다. 그래서 이렇게 "같은 인식 의도하에 조직 통일된 선전·선동적 간행물을 가져서 그것으로 대중 속에 지입해야 한다"고 하였다.

여기서 권환이 강조하고 있는 것은 이데올로기의 통일성이다. "같은 인식 의도하에 조직 통일된" 간행물이란 조직원 개인이 실제적으로 접하는 현실을 조직의 노선을 충분히 반영할 수 있는 방향으로 창작할 것을 강조하는 것이다. 조직원들이 만든 예술품이 대중으로 "지입"이 되면 대중들이 직접 접하게 된다. 즉, 카프 조직의 이념과 지도 방향을 직접 접하게 되는 것인데, 반면 일치되지 않는 활동에 대한 가치와 이념들이 대중 속으로 퍼진다면 이는 카프 조직의 위상을 흔들게 될 것이다. 권환이 '기관지' 문제를 언급하면서 통일된 선전·선동적 간행물을 만들 것을 강조한 것은 이 때문이다.

권환이 '기관지'의 중요성을 언급한 것은 매체 역할의 중요함을 인지했다는 것이다. 매체는 대중화를 위해 효과적인 역할을 수행할 수 있다. 정식화된 매체로는 신문 기관지 등일 텐데, 이들은 카프의 입장에서는 부르주아 출판물로 분류되는 것들이다. 부르 출판물을 이용할 때는 적지 않은 경비가 들기도 하므로 충분히 활용하는 데 현실적 한계가 있다. 이에 대해 권환은 「무산예술운동의 별고와 장래의 전개책」에서 다음과 같은 방법을 제시하였다.

> 첫째, 우리의 기관지, 창작집 같은 것을 출판할 때 부르조아의 그것과 같이 반드시 훌륭한 표지, 미려(美麗) 지질, 선명한 인쇄, 풍부한 매수만으로 하여 된다고 하지 말고 5,6매로나 2,30매로나 또 등사로나 원고 초본 그냥 그대로나 하여 가성적(可成的) 무료로, 그렇지 못하면 지렴(至廉)한 책가(冊價)로 배포 혹은 회독(回讀)을 시킬 것이다. 물론 우

리도 부르조아와 같이 훌륭한 양식을 다 완비하여 그들께 주면 좋지마는 그러나 우리에게는 늘 경비문제가 있고 또 사실 그 안에 기재된 작품만이 반동적이 아니면 어떠한 소박한 양식으로도 노농대중을 선전·선동함에 조금도 그 효과를 감소케 않을 것이다. 아니 우리 노농대중은 그들의 생활과 일치한 그렇게 소박한 양식을 더 친밀한 감(感)으로 볼 것이다.

그러나 형태 양식이 그렇게 소박한 대신에 내용은 엄선주의로 하여 암만 세련된 기교이나 조금이라도 반동적 경향이 있는 것은 절대로 그들을 읽히지 말고, 그리고 배포는 각 노동조합과 유기적 연락을 취해야 할 것이다.[51]

이 글에서 강조하는 것은 형태 양식이 소박하더라도 내용을 "엄선"하여 갖추면 매체로서 역할을 훌륭히 할 수 있다는 것이다. 이것은 부르 출판물에 비해 열악할 수밖에 없는 프로 예술의 현실을 고려한 것으로 볼 수 있다. 투박한 종이, 적은 매수, 저렴한 책값 등 불완전한 형식들도 괜찮다고 한 것은 이들이 추구하는 근본 목적이 프로 예술의 작품을 대중화하는 것이기 때문이다. 그러므로 권환이 지적한 대로 절대 놓칠 수 없는 것은 '내용의 엄선주의'인 것이다. 그래서 "암만 세련된 기교"로 문학성을 높였다 하더라도 "조금이라도 반동적 경향"이 있는 것은 절대로 대중이 읽게 하면 안 되는 것이다. 즉 작품성보다는 전달의 내용성에 더 무게를 두고 있는데, 이는 매체를 통해 대중을 선전·선동하려는 목적을 충실히 달성하기 위한 의도로 볼 수 있다.

카프의 2차 방향 전환의 주된 내용이었던 볼셰비키화 노선은 임화·안막·권환의 주도로 이루어졌지만 노선을 내면화한 양상은 각자 달랐다.

---

51) 권환, 「무산예술운동의 별고와 장래의 전개책」, 『중외일보』, 1930.1.19. 『카프비평자료총서』 Ⅳ, 62쪽에서 재인용.

임화는 2차 방향 전환으로 카프의 주도권을 잡게 된 만큼 조직을 재정비하는 데 무게를 두었고, 안막은 '예술 작품 자체의 볼셰비키화'에 무게를 두었다. 권환의 경우는 카프의 2차 방향 전환의 노선을 가장 충실하게 내면화했다고 볼 수 있다. 그것은 프롤레타리아의 작품의 제재로 취급할 기준을 구체적으로 제시한 것과 시를 어렵게 만드는 기교를 부리지 말고 이해하기 쉬운 시를 써야 할 것을 주장한 것, 그리고 대중과의 소통을 위해 기관지를 간행하여 창작된 작품을 대중 속으로 지입할 것을 강조하는 방법으로 나타났다. 이것은 카프에서 추구했던 이상적 가치를 실현하기 위한 방법의 의미를 지닌다. 이상은 현실에서 구체적으로 실현될 때 의미를 가질 수 있다. 권환은 카프의 선두에서 대중화를 위한 방법을 고민함으로써 자신이 추구하는 가치를 실현하고자 하였다.

3. 파시즘의 시대 넘어서기로서의 전향과 귀향

1925년에 조직되어 활동을 전개하던 카프는 1차 검거 사건을 맞는다. 1931년 8월부터 10월 사이에 일본 경찰이 신간회 해체를 선동한 좌익 인사들과 카프의 간부들을 검거한 이 사건은 6월 중순 박영희가 종로경찰서 고등계 형사에 의해 검거되면서[52] 시작되었다. 이후 8월 16일 카프 중앙집행위원인 안막·송영·이기영·권환·윤기정이 검거되었고, 9월 14일 김기진이 검거되었다. 이 사건에 대해 종로경찰서 고등계가 발표한 내용은 카프가 조선공산당 공산주의자협의회의 비밀 결사조직과 연관되어 있다는 것이다. 이때 구속된 사람은 권환을 비롯하여 박영희·윤기정·김기진·이기영 등 모두 17명이었다. 이 중 기소된 사람은 고경흠·김삼규·

---

52) 권영민, 앞의 책, 221쪽.

황학로 · 김효식 4명이었고 나머지는 모두 불기소 처분하여 석방되었다. 이 사건의 처리 과정은 1933년까지 계속되었고 재판이 완전히 끝난 것은 1933년 7월 28일이었다.[53]

이 사건으로 카프 조직의 노선에 불만을 갖거나 조직을 탈퇴하는 이들이 생겨났다. 그중 가장 주목할 만한 것이 '박영희의 탈퇴 선언'이었다. 박영희는 1932년 5월 카프 중앙위원회를 사임했고, 1933년 12월 10일 카프 탈퇴원을 제출하였다. 박영희의 카프 탈퇴 이유는 「최근 문예이론의 신전개와 그 경향」에서 확인할 수 있다.

> 1929년 이후부터 나는 나의 '카프'에 관한 소위 지도이론에 약간의 회의를 갖기 시작하다가 동 31년 『동아일보』 신년호에 「예술운동의 작금」이라고 제한 논문을 발표하였든 바 권환씨에게 우익적 복전(福田)박사식이라는 '브랜드'를 찍힌 후에 뒤를 이어서 무수한 무능력하니 우익적이니 '인텔리'화 하느니 혹은 '소부르조아'니 하는 온갖 형용사로[54]

박영희가 언급한 "권환 씨에게 우익적 복전(福田)박사식이라는 '브랜드'를 찍힌 후"라는 일은, 박영희가 발표한 「조선프롤레타리아 예술운동의 작금(昨今)」에서 권환이 주장했던 내용을 반박한 것에서 일어난 사건이다. 권환이 주장했던 "우리들의 예술을 농촌으로 가져가자"는 것에 대해 박영희는 "일정한 시기"가 필요하다고 지적했다. 이에 대해 권환은 「유물변증법의 왜곡화」에서[55] "문제는 오직 노력 책임의 유무(有無)에 있다.", "그 시기

---

53) 위의 책, 221~222쪽 참조.
54) 박영희, 「최근 문예이론의 신전개와 그 경향」, 『동아일보』, 1934.1.2. 『카프비평자료총서』 V, 162쪽에서 재인용.
55) 권환, 「유물변증법의 왜곡화」, 『동아일보』, 1931.1.20. 『카프비평자료총서』 IV, 231쪽 참조.

제1부 근대 지식인으로 문학하기

는 어느 시기를 기다림이었던가."[56]라고 지적했던 것이다.

목적의식을 논할 때나, 1929년 30년경에 임화 · 권환 · 안막 등 제씨
가 비상한 좌익적 논제를 반복할 때나, 변증법적 유물론적 리얼리즘을
논할 때나, 사회적 리얼리즘을 논할 때나 창작행동에는 별 이상이 보이
지 않았다. 이러고 본즉 진리는 오직 위대한 창작가에게 있는 것이다.
(…)
필자의 퇴맹(退盟)의 제일(第一) 이유는 이곳에 있다. 즉 '카프'는 진
실한 예술적 집단이 될 수 없을 만치 되어 있는 것을 혁신하지 않으면
예술가로서는 무의미한 것이다. (…) 지금도 지도부의 의견은 역시 '당
파성'의 옹호에 있어 보인다. (…) 그러므로 이곳에서 탈출함이 내 퇴맹
(退盟)의 제삼(第三)의 이유다.[57]

카프 지도부의 "사회사적 고립과 그 문학사적 붕괴로" 카프의 문학적 지
도는 무의미한 것이므로 이를 퇴맹의 제2이유로 밝힌 내용까지 고려했을
때 박영희가 카프를 탈퇴한 큰 이유 두 가지는 '카프의 비예술성'과 '카프
의 정치 지향성' 때문이다. 특히 카프의 정치 지향성에 대해 2차 방향 전환
이후 카프는 당국의 눈을 피해 이른바 '비밀집회'를 계속했는데 김윤식은
이에 대해 소시민 박영희는 큰 심리적 부담감을 느꼈을 것이라 하였다. 카
프가 문학운동의 합법적 활동에서 공산당의 비합법적인 운동으로 바뀌었
음과 관련되기 때문이었다.[58] 박영희가 카프를 탈퇴하면서 "예술의 진정
한 진로를 찾기 위하"여 미력을 다하겠다고 한 것은 그가 걸어왔던 계급문
학의 길을 포기하고 순수문학의 길로 나가겠다는 전향의 뜻을 보인 것과

---

56) 위의 글, 『카프비평자료총서』 IV, 232쪽에서 재인용.
57) 박영희, 앞의 글, 『카프비평자료총서』 V, 173~174쪽에서 재인용.
58) 김윤식, 『임화 연구』, 317쪽.

같다.

이는 박영희가 "우리들의 예술을 농촌으로 가져가자는 (…) 이 원리를 성취코자 진전하는 과정에서는 일정한 시기가 아니면 성취하기 어려운 것이다"라며 '시기'의 문제를 언급한 것이 볼셰비키화로 방향을 전환한 카프의 노선에 부담을 느꼈음을 말해주는 것이다. 권환이 박영희의 '시기'의 언급에 예민하게 반응한 것도 그의 예술운동에 변화가 감지되었기 때문일 것이다.[59]

하지만 박영희의 탈퇴 선언은 단순히 개인적 방향 전환에만 그친다고 할 수 없었다. 이후 카프의 해산을 요구하는 글[60]들이 카프 내부에서 제기되었기 때문이다. 이들이 지적하는 카프의 문제점은 '조직의 경직화', '정치화', 그리고 '당국의 검열 강화'이다. 이것은 박영희가 지적한 내용과 큰 차이가 없는데, 이는 다시 말하면 카프의 볼셰비키화 전략이 유연하게 확장되지 못하고 이론과 당위의 경직성에 빠져 있었다는 것이다. 특히 사상의 순수성을 강조한 나머지 사상성은 떨어지나 문학적 소질이 있는 작가들의 활동을 봉쇄했다는 지적이 공통적으로 나온다. 이는 결국 창작품의 결여로 이어졌고 활동의 위축을 부른 것이다.

그리고 심화되는 당국의 검열은 카프의 활동을 지하운동으로 이끌었고 이는 카프 2차 검거 사건으로 이어졌다. 카프 2차 검거 사건은 이른바 '신건설사 사건'이라고도 한다. '신건설사'는 카프 산하 극단이다. 극단 '신건

---

59) 순수문학의 길을 주장했던 박영희는 카프 탈퇴 선언 이후 친일 행적을 보인다. '국민총력조선연맹 문화위원', '조선문인보국회 총무국장' 등 친일 문학 단체 선봉에서 정치 활동을 계속하였다.

60) 대표적인 경우가 이갑기(이형림), 「예술동맹의 해소를 제의함－문학활동의 당면적 가능성을 구하여」, 『신동아』 33호, 1934.7 ; 박승극 「조선문학의 재건설」, 『신동아』 제5권 6호, 1935.6의 글이다.

설사'는 1932년 8월에 결성되었는데 '숭일동 32번지 집단사(集團社)' 안에 사무소를 두고 조직을 결성하였다.

연기부 : 이정자, 이귀례, 함경숙, 박태양, 신영호, 안민일
미술부 : 이상춘, 강호[61]
문예부 : 송영, 권환
연출부 : 신고송[62]

극단 신건설사는 1933년 창립 공연을 서울 연예관에서 가졌는데 공연 작품은 독일의 레마르크 원작의 〈서부전선 이상없다〉였다. 서울에서의 공연은 매우 성공적이었고 이에 고무된 카프 조직은 지방 순회공연을 계획하였다. 이에 따라 1934년 봄에 전주 지방 공연이 정해졌는데, 일본 경찰은 이 공연을 중단시킬 계획을 세웠다. 그리고 전주 공연 선전단 문구가 불온하다는 것을 이유로 신건설사의 전주 공연을 취소시키고 카프 조직원 전체에 대한 검거를 시작하였다. 이 사건이 종결된 것은 1936년 2월 최종 판결이 나면서이다. 2년 정도의 시간을 끌면서 일본 경찰은 카프의 모든 조직원에 대해 조사를 벌였고, 그 사이 카프는 해산계 제출을 통해 해산되었다.

카프 2차 검거 사건은 식민지 시대 문화계의 최대 사건으로 기록될 만[63] 한데 전주지방법원에서 예심으로 공판에 회부한 문인은 23명, 기소유예되어 석방된 이는 38명이었다. 조사 대상에 올랐던 카프 맹원 중 김기진 · 김

---

61) 강호(姜湖, 1908.8.6~1984.7.3)는 영화감독으로 활동했고 〈암로〉라는 영화를 만들었다. 권환과 고향이 같으며 권환의 아버지 권오봉이 세운 '경행학교'를 다녔다고 한다.
62) 『동아일보』, 1932.8.7. 권영민, 앞의 책, 293쪽에서 재인용.
63) 위의 책, 294쪽.

복진 형제는 풀려났고, 임화는 체포되어 경성역에 왔으나 졸도하여 연행하지 못하고 병원에 입원하였고, 김남천은 1차 검거 사건 때 구속되었다가 1934년 7월에 석방되어 나온 터라 구속되지 않았다. 김남천은 조선중앙일보의 임시 특파원 자격으로 1935년 6월의 신건설 사건 언도 공판 장면을 전주 지방법원에서 취재하여 보도[64]했는데「李相春의 법정을 웃긴 유모어한 진실과 예술의 정치주의를 반대하는 이갑기·이기영의 태도」[65]라는 글에서 한설야는 다만 신인급인 홍구, 한청산 등과 동격으로 처리되어 있어, 권환만큼의 딱딱한 자세였음을 전하기도 했다.[66]

카프 조직원에 대해 언도한 판결 죄목은 "조선에서 사유재산제도를 부정하고 공산주의 사회 실현을 목적으로 하는 조선프롤레타리아예술동맹이라는 결사를 조직하"려 한 것인데, 이는 "치안유지법 제1조 제2항 전단(前段)에 해당하고, 동일 목적의 결사에 가입한 소위는 동법 제1조 제2항 후단(後段)에 해당하…"[67]는 것이었다.

여기서 말하는 '치안유지법'은 1928년에 개정된 것으로, 제1조는 "국체를 변혁할 것을 목적으로 결사를 조직한 자 또는 결사의 역원 기타 지도자적인 임무에 종사하는 자는 사형, 무기 혹은 5년 이상의 징역 또는 금고에 처하고, 그 정을 알고 결사에 가입한 자 또는 결사의 목적 수행을 행위를 하는 자는 2년 이상의 유기 징역 혹은 금고에 처한다. 사유재산제도를 부인할 것을 목적으로 결사를 조직하는 자, 결사에 가입하는 자, 또는 결사의 목적 수행을 위한 행위를 하는 자는 10년 이하의 징역 또는 금고에 처

---

64) 위의 책, 298~299쪽 참조.
65) 김남천,「李相春의 법정을 웃긴 유모어한 진실과 예술의 정치주의를 반대하는 이갑기 이기영의 태도」,『조선중앙일보』, 1935.10.31. 김윤식,『임화 연구』, 423쪽에서 재인용.
66) 위의 책, 423쪽.
67) 신건설 사건의 1심 판결 언도 공판(1935.12.9). 권영민, 앞의 책, 314쪽에서 재인용.

한다'라는 내용이다. 제2조는 "전조(前條) 제1항 또는 제2항의 목적으로 가지고 그 목적하는 사항의 실행에 관하여 협의를 하는 자는 7년 이하의 징역 혹은 금고에 처한다"라고 규정하고 있다.[68]

제1조의 '국체를 변혁할 목적'이라는 뜻은 일본 천황제를 부정한다는 것이다. 일본 당국은 '천황제 부정'을 가장 큰 죄목으로 삼고 있다. 1차 검거 사건으로 취조를 당했던 김기진의 회고록을 잠시 살펴보자.

> "그렇다면 긴상은 일본의 황실이 어떻게 되리라고 생각하시오? 폭력혁명을 한다면 로서아 혁명 때 마냥 될 거 아뇨?"
> 나는 여기서 이놈의 이 질문을 무난하게 넘겨버려야겠다고 선뜻 생각하고서 주저하지 않고 대답했다.
> "일본의 황실은 조금도 변동 안될 거요. 일본의 자본가계급이 투쟁의 대상이지, 결코 황실이 아니니까 말요."
> "긴상! 당신은 참으로 교묘하게 요소에서 법망을 벗어나시는 구려!"[69]

카프 활동으로 무산자 계급 해방을 목적으로 하기는 했으나 일본 황실에 대해서는 반대의 뜻이 없었다는 말로 위기를 모면하는 장면이다. 김기진의 대답에 대해 일본 형사는 "교묘하게 법망을 벗어난다"라고 하고 있다. 결국 일본 당국이 카프 맹원 전원에 대해 조사를 벌이고 유죄 판결을 내린 근거는 '일본 천황제도에 반기'를 들려고 했기 때문이었다. '일본 천황제도'는 일본의 국가 체제이다. 그런데 카프 조직원들이 이를 부정하려 한다는 것이다.

하지만 판결문에는 "사유재산제도를 부정하고 공산주의 사회 실현을 목

---

68) 위의 책, 327쪽.
69) 김기진, 「나의 회고록」, 『世代』 21호, 1965.4. 『카프비평자료총서』 I , 465쪽에서 재인용.

적으로 하는"이라고만 하고 '일본 천황제도 부정'이라는 용어는 쓰지 않았다. 김기진이 취조실에서 형사에 의해 중점적으로 심문당했던 내용과 다르다.[70] 판결문은 공적으로 드러나는 문서이고 취조실의 심문은 밀실에서 이루어지는 행동이다. "교묘히 법망을 빠져나간"다고 김기진을 비꼰 형사의 말은 '일본 자본가 계급'에 반기는 들어도 되지만 '일본 황실'에 반기를 들면 안' 되며 그것은 법의 엄중한 처벌을 받는 것임을 알려준 것이다.

'국체를 변혁'한다는 것이 '천황제를 거부'하는 것이고 이것은 곧 조선을 식민지화한 주체가 일본 황실, 즉 일본 제국주의임을 말한다. 공식적인 판결문에 "국체를 변혁할 목적으로"라는 말을 쓰지 않고 "사유재산제도 부정", "공산주의 사회 실현"이라는 정치적 성격으로 카프의 죄목을 만든 것은 조선인에게 조선을 식민지화한 일본 제국주의를 드러내지 않으려는 것이다.[71]

이것은 바꿔 말하면 카프 단체가 궁극적으로는 일본 제국주의에 대한 저항의 방법으로 그 활동을 시작했다는 것을 말해주는 것이다. 제국주의는 식민지 개척의 개념을 만들었고, 조선의 식민지화는 그 결과이다. 제국주의의 식민지화는 근대 자본주의에서 발생한 것이므로 이에 대한 반대는 무산계급 운동으로 이어질 수밖에 없다. 이것은 당시 세계적 흐름이었으며 지식인들 사이에서 공유된 개념이었다. 근대 지식인으로서 조선의 청년들이 카프 활동을 했다는 것은 조국을 식민지 상태에서 벗어나게 하려는 목적을 바탕에 두고 있었던 것이다.

판결문의 "조선에서 사유재산제도를 부정하고 공산주의 사회 실현을 목

---

70) 물론 김기진이 취조를 당한 것은 카프 1차 검거 사건이지만, 이때도 일본 당국은 카프를 조선 공산당과 연관 지어 죄목을 만들려 하였다. 카프 1, 2차 검거는 카프 조직을 흔들고 궁극적으로는 조직을 해산하는 데 있었다.

71) 권영민, 앞의 책, 326쪽 참조.

제1부 근대 지식인으로 문학하기

적으로 하는 조선프롤레타리아예술동맹이라는 결사를 조직하"려 했다는 내용은 카프의 성격이 정치적 목적에 우선했다고 말하는 것이다. 카프의 강령은 "무산계급 예술운동"을 하는 데 중점을 두고 있는데, 판결문은 "공산주의 사회 실현을 목적으로 카프 결사를 조직"했다는 데 중점을 두고 있다. 체포되었던 카프 구성원 모두가 이 내용에 대해 반박했지만 일본 당국은 인정해주지 않았다.[72] 기소된 카프 맹원들은 전향서를 쓸 것을 요구받았고, 카프 맹원들은 모두 전향서를 쓰게 되었다. 이로써 1925년에 조직되어 활동했던 카프는 1935년에 해산되었다.

전향(轉向)이 하나의 단어로서가 아니라 그 사상에서 특별한 의미를 가지고 등장한 것은 다이쇼(大正) 시대 말기 프롤레타리아운동의 '방향 전환'이 논의되는 과정에서였다.[73] 일본의 대표적 사회주의자 후쿠모토(福本和夫)가 레닌의 테제에 따라 "결합하기 전에 깨끗하게 분리하지 않으면 안 된다."는 논리를 내세운 것에서 시작한다. 조직을 결합하기 전에 분리시켜야 할 대상은 비마르크스적 요소를 가진 대상들이다. 그런데 자신에게 비마르크스적 요소가 있는지를 파악하기 위해서는 자기비판이 따라야 하는데 이때는 주체가 변증법적 유물론에 따라 상황을 판단하고 대응 방식을 생각해야 한다. 이때 주체에게 사상적으로 전향이 발생하게 된다는 것이다.[74]

하지만 일본의 지배 체제는 후쿠모토주의에서 비롯한 전향의 개념을 반대로 사용했는데 "완전히 가상이라고 불러야만 할 외국의 사상에 현혹된 자가 자기비판을 하고 다시금 체제에 의해 인정받은 국민사상의 소유자로 복귀하는 것"을 '전향'이라고 하였다. 곧, 주체적으로 '비국민적 행동'을 그

---

72) 위의 책, 326쪽 참조.
73) 후지타 쇼조, 『전향의 사상사적 연구』, 최종길 역, 논형, 2007, 13쪽.
74) 위의 책, 13~17쪽 참조.

만두고 천황제 일본의 상황에 대해 적극적으로 순종하는 것을 의미[75]하는 것으로 바꾸어 사용한 것이다.

이것은 일본이 천황제를 공고히 하고 제국주의 지배를 확대·지속하기 위한 사상적 통제를 강화하는 방법으로 사용한 것이었음을 알 수 있다. 당시 일본에는 다이쇼 시대 사상적 흐름이었던 마르크시즘이 확산되어 있었고, 많은 일본 지식인들이 이 사상에 경도되어 있었다. 나프(NAPF)가 조직되고 제국대학에도 사회주의 사상을 가진 교수들이 강의를 하는 등 사회주의 활동이 일본에서도 활발했지만 1930년 이후부터 일본은 이에 대해 억압과 통제를 실시하였다. 이는 일본 정부가 사상의 흐름을 천황 중심으로 통일하고 개인의 자유주의적인 태도는 허용하지 않으려 했다는 것인데, 일본이 1940년에 2차 대전을 일으킨 주범이었음을 고려해볼 때 사상의 자유를 통제한 것은 파시즘의 정책이었다.

구속된 카프 조직원들의 경우 그들은 모두 전향서를 썼다. 일본의 경우 옥중에서도 끝까지 버티며 전향하지 않은 문인으로 구라하라 고레히토(藏原惟人), 미야모토 겐지(宮本顯治)가 있었지만[76] 조선의 경우에는 전향하지 않은 자는 한 명도 없었다. 이 점을 두고 사상의 견고함을 문제삼을 수도 있을 것이다.

하지만 식민지 조선의 지식인이 겪은 사상에 대한 전향 압박은 일본의 지식인이 겪은 전향에 대한 부담감과는 다르게 작용하였을 것이다. 일본 지식인의 경우 그들의 사상 활동은 궁극적으로는 자신의 조국이 나아가야 할 방향에 대한 비전을 제시한 것이라 할 수 있었다. 그런데 일본 당국은 이들이 제시한 비전을 인정하지 않았고 사상을 바꿀 것을 요구했다. 이것

---

75) 위의 책, 15쪽.
76) 김윤식, 『임화 연구』, 448쪽.

　　　　　　　　　제1부 근대 지식인으로 문학하기

은 사상 탄압의 성격이다. 그러므로 일본 지식인들이 자신의 사상을 고집한다는 것은 그들의 조국 일본이 천황을 중심으로 다른 사상은 허용하지 않고 전쟁을 위해 파시즘으로 치달아가는 상황에 대한 저항이자 대의(大義)를 지키는 것이라는 신념의 행동일 수도 있었다.

그러나 조선의 지식인 카프 맹원들이 처한 상황은 달랐다. 그들이 내세운 무산계급의 예술을 위한 성취는 조국이 있은 후라야 가능했다. 즉, 조국이 있는 일본의 지식인들이 처한 상황과 똑같지가 않았다. 물론 카프가 기반으로 한 마르크스 사상은 근대 자본주의 결과로 생겨난 제국주의 국가의 식민지 개척에 반대하고 있었으므로 조국의 식민지 상황을 극복하기 위한, 곧 조국을 찾기 위한 이론적·방법적 근거는 될 수 있었다. 하지만 카프 조직원들이 실질적으로 독립운동에 직접 가담했던 것이 아니었고, 예술 방면에서 제국주의의 부정을 타파하기 위해 계급투쟁을 전면에 내세웠던 것이므로 사상적 측면에만 머문 점이 있었다. 식민지 상황에서 지배국의 사상 탄압이 시작되면 버티기 힘들어지는 것이 사실이다.

그러므로 카프 조직원들의 전향은 궁극적으로는 지배국 일본의 강한 탄압으로 이루어진 것이었다. 구속된 카프 조직원들이 처한 직접적 상황은 일본의 탄압과 위협을 견딜 수 있는가 하는 것이었다. 그리고 그것은 일본의 무력 앞에 친일과 저항, 예술인으로서의 활동, 지식인으로서의 실천에 대해 어떤 태도를 취해야 하는가의 문제로 연결되었다.

2차 검거 사건 때 체포된 카프 조직원들은 모두 전향서를 썼고 이들이 전향했음을 감안하여 활동의 성격에 따라 구속되거나 집행 유예를 받았다. 하지만 이후에 이어진 조직원들의 활동은 저마다 달랐는데[77] 카프 조

---

77) 일제 파시즘에 의한 폭력적인 탄압이 자행되면서 식민지 현실에 대해 관심을 갖고 당대 현실을 변모시켜보려던 많은 문인들은 일제의 강화된 검열을 피할 수 있을 정도로 작품을 바꾸어야 하는 상황으로 내몰렸다. 최병우, 『다매체 시대의 한국문학 연구』, 푸

직원들의 전향 유형에 대해서는 김윤식의 연구를 참고할 수 있다.

(A) 박영희는 검거 사건이 일어나기 6개월 전에 전향 선언을 공포했다.

(B) 백철은 2차 검거 사건 직후(1935.12)에 「비애의 성사」를 나왔다고 외쳤다.

(C) 김팔봉은 2차 검거 사건에 연루되었으나 기소되지 않고 혼자만 빠져나갔다.

(D) 임화는 2차 검거 사건에 연루되지 않았다.

(E) 김남천은 공산주의협의회 사건(1차 검거 사건)에 연루되고 기소되어 2년간 형을 살고 나왔다.

(F) 이기영은 예술에 정치성 혹은 사회성은 시인하나 정치적 도구 또는 노예 되기를 거절한 것으로 볼 수 있는데, 이는 '지하운동으로서의 문학'을 하지 않겠다는 의미이다.

(G) 한설야는 이기영의 경우와 매우 유사하지만 '오기' 또는 '복수심'이 깔려 있다.[78]

(A)~(G)는 모두 전향을 한 경우이지만 전향 이전의 상황과 전향을 받아들이는 태도에 따라 각각에게 전향의 결과는 다르게 나타났다. 박영희는 검거 사건 전에 이미 전향 선언을 알렸으므로 전향은 당연히 이루어지는 것이다. 백철의 경우는 이중적 혹은 기회주의적 모습을 읽을 수 있는 경우이다. 「비애의 성사」(『동아일보』, 1935.12.22~27)는 백철이 2차 검거 사건으로 구속되어 1년을 감옥에 있다가[79] 출소한 직후 그 출감 소감을 적은 글이다.

른사상사, 2003, 45쪽.

78) 김윤식, 앞의 책, 444~455쪽 참조.

79) 유치장에 있었던 기간을 포함하면 구속되었던 기간은 1년 반이다. 백철은 2차 검거 사건으로 징역 1년 집행유예 3년을 선고받았다. 구속 당시 백철의 수인번호는 689번이었으며 1935년 12월 21일 아침에 출소했다. 그는 출소 바로 다음 날 『동아일보』에 출감 소감으로 「비애의 성사」를 썼다. 출옥 후 불과 몇 시간 만에 그는 자신의 전향을 분

이 글에서는 그는 "문학인이 과거와 같은 의미에서 정치주의를 버리고 맑스주의자의 태도를 포기하는 것은 비난할 것이 아니라 문학을 위하여 도리어 크게 찬하(讚賀)해야 할 현상이라고 나는 누구 앞에서도 공연히 선언하고 싶다."라고 하며 카프 시절 조직원으로서 함께 고민했던 문학적 경향을 완전히 버릴 것을 선언했다. 그러므로 백철의 전향은 일제의 강압이 오히려 기회가 되어 시대의 조류를 잘 타게 하여 친일의 행보[80]를 당당히 걸을 수 있게 만들어준 것이다.

김팔봉의 경우는 개인이 겪은 일들로 전향을 예견할 수 있는 경우이다. 공산당원이었던 형 김복진이 이미 구속되어 5년 형을 살았기 때문이기도 하고 2차 검거 사건의 공판이 진행될 무렵 김기진은 총독부 기관지 『매일신보』 사회부장을 하고 있었다. 김기진 형제는 일본 당국이 '거물급이라 함부로 할 수 없는' 인물이기도 했지만 『매일신보』 기자로 일하고 있었으므로 한편으로 이미 전향이 되어 있던 경우이기도 하다.

임화의 경우는 카프 책임자가 할 수 있는 역할에 대해 논란이 생기는 경우이다. 임화 개인의 신병 문제로 구속이 어려웠다고 하지만 당시 카프 주도권을 쥐고 있던 임화가 최종까지도 구속되지 않았고, 카프 해산계를 제출하는 일에 함께 가담했기 때문이다. 이는 카프 책임자로서 감옥 밖에서 조직원을 구할 수 있던 유일한 방법으로 카프 해산계를 제출하는 일을 했거나 자신의 안일을 위해 카프 조직을 일본 당국에 넘긴 것이라는 극단의 해석을 부르는 경우이다.

명히 밝히는 글을 썼는데 김윤식은 이에 대해 구속으로 생긴 1년 반의 공백 기간을 메워 문사로 살아남으려는 백철의 민첩함이 드러나는 것이라 하였다. 김윤식, 『백철 연구』, 소명출판, 2008, 224쪽 참조.

80) 출소 후 백철은 평론일을 하다가 함흥의 영생고교 교사로 근무한다. 이후 1939년 3월 총독부 기관지 『매일신보』에 입사하여 활발한 활동을 하였다.

김남천의 경우는 카프 해산을 주도한 경우이다. 1차 검거 사건으로 형을 살고 나온 김남천이 카프 해산계를 직접 제출하였기 때문인데, 이는 해방 직후 임화·김남천의 카프 해소파와 이기영·한설야의 비해소파의 대립을 부르게 되었다.

이기영의 경우는 예술의 정치성 혹은 사회성은 계속 유지하겠다는 뜻을 밝힌 경우이다.

한설야의 경우는 이기영의 경우와 비교하여 특징을 파악할 수 있는데, 전향을 했지만 내면의 뜻은 꺾지 않고 숨겨두려고 하는 경우이다. 김윤식은 이에 대해 이기영의 경우는 「설」에서 보이는 것처럼 작가가 현실을 문제 삼기보다는 주관성에서 벗어나지 못한 경우이고, 한설야의 경우는 「이녕」에 드러나는 것처럼 '분해 하는 마음'을 계속 갖고 있는 것이라고 하였다.[81]

그렇다면 권환은 위의 7가지 유형 중 어디에 속할 수 있을까? 신건설사 사건 공판 언도 장면을 보도한 김남천의 글에 나타난 대로 "한설야는 권환만큼의 딱딱한 자세"였다는 내용이나, 해방 직후 이기영·한설야와 함께 카프 비해소파로 분류되어 '조선프롤레타리아문학동맹'을 조직했던 것을 참고하면 (F)의 경우라 생각할 수 있을 것이다. 하지만 권환의 행적이 위에서 지적한 내용 외에도 전향 이후에 고향으로 내려갔고 시적 경향이 서정적으로 변한 두 권의 조선어 시집을 발간한 점 등을 고려했을 때 권환을 여타 카프 조직원들과 다른 자리에 놓아야 할 필요성이 생긴다.

일제강점기에 해당하는 시기 일본에서 사노와 나베야마를 비롯하여 사상범들이 대거 전향을 했을 때 전향의 상황을 연구한 내용을 참고하면 일본에서 수천 명의 전향자가 생긴 요인으로 정부, 사회, 가족의 압력, 구치

---

81) 김윤식, 『임화 연구』, 454~455쪽 참조.

제1부 근대 지식인으로 문학하기

소와 감옥에서의 열악한 상황, 그리고 유행을 꼽는다.[82] 이때 유행이란 공산주의를 학문에서의 유행으로 여겨 가벼이 가담했다가 이에 대한 통제와 압력이 심해지자 곧바로 버리는 것을 이른다. 일본에서는 다수의 인텔리들 사이에서 이러한 현상을 볼 수 있었는데, 이는 조선에서도 마찬가지였다. 하지만 많은 사법 관료가 말한 바와 같이 가족주의로 되돌아가는 것이 전향의 중요한 이유였다.[83] 일본에 있었던 전향의 경우를 연구한 후지타 쇼조는 그의 저서 『전향의 사상사적 연구』에서 고바야시 모리토를 이러한 예로 들고 있다.

고바야시 모리토는 나가노현의 소작농가의 아들로 쇼와 초기부터 공산주의 운동에 가담한 운동가이다. 1928년 3월 15일 공산당 탄압에 의해 검거 투옥되었고 1929년에 전향했다. 그가 전향하게 된 중요한 이유는 노부모와 형제들의 일관된 애정에 대한 미안함으로 가득 찬 사죄 의식이었다.[84] 가난한 소작농가의 아들이었기 때문에 그가 감옥에 있는 것은 다른 가족의 희생을 부른다. 만약 그가 감옥에 있지 않고 어디에선가 돈을 벌어온다면 가족은 그 덕분에 여유롭게 지낼 수 있을 것이다. 가족에 대한 미안함과 그리움은 그로 하여금 전향을 다짐하게 하였다.

권환 또한 감옥에서 출소한 후 고향 지역으로 내려갔다. 그의 행적을 참고할 수 있는 기록에 의하면 권환은 지금의 부산광역시 강서구 일대에서 일본인 거부 하자마의 땅 약 6천 평의 소작지를 경영했고 농막에서 살았다고 한다. 이곳에 머물렀던 시기는 1936~7년경부터 1944년까지 정도로 짐

---

82) 리차드 H. 미첼, 『일제의 사상통제―사상전향과 그 법 체계』, 김윤식 역, 일지사, 1982, 179~180쪽 참조.

83) 위의 책, 181쪽.

84) 후지타 쇼조, 앞의 책, 38쪽 참조.

작할 수 있다[85]

　고향으로 내려갔고 농장 생활을 했다는 것은 귀향(歸鄕)을 말해준다. 귀
향은 부모님이 계신 곳으로 돌아간다는 것이다. 권환이 귀향한 사실을 앞
에서 예로 든 고바야시 모리토의 경우와 비교해보면 결과는 같지만 이유
는 다르다. 권환은 가난한 소작농의 아들이 아니었고 결혼은 했으나 부양
해야 할 자식이 없었다. 그렇다면 그가 전향한 이유는 앞에서 살펴본 대로
일본 당국의 강압과 위협 때문이었다. 그리고 다른 날을 기약하기 위한 일
보 후퇴의 의미라고도 할 수 있다. 일본 당국의 주장을 따른다면 권환이
감옥에 구속된 이유는 '공산주의를 목적으로 하는 정치 활동이었다'라는
정치적 · 사상적 이유였지 실제 행동으로 실현된 항일 투쟁은 아니었기 때
문이다.

　당시 일본은 치안유지법과는 별개의 전향 제도를 시행하는 법안을 제국
의회에 제출하여 1936년 승인받았다. 전향한 자들을 정식으로 사회에 복
귀시키는 방안으로 고안된 것이 사상보호법이며 그 시행기관이 사상보호
관찰소였다. 중일전쟁 이후 사상보호관찰소의 기능은 강화되어 전향에 대
한 적절한 기준을 "천황을 살아 있는 신으로 예배의 대상으로 삼음"에 있
었다. 이 법은 조선에 1936년 12월에 적용되었고 전향한 카프 조직원들은
모두 이 법의 적용을 받았다. 즉 사상보호관찰소의 관리 대상이 되었던 것
이다. 이 중 경성보호관찰소에서 관리되던 사람들은 매월 두 번씩 조선신
궁을 참배하며 국방헌금을 내고 시국강연을 들어야 했다.[86]

　그렇다면 전향한 카프 조직원들은 본인의 내면이야 어떻든 전향서를 쓰
고 출소한 뒤에는 사상보호법에 따라 사상보호관찰소의 관리 대상이 되었

---

85) 이순욱, 「권환의 삶과 문학 활동」, 『어문학』 95집, 한국어문학회, 2007, 420쪽.
86) 김윤식, 『백철 연구』, 310~312쪽 참조.

고 당국이 요구하는 사회활동에 참가해야만 했던 것이다.

백철이 『매일신보』에 입사한 덕분에 사상보호관찰소에 끌려 다니는 것을 면할 수 있었던 것[87]이라고 하며 자신의 행보를 설명할 수 있었던 것이나 임화·김남천·안막·한설야가 국민총력조선인연맹·조선연극문화협회·조선문인보국회·시국대응전선사상보국연맹 등에 참가[88]하여 활동한 것은 사상보호관찰소의 관리 대상으로서 당국의 요구가 있었기 때문이었다.

일본의 강압에 의한 전향과 사상보호법에 의한 감시로 행동이 자유로울 수 없었던 전향 카프 맹원들은 저마다의 방식으로 일제의 사상 통제 시기를 살아갔다. 그렇다면 권환이 이 시기를 살아간 방식은 어떠했는가? 앞에서 분류한 카프 맹원들의 7가지 전향 유형에 권환이 속할 곳을 정하기 애매한 이유는 무엇일까?

권환은 감옥에서 출소한 후 고향 가까운 부산 지역으로 내려가서 일본인 소유의 소작지를 경영하며 농장 생활을 하였고, 1944년쯤에는 경성제대 도서관 사서로 근무했다. 1943년과 1944년에 각각 조선어 시집 『자화상』, 『윤리』을 출판했다. 권환은 다른 여타의 문인들처럼 친일문학단체에 가입한 기록이 없는데, 그렇다면 권환은 당시 일본이 강권하는 '합법적 사회운동'에 진출하지 않은 것이다. 그가 혁명 사상을 버렸는가 하는 것은 권환의 내면을 살펴보아야 알 수 있다.

A
거울을 무서워하는 나는
아침마다 하—얀 벽바닥에

---

87) 위의 책, 310쪽.

88) 김윤식, 『임화 연구』, 425쪽.

얼굴을 대보았다.
그러나 얼굴은 영영 안보였다
하―얀 벽에는
하―얀 벽뿐이었다
하―얀 벽뿐이었다

B
어떤 꿈많은 시인은
제2의 나가 따라 다녔더란다
단 둘이 얼마나 심심하였으랴

나는 그러나 제3의 나……제9의 나……제00의 나까지
언제나 깊은 밤이면
둘러싸고 들볶는다

— 권환, 「자화상」[89] 전문

　　1943년에 출판된 시집 『자화상』에 실려 있는 시이다. 전향서를 쓴 이후 권환의 내면이 매우 심한 갈등을 겪고 있음을 보여주는 작품이다. 전향서를 쓰게 된 자신의 모습을 떳떳이 대하지 못하는 자신의 심리는 "거울을 무서워하는" 행동으로 나타난다. 그래서 "하얀 벽바닥"만을 대보지만 "깊은 밤이면" 수많은 내가 "둘러싸고 들볶는"다. 밤은 성찰의 시간대이다. 환한 낮에 억눌러 왔던 부끄러움과 내면의 갈등이 어두운 밤에는 한꺼번에 일어나서 자신을 괴롭힌다.

　　근대 지식인으로서, 카프 맹원으로서 자신의 신념에 따라 행동한 시인은 일본의 강압에 의해 자신의 사상과 신념을 포기할 것을 요구받았다. 결과적 행동은 전향서를 쓴 것이었지만 권환의 내면은 그렇지 않았음을, 즉

---

89) 『권환 전집』, 48쪽.

마음속에 간직한 신념까지 포기한 것은 아니었음을 보여주는 대목이다. 자신의 신념을 깨끗이 포기했다면 깊은 밤마다 수많은 나에 의해 둘러싸이고 들볶이는 상황을 겪지 않을 것이기 때문이다. 전향은 천황에 적극적으로 순종하면 되는 것이기 때문에 갈등을 겪을 이유가 없는 것이다. 권환이 겪은 내면의 갈등은 자신이 과거에 지녀왔던 신념을 계속 지켜가고자 하는 의지의 모습이기도 한 것이다. 다만 그 의지는 마음속에 감추어놓고 있었는데 이것은 미래에 대해 기대를 거는 것으로 발전된다.

> 명일이 만일 없다면!
> 그런 말은 가정해서라도 상상해서라도 행여나 입밖에 내지를 말어라.
> 그것은 말만이라도 내 몸뚱이를 절망의 바다에 던져 버리는 소름끼치는 말이다.
> 만일이라도 만일이라도 말이다.
> (…)
> 명일이 만일 없다면
> 나는 이 쓴 웅담을 당과처럼 달게 꺽꺽 씹고 있지 않을 게다.
> (…)
>
> 명일이 만일 없다면
> 나는 저 한없이 높고 깜깜한 창공을 대담하게 바라보지 못할 게다.
> 그러나 저 지금 수억 만개의 진주같은 별들은
> 나를 내려다보고 모두 생긋생긋 웃지 않나
> 그리고 나를 향해 분명히 속삭어린다.
> "명일이 있다"고 "명일이 온다"고
>
> — 권환, 「명일(明日)」[90] 부분

---

90) 『권환 전집』, 33쪽.

제목에서 드러나는 것처럼 권환은 미래가 좋아질 것임을, 그런 날은 꼭 오고 말 것임을 확신하고 있다. 미래를 기다리는 태도는 "이 쓴 웅담을 당과처럼 달게 꺽꺽 씹고 있"는 와신상담(臥薪嘗膽)의 태도이다. 원수에게 복수하기 위해 쓴 쓸개즙을 맛보며 의지를 다지고 있는 강인한 태도로 드러난다. 일제에 의해 자신의 신념을 강제로 포기해야 했던 상황이 권환에게는 분노를 일으켰음을 짐작하게 하는 대목이다. 하지만 현재는 본인에게도 조선에게도 일제에 맞설 힘이 없다. 그러므로 내일을 기다릴 수밖에 없는데 미래는 밝은 날이 될 것이라는 기대와 믿음을 가짐으로써 이어갈 수 있다. 명일은 올 것이라는 확신이 있기 때문에 현재 자신은 "한없이 높고 깜깜한 창공을 대담하게 바라보고" 있는 것이다.

"깜깜한 창공"은 현재 상황에 대한 권환의 인식을 보여준다. 빛이 없는 '깜깜한' 상태는 당장 희망을 구할 수 없을 정도로 느껴진다. 게다가 그 창공은 "한없이 높"기만 하다. 세계대전을 일으킨 일본의 무력과 야욕이 한없이 커있음을 말해준다. 이 상황에서 시인이 자신의 생각과 내면을 솔직하게 드러내기는 어려웠을 것이다. 표현상의 제약을 받으며 시대와 적절히 손잡아 가기도 하며 자신의 뜻을 숨기며 지켜가야 했을 것이다. 해방이후 출판한 권환의 시집 『동결』 서문에는 이 시기 억압받았던 권환의 상황이 잘 표출되어 있다.

> 이 시들은 일제의 모진 질곡(桎梏) 밑에서 신음하는 한 무력자의 규호(叫號), 차탄(嗟歎), 허희(歔欷)에 불과한 것이다.
>
> 즉 이것은 해방 이전에 발행되었던 『자화상』과 『윤리』의 두 시집 중에서 뽑아낸 것과 그 외 동시작(同時作)으로 그 두 시집에 발표되지 않은 약간 편을 수록한 것이다. 대체로 1에는 전자, 2는 후자에 속한 것이요, 3은 산문시다.

제1부 근대 지식인으로 문학하기

이 시들은 모두 일제가 바야흐로 태평양전쟁을 일으키고 갖은 포악을 다할 때, 말하자면 가장 불리한 조건 밑에 발표된 것이므로 그 내용에 있어 많은 제약을 받은 것은 더 말할 것도 없다.

나의 시작에 있어 해방 이전의 본격적 활동시대는 1932~3년 전후의 프로예술운동 전성시대였다. 그러나 그때 신문잡지에 발표된 나의 시고(詩稿)는 그 후 거익우심(去益尤甚)했던 일제의 탄압으로 일편도 시집에 발표되지 못하고, 또 대부분 보존되지도 못하였다. 이것이 나의 가장 통분이 여기는 바이다. 나는 금후 가능한 한 민몰(泯沒)된 그것들을 찾아내어 자유로운 이 세상에 내놓으려 한다.

이 회고적, 역사적 가치밖에 없는 시집을 외우(畏友) 벽암(碧岩) 형의 권려(勸勵)로 다시 내놓게 되었다. 어쨌든 이 시집의 발간은 벽암 형의 우의적 노력에 의한 것임을 특기하여 둔다.

— 권환, 「서」(『동결』)[91] 전문

1946년 6월 20일에 쓴 것으로 기록되어 있는 이 글은 권환이 해방 직후 시집 『동결』을 출판할 때 쓴 서문이다. 이 서문을 통해 알 수 있듯이 권환은 일제강점기, 특히 카프 해체 이후의 시기에는 "모진 질곡 밑에서 신음하는 한 무력자"에 지나지 않았다. "일제가 바야흐로 태평양전쟁을 일으"킬 무렵에 일제는 온갖 "포악"을 다했던 것이다. 그러므로 시인으로서 또 지식인으로서 자신의 감정과 의견을 표현하는 것에 "많은 제약"을 받았다. 권환이 시를 창작함에 있어 "해방 이전의 본격적 활동 시대는 프로예술운동 전성시대"였지만 이후 갈수록 심해지는 "일제의 탄압"으로 "일편도 시집에 발표되지 못하고 보존되지도 못"했다. 그래서 해방 이후 발간되는 이 시집에 실리는 시편들은 "민몰(泯沒)된" 것들을 찾아낸 것임을 알려주고 있다.

---

91) 『권환 전집』, 455쪽.

해방 이후에 쓴 이 서문은 권환이 일제강점기를 어떻게 인식했는가를 알 수 있게 하는 단서가 된다. 권환은 "모진 질곡 밑에서 신음하는 한 무력자"였다. 곧 일제강점기는 탄압의 질곡이었고 권환은 그 시대를 헤쳐 나가야 했던 것이다. 자신을 "무력자"로 단언한 것은 이러한 탄압의 시대에 저항할 수도 이 시대를 거부할 수도 없는 자신의 상태를 뜻하는 것이다. 특히 그가 느끼는 '무력'이 더욱 예민하게 느껴질 때는 자신의 감정과 의견을 표현하는 것에 "많은 제약"을 받을 때였다. 일제의 사상 통제 검열 때문에 본인이 원하는 대로 글을 발표할 수 없었기 때문이다. 그렇다면 그가 발표하고 싶었던 글과 생각은 무엇이었을까?

권환은 그의 시 창작 활동에 있어 "해방 이전의 본격적 활동시대는 1932~3년 전후의 프로예술운동 전성시대"라고 하였다. 즉 프로예술운동으로서 창작된 작품이 권환이 발표하고 싶은 글이었을 것이다. 하지만 일제의 탄압은 갈수록 심해졌다. 일제의 강화된 탄압의 결과가 카프 해산과 본인의 옥고(獄苦)였다. 일제의 강압으로 권환은 '프로예술운동'에 대한 지향을 버려야 했다. '프로예술'의 핵심은 '계급 사상'이다. 그렇다면 권환이 처한 상황은 '계급 사상'을 강제로 버려야 하는 것이었다.

권환이 '계급 사상'을 중심으로 하는 마르크스 사상에 심취했던 것은 아버지의 실천 행동을 본받았기 때문이다. 아버지는 유학자로서 조국이 식민지가 된 상황을 이겨내기 위해 신학문으로 민중들을 교육하는 방법을 택했다. 배워야 잘 살 수 있고, 배워야 나라가 강해질 수 있기 때문이다. 권환은 근대 지식인으로서 민중의 고통스런 삶과 나라를 빼앗긴 상황에 대한 극복 방법을 마르크스 사상에서 찾았다. 지식인은 실천하는 자이어야 하므로 아버지가 그러했듯 자신도 실천하는 행동을 보였다.

자공이 말했다. "만일 백성들에게 널리 은혜를 베풀고, 대중을 구제

해줄 수 있다면 어떻겠습니까? 인(仁)이라고 할 수 있겠습니까?" 공자
가 말했다. "어찌 인이라고만 하겠는가. 반드시 성인이라고 할 수 있다.
요 임금이나 순 임금도 오히려 그렇게 못한 것을 마음 아파하였다. 인
한 사람은 자기가 서려고 하는 곳에 남을 세워주며, 자기가 통달하려고
하는 곳에 남을 통달하게 한다. 가까운 곳에서 비유를 취할 수 있으면,
그것이 바로 인을 하는 방법이라고 할 수 있다.[92]

백성들에게 은혜를 베풀고 대중을 구제하는 것은 '인(仁)'만이 아니라 '성
인(聖人)'이라 할 수 있다. 은혜를 베풀고 대중을 구제하는 것은 백성을 사
랑하는 마음에서 나온다. 그러므로 인(仁)이란 사랑의 마음이라 할 수 있
다.

유가에서 강조하는 백성을 사랑해야 하는 마음이 권환에게 마르크스 사
상을 접하게 하는 원동력이 되었다. 그는 마르크스 사상으로 무산자 계급
에 대한 관심과 그들의 삶과 감정을 대변할 수 있는 프로 예술을 이루고자
하였다. 일본의 제국대학 졸업자가 친일을 하지 않고 카프에 가입하여 프
로 예술의 성취를 주장한 것은 근대 지식인으로서 실천하는 모습을 보여
주는 것이다. 이는 궁극적으로 조국을 식민지로 전락시킨 일본 제국주의
에 대한 저항을 위해서였다.

그런데 파시즘으로 치닫고 있는 일제에 의해 카프 조직은 해체되었고
카프 맹원이었던 권환은 전향하게 되었다. 정확히 말하면 일제에 의해 마
르크스의 계급 사상을 버리게 되었다. 권환은 시집 『동결』의 서문에서 "무
력자로서 규호(叫號), 차탄(嗟歎), 허희(歔欷)만 내뱉을 뿐이었다."라고 하였

---

92) 『論語』「雍也」 28 "子貢 曰 如有博施於民而能濟衆 何如 可謂仁乎 子曰 何事於仁 必也聖
乎 堯舜其猶病諸 夫仁者 己欲立而立人 己欲達而達人 能近取譬 可謂仁之方也已". 『주
희가 집주한 논어』, 정후수 역, 도서출판 장락, 2002, 168쪽.

다. 이미 계급 사상을 버리기로, 즉 일본이 강요하는 전향을 받아들이기로 한 상황에서 그가 내뱉은 "무력자로서 규호(叫號), 차탄(嗟歎), 허희(歔欷)"는 어떤 내용이었는가? 또 "무력자로서 규호(叫號), 차탄(嗟歎), 허희(歔欷)"를 내뱉는 행위 자체가 받아들여질 수 있는 것인가? 이 두 가지를 확인하는 것은 카프 해체 이후 권환의 내면을 확인할 수 있는 방법이 될 것이다.

전향 이후 전향자의 글쓰기가 어떻게 받아들여질 수 있는가에 대해서는 일본의 나카노 시게하루(中野重治)의 전향 이후의 행적과 비교해볼 수 있다. 나카노 시게하루는 1902년 후쿠이(福井)현의 소지주 자작농가의 차남으로 태어나 1924년에 제4고등학교 문과을류(文科乙類)를 졸업하고 1927년 도쿄제국대학 독문과를 졸업했다. 대학 재학 중 도쿄제대에 있는 좌익 사상단체로 유명한 신인회(新人會)에 가입하였고 사회문예연구회, 마르크스주의 예술연구회 등을 조직하여 활동했으며 시 동인지 『노마(驢馬)』(1926)를 만들었다. 일본프롤레타리아예술연맹(NAPF)에 가입하여 중앙위원에 뽑혀 의욕적으로 활동했고 『예술운동』 창간호에 발표한 「일본 프롤레타리아 예술연맹에 대하여」라는 글을 통해 카프의 활동을 지지하였다. 그의 작품 「비날이는 품천역(品川驛)」은 도쿄의 이북만의 주도하에 발행한 『무산자』(1929.5.3. 3권 1호)에 실렸다.[93]

카프와도 연관이 있는 나카노 시게하루는 일본 당국의 검거 선풍에 구속되어 전향을 하게 되었다. 그런데 그의 전향은 '정치활동을 버린다'는 자세를 통해 '새로운 종류의 정치활동'을 감행해 나갈 수 있음을 보여준다. 그가 전향 이후에 쓴 소설 「시골집」에는 전향을 하고 고향으로 돌아온 주인공인 아들 면차(勉次)를 꾸짖는 아버지가 나온다. 본인이 선택한 사상에 죽을 수 없다면 그런 사상에 대해 글쓰는 일을 해서는 안 된다는 논리이

---

93) 김윤식, 『임화 연구』, 236~238쪽 참조.

다. 이에 대해 아들 면차는 "잘 알겠습니다만 역시 저는 계속 쓸 작정입니다."라고 답한다.[94]

김윤식은 공산당원이었던 나카노 시게하루의 행동에 대해 매우 미세한 차이로 전향과 비전향의 이항 대립을 벗어난 것이라 하였다. 즉 그의 글쓰기의 의미는 '마르크스주의를 버리고 글을 쓰겠으며, 그 대신 비합법적 조직의 당원임을 견지한다는 뜻'이라고 하였다.[95] 나카노 시게하루는 비합법적 조직의 당원으로서 해야 할 일을 중단 없이 해냄으로써 전향이면서도 전향이 아닌 행동을 취했던 것이다. 그렇다면 나카노 시게하루의 경우를 참고하여 권환의 글쓰기 활동은 어떻게 설명될 수 있는가?

전향서를 쓴 이후 권환은 귀향하였다. 아버지의 가치가 존재하는 고향으로 내려와 농장 생활을 하였고, 두 권의 조선어 시집을 출판하였다. 권환은 귀향 이후에도 시인으로서 근대 지식인으로서 활동을 계속한 것이다. 권환이 전향서를 쓴 이후에 귀향을 했다는 것은 권환에게 근대 지식은 아버지의 가치관과 연결되어 있음을 말해준다.[96] 유학자 집안에서 태어난 권환에게 근대 지식을 습득하기 이전에 바탕이 되었던 지식 체계는 유학에서 추구하는 지식인, 즉 군자(君子)로서의 모습이었다. 군자는 의(義)에

---

94) 위의 책, 449~450쪽 참조.

95) 위의 책, 451쪽.

96) 전향서를 쓴 이후에 행하여진 권환의 귀향은 임화의 경우와 대비된다. 김윤식의 지적대로(위의 책, 64쪽) 가출아 임화는 아비의 존재를 박영희, 이북만에게서 찾는다. 카프는 성채로 존재했는데, 이는 임화가 자신의 존재 근거를 전통과 연결되지 않은 단절된 근대 지식에 기댄 것으로 볼 수 있다. 임화는 카프 해산 이후 마산에서의 요양 기간을 거쳐 서울에서 활동하며 언론에 계속적으로 자신의 글을 발표했다. 임화가 자신의 존재 근거를 찾으려는 행동은 문학사 기술로 이어졌는데 임화의 근대 지식이 전통과 단절된 것임을 보여주는 것이 근대 이후의 조선 문화를 '이식(利殖) 문화'라고 언급한 것이다.

밝고 이(利)를 추구하지 않고, 배운 바를 실천하는 사람이다. 이는 그의 아버지를 통해서도 배운 내용이다. 이후 권환이 근대 지식으로서의 사회주의에 관심을 가진 것도 의를 추구하려는 것과, 민중에 대한 사랑, 식민지가 된 조선에 대한 걱정을 해결할 수 있는 방법으로 '사회주의' 사상이 적절했기 때문이다.

사회주의는 자본주의에 대해 반대하는 사상이며 자본가 계급의 이익추구를 위해 다수의 무산계급이 착취당하는 현실을 깨뜨려야 한다고 주장한다. 권환이 카프 조직에 가입한 것도 이러한 맥락에서 이해할 수 있다. 그러므로 권환이 습득한 근대 지식은 사회주의의 계급 사상을 기반으로 의를 추구하고, 민중을 사랑하는 마음을 가지며, 조국의 식민지 상황을 벗어날 수 있도록 하기 위해 실천하는 것이다. 권환은 문인이었으므로 이러한 실천은 문학작품의 창작으로 드러났을 것이다. 즉, 식민지 상황을 벗어날 수 있도록 문인으로서 사회주의 이론에 따라 실천을 다하는 것이다.

그런데 일제의 강압에 의해 계급 사상을 버려야 할 위기에 처하게 되었다. 권환이 전향서를 쓴 것은 '마르크시즘에 의거한 행동은 하지 않겠다'는 것이다. 그렇다면 기존에 자신이 지녀왔던 가치에서 마르크시즘에 의한 계급 사상만이 빠져 나가는 것이다. 권환에게 남게 되는 것은 '의(義)를 추구하고, 민중을 사랑하는 마음을 가지며, 조국의 식민지 상황을 벗어날 수 있도록 하기 위해 문인으로서 실천하는 것'이다. 문인으로서의 글쓰기는 1940년대 출판된 두 권의 조선어 시집이 권환의 실천을 말해준다. 1940년대 일제의 일본어 사용이 강조되는 시기에 조선어 시집을 출판한 것은 그 자체만으로도 일제에 대한 저항의 의미를 지닌다. 더구나 아직 권환이 친일 문학 단체에 가입했다는 기록은 발견되지 않았다. 따라서 전향 이후의 권환의 글쓰기 활동은 미세한 차이로 전향이면서도 전향이 아닌 결과를 말해주고 있다.

제1부 근대 지식인으로 문학하기

4장

모순의 시대와 근대 지식인의 주체적 존재 방식

1. 자연을 통한 이상 추구와 자유의지

카프는 해체되고, '전향서'를 썼다고는 하지만 개인의 의지는 살아 있었을 텐데, 그것을 어떤 방법으로 풀어갔는가를 알아보는 것은 작가의 사상을 살펴보는 것과 직결될 것이다.

전향 이후의 권환의 시집에 주되게 등장하는 것은 '자연(自然)'이다. 따라서 권환의 내면을 살펴보기 위해서는 시에 나타난 '자연'의 의미를 파악하는 것이 중요하다. 카프 해체 이후 권환은 고향 근처에 있는 박간농장으로 가서 농장 생활을 했으며 그곳에서 보고 체험했던 자연에 대해 작품을 썼다. 일제 말기 권환 사상을 연구하기 위해서는 이 시기에 그가 체험하고 머물러 있었던 '자연' 공간을 연구하는 것은 필수적이다. 또한 '자연'은 인간 삶의 바탕이 되는 것으로, '자연'을 어떻게 인식하고 표현했는가 하는 것은 삶의 '리얼리즘'과도 연관이 있을 것이다.

카프 2차 검거 사건을 겪고 감옥에서 출소한 권환은 고향 지역으로 내려갔다. 그는 지금의 부산광역시 강서구 일대에서 농사를 지으며 생활했는데 다음의 내용은 이를 알려준다.

慶南蒼遠出生. 山形高敎를 거쳐 京都帝大獨文科卒業. 中外日報社 記者. 朝鮮女子醫學講習所(京城女醫專前身) 講師. 迫間金海農場員. 朝鮮日報社 記者等을 거쳐 現京城帝大附屬圖書館司書. 旣刊에『自畵像』이 有함.[1]

시집『윤리』를 낼 때 본인에 대해 소개한 글로 권환의 행보를 간단하게 알 수 있다. 교토제대를 졸업하고 기자 활동과 강사 생활을 하다가 김해 '박간농장'[2]의 농장원으로 있었고, 현재는 경성제대 부속도서관에서 근무[3]한 다는 내용이다.

권환이 머물렀던 박간농장은 '자연' 공간이라고 볼 수 있다. 이때의 자연은 '공간적' 의미로서의 자연이다. 국가 상실과 이념의 강탈을 경험한 권환은 자연 공간에 살면서 '공간으로서의 자연'을 어떻게 생각하였을까.

농민문학에 있어서 중요한 요소는 자연묘사이다. 농민의 자연에 대한 관계는 고기의 물에 대한 관계와 마찬가지로 수유(須叟)라도 자연을

1) 權田 煥,「著者畧歷」,『倫理』(성문당서점, 1944. 12. 25.), 이순욱,「권환의 삶과 문학 활동」,『어문학』 95집, 한국어문학회, 2007, 416쪽에서 재인용.

2) '박간농장'은 일본인 '하자마'가 인수해 운영하던 곳이다. 일제가 토지 조사사업을 통해 몰수한 토지를 일본인에게 염가로 불하하면서 김해군 내에는 수많은 일본인 농장이 설치되었다. 동양척식주식회사 부산지점은 김해, 가락, 대저, 일대의 대토지를 수용해 김해농장을 설치했으며, 무라이가 진영 일대의 대토지를 헐값에 구입해 촌정농장을 설치한 것을 하자마가 농장을 인수했다. 하자마의 1930년경 소유 규모는 경남에서만 780만여 평이고, 도내 소작지의 3.5%를 차지할 정도였다. 위의 글, 419쪽.

3) 권환이 경성제대부속도서관에서 언제부터 근무했는지는 정확히 알 수가 없다. 다만, 1939년 1월에『매일신보』필화 사건으로 언급(『문학과 사상』, 2005년 7월호)된 경성제대 도서관에서 근무하다 1939년 1월에 그만둔 김진섭에 관한 기록을 참고했을 때 그 후임으로 오지 않았을까 하는 추측을 해본다. 여기에 관해서는 더 정확한 자료 조사가 필요할 것이다.

제1부 근대 지식인으로 문학하기

떠나서 살 수 없을 만치 가장 깊은 관계를 가지고 있다. 그들은 자연의
품속에서 살며 자연에 의존해 산다. 그들의 희노애락의 감정도 휴식활
동도 거진 다 자연으로부터 영향과 지배를 받는다.[4]

평론 「농민문학의 제문제」에 실려 있는 이 글을 보면 농민과 자연과의
관계를 떼어놓을 수 없는 관계로 말하고 있다. 농민이 살고 있는 공간－정
확히는 농토이겠지만－은 자연이며 농민의 감정도 자연의 영향을 받기 때
문이다. 권환이 카프 해체 이후 '농장'이라는 자연 공간을 택한 이유는 지
병인 폐결핵 때문이기도 하겠지만, 농촌에 살면서 농민과 함께 생활하고
싶었기 때문이기도 할 것이다.

이 시기 권환은 '농민문학'과 관련한 평론을 1편 발표하고 농촌의 삶을
다룬 작품을 여러 편 발표한다. 물론 일제 말기의 '농민문학'은 카프 시기
의 계급 운동의 성격이 빠진 것이어서 다소 강도가 떨어지기는 하다. 그러
나 농민이 깨우쳐서 스스로의 문학을 향유하는 것을 강조하는 면에서는
변함이 없다.

1) 유일한 주요목적은 우리 노동자 농민계급을 선전·선동하여 미조직
   된 그이들을 조직시키고, 조직된 그 조직을 더 강화케 하는 데 있다.[5]

2) 농민, 특히 조선 농민은 문화수준이 너무도 낮아서 그들의 예술을 향
   수(享受)할만한 능력이 부족한 것, 둘째는 농민문학 창작가들이 아직
   까지도 독자 대상으로서의 농민을 깊이 인식 못한 때문이 아닌가 한

---

4) 권환, 「농민문학의 제문제」, 『조광』, 1940.9. 『권환 전집』, 377쪽에서 재인용.
5) 권윤환, 「무산예술운동의 별고와 장래의 전개책」, 『중외일보』, 1930.1.18. 『카프비평자
   료총서』 Ⅳ, 59쪽에서 재인용.

다. (…) 그래서 문학의 평이화를 오래 전부터 부르짖어 왔다.[6]

1)의 경우처럼 부르조아 사회 전체를 투쟁 목표로 삼아 노동자·농민의 프롤레타리아 의식을 고양시키려는 데 목적을 둔 카프 시절의 문학 운동에 비하면, 2)에서 언급된 "농민문학"은 조선 농민의 문화 수준을 높여서 문학의 평이화를 만드는 데 목적을 두고 있다. 시에서 "선전·선동"의 성격을 빼고, 조선 농민의 낮은 문화 수준을 지적하고, 운동의 목표를 "문학의 평이화"로 강도를 줄여서 표현한 것은 일제 말기 검열을 피하고, 자신의 사상 전향을 보여주기 위한 행동이라고 볼 수도 있다. 농민문학에 대한 강조와 관심은 해방 이후에도 지속적으로 나타난다.

농민문학은 다음의 다섯 가지 중요한 요소를 구비하여야 한다. (…)

가. 자연적 배경
나. 향토적 배경
다. 생산생활
라. 정치적·사회적 관계
마. 기타 일반조건

(…) 그래서 대다수의 문맹과 국문미해자를 위해 문맹퇴치, 국문 보급 등 계몽 사업은 봉건잔재 소탕사업과 병행하여야 할 중요 또 긴급한 사업이므로 농민문학 운동도 그러한 계몽사업과 불가 분리한 관계를 가질 뿐 아니라 농민 문학 운동도 계몽운동의 일익으로서 활발히 전개되어야 할 것이다.[7]

---

6) 권환, 「농민문학의 제문제」, 『권환 전집』, 379쪽에서 재인용.
7) 권환, 「조선 농민문학의 기본방향」, 조선문학가동맹 엮음, 『건설기의 조선문학』, 최원식 해제, 온누리, 1988. 85~89쪽에서 재인용.

　　　　　　　　　　　제1부 근대 지식인으로 문학하기

해방 이후 권환이 쓴 농민문학과 관련한 글을 보면 농민문학의 조건으로 '자연적 배경'을 여전히 중요시하고 있으며, 계몽운동으로서의 농민문학 운동을 강조하고 있음을 알 수 있다. 이것은 농민문학에 대한 권환의 일관적 관심과 의지를 엿볼 수 있게 한다.

자연 공간으로서의 농촌의 삶을 표현한 작품으로는 「보리」를 들 수 있다. 권환이 농장 생활을 하면서 체험한 내용이 담겨 있는 작품으로『조선문학』(1939.4)에 실려 있고, 시집에는 실려 있지 않다.

> 산골에서 흘러오는 시냇물 소리가
> 유달리 맑게 또 크게 들리고
> 바위틈에 남은 눈도 흔적없이 다 녹아버리니
> 겨울동안 눈에 덮혔던 보리 이삭도
> 이제는 눈 이불(衾) 활짝 차버리고 푸른 머리를 들었다.
> 온 들은 시퍼런 줄(縞) 무늬(紋)가 박힌
> 여러 조각 비단 폭이다.
> (…)
>
> 수복(壽福)아 고무래를 자주자주 들어서
> 이쪽저쪽 힘껏 쳐라
> 그래서 흙 기름이 골고루 한껏 보리를 덮게
> (…)
>
> 해산(解産) 때도 아직 못 벗은 당신이
> 종일 숨을 헐떡이며 고무래질하느라고
> 얼마나 몸이 괴롭고 고단하겠소.
>
> — 권환, 「보리」[8] 부분

---

8) 『권환 전집』, 160쪽.

시의 시작을 자연 배경의 묘사로 시작하였다. 겨울이 지나 봄이 오는 산천의 풍경 속에 보리가 푸르게 자랐다. 푸른 보리는 비단에 비유했다. 자연적 배경과 향토적 배경이 어우러진 속에서 집안의 가족들과 함께 일하는 모습이 그려진다. 집안의 일꾼인 듯 보이는 "수복"이에게 보리를 더욱 잘 자라게 할 일거리를 알려주고, 해산기도 못 벗고 밭에 와서 고생하는 아내를 위로하고 있다. 농촌에서의 생활을 낭만적 이상으로도, 고된 착취의 과정으로도 표현하지 않았다. 보리가 잘 자란 것이 기쁘고, 해야 할 일을 계속 잘 하자는 일상의 모습을 그대로 말하고 있을 뿐이다. 여기에 아내에게는 힘든 밭일을 그만두고 쉬라는 가족 공동체가 지녀야 할 배려도 보인다.

권환의 작품에서 농촌을 직접 체험하여 쓴 작품이 많지 않은 것이 아쉽지만, 거처의 공간으로 '농장'을 택한 자체에 농민의 삶을 가까이에서 체험함으로써 농민문학을 사실대로 그려내고 싶은 의도가 있었을 것이다. 일제 말기와 해방 이후에도 씌어진 '농민문학'에 관해 생각의 깊이를 요하는 글을 꾸준히 쓴 것을 보면 알 수 있다. 권환에게 공간으로서의 '자연'은 농민들의 삶의 공간으로서 중요한 바탕이었으며 농민문학을 말할 때 반드시 갖추어야 할 중요한 요건으로 인식된 것이었다.

권환이 자연 공간을 살아가던 시기는 일제의 탄압이 극에 달해가던 때이다. 물리적 공간을 관통하는 당시의 시간은 일제 파시즘이라는 극단의 정치적 상황을 동반하고 있었다. 이것은 일제 말기에 문학인으로서 살아남으려면 어떻게 해야 하는가에 대한 고민을 하게 만든다. 일제 강점에 저항하여 붓을 꺾을 것인지, 일본어를 사용하더라도 조선 민중의 삶을 그려내야 하는 것인지에 대한 고민이다. 우리말이 있음에도 우리말을 쓰지 못하는 상황과 강제적 체제 협력 요구는 문인들에게 생존에 대한 압박으로 다가왔을 것이다.

제1부 근대 지식인으로 문학하기

카프 시절의 위상을 고려할 때 권환 역시 회유와 협박, 감시의 대상이 되기는 마찬가지였다. 당시 전향 문인들이 그러하듯, 대부분의 카프 문인은 사상범 보호관찰령에 의해 일제로부터 감시를 받고 있었고 각종 단체에 가입하여 체제에 협력하도록 강요되었다. 권환 또한 '權田 煥'으로 창씨개명을 했으며, 체제에 협력하는 시도 여러 편 보이는 것이 그것을 말해준다.[9] 그렇다면 권환은 일제 말기 탄압과 강압을 어떻게 헤쳐 갔을까.

바다같은 검은 장막
흰 안개 속에 나부낀다

눈부신 태양은 보기 싫고
푸르고 작은 별이 그리워

언제든지 신기한 곡조다
저편서 들리는 피리소리

불어라 힘차게 불어라
대공(大空)이 찢어지도록

그러나 나는 보노라 들노라
발 밑에 영원히 흐르는 강물을

물새가 한 마리 두 마리
따라 흘러간다
영원히! 영원히!

— 권환, 「동경(憧憬)」[10] 전문

---

9) 김승구, 「일제 말기 권환의 문학적 모색」, 『국제어문』 45집, 국제어문학회, 2009, 173쪽.
10) 『권환 전집』, 43쪽.

6연으로 구성된 이 시는 5연에서 반전이 일어난다. 휘날리는 장막과 찢어지도록 들리는 피리 소리는 있으나 정작 "나"가 간절히 그리워하고 바라는 것(憧憬)은 "영원히 흐르는 강물" 위를 따라가는 "물새"들이다. 일제의 군국주의를 연상케 하는 깃발과 군악이 "장막", "피리소리"로 나타난 것이라면 그것들은 눈앞에서 힘차게 휘날리며 소리를 낸다. 하지만 화자가 보는 것은 "발 밑에"서 흐르는 "강물"이다. 그것도 일순간이 아니라 "영원히" 흘러간다. 일제의 군국주의가 갈수록 목소리를 내는 시점에서 우리 민족의 것이 잊히고 말살되어가는 즈음에 "발 밑에"서 "영원히" 흘러갈 "강물"은 우리 민족의 역사라고 생각할 수 있을 것이다. 자연물을 통해 작가의 이상을 감추어서 드러내고 있다.

> 넓고 망망한 이 지구 위엔
> 산도 바다도 소나무도 야자수도
> 빌딩도 전신주도 레일도 없는
>
> 오직 불그레한 복숭아꽃 노―란 개나리꽃만
> 빈틈없이 덮인 꽃 바다 꽃 숲이었다
>
> 노―란 바다 불그레한 숲 그 속에서
> 리본도 넥타이도 스타킹도 없는 발가벗은 몸둥이로
> 영원한 청춘을 노래하였다
>
> (…)
>
> 그것은 무거운 안개가 땅을 덮은
> 무덥고 별없는 어느 여름밤 꿈이었다
>
> ― 권환, 「하몽(夏夢)」[11] 부분

---

11) 『권환 전집』, 64쪽.

"꿈"의 다의적 의미는 ① 잠자는 동안에 여러 가지 사물을 보고 듣는 정신 현상 ② 실현하고 싶은 희망이나 이상 ③ 실현될 가능성이 아주 적거나 전혀 없는 헛된 기대나 생각'[12]이다. 제목에 나와 있듯 여기에서 말하는 "꿈"은 ①의 의미이겠지만, 이 시를 읽고 나면 ②의 "꿈"을 생각하게 된다. 물론 밤에 자면서 꾸는 꿈이라는 것이 개인의 소망이 나타나는 것이라고는 한다. 그렇다면 화자가 소망하는 세상은 우리의 정서나 희망과 상관없이 만들어진 문명 개발이 하나도 없는 곳에서 아무 인위적인 것이 없는 차림새로 신나게 춤을 추는 것이다. 그런데 그 꿈은 "안개가 땅을 덮은" 날에 "별없는" 여름밤에 꾼 것이다. 시대의 암흑기 속에서 자유를 누리며 마음껏 활동하고 싶은 소망이 깨고 나면 사라지는 '꿈(夢)'으로 연결되어 "꿈"이 ③의 의미처럼 헛된 것이 되어버렸다.

시대와 고발과 자신의 소망을 '꿈'이라는 비현실적 요소로 표현한 것이 현실도피적이라 할 수도 있을 것이다. 하지만 그것은 분명히 꿈을 표현하였다. 일제의 가혹한 탄압이 이루어지던 시기에 '꿈'으로나마 자신의 소망을 표현한 것은 소망을 꿈에 기대어 감추어서 나타낸 것이라 할 수 있다. 표현은 하되 감추어서 나타내기가 그것이다. "꽃 숲"에서 "춤"추다 깨겠지만 꿈을 계속 가지고 있다면 언젠가는 꿈이 아닌 현실에서도 "꽃 숲"을 만들고 행복에 겨워 "춤"을 추게도 될 것이다.

　　　따스한 가을 햇빛
　　　양털보다 부드럽다

　　　노−랗게 물들린 뜰

---

12) 디지털 국립국어원 표준국어대사전 참고(http://stdweb2.korean.go.kr/main.jsp), 표제어 : 꿈.

금박(金箔)처럼 반짝이다

햇빛을 그리여
햇빛을 사랑하여

왔다갔다하는 개미 떼

또 보았을까
이보다 더 행복스러운 풍경을

— 권환, 「행복의 풍경」[13] 전문

"행복의 풍경"이라는 제목의 의미를 형상화하고 있는 것은 "개미 떼"이다. 제목이 주는 무게감에 비해 형상화된 내용이 다소 가볍고 구성도 단순하다는 느낌을 준다. 하지만 화자가 "이보다 더"한 "행복스러운 풍경"이 없다고 표현한 "개미 떼"의 풍경은 "햇빛을 그리여/햇빛을 사랑하여" "왔다갔다하는" 것이다. "햇빛"으로 연상되는 "이상"을 좇아 자연에서 아주 흔하게 보이는 "개미"들이 왔다 갔다 하는 것은 작가가 '이상'을 그리는 마음을 대신 표현한 객관적 상관물이다.

위 시는 단순한 구성, 흔하고 작은 소재로 되어 있다. 만약 제목에서 말하는 '행복의 풍경'이 궁금해서 이 시를 보았다면 다소 실망할 수도 있는 내용이다. 하지만 일제 말기의 시대적 상황을 생각하고 왜 개미들이 왔다 갔다 하는 것이 행복하다고 하는 것인지 다시 생각해보면 의외로 많은 뜻을 감추고 있음을 알 수 있다.

보잘것없는 "개미"들이 "왔다갔다" 할 수 있다는 것 자체가 "개미"의 자유의사에 따른 움직임이다. 그것도 그리워하고 사랑하는 "햇빛"을 따라 움

13) 『권환 전집』, 111쪽.

직인다. 이상을 향해 자신의 자유의사대로 움직일 수 있다는 것은 대단하면서도 가치 있는 일이다. 그런데 이상을 향한 움직임이 혼자가 아니다. "떼"를 지어 가고 있다. 그리고 벼가 누렇게 익은 가을 들판이 옆에 있다. 풍족함 속에서 이상을 향해 행동하는 개미들의 자유, "이보다 더 행복스러운 풍경"은 없을 것이다.

이때 화자는, 즉 시적 주체는 시적 대상물인 '개미'를 자신과 다른 하나의 '개체'로 대하고 있다. 서정시에 나타나는 동일성은 리리시즘의 핵심 성분[14]이지만, 이 시에서 보이는 동일성은 개별체의 존재를 인정함으로써 일어난다.[15] 이 시에서 동일성이 일어나는 곳은 "햇빛을 그리여/햇빛을 사랑하여", "또 보았을까/이보다 더 행복스러운 풍경"이다.

화자와 개미의 감정은 어떤 과정을 통해 동일화되는가? 개미는 자연과 함께 어우러져 존재하지만 자연 속에 함몰되어 있지 않다. "따스한 햇빛"과 "노랗게 물들린 뜰"에서 개미는 두드러져 보인다. 개미는 독립적인 개체로서 존재하며 '일렬'로 움직이지 않고 "왔다갔다" 하며 움직인다. 자연과 더불어 존재하나 개별화된 존재의 가치를 잃지 않았기에 개미는 행복할 수 있다. "또 보았을까"에 나타난 화자의 감탄 혹은 부러움이 깔려 있

---

14) 박정선, 「파시즘과 리리시즘의 상관성 연구」, 『한국시학연구』 26, 한국시학회, 2009, 242쪽.

15) 박정선은 리리시즘에서 보이는 주체와 객체의 동일성이 전체주의를 지향하는 파시즘의 성격과 같은 점이 있다고 하였다. 일제강점기 파시즘의 체제하에서 서정시가 살아남을 수 있었던 것도 서정시가 가지는 동일화의 성격 때문이 크다고 하였다. 그러나 동일성에는 또 다른 측면이 있는데, 주체와 객체가 서로 대등하게 융화하는 주객대등적 동일성이 그것이다. 이것은 주체와 객체가 상대의 고유한 존재성에 대한 인정을 바탕으로 합일하는 주객대등적 관계에서 형성되는 것이라 하였다. 이러한 주객대등적 동일성은 리리시즘으로 파시즘에 저항할 수 있는 근거가 된다고 하였다. 박정선은 이러한 예로 권환의 시 「윤리」를 들고 있다. 위의 글, 249~252쪽 참조. 본 연구에서도 이와 같은 해석의 논리를 따르고자 한다.

는 감정은 개미와 동일화되고 싶은 화자의 마음을 표현한 것이다. 권환의 서정시에 나타난 동일화가 개별적 존재의 가치를 인정한 이후에 나왔다는 점에서 자연 공간은 파시즘의 시대에 저항하는 의미를 지닌다.

권환은 전향 이후 자연 공간으로 내려갔다. 그가 거처한 자연 공간은 세상의 중심에서 비켜 서 있는 공간이었다. 하지만 국권 상실과 이념의 강탈을 경험한 그에게 자연 공간은 세상의 주변에서 자신의 이상을 가다듬을 수 있는 공간이 되었다. 자연 공간에서의 생활은 그에게 농민의 생활을 체험하게 하였다. 농민의 삶을 가까이에서 체험함으로써 그가 강조했던 프롤레타리아의 삶에 대한 공감을 이룰 수 있는 기회를 얻었다. 이것은 농민 문학에 대한 평론과 작품을 창작하는 활동으로 나타났다.

자연의 공간은 권환에게 자연을 소재로 한 서정시를 쓸 수 있는 환경을 제공해주었다. 자연 공간을 관통한 당시의 시간은 일제 파시즘의 시기였다. 자연은 인간의 삶과 더불어 존재하는 것으로 자연을 노래하는 것은 인간 삶의 당연한 표현이다. 그러므로 시에서 자연을 노래하는 것은 이념을 통제하는 일제의 검열을 벗어나는 방법이 되었다. 그런데 자연은 생명이 주체적 존재로서 살아가는 공간이다. 생명이 주체성을 가지고 생존하는 모습에 기대어 권환은 자연을 노래하는 시를 썼다. 거기에는 국권 상실의 모순을 해결하고자 하는 마음과 존재가 자유의지를 가지고 살아가야 함을 표현하는 내용이 나타났다. 즉, 권환에게 자연은 시대의 탄압 속에서 자신의 이상을 추구하고 주체의 자유의지를 지켜 나갈 수 있는 공간이 되었다.

2. 이중어 글쓰기 시대에 조선어 시 쓰기

일제가 2차 세계대전을 일으키며 조선에 대한 식민 지배를 더욱 강화할 때 전면으로 내세운 것이 조선어 사용의 금지이다. 그것에 해당하는 직접적 사건이 1942년 10월에 발생한 '조선어학회 사건'인데, 김윤식은 '조선어학회 사건'이야말로 근대국가로 존재했던 '대한민국'의 국어를 탄압한 것이며 그런 점에서 식민지 체제에서 예외에 있던 문학 제도가 본격적으로 식민 지배의 체제로 들어간 것이라 하였다.[16] 그리고 이 시기를 '이중어 글쓰기' 시대라고 하였다. 즉, '이중어 글쓰기' 시대란 일제가 조선어에 대한 탄압을 본격적으로 시작하여 조선인이 조선어를 마음대로 쓰지 못하고 일본어를 써야 하는 시대 상황을 뜻하는 것이다. 이중어 글쓰기 시대는 해방이 되어서야 끝날 수 있었으므로 그 시기는 조선어학회 사건이 발생한 1942년 10월부터 1945년 8월 15일까지이다.[17]

주체의 존재는 시대와 맞물려 있다. 파시즘의 시대와 식민지 시대, 그리고 이중어 글쓰기 시대는 권환에게 존재의 방식에 대해 고민하게 하였을 것이다. 1940년대 상황에서 작가로서의 권환에게 가장 크게 다가온 위기는 '이중어 글쓰기' 시대였을 것으로 짐작된다. 일본어를 사용한다는 것은 권환에게 큰 어려움은 아니었을 것이다. 교토제국대학 졸업자인 당시 최고의 엘리트로서 조선어와 일본어를 자유롭게 쓴다는 것이 어렵지 않았을 것이기 때문이다. 하지만 다국어를 자유롭게 구사할 수 있다는 것과 모국어를 마음대로 쓰지 못하기 때문에 외국어를 써야 한다는 것은 전혀 다른 상황이다.

이는 이중어 글쓰기 상황이 '2개 국어 사용(bilingualism)'이 아니라 '다른 사회적 장면에서의 두 언어 사용(diglossia)'으로 구분해서 인식해야 함을 말

---

16) 김윤식, 『해방공간 한국 작가의 민족문학 글쓰기론』, 서울대학교 출판부, 2006, 373쪽 참조.

17) 김윤식은 이와 관련하여 조선의 일제강점기란 문학사적으로는 1942년 10월에서 종전까지 3년간이라고 하였다. 김윤식, 『일제말기 한국 작가의 일본어 글쓰기론』, 서울대학교 출판부, 2003, 66쪽 참조.

해준다.[18] 즉, 당시에 일본어와 조선어는 동등한 지위를 갖춘 것이 아니었다는 것이다. 중앙어로서의 '일본어'에 비해 '조선어'는 지방어로서 존재했다.[19] 조선어를 열등한 것이라 인식하게 만드는 것은 민족의 정체성 문제와 연결되어 황국신민 '일본인'이 되기 위해 자발적으로 노력하는 계기[20]로 이어졌는데, 이는 내선일체를 강조한 당시 일본의 정책과 부합된다.

작가의 입장에서는 내선일체로 인해 모국어인 조선어를 쓰지 못하는 상황이 창작 활동과 관련하여 극복해야 할 하나의 과제가 된다. 즉, 조선인

---

18) 사전을 참고하면 'diglossia'는 한 언어지역 안에서 동일언어가 2가지 형태로 공존하는 현상으로 정의된다. 그중 하나는 대개 문학어이거나 품위를 갖춘 언어이고 다른 하나는 대다수의 대중이 쓰는 일상어이다. 이러한 예로 그리스의 경우를 들고 있는데, 고전 그리스어의 영향을 많이 받은 카파레부사(Katharevusa)라는 고급 언어와 데모티크(Demotic)라는 일상어가 공존하는 경우이다. 다이글로시아는 같은 지역 안에 사는 사람들이 2가지 또는 그 이상의 언어를 쓰는 경우도 가리킨다(→ 양언어사용). 뉴욕시에 사는 라틴아메리카계 사람들은 사회 상황이나 그때그때의 필요에 따라 영어와 스페인어를 번갈아가며 쓰는 경우와 같다([Daum백과] 표제어: 다이글로시아). 한편 조태린은 두 언어가 동등한 지위에서 성립한 이중언어(bilingualism)적 사용관계로 보지 않고, 조선어는 하급어로 일본어는 상급어로 규정하는 이중언어(diglossia)로 규정하였다. 조태린, 『일제시대의 언어정책과 언어운동에 관한 연구』, 연세대학교 대학원 석사학위 논문, 1997, 58~59쪽 참조.

19) 임화는 「동경문단과 조선 문학」(『인문평론』, 1940.6)의 글에서 아사미 후카시(淺見淵)의 '조선 문학이 단순한 조선만의 존재에 끝나지 아니하고 널리 일본 문학으로서 포함되는 새로운 단계에 도달할 것'이라는 견해를 경청할 만한 것이라고 하였다. 후카시의 견해는 조선 문학이라는 것을 인정하고 있기는 하나 결국 일본 문학에 포함되어야 하는 것, 즉, 현재 덜 발달한 조선 문학이 궁극에는 발달한 상태에 있는 일본 문학으로 포함되어야 할 것이라고 주장했는데, 이는 조선 문학을 일본 문학보다 열등하게 인식하고 있는 일본인의 사고를 보여주는 것이라 할 수 있다. 하재연, 「신체제 전후 조선 문단의 재편과 조선어·일본어 창작 담론의 의미」, 『어문논집』 67, 민족어문학회, 2013, 252쪽 참조.

20) 김경미, 「1940년대 어문정책하 이광수의 이중어 글쓰기 연구」, 『한민족어문학』 53집, 한민족어문학회, 2008, 49쪽.

제1부 근대 지식인으로 문학하기

으로서의 정체성과 작가로서의 임무에 대해 고민하지 않을 수 없게 되었
는데, 극단적으로는 모국어를 버릴 것인지 작가로서의 임무를 버릴 것인
지에 대한 선택의 문제에 놓였다고 할 수 있는 것이다.[21]

이와 같은 상황에서 임화는 모국어냐 일본어냐의 문제를 넘어 문학 자
체의 표현에 중점을 두는 것으로 해결점을 찾고자 하였다.

---

21) 김윤식은 이중어 글쓰기 공간에서 쓰인 글쓰기의 유형을 다음의 6가지로 분류한다.
　　이중어 글쓰기 제1형식 : 이효석, 유진오, 김사량의 글쓰기.
　　조선적 글쓰기에서 원본적 밀도를 보인 경우이며, 제국대학 출신답게 일본어 감수성
　　의 특출함이 보이는 경우이다.
　　이중어 글쓰기 제2형식 : 창씨개명(1940.2)의 글쓰기와 본명의 글쓰기로 분류되는 유
　　형으로 가야마 미쓰로(香山光郎)의 글쓰기와 이광수의 글쓰기를 든다. 1942년 11월 3
　　일 도쿄에서 열린 '대동아문학자대회'에서 이광수가 자신의 창씨개명 가야마 미쓰로로
　　발표한 「'동아정신'의 수립에 관하여」라는 글에서 "우리들은 천황을 보좌(익찬)하면서
　　죽어야 합니다."라고 한 것은 이광수가 아닌 가야마 미쓰로이기 때문에 가능했던 것이
　　라고 보는 경우이다.
　　이중어 글쓰기 제3형식 : 최재서의 글쓰기.
　　1944년 1월에서야 창씨개명을 하고, 『인문평론』을 『국민문학』으로 바꾼 것은 징병제
　　및 학도병 실시와 관련한 것으로 보는 경우이다.
　　이중어 글쓰기 제4형식 : 한설야의 글쓰기.
　　습작기부터 조선어와 일본어 양쪽의 글쓰기를 동시에 감행하고, 또 이러한 태도를 멈
　　추지 않고 일제 식민지 통치 전기간에 걸쳐 감행한 경우이다.
　　이중어 글쓰기 제5형식 : 이기영의 글쓰기.
　　이기영의 작품 『대지의 아들』(1939~1940), 『처녀지』(1944) 등의 장편에 사용된 조선어
　　의 경우이다. 이기영은 일어 창작을 한 경우는 없으나 이 시기 조선어로 씌어진 그의
　　소설은 일제의 식민지 논리와 통하는 경우이다.
　　이중어 글쓰기 제6형식 : 「원정(園丁)」의 시인 김종한의 글쓰기.
　　돌배나무와 능금의 이질적 종자의 접목을 위해 노력하는 원정의 모습이 그려지는데,
　　황민시이나 예술성을 갖춘 시라는 의미에서 따로 분류될 수 있는 경우이다. 김윤식,
　　『해방공간 한국 작가의 민족문학 글쓰기론』, 376쪽 참조.

그러기에 표현이 이러하듯 표현의 수단으로서의 말은 정신의 표지가
아니다.
　　특히 한 발 나아가 말을 무슨 국경표지(國境標識)라도 되는 듯이 생
각하여 떠들고 있는 논의는 한 마디라도 빨리 성실함을 회복할 필요가
있다.
　　술병에는 물도 들어가는 것이다.
　　요점은, 아무튼 문학정신은 아직도 어디까지나 문학정신이지 국가기
록이 아니라는 것.[22]

　　술병에는 물도 들어가듯이 말은 국경 표지가 아니므로 일본어, 조선어
를 떠나서 문학은 문학 정신으로 그 역할을 다하면 된다고 강조하는 내용
이다. 일본어로 쓴 이 글은 민족문학으로서의 문학을 강조하기보다 문학
자체의 완성도가 더욱 중요하다는 데에 초점을 맞추고 있다. 임화의 이러
한 논리는 일본어 사용을 강요당하던 시대에 작가로서 살아갈 수 있는 길
을 제시한 것이다. 조선인으로서 지녀야 할 정체성을 간단히 뛰어넘은 이
러한 논리는 시대의 탄압을 피해 가면서 작가로서의 삶을 유지할 수 있는
방책이라 할 수 있었다.

　　이러한 임화의 논리는 1년 후 일본의 유력한 월간 문예지 『문예(文藝)』
(1940.7)에 '조선 문학은 우리 삶의 독특한 방식의 소산'임을 강조하면서 '민
족문학의 전통 위에서의 현대문학이 아니고, 또한 일본 현대문학의 출장
소도 아닌, 세계문학이 이 20세기라는 시대에 지방적인 수준에서 꽃피운
근대문학의 일종'이라고 한 가와카미 데쓰타로(河上徹太郎, 1902~1980)의 견
해를 제일 그럴 법한 것이라 주장하는 것[23]으로 이어진다. 식민지 조선의

---

22) 임화, 「말을 의식한다」, 『경성일보』, 1939.8.16~20. 김윤식, 『일제말기 한국 작가의 일
　　본어 글쓰기론』, 308쪽에서 재인용.
23) 임화, 「현대 조선 문학의 환경」, 『문예(文藝)』, 1940.7. 위의 책, 315쪽에서 재인용.

상황에서 파시즘의 극으로 치닫는 일본의 정책하에 세계문학으로서의 조선 문학이 되기를 꿈꾸었던 조선인 작가의 소망 혹은 방책을 엿보게 하는 대목이다.

권환은 이와 같은 일련의 상황을 어떻게 헤쳐 나갔는가? 그는 임화처럼 조선어이든 일본어이든 문학 정신만 완성하면 된다는 논리는 펴지 않았다. 그는 당시의 시대 상황에 대해 답답함을 느끼고 있었으며 조선인으로서 조선어를 쓰고자 하였다. 그것은 두 권의 조선어 시집을 발간하는 것으로 나타났다.

권환은 1943년과 1944년에 시집을 발간하였다. 시집 『자화상』(조선출판사, 1943)과 『윤리』(성문당서점, 1944)가 그것인데, 이중어 글쓰기 시대에 발간한 권환의 시집이 조선어로 되어 있다는 점은 주목할 만한 점이다. 조선 사람이 조선어를 쓸 수 없게 억압받던 상황에서 두 번이나 조선어를 사용하여 책을 출판했다는 것은 2차 대전 시기에 책을 출판할 수 있었던 것만큼이나 특별한 사건이기 때문이다.

방효순[24]은 일제 시대 민간 서적 활동의 구조적 특성을 연구한 논문에서 1941~1945년의 출판 시장의 현황을 '붕괴기'라고 칭하였다. 이는 1941년 일본이 전쟁을 일으킨 후 일제가 행한 정책과도 통하는 것이다. 일제는 전쟁을 위한 군수품 마련과 국민들에 대한 사상적 통제를 시행하였고, 이는 식민지 출판 상황에도 영향을 미쳤다. 이 시기 출판이 가능했던 서적들은 일제의 정책에 부응한 것이거나 최소한의 일상적 독서물이었다. 당시 출판사들은 극심한 용지 부족에 시달렸고 출판 실적이 미비한 출판사들은 강제 퇴출당했다. 일본출판물배급주식회사 조선지부를 설치하여 출판물

---

24) 방효순, 「일제시대 민간 서적 활동의 구조적 특성에 관한 연구」, 이화여자대학교 대학원 박사학위 논문, 2000.

들이 이곳을 통해 배급되도록 조치하였다. 이로 인해 전국의 소매 서점망은 그 기능을 상실하게 되었고 결국 생존의 길을 찾아 나선 작가와 출판사들은 친일 부역 활동에 나서게 되었다.[25]

이와 같은 당시의 상황을 고려했을 때 권환의 두 권의 서정시집 발간은 눈여겨볼 만한 일이다. 출판이 힘들었던 시기에 출판이 가능했다는 것은 권환이 처세의 능력을 발휘한 것이라 할 수도 있고, 친일 부역 활동의 가능성을 말해주는 것이라 할 수도 있다. 이는 일제의 탄압에 대해 권환이 보여준 가치관의 문제와 관련되는 것이므로 검토해볼 필요가 생긴다.

일제 말기 조선어 시집 출판이 가능했던 이유로 먼저 체제 부응을 생각하지 않을 수 없다. 더구나 일제 말기 시집 『윤리』의 인쇄소는 '경성대화숙인쇄부(京城大和塾印刷部)'로 되어 있다. '대화숙'은 조선의 사상범 및 그들의 가족에게 '대화(大和)' 즉 '야마토'라는 일본 정신을 가지게 하기 위해 교육, 교화하고 일제가 제시한 일본 정신 외에 '위험' 사상을 소유한 자들을 통제, 구속하기 위한 단체로서 그 역할을 충실히 시행했던 사상범 교화 기관이었다.[26] 조선을 황민화하기 위해 일제가 조직한 교화 기관에서 권환의 시집을 인쇄했다면 이것은 체제에 부응하기 위한 행동일 수도 있다. 더구나 시집 『윤리』에서 권환은 '권전 환(權田 煥)'이라는 이름을 쓰고 있는데, 이는 권환의 창씨개명으로 알려져 있다. 또한 이 시집에는 친일적 경향의 시라고 평가받는 「아리랑 고개」, 「황취(荒鷲)」, 「프로펠러」, 「그대」, 「송군사(送君詞)」가 실려 있다. 이러한 사실들은 권환의 친일 협력 가능성을 생각하게 만든다.

---

25) 위의 글, 162쪽 참조.

26) 윤미란, 「일제말기 식민지배 서사 연구-『대화숙일기(大和塾日記)』(1944)를 중심으로」, 『국제어문』 72집, 국제어문학회, 2017, 156쪽.

이중어 글쓰기 시대에 조선어 사용이 가능했던 이유에 대해서도 같은 맥락에서 파악할 수 있다. 당시 조선에는 일본어로 읽고 쓸 수 있는 조선 민중이 거의 없었던 것으로 조사된다. 실제로 1930년대 문자 해득자 및 문맹자 비율 자료[27]를 참고해보면 조선인 전체에서 일문만 읽고 쓸 수 있는 자는 0.03%에 지나지 않았다. 언·일문을 읽고 쓸 수 있는 자의 비율도 6.79%였다. 이 비율은 1940년대라 하더라도 크게 달라지지 않았을 것이다. 황국신민을 만들기 위해 출판물을 발행해도 글자를 읽을 수 있는 사람이 없다면 효과는 나지 않을 것이다. 그렇다면 황국신민을 만들기 위한 효율적인 방법은 일문이 아니라 조선어 사용이었을 수 있다.

그런데 권환의 시집 발간에는 임화의 권유가 배경이 되었다는 견해가 있다. 김승구[28]는 일제 말기 권환의 시집 발간은 임화의 전적인 후원에 의한 것이라 하였다. 그것은 시집『윤리』의 판권란에 임화가 발행자로 되어 있음을 근거로 들었다. 임화는 카프 해산 이후에도 조선총독부와 관계하면서 문단 활동을 계속해왔다. 임화의 입장에서는 체제에 협력하는 출판물의 발간이 필요했을 것이다. 제국대학 출신의 카프 맹원이었던 권환이 체제 협력적인 글을 몇 편 써준다면 조선 민중에게 미치는 영향도 클 것이었다. 출판물은 독서 행위가 일어날 때 의미를 가질 수 있다. 발행인 임화가 체제 협력적 출판을 위해 조선인의 일문 문맹자 비율이 높음을 이유로 들어 권환이 조선어 시집을 발간할 수 있도록 힘을 썼을 수도 있다는 추정이 가능해진다. 그렇다면 권환이 일제 말기 발간한 두 권의 조선어 시집은 일제에 협력하기 위한 행동으로 해석해야 할 것이다.

하지만 이것은 시대적 탄압이 작용하여 일어난 외적 결과이다. 권환의

---

27) 방효순, 앞의 글, 17쪽.
28) 김승구, 앞의 글, 188~189쪽 참조.

조선어 시집 발간을 부르디외의 이론에 기대면 의미는 달리 해석될 수 있다. 부르디외는 언어와 권력의 문제를 다루면서 언어시장 혹은 장(場, field) 속에서 진입권을 획득해서 그들의 이해에 맞게 구조를 변경시키려는 신참자들과 자신들의 독점적 지위를 유지하고 경쟁을 배제하려는 기존 행위자 혹은 집단 사이의 투쟁이 있기 마련[29]이라고 하였다. 그런데 투쟁에 참가하는 사람들이 상호 적대적인 목표를 가지고 있다고 할지라도, 그들은 일반적으로 시장 혹은 장을 유지하는 데 공통의 이해관계를 가지고 있다. 투쟁에 참여함으로써, 그들은 게임의 규칙이 논란의 대상이 되었던 바로 그 게임 자체를 재생산하는 데 기여한다.[30]

권환은 일제 말기 일본어만을 쓰도록 강제당한 상황에서 조선어 시집을 발간하였다. 대부분의 조선 민중은 일본어를 잘 읽고 쓸 줄 몰라서 침묵하고 있던 상황이었다. 부르디외는 모든 '상징적 지배(symbolic domination)'는 외적 압력에의 수동적인 복종도, 지배적인 가치의 자발적 선택도 아닌 일종의 공모(共謀)를 전제한다고 하였다. 공식 언어의 정당성에 대한 인정, 그것은 종종 점진적이고 암묵적이며 감지할 수 없는 주입 과정을 통해서 '아비투스(habitus)'[31]에 새겨진다. 공식 언어의 정당성을 인식하고 있음에도 불구하고 그것을 구사할 수 있는 능력을 가지지 못한 화자는 '지식 없는 인식', 즉 의식하지 못한 채 인정하는 상태에 놓이게 되는 것이다. '인식 속

---

29) 부르디외, 『상징폭력과 문화 재생산』, 정일준 역, 새물결, 1995, 56쪽.

30) 위의 책, 57쪽.

31) 부르디외 이론의 중요 개념인 '아비투스'는 '성향' 또는 '성향체계'라고 할 수 있다. 아비투스는 존재조건을 구성하고 있는 구조들의 산물이며, 그러한 존재 조건 속에서 아비투스가 획득된다. 따라서 아비투스는 개인이 세상을 살아가는 전반적인 삶의 방식, 즉 걷고 말하고, 행동하고, 먹는 방식에 반영된다. 아비투스는 존재 조건에 부합하는 실천들과 감각들을 발생시킨다. 위의 책, 62쪽 참조.

제1부 근대 지식인으로 문학하기

에 포함되어 있는 '오인'들로 인해 사람들이 자신들의 실천을 지배적인 평가 기준에 맞추어 나갈 때, 진정으로 상징적 지배가 시작된다[32]고 하였다.

일제가 지배하던 상황에서 공식 언어는 일본어가 될 수밖에 없음을 인정하는 상황에서 대부분의 조선 민중들은 일본어를 구사할 능력이 부족하므로 침묵할 수밖에 없었다. 이러한 상황에서 조선 민중이 일본어를 잘 하지 못하는 자신을 부정하고 평균언어시장적인 일본어를 구사할 수 있는 사람이 되고자 노력할 때 상징적 지배는 이루어지는 것이며 일본이 의도했던 진정한 내선 일체가 가능해지는 것이다.

그런데 이러한 상황에서 일본의 제국대학을 나온 권환이 조선어 시집을 발간한 것은 일본어가 주도권을 잡은 언어시장에서 일본어가 갖는 권위를 부정하는 상징성을 갖는다. 왜냐하면 권환이 조선어 시집을 발간한 것은 일본어 구사 능력이 부족해서가 아니기 때문이다. 당시의 모든 사람들은 권환이 조선 정통 양반 가문의 자손이자 일본 최고의 근대교육을 받은 사람으로서 격을 갖춘 조선어는 물론 '상위' 언어인 일본어를 잘 구사할 수 있는 능력이 있음을 알고 있다. 이때 권환은 자신의 이러한 위치를 이용함으로써 언어시장에서 이윤을 취할 수 있다.

권환의 조선어 시집 발간이 의미를 갖는 것은 일본어가 권위를 차지하는 상황에서 일본어의 위상에 도전했다는 점에서 발생한다. 일본어와 조선어가 투쟁하는 게임의 장(언어시장)에서 권환은 자신의 근대 지식으로 이룩한 수준 높은 일본어 사용 가능자라는 위치를 이용하여 조선인에게 인정받는 조선어 시집을 발간할 수 있었고 이것은 우리에게 일제 말기 조선어 시집 발간이라는 문학사적 의미를 남겨주게 된다.

---

32) 위의 책, 51쪽.

그렇다면 권환의 시집『윤리』에 실린 친일적 경향의 시들[33]은 어떻게 평가할 수 있는가? 김승구는 권환의 시집『윤리』에 실린 친일 경향의 시들은 불가피한 조건에서 최소한의 요건을 갖추기 위한 타협의 산물[34]로 보아야 하며 이 시들이 저널에 실리지 않고 시집에 실렸으므로 협력의 강도는 여타 시인들에 비해 상대적으로 약한 것이라[35] 하였다.

권환은 해방 직후 발간한 시집『동결』의 서문에서 "이 시들은 일제의 모진 질곡(桎梏) 밑에서 신음하는 한 무력자의 규호(叫號), 차탄(嗟歎), 허희(歔欷)에 불과한 것이다."라고 고백하고 있다. 일제의 모진 질곡 밑에서 자신의 뜻을 온전히 펼 수 없었던 무력한 지식인의 모습을 보이고 있는데, 이 무력자의 모습은 5편의 친일 경향의 시를 써서 출판해야 했던 사실을 가리킬 것이다. '규호(叫號), 차탄(嗟歎), 허희(歔欷)에 불과한' 내용들은 친일적 시를 써야 했던 주변의 상황에 연유할 것이다. '대화숙'에 소속되어 관리받던 권환은 체제 협력의 활동을 해야 하는 상황에 대해 고뇌했음을 알 수 있다. 언어시장에서 일본어의 위상에 대한 도전은 이러한 고뇌에서 나온 것이라 할 수 있을 것이다.

> 영원한 진리를 생각는
> 철인(哲人)이란 말인가
>
> 말없이 실행만 하는
> 영웅이란 말인가
>
> 가을빛 깊은 고요한 들 위에

---

33) 「아리랑고개」, 「황취(荒鷲)」, 「프로펠러」, 「그대」, 「송군사(送君詞)」의 작품이 해당된다.
34) 김승구, 앞의 글, 191쪽.
35) 위의 글, 189쪽.

제1부 근대 지식인으로 문학하기

혼자 묵묵히 서있는 그대여

그대의 이름은 허수아비니라
영원히 허수아비니라

— 권환, 「허수아비」[36] 전문

위의 시는 『윤리』에 실려 있는 「허수아비」라는 시이다. 말없이 묵묵히 서 있으므로 진리를 생각하는 것 같기도 하고, 가을 들판에 말없이 서서 새떼를 쫓는 의무를 다하고 있으므로 말없이 실행하는 영웅인 것도 같지만, 실상 그는 '허수아비'이다. 주체적으로 판단하고 움직일 수 없는 허수아비에 지나지 않는 것이다.

물론 시적 대상으로 언급된 존재가 '허수아비'라는 것을 고려하면 '허수아비'는 '허수아비'로 존재해야 한다. 허수아비가 그를 만든 인간의 의도대로 "말없이 실행"하지 않거나, "묵묵히 서있지" 않다면 그는 허수아비의 역할을 다하지 못하는 것이다. 그래서 이 시는 존재의 목적을 그대로 달성하고 있는 허수아비에 대한 부러움을 표현하고 있는 작품이기도 하다. 존재의 목적이 외부의 탄압으로 인해 이룰 수 없는 자신의 처지를 가을 들판에 서있는 허수아비보다 못한 존재로 형상화한 것이다.

그러나 허수아비는 허수아비일 뿐이다. 허수아비는 허수아비를 만든 이의 의도대로만 존재해야 할 뿐 거기에 자유로운 자신의 생각과 행동을 취할 수 없다. 일제강점기 식민지 상황에 의해 자신의 이념을 강제로 포기해야만 했고, 이후에도 원하는 대로 사고하고 표현할 수 없는 자신의 상황은 현재 허수아비의 신세와 같다. 그리고 이러한 상황은 쉽게 해결되지 않을 것이다. 시의 마지막을 "영원히 허수아비니라"라고 표현한 것은 끝이 보이

---

36) 『권환 전집』, 121쪽.

지 않는 절망의 상황에 대한 탄식이라 할 수 있다.

　이는 카프 활동에 참여했던 이념가로서도, 시를 쓰는 시인으로서도, 조선 땅에 태어난 조선인으로서도 당당하게 살 수 없는 자신의 처지에 대한 인식이다. 일제가 일본과 조선에서 사상을 탄압하고 천황 중심으로 모든 체제를 개편한 것은 파시즘에 의해서이다. 세계 지배 야욕을 이루기 위해 인간의 자유의지를 억압하고, 대륙으로의 진출을 위해 조선을 병참기지화하였다. 그것은 조선인들을 비인간적으로 살아가게 하는 결과로 이어졌다.

　파시즘의 이와 같은 횡포는 근대의 합리성과는 거리가 먼 것이다. 파시즘으로 인한 전쟁은 근대의 기계적 · 폭력적 문명에 의한 부정적 산물일 뿐 파시즘은 인류가 이어가야 할 긍정적 정신일 수는 없었다. 기계적 문명과 전 국민의 일치를 외치는 조류 속에서 근대 문화를 누리던 조선의 작가들은 자연으로 가족으로 현실을 도피하여 들어갔다. 『문장』을 비롯하여 1940년대의 작가들은 자연 속에서 시적 대상을 찾았다. 이것은 권환의 시집에서도 보이는 현상이다. 이중어 글쓰기 시대, 권환의 두 권의 시집에 실린 대부분의 작품은 자연을 배경으로 하고 있다. 하지만 여기에 나타난 자연은 도피나 풍류의 대상으로서의 자연이 아니다. 1943년에 출판된 권환 시집 『자화상』에 실린 작품 「뒷산」으로 세상에 대처하는 화자의 태도를 짐작해볼 수 있다.

　　　거꾸로 박힌 심장형

　　　누런 밤나무 잎이
　　　시냇물 덮어 흐르는

　　　뻐꾹새 우는소리

여기저기 들리는

내 고향의 뒷산
나는 온 하루 밤을 자지 못했다
그 산 이름을 생각해 내려고
깜박 잊어버린 그 이름을

― 권환, 「뒷산」[37] 전문

　이름을 기억해내려는 시도는 대상의 존재를 확인하기 위한 행동이다. 이름은 존재하는 대상의 재현이기 때문이다. 화자가 생각해내려고 애쓰는 것은 "뒷산"의 이름이다. "내 고향의 뒷산" 이름을 화자는 어쩌다 "깜박 잊어버린" 것일까? 혹시 화자가 잊은 것은 뒷산의 이름이 아니라 뒷산의 존재 자체가 아니었을까?

　오랜 시간 고향을 떠나 있던 권환은 일제의 탄압이 극에 달하자 고향 근처로 내려온다. 일제에 의해 강제로 제거된 근대 정신의 핵심인 '계급성'에 대한 활동이 더 이상 가능하지 않게 되었을 때, 근대 지식인 권환에게 남는 것은 근대 지식으로 현 상황을 분석하는 것이다. 근대의 합리적 태도와 제국대학을 다니면서, 그리고 카프 활동을 하면서 쌓아 올린 근대 지식은 당대의 시대가 단지 일제 강점의 의미가 아닌 파시즘으로 지배되는 세상임을 알아보게 하였다.

　파시즘은 인간이 집단을 통해 존재 근거를 갖는다고 주장하는 주의이다. 이때 집단이란 가족, 인종, 조국, 민족이 해당될 수 있는데, 개인은 이러한 집단과의 관계 속에서 의미를 가지게 된다는 것이다. 자유주의가 집단보다는 개인의 자유를 최대한 강조하는 것임을 생각하면 파시즘의 태도

---

37) 『권환 전집』, 68쪽.

는 자유에 대해 반(反)하는 것이다. 자유주의에 대한 이러한 태도는 파시즘의 두드러진 특징 가운데 하나라 할 수 있다.[38]

그렇다면 카프 해체 이후, 파시즘의 탄압이 절정으로 치닫던 시대에 권환이 고향을 떠올리고 시에서 자연을 노래하고, 가족의 이야기를 하는 것은 집단 속에서 존재 의미를 갖는 파시즘의 의미와 구별될 수 있는 것인가?

인용한 시에서 화자가 시도하는 행위는 "뒷산"의 이름을 기억해내는 것이다. 어쩌면 존재 자체를 잊고 있었을지도 모르는 "뒷산"은 이름을 기억해내야 온전히 부활된다. 이름은 언어로 명명된 것이다. 이때 언어는 당연히 조선어인데, 파시즘의 시대에 조선어로 되어 있는 고향의 산 이름을 기억하려 한다는 것은 집단의 관계에서 존재를 찾으려는 의도이기보다는 어린 시절 자유롭게 뛰어 놀았던 옛 추억을 환기하려는 것이다. 그리고 그를 통해 자신의 정체성을 찾으려는 노력이다. 정체성은 개인의 존재를 규정하는 것이므로 개인이 자유롭게 떠올리는 여러 가지 기억들은 자신의 존재를 특징짓게 할 것이다. 물론 그 추억 속에서는 가족과 마을과 혈연 집단이 함께 존재하겠지만 어린 시절의 자유로운 추억 속에서는 개인의 존재가 집단 속에서만 규정되는 것이 아니다. 그러므로 뒷산의 이름을 떠올리려 애쓰는 것은 파시즘의 태도와 구별된다. 오히려 조선어 사용이 금지되던 시기에 조선어 즉, 모국어 이름을 떠올리고자 애쓰는 것은 단일 집단의 언어 외에는 인정하지 않으려고 했던 일제의 파시즘에 대한 저항이라 할 수 있다.

그런데 안타깝게도 뒷산의 이름은 잘 생각나지 않는다. "온 하루 밤" 동

---

38) 김용우, 「파시즘」, 『서양의 지적 운동』, 김영한 · 임지현 편, 지식산업사, 1997, 643쪽 참조.

제1부 근대 지식인으로 문학하기

안 생각해내도 잘 떠오르지 않는 이름은 정말 기억이 나지 않아서일까? 아니면 함부로 조선어로 말할 수 없는 시대 상황 때문이었을까?

명쾌하게 해결되지 못한 '이름 떠올리기'의 시도는 모국어를 억압하여 내선일체를 이루려고 했던 일제 파시즘의 시대를 온몸으로 부딪쳐 버텨내려고 한 권환의 태도를 보여주는 것이다.

이것은 이 시기 권환의 시집에서 삶의 현장을 노래하고 있는 시가 눈에 띈다는 것과도 연결된다. 삶의 현장을 시로 나타냈다고 하는 것은 권환의 의식이 삶을 기반으로 하고 있었음을 보여주는 것이다. 비록 일제의 파시즘이 생활을 억압해오고 있었지만, 그는 시를 통해 우리의 삶을 나타내고자 하였다.

> 부엌에 드나드는 아내의 얼굴
> 오늘은 유달리 혼자 좋았다
> 빙글빙글 오래간만에
>
> 오늘 아침 나누었던 두부 채
> 그 중에서 조금 제일 크더란다
>
> — 권환, 「두부」[39] 전문

짧은 길이의 이 시에는 긴 여운이 생긴다. 유달리 기분 좋아 보이는 아내 얼굴이 화자의 눈에 들어오는데, "빙글빙글"의 시어에서 한참을 '빙그레' 웃고 있는 아내 얼굴이 그려진다. 아내가 기분이 좋은 이유는 "오늘 아침 나누었던 두부 채"가 "제일" 컸기 때문이다. 부엌을 드나드는 아내에게 제일 중요한 것은 먹거리 장만이다. 오늘 아침 제일 큰 두부를 받았다는

---

39) 『권환 전집』, 115쪽.

것은 가족들에게 조금이나마 먹거리를 더 마련해줄 수 있다는 것이다. 그런데 여기서 주목되는 것이 아내의 기분을 좋게 한 음식이 "두부"라는 점이다. '쌀'이나 '고기'와 같은 비싼 음식이 아니라 값싸게 먹을 수 있는 두부를 받으며 기분 좋아하고 있다. 전쟁 시기 민중들의 삶이 넉넉지 않았음을 짐작하게 한다. 평소 아내의 일상생활은 힘들었을 것이다. 먹거리가 넉넉하지 않았고, 가족들은 늘 배고픔에 시달렸을 것이다. 피폐한 일상의 상황은 일제가 일으킨 전쟁으로 그 정도가 더욱 심해졌을 것이다. 그러한 상황에서 아내가 보여준 웃음은 힘든 일상의 반어적 표현이기도 하다.

한편 아내의 웃음은 시의 분위기를 여유롭고 밝게 만들어준다. 화자가 포착한 아내의 웃음은 독자로 하여금 부엌에서 웃고 있는 아내의 얼굴을 상상하게 만든다. 상상을 하는 동안 독자는 일상의 제약에서 잠시나마 벗어날 수 있다. 상상은 주체의 자유에 의해 얼마든지 자신만의 이야기를 만들어낸다. 그래서 상상하는 동안 상상하는 주체는 자신만의 자유를 마음껏 누릴 수 있다. 독자가 상상하는 아내의 얼굴. 조금 큰 두부를 얻은 덕에 웃고 있는 아내의 얼굴은 삶의 윤택함에 대한 기대로 이어진다. 그 기대는 아내의 웃음을 본 화자에게도, 웃는 아내의 얼굴을 상상한 독자에게도 힘든 현실을 버텨갈 힘을 준다.

이와 같은 기대감은 이 시가 현실의 어려움을 기반으로 하기 때문에 나올 수 있다. 얼핏 보면 이 시의 분위기가 일제강점기와 2차 대전이라는 전쟁의 시기와는 전혀 맞지 않는 것 같지만 시의 바탕에는 현실의 어려움이 있음을 알 수 있다. 먹거리를 구하기 힘들던 현실적 어려움이 상상의 바탕이 되고 있다. 상상이라고 해서 허무맹랑한 공상(空想)이 아니라 현실을 기반으로, 현실이 재료가 되어 상상이 펼쳐지는 것이다. 이것은 권환이 강조한 시에서의 '판타지 정신'이다.

여기서 명확히 밝히지 않으면 안 될 것은 판타지와 현실과의 관계이다. 물론 판타지가 창조한 세계는 전술한 바와 같이 실재적 세계, 그것이 아닐 뿐 아니라 실재적 대상이 없어도 창조할 수 있으며, 또 그것은 현실의 아무런 구속과 제한을 받지 않고, 자유롭게 창조되는 것이다. 그러나 그렇다고 그것은 결코 현실과 아무런 인연과 관계없는 수초와 같이 부생(浮生)하는 것이 아닐 뿐 아니라 그것은 어디까지든지 현실에 뿌리를 두고 발화(發華)하는 것이다. 말하자면 판타지는 현실에서 발생되고, 시는 판타지로 창조되니 결국 시 그것이 현실의 영상이 되는 것이다. [40]

권환은 같은 글에서 판타지(Phantasie)란 "어떠한 새로운 사물을 관념으로서 창조하는 것"이라고 하였다. [41] 그러면서 "시-예술의 가장 중요한 기초와 요소가 되며, 예술가-시인의 생명과 재산"이라고 하였다. 그런데 판타지는 "현실에서 발생되고, 시는 판타지로 창조"된다. 그러므로 시인에게 생명이라 할 수 있는 판타지의 자원은 현실이다. 시인은 판타지 자원인 현실을 풍부히 섭취해야 좋은 시를 쓸 수 있는 것이다. 권환이 시를 쓸 때 현실을 바탕으로 하는 이유가 여기에 있음을 알 수 있다. 권환이 판타지에 주목하는 또 다른 이유가 있다. 그것은 판타지의 '자유성'이다.

판타지의 가장 영예롭고 가장 강점인 것은 그것이 가지고 있는 자유성이다. 그것엔 외계의 어떠한 박해(迫害)와 강압도 가하지 못한다. 필

---

40) 권환, 「시와 판타지」, 『조광』(1940.12), 『권환 전집』, 388쪽에서 재인용.

41) 위의 글, 『권환 전집』, 388쪽에서 재인용. 시와 판타지의 관계에 대해 쓴 권환의 글에는 「시와 판타지」(『조광』 1940.12), 「예술에 대한 이미지의 역할」(『조광』(1941.6)이 있다. '판타지(Phantasie)'라는 용어 사용에 대해 권환은 '공상, 환상, 상상, 구상력 등의 역어(譯語)가 있으나 엄격하게 따지면 그중의 하나도 아주 적당한 대용어가 되지 못하므로 그저 판타지 원어 그대로 쓰려 한다.'고 하였다. 권환, 「시와 판타지」 참조.

로스트라토스의 말과 같이 "어떠한 물건한테도 위축되지 않고 똑바르게 이상을 향해 간다." 딜타이가 시인의 상상력을 정신생활의 최고의 활동의 하나이라고 한 것은 그것이 자유성의 특전을 가진 때문이다.[42]

권환이 '자유성'에 주목하는 이유는 무엇일까? 그것은 시대적 분위기와 연관 지을 수 있을 것이다. 일제의 파시즘이 극에 달해 있던 시절 개인의 자유로운 사상과 행동은 인정받기 어려웠다. 그것은 파시즘의 특성과 관련 있다.

파시즘은 고전적 자유주의의 사회·경제·정치적 측면 모두를 거부하고, 나아가 그 철학적 기반을 비판하였으며, 자유주의를 대신할 새로운 세계관, 새로운 문명 수립을 목표로 하였다. 따라서 파시즘은 자유주의의 여러 측면, 그리고 그것과 밀접하게 연결되어 있는 개인주의·민주주의·합리주의·물질주의 모두를 타락과 분열, 대립과 쇠퇴의 원인으로 간주[43]하였다.

천황중심주의 외에는 다른 어떤 것도 인정하지 않는 일제의 파시즘은 시인의 사상과 창작의 자유를 억압하였다. 그리고 파시즘은 2차 세계대전을 일으키는 사상적 바탕이 되었고 전 세계인을 비참함에 빠뜨렸다. 파시즘은 그 사상의 독재성, 횡포성으로 전쟁을 일으켰고 개인의 자유를 박탈했으며 무고한 인간을 죽게 하였다. 파시즘의 광폭함을 포착한 근대 지식인 권환은 파시즘을 깨뜨려 가야 할 대상임을 파악하였다. 그것은 식민지 조선인에게는 물론 전 세계인에게도 마찬가지 상황이었다. 1940년대 전세계인은 전쟁의 비극을 함께 겪고 있었다.

따라서 권환이 자신의 시에 일제 파시즘으로 빚어진 현실의 비극을 이

---

42) 위의 글, 『권환 전집』, 393쪽에서 재인용.
43) 김용우, 앞의 글, 643쪽.

제1부 근대 지식인으로 문학하기

야기하고 그것을 극복할 방법으로 '자유'를 강조하는 것은 조선의 시인으로서, 근대 지식인으로서 세계적 문제를 함께 고민하는 모습이었다.

나는 어쩐 일인지 가을철 특유의 센티멘털한 감흥에 사로잡혀 부-현 아침 연기가 허리를 싸고 있는 앞산을 바라보며 노래를 불렀다 그런데 이상하지도 않은가 노래를 첫 마디도 다 부르기 전에 어디선지 "그만 두어욧"하는 소리가 들렸다 그러나 나는 관계할 것 없이 소리를 더 가다듬어 다음 마디를 불렀다 그러나 그 순간 또

"그만두어욧"하는 소리가 다시 더 날카롭게 더 똑똑하게 내 귀에 들린다 나는 퍼뜩 위를 쳐다보니 바로 내 머리맡 감나무 가지에 앉은 까마귀가 나를 노려보고 또 같은 어조로 더 위엄스럽게

"그따위 노래 그만 두어요"하지 않는가

나는 하도 기가 막혀 어안이 벙벙하였다 내 가슴엔 부끄러움과 분한 감정이 뒤범벅이 되어 차 올라왔다 그것은 그런 당돌한 소리를 한 자가 일개 날짐승이란 때문이 아니다 까마귀 자체가 누구나 알다시피 날짐승 중에도 가장 졸렬한 가수인 때문이다

만일 그때 그 소리의 주인이 꾀꼬리나 카나리아였다면 나의 분노의 정도는 훨씬 덜하였을지 모른다

나는 어이가 없어 한참동안 먹먹히 서 있다가,

"내 노래 같은 건 그만두란 말이냐"

"잘 알아 들었군요"

"그게 무슨 건방진 소리냐 일개의 날짐승으로……이러나 저러나 내 노래가 네 노래보다도 듣기 싫은 노래란 말이냐?"

"뭐? 네 노래보다도? 흥 그래도 자존심은……그 노랜 대관절 무어란 말이오? 고전주의인가요? 낭만주의인가요? 혹은, 또 초현실주의란 말이오? 그렇든 저렇든 당신 노랜 단 한사람인 당신 애인도 울리지 못한 노래 아녀요? 그렇지만 내 노랜 새까만 날개 가지고 날아다니는 자면 누구나 다 감동받을 수 있는 노래이니까요. 아-내 노래만한 노래도 그들한테 들을 수 없나?"하고 까옥까욱하며 날아간다

아니게 아니라 그 소리가 나자마자 감나무에 앉은 다른 까마귀들이

모다 같이 까욱까욱 하면서 따라 날아간다
　나는 한참동안 가을 하늘을 뚫고 멀리 힘차게 날아가는 까마귀 떼를 바라보고 서있었었다 가을 하늘이 호수보다 맑고 푸르다

— 권환, 「까마귀」⁴⁴⁾ 부분

"날짐승 중에서도 가장 졸렬한 까마귀"가 나에게 던진 노래에 대한 일침을 듣고 화자가 생각한 내용의 시이다. "고전주의인가요? 낭만주의인가요? 혹은, 또 초현실주의란 말이오?"라고 던진 까마귀의 말은 '노래'가 곧 '시(詩)'를 뜻하는 것임을 짐작할 수 있다. 어떠한 주의로 창작했던 시가 결국은 "애인"도 울리지 못하고 말았다는 것이다. 그런 노래는 곧, 누구의 마음도 울리지 못하는 시는 당장 그만두는 것이 낫다는 것을 말하고 있다. 감동을 줄 수 있는 시를 짓지 못한 작가의 상황을 나타낸 것이라 하겠다.

그런데 한편으로는 시의 제목과 소재가 '까마귀'인 것을 두고 친일적 성향이 있다고 지적할 수도 있을 것이다. 까마귀가 일본에서 길조(吉鳥)로 대우받으며 일본 어디에서나 흔히 볼 수 있는 새이기 때문이다. 어쩌면 권환도 바로 그러한 점을 내세워 시를 창작했는지도 모를 일이다. 만약 까마귀가 일본을 상징하는 새로 등장한 것이라면 시의 해석은 달라져야 할 것이다. 화자에게 감동을 줄 수 있는 노래를 부르라고 충고한 것은 일본의 문화 수준이기 때문이다.

하지만 까마귀를 일본의 상징이라고 간주한다고 하더라도 이 시의 곳곳에는 파시즘에 대한 비판이 숨어 있다. 먼저 까마귀를 두고 "날짐승 중에서도 가장 졸렬"하다고 표현한 부분이다. "꾀꼬리"나 "카나리아"와 다르게 "까마귀"는 "졸렬"한 목소리로 노래한다. 그 노래의 수준, 문화적 수준

---

44) 『권환 전집』, 112쪽.

이 역사적으로 동아시아에서는 발달이 늦었던 나라가 일본이었다. 그런 까마귀가 나에게 하는 자랑은 "내 노랜 새까만 날개 가지고 날아다니는 자면 누구나 다 감동받을 수 있는 노래이니까요."라는 것이다. 즉, 까마귀가 자랑하는 자신의 노래는 까마귀에게만 통하는 노래이다. 꾀꼬리나 카나리아가 새이기는 하지만 인간들에게도 아름다운 소리라 인정받는 경우와는 다른 것이다. 자신과 같은 족속들에게만 통하는 노래, 자신과 같은 족속들만을 감동시킬 수 있는 노래를 까마귀는 부르고 있는 것이다. 그래서인지 "그 소리가 나자마자 감나무에 앉은 다른 까마귀들이 모다 같이 까욱까욱 하면서 따라 날아간다." 그들만이 통할 수 있는 노래로 그들은 떼를 이루어 움직이는 것이다. 파시즘에 의한, 천황중심주의 일본의 일사불란한 모습이 떠오르는데, 까마귀 떼들이 날아가고 없는 "가을 하늘이 호수보다 맑고 푸르다." 이렇게 본다면 이 시는 까마귀를 통해 일제의 파시즘을 간접적으로 비판한, 풍자적 시로도 읽을 수 있을 것이다.

그러나 무엇보다 주목할 것은 까마귀를 일본의 상징으로 읽든 그렇지 않든 화자가 문제적이라고 느낀 내용이다. 그것은 자신의 노래가 애인의 마음도 울리지 못했다는 것이다. 까마귀의 노래는 까마귀들을 하나로 모아 떼를 지어 날아가게 하였는데, 인간인 나의 노래는 사람들의 마음을 움직이지 못했다. 그것은 화자가 앞으로 해결해야 할 과제이다.

사람의 심금을 울려 행동으로 움직이게 하는 것은 권환이 카프 시절부터 중요하게 생각해온 시(詩)에 대한 입장이다. 실천으로 진보적 세상을 만들어가는 데 시가 중요한 역할을 할 수 있는 것이다. 권환이 보았을 때 현재 파시즘의 시대를 끊어내고 전쟁의 비극을 끝낼 수 있는 것은 사람이 해야 하는 것이다. 사람들이 힘을 모으고 파시즘의 횡포성을 깨달아 이 비극을 끊어내는 데 동참해야 하는 것이다. 그러기 위해서는 사람의 마음을 감동시킬 수 있는 노래를 불러 사람을 움직일 수 있도록 해야 한다. 호수처럼 맑은 가을 하늘을 만들기 위해서는 까마귀 떼들이 날아가버려야 하는 것처럼 파시즘이 이 땅에서 사라져야 자유와 평화가 펼쳐지는 세상을 만들 수 있는 것이다. 권환이 시에서 판타지를 언급하며 판타지의 자유성을 강조한 것도 이 때문이다.

결국 일제가 내선일체를 강조하며 조선어에 대해 탄압을 하여 대부분의 작가가 일본어로써 조선의 문학을 표현해야 하는 이중어 글쓰기 시대에, 권환은 그의 근대 지식으로 일본 파시즘의 횡포성을 인식했다. 파시즘이 갖고 있는 획일성, 인간의 사상의 자유와 행동의 자유를 억압하는 독재성을 극복해 나가기 위해 권환은 조선인으로서 조선어로 시를 쓰고 시집을 발간했다. 시집에 실린 대부분의 작품에는 일제의 탄압으로 고뇌하는 지식인, 자신의 신념을 쉽게 버리지 못해 갈등하는 시인의 모습이 나타나 있다. 시집 발간에서 조선어의 사용이 황국 신민화를 위한 효율적 방법으로 기획된 것이라 하더라도 일본어 사용으로 내선 일체를 강조하던 파시즘의 시대에 조선어 출판물이라는 결과를 남겨두었다. 이는 조선어를 사용함으로써 일체의 획일화를 강조하는 일제의 파시즘 정책에 균열을 내는 것이 되었다. 권환은 파시즘의 시대에 인간에게 소중한 자유를 강조함으로써 세계적 보편자로서 당시의 전 세계인이 겪고 있던 파시즘의 폭압에 항거한 것이라 할 수 있다.

제1부 근대 지식인으로 문학하기

5장

해방공간과 근대 지식 실천자로서의 권환

1. 신념 유지를 위한 가치의 근원 지점으로 회귀

1945년 조선은 해방을 맞이하였다. 하지만 조선의 해방은 갑작스럽게 찾아온 것이었다. 광복군이 일본과의 전투를 계획하고 있었으나 뜻을 이루지 못했고, 일본의 패망은 연합국의 승리가 되었다. 조선의 해방은 패전국 일본에게 있던 식민지 국가를 정리해야 하는 상황에서 생겨난 결과였다. 해방 정국의 극도의 혼란한 상황은 우리 힘으로 해방을 이루어내지 못해 일어난 현상이었다.

하지만 해방은 더 이상 일본의 통치 제도를 받지 않아도 된다는 것이었다. 곧 우리 민족이 우리가 원하는 대로 이상적인 국가를 세울 수 있는 기회가 주어졌다는 뜻이었다. 하지만 이상적인 국가에 대한 뜻은 숭고했으나 현실에 적용하고자 했을 때는 많은 갈등을 극복해야 했다. 어떤 것이 이상적인 국가인가에 대해서는 저마다 생각하는 바가 달랐기 때문이다. 따라서 해방직후의 혼란기에서 각 개인은 제 나름대로 '선택적 행위'[1]를

---

1)   조남현, 「해방직후 소설에 나타난 선택적 행위」, 『해방공간의 문학연구』 II, 이우용 편,

분명하게 보여야 했다.

그 선택적 행위는 해방 직후 난립한 여러 정당과 단체, 조합들의 결성과 맞물려 갔다. 1945년이 넘어가기도 전에 "경성에만 6, 70내지 근 100개의 정치적 단체와 20여 개의 신문사가 출현하였으며 목하신계획 중에 있는 것도 부지기수"[2]였다. 난립하는 단체들이란 조급함을 바탕으로 한다. 그리고 그 조급함은 체계성과 정체성을 충분히 갖추지 못했기 때문에 일어난 것이다. 꼼꼼하지 못한 조직 과정과 배타적 조직 구성은 또 다른 배타성을 낳으며 혼란을 가중시켜갔다.

문학 분야에서도 해방 정국의 혼란함은 확인된다. 크게는 좌익과 우익의 대립이 있었지만 각 계파별로 분열은 양산되고 있었다.[3] 문학 분야에서 조직된 남한의 최초의 단체는 '조선문학건설본부(문건)'이다. 1945년 8월 17일 임화는 김남천·이원조·이태준 등 30명의 문인들과 함께 '문건'을 조직했다. 해방 이후 이틀 만에 만들어진 조직으로 카프의 서기장이었

태학사, 1990, 35쪽.

2) 김종범 외, 『해방전후의 조선진상』 돌베개, 1984, 51쪽(초판은 조선정경연구사, 1945,12). 위의 글, 35쪽에서 재인용.

3) 임헌영은 1945~1948년 사이에 이루어진 각종 문학인 단체를 설립 순서대로 정리하고 좌파와 우파의 성격을 표시했는데 그 내용을 참고하면 다음과 같다. 임헌영, 「해방 후 한국 문학의 양상−시를 중심으로」, 이우용 편, 앞의 책, 13쪽 참조.

연도	날짜	단체명	비고
1945년	① 8월 16일	조선문학건설본부	좌파
	② 9월 17일	조선프롤레타리아문학동맹	좌파
	③ 9월 18일	중앙문화협회	우파
	④ 12월 13일	조선문학가동맹	좌파
1946년	⑤ 2월 8~9일	제1회 조선문학자대회	좌파
	⑥ 3월 13일	전조선문필가협회	우파
	⑦ 4월 4일	조선청년문학가협회	우파
1947년	⑧ 2월 12일	전국문화단체총연합회	우파

던 임화가 주축이 되어 결성했다. 일명 '원남동 모임'을 통해 '문건'의 기초적인 안건을 논의했는데 그 자리에는 김남천·이원조·이태준·백철·유진오·이무영·엄흥섭 등이 포함되어 있었다. 원남동 모임, 즉 '문건'의 첫 모임을 보면 조직의 특성이 두 가지로 잡힌다. 하나는 '문건'의 특징을 범 문단적으로 하겠다는 것이고 또 하나는 조급하게 이루어진 조직이었다는 것이다.

카프 해산 직전 카프의 서기장이었던 임화가 주축이 되었다면 카프 조직원들을 모두 불렀어야 했다. 일제에 의해 강제 해산된 카프였으므로 일제가 물러난 뒤에는 카프의 맹원들을 모두 모아야 했을 텐데 이기영, 한설야를 비롯한 소위 카프 비해소파들은 이 자리에 없었다. 이 모임에 참석한 이들은 임화·이원조·유진오·이무영·엄흥섭 등 30명이었는데, 이태준이 이들을 향해 "일본 놈 때도 출세를 하고 해방됐어도 또 선두에 나서려 하다니, 이럴 수가 있느냐"며 흥분하는 바람에 Y씨와 L씨가 퇴장했다는 기록[4]이 있다. 또 카프 회원이었으나 전향 후에 총독부 기관지 『매일신보』 학예부장을 하던 백철에게 임화는 이 모임의 서기장 자리를 부탁하기도 했다. 체계성도 정체성도 미처 갖추지 못한 채 해방 이후의 문단 상황을 꾸려가려고 한 점이 보인다. 하지만 체계성과 정체성이 소원해 보이는 이 모임은 단지 조급함에 의한 것이라기보다 의도된 것일 수도 있음이 엿보인다. 이 모임에서 발표한 임화의 말을 참고해보자.

이제부터 역사적인 출발을 보게 된 해방 문학은 글자 그대로 해방된 문학이기 때문에 그것은 단지 우리 문학이 지난 36년간의 일본 제국주의의 쇠사슬에서 풀려났다는 해방의 뜻 외에 이 문학은 누구 개인의 것도 어느 유파의 것도 아니며 온 민족의 감정과 사상을 전체로 대변하

---

4) 김윤식, 『해방공간의 문학사론』, 서울대학교 출판부, 1991, 60쪽.

는 문학이며 그런 민족 전체의 문학 이름으로서 세계문학의 열에 나서
게 되었다.[5]

덜 체계적이라는 말은 범조직적이라는 것을 뜻하기도 한다. 해방이 되
었으므로 "누구 개인의 것"도 아니고 "어느 유파의 것"도 아니라는 말은
특정 성격을 내세우지 않겠다는 뜻이다.[6] 실제로 '문건'의 문화 활동의 기
본적 일반 방책의 내용을 보면 ① 일제 잔재 척결 ② 봉건적 문화 잔재, 특
권계급 문화 잔재 및 반민주적 지방주의 잔재의 청산 ③ 민족문화 건설 ④
통일전선임을 강조하고 있다.

'문건'의 방책에서 두드러지는 것은 "민족문화 건설"이다. 민족의 문제
를 거론할 때 해방 직후였던 시기를 감안하면 우선 과제가 "일제 잔재 척
결"이 되어야 한다. 그리고 각 계파로 분열되어 있던 전선을 통일해야 하
는 것이다. 조직의 명칭으로 표현한 만큼 임화의 '조선문학건설본부'는 당
시 조선 전체의 문학을 대표하고자 하였고, 그 활동의 방책에서도 같은 의
도를 분명히 내보인 것이다.

'문건'의 이와 같은 의도는 한 달 뒤에 '조선프롤레타리아문학동맹(문동)'
이 결성됨으로써 타격을 입는다. '문동'은 1945년 9월 17일에 소위 카프 비
해소파들이 주축이 되어 결성되었다. 한설야 · 이기영 · 한효 · 윤기정 · 박
세영 · 권환 등이 함께 하였는데, 성격상 문건에 맞서는 형식이 되었다. 곧
같은 좌파 내에서 대립적인 문학 단체가 생겼다는 것을 보여주는 것이다.

이들의 기본 강령은 ① 프롤레타리아 문학 건설을 기함 ② 파시즘 문학,

---

5) 백철, 『문학자서전』 하, 박영사, 1975, 294~295쪽. 위의 책, 61쪽에서 재인용.

6) 김윤식은 이에 대해 '적어도 해방직후의 최초의 문인모임에서는 종파주의 따위는 감히
얼굴을 내밀지 못할 만큼 감격적이자, 불안하며 또한 순수한 것'이라고 하였다. 위의
책, 61쪽 참조.

부르주아 문학, 사회 개량주의 문학 등 일체의 반동적 문학을 배격함 ③ 국제 프롤레타리아 문학 운동의 촉진을 기함으로 되어 있다.

'문건'과 '문동'이 맞서는 성격[7]이 되었다는 것은 단체를 명명하는 데에서도 감지된다. '조선문학건설본부'는 임화가 밝혔듯 조선 문학 전체를 아우르고자 하는 뜻이 표출된다. 당시 조선은 해방을 맞이한 상태였으므로 해방 이후의 조선 문학 전체에 대해 함께 고민하고 나아갈 방향을 찾자는 의도가 나타난다. '문건'에서 활동했던 대표적인 문인들로는 임화 · 김남천을 비롯한 카프계 조직원도 있었지만 이태준 · 김기림 · 정지용 등 운동으로서의 문학에 관심을 보이지 않던 문인들이 대거 참여하는 것에서도 범조직적 지향의 의도를 읽을 수 있다.

반면 '문동'의 경우 '조선프롤레타리아문학동맹'이라는 명칭에서 이미 카프의 정신 계승을 분명하게 밝히고 있다. 그러므로 이들의 조직 강령의 처음을 프롤레타리아 문학 건설로 내세울 수 있는 것이다.

'문동'과 '문건'의 노선 대립은 임화와 한효의 주장에서도 드러난다. 임화는 「현하의 정세와 문화운동의 당면임무」(『문화전선』 창간호, 1945.11)라는

---

7) 김재용은 문학운동의 이념에 있어서 문건은 민족문학을, 문동은 프로문학을 주장하였다고 파악하는 것은 당시 논쟁의 구도를 제대로 보지 못하는 것이라고 하였다. 그는 당시의 논쟁 형태는 민족문학과 프로문학이 아니라 인민문학과 프로문학 사이의 대립이었고, '조선문학가동맹(문맹)'으로 통합된 1945년 12월 이후에 비로소 민족문학이란 이념이 정식으로 자리잡게 되었다고 하였다. 이때의 '인민문학'이란 '인민'이 주체가 되는 것인데, 인민문학을 주장하는 이유는 임화가 당시의 글에서 부르주아지가 더 이상 혁명적 역할을 할 수 없기 때문에 노동자 계급을 중심으로 한 인민이 그 주체가 되어야 한다는 현실 인식을 강조하고 있었기 때문이라고 하였다. 노동자 계급을 위시한 농민과 중간층의 진보적 시민으로 형성된 통일전선을 염두에 둔 인민문학이야말로 단순한 노동자 계급 이기주의를 극복한다는 점에서 중요한 의의를 가진다고 본 것이다. 김재용, 「해방 직후 문학운동과 두 가지 민족문학」, 『민족문학운동의 역사와 이론』, 한길사, 1990, 217~218쪽 참조.

글에서 '문건'이 나아갈 방향을 제시한다.

> 우리의 앞에는 이른바 부르주아민주주의 혁명의 근본과제가 그대로
> 남아 있음을 의미한다. (…) 조선의 부르주아 혁명을 극히 소수의 진보
> 적 부르주선전과 기타는 주로 중간층, 농민, 노동자계급의 손으로 수행
> 하지 아니할 수 없는 사태에 이르게 하였다. (…)
> 그리하여 이 통일전선의 전개과정을 통하여 혁명의 추진력으로서의
> 노동자계급의 성격과 능력이 밝혀지며 (…)
> 먼저 우리는 문화운동이 현하 전개되고 있는 민족 통일전선의 일익
> 이라는 원칙을 운동의 기본방침으로 삼지 아니하면 아니된다. 따라서
> 정치에 있어서와 같이 모든 종류의 분열주의와 분파행동과 싸우는 것
> 을 첫째의 임무로 삼으면서 부단히 뒤따라 발생하는 자연발생적인 혹
> 은 소단체의 운동을 한 방향으로 규합 통일하기 위하여 노력해야 할 것
> 이다.[8]

임화의 이 글은 '문건'의 상위 기관인 '조선문화건설중앙협의회'에서 발
간한 잡지 『문화전선』 창간호에 실려 있다.[9] 조선문화건설중앙협의회 의
장인 임화는 단체의 나아갈 바를 분명히 보여준다. 그 나아갈 바는 '부르
주아민주주의 혁명 과제의 해결'이며, 그 혁명의 주도는 노동자 계급이고,
민족 통일전선의 원칙을 운동의 기본 방침으로 삼는 것이다. 혁명의 주도
세력을 "노동자 계급"으로 삼고 있는데, 이는 조선의 부르주아가 일제강점
기 동안 그들의 부를 "제국주의 품안에서 길러"왔기 때문이다. 또한 "전쟁

---

[8] 신형기 편, 『해방 3년의 비평문학』, 도서출판 세계, 1988, 30~32쪽에서 재인용.

[9] '조선문화건설중앙협의회'는 1945년 8월 18일에 결성된 것으로 문건의 상위기관이다.
원남동의 첫 모임에서 의논되어 임화가 조선문화건설중앙협의회의 의장을 맡고, 김남
천이 서기장을 맡았다. 하위기관인 '조선문학건설본부'의 중앙위원장은 이태준, 서기
장은 이원조였다.

을 기회로 성장한 소수의 부르주선전"들이 있기 때문이다.

이러한 계급적 대립에도 불구하고 통일전선 유지가 가능할 수 있는 것은 "부르주아 민주주의 혁명의 원칙에는 변화가 없기 때문이며, 봉건 잔재와 외세 의존에 대한 깊은 반감이 일어나고 있으며, 민족통일에 대한 열망이 고조되고 있기" 때문이라고 하였다.

> 프롤레타리아예술은 프롤레타리아계급의 현실에 대한 태도, 즉 그 계급의식의 형태인 동시에 그 행동의 형태이다. (⋯) 어떠한 정치적 목표를 위하여 우리의 예술을 떳떳이 내세우지 못하고 막연한 민족문화니 문화의 인민적 기초이니 하는 따위의 허식이 필요하다고 생각하는 것은, 실로 프롤레타리아트의 현실에 대한 태도를 비계급적인 것으로 또는 반프롤레타리아적인 것으로 변경해야 된다는 생각과 동일하다고 말하지 않을 수가 없다. (⋯)
>
> 우리는 오늘의 문화부면에서 지적할 수 있는 '조선문화건설중앙협의회'의 전 활동의 오류가 무엇에 기인된 것인가 함을 냉정히 생각해 볼 필요가 있다. (⋯) '중협'의 지도자 중 몇 사람은 우리의 주체적인 조직 및 동지적 결합을 통하여 들어간 사람이 아니고, 다만 그들 자신의 성급한 결론에 의하여 무원칙하게 모인 사람들이다. (⋯)
>
> '문학동맹'은 문학영역의 가장 진보적인 층을 그 조직적 영향하에 두고 동맹의 절대적인 헤게모니 밑에 각종의 연구단체 · 사교단체를 조직하고 여기에 점차로 조직적 성격을 부여함으로써 조선의 완전독립을 목표로 하는 문학적인 민족통일전선을 구성해야 할 것이다.[10]

이 글은 한효의 것으로 「예술운동의 전망 – 당면과제와 기본방침」(『예술운동』 창간호, 1945.12)이라는 제목을 달고 있다. 문동의 기관지 『예술운동』 창간호에 실려 있으므로 '문동'이 지향하는 노선을 드러내고 있다. 이 글에

---

[10] 신형기 편, 앞의 책, 51~56쪽에서 재인용.

서도 드러나듯 '문동'에서는 임화의 노선에 오류가 있음을 지적하고 이에 대해 비판을 가한다.

'문동'이 보았을 때 '문건'의 확대 조직인 중협의 가장 큰 오류는 '무원칙'이다. 프롤레타리아 예술을 지향하는 카프의 정통성을 살리지도 못했고, "민족문화"니 "인민적 기초"니 하며 반프롤레타리아적 노선으로 나아가려 하기 때문이다.

우리는 이를 통해 '문동'이 내세우는 문학의 성격이 프롤레타리아 문학에 있음을 알 수 있다. 이는 문학에 있어서 계급성을 강조하는 것인데, 이 시기 발표된 권환의 글에서도 문학의 계급성을 강조하는 시각을 찾아볼 수 있다.

> 그런데 첫째론 국수주의 경향이다. 이 경향의 특징은 자본주의를 증오하고 배격하면서 사회주의와도 의식적으로 대립하는 파쇼적 사상인 것이다. 그들은 조선민족의 일본 제국주의에 대한 같은 민족적 관계만을 생각하여 삼천만 민중이 똑같은 운명 속에서 고락이 동일한 생활을 하고 있는 한 개의 추상적 민족으로 인식하고 그 같은 민족 가운데도 부르주아와 노동자, 지주와 빈농 다시 말하면 착취하는 계급과 착취 받는 계급이 전연 반대된 운명 속에서 서로 대립하고 있는 것을 인식하지 못하며, 또 의식적으로 부인하려 한다. 따라서 그들은 이데올로기의 절충 혼합을 부르짖는다.[11]

권환은 국수주의 경향을 경계하면서 계급성에 대한 인식이 없는 민족주의는 "파쇼적 사상"이 될 수 있음을 지적한다. 민족의 구성원은 계급적 차이로 그 처한 상황이 다른데, 이를 "한 개의 추상적 민족"으로만 인식한다

---

11) 권환, 「현 정세와 예술운동」, 『예술운동』 창간호, 1945.12. 『권환 전집』, 424쪽에서 재인용.

제1부 근대 지식인으로 문학하기

면 민족 내부에서 일어나는 계급적 차이로 인한 불평등과 착취 문제를 인식할 수 없는 것이다.

계급성의 문제는 세계관의 문제로 이어진다. 권환은 같은 글에서 발자크를 언급하며 그가 "유물변증법적 세계관"을 가졌더라면 "현실을 더 정확하게 묘사할 수 있었을 것"이라고 하였다. 이는 "이데올로기의 무용론"을 외치는 이들에 대한 반격의 논리로 주장한 것인데, 역시 문학의 계급성을 강조하고 있다.

권환은 같은 글에서 "예술운동에 침입하기 쉬운 극좌적 경향에 대하여도 엄중 경계"해야 할 것을 강조하는데, 이는 "문화전선"에 있어 "통일전선"을 결성할 것을 강조하는 것으로 이어진다.

> 그러나 우리는 또 다른 한편으로 우리 예술운동에 침입하기 쉬운 극좌적 경향에 대하여도 엄중 경계하지 않으면 안 된다. 그것은 조선의 현실을 무시하고 부르조아 혁명의 단계를 밟지 않고, 이중적으로 프롤레타리아 혁명까지 할 수 있다는 극좌적 정치사상이 우리 예술운동에도 파급할 우려가 없지 않다. (…) 우리에게 구심적으로 지향해오는 자라면 의식의 거리를 불문하고, 모든 진보적 동반자적 예술가를 최대한도로 광범하게 포용하며 흡수하여 우리 진영을 확대강화할 것이다. 만일 현 조직이 그러한 포용 흡수에 장애가 된다면 우리는 그 조직을 보다 대중적으로 주저 없이 개혁할 용기를 가져야 할 것이다.[12]

이 글을 보면 권환 또는 '문동'이 인식한 현 단계의 목표는 '부르주아 혁명 단계'이다. 이는 '문건'이 주장하는 바와 같은데, 결국 '문건'과 '문동'은 문학에서 '계급성'을 전면으로 내세우느냐 그렇지 않느냐가 대립한다고 할 수 있다. '문건'과 '문동'이 인식한 목표점이 같다면 이들이 합치점을 이

---

12) 위의 글, 『권환 전집』, 427쪽에서 재인용.

룰 가능성도 찾을 수 있었다. 권환은 "의식의 거리를 불문하고 모든 진보적 동반자적 예술가를 최대한 도로 광범하게 포용하며 흡수"할 것을 강조하는데, 이와 같은 태도는 권환이 두 단체를 통합하는 준비위원으로 활동하게 된 근거를 마련해준다.[13] 즉, 권환이 해방 직후의 시기에 중요하게 여긴 것은 궁극적으로는 통일된 새나라 건설이었던 것이다. 문학과 예술에 있어서의 계급성은 통일된 새나라가 갖추어야 할 성격이었다. 먼저 통일된 새나라가 세워지지 않으면 계급성은 의미를 갖지 못하는 것이다. 이에 대한 권환의 생각은 다음의 시 작품에서 확인할 수 있다.

> 만약 그 정권욕 그 독재욕을 위해
> 삼천리나 되는 우리 강토를
> 싼값으로 팔아먹으려고만 안 하면야
> 죄없는 삼천만 민중을
> 무서운 구렁 속에 밀어 넣지만 안 하면야
> 만인이 두 손을 들고 부축하여야만
> 만인이 목을 빼고 기다리는
> 우리 정부 세우는데 돌던지지만 안 하면야
> 또 그래서 우리 땅을 영원히
> 두 조각 내려는 음모만 안 하면야
> 친일파 특권계급 손바닥 위에서

---

13) 두 문학 단체의 통합이 겉으로 표나게 내세운 것은 민족문학이었으며, 그것을 위한 창작 방법론은 진보적인 리얼리즘이었다. 이는 '혁명적 로맨티시즘을 계기로 내포한 것'을 말하는데, 아이디얼리즘에 속하는 로맨티시즘이 리얼리즘 속에 내포될 수 있는 것은 일종의 절충주의적인 것으로 보았다. 이것에 대해 김윤식은 박헌영의 8월 테제에 대응된다고 하였다. 이러한 노선은 코민테른의 지시, 다시 말해 레닌주의 노선에 이어진 것인데, 이는 말을 바꾸면 남로당의 이른바 8월 테제는 독창적인 사상이라기보다는 레닌주의의 한국적 번안이라 규정될 성질의 것이라고 하였다. 김윤식, 앞의 책, 11~13쪽 참조.

제1부 근대 지식인으로 문학하기

히틀러 동조(東條)의 후계자 되려고만 안 하면야

— 권환, 「몇 배나 향기롭다」[14] 부분

'반민주주의 지도자들에게'라는 부제가 붙은 이 시는 1946년 5월 22일 『한성일보』에 실린 작품이다. 5월 20일 병석에서 썼다고 밝힌 이 시에서 한반도를 '두 조각 내려는 음모'에 대한 권환의 강한 거부감과 분노 표출을 볼 수 있다. 이것은 권환이 해방 직후 이기영·한설야 등과 함께 조선프롤레타리아문학동맹에 가입했지만 함께 월북하지 않은 이유를 말해주는 것이라 할 수 있다.

이기영과 한설야는 해방이 되고 얼마 되지 않아 월북하였다.[15] 이들은 월북한 이후 1946년 3월 25일 북조선예술총연맹(북예총)을 주도하여 결성한다.[16] 이기영과 한설야의 월북 이유를 들자면 이기영은 해방공간의 북한 사회를 낙관적인 전망과 이상적인 유토피아로 바라보았[17]기 때문이고, 한설야는 그가 지닌 강한 정치적 성향과 사회주의적 성향이 강한 고향 함흥

---

14) 『권환 전집』, 189쪽

15) 이기영, 한설야의 월북 시점은 정확하지 않다. 이들은 1945년 12월 12일 6시 평양에서 서울로 나타나 아서원에서 권환·한효·박세영·임화·김남천·이원조·김영건·한재덕 등과 더불어 해방 후의 최초의 문인좌담회에 참가했다고 하였다. 김윤식, 앞의 책, 69쪽 참조.

16) 해방 이후 북한에서 제일 먼저 만들어진 것이 평양예술문화협회이다. 최명익을 회장으로 유항림·주영섭·김동진 등 순수예술가로 이루어진 이 단체와 맞서서 만들어진 것이 프로예맹이었으며, 김창만과 소련군정의 문화담당관인 꾸세프 중좌의 지도 밑에 이들 두 단체가 북조선예술총동맹으로 확대된 것이 1946년 3월 25일이었다. 이 조직을 주도한 구체적 인물로는 철원의 이기영, 함흥의 한설야, 해주의 안함광, 서울의 박팔양·박세영·윤기정·안막, 연안의 김사량 등이다. 위의 책, 26쪽.

17) 이미림, 『월북 작가 소설 연구』, 깊은샘, 1999, 90쪽.

의 특성을 들 수 있다.[18] 즉, 두 사람은 해방 이후 한반도 공간에서 자신의 사회주의 이상을 실현시킬 수 있는 곳은 남한이 아닌 북한이라는 인식을 했던 것이다.[19] 이는 통일된 새나라 건설을 우선하기보다는 자신의 신념을 우선했다는 뜻이다. 이기영과 한설야가 '조선문학가동맹' 준비를 함께 했다는 점을 생각하면 이들의 월북은 프롤레타리아 문학을 펼칠 수 있는 자리가 남한에 없었기 때문이기보다는 자신들의 정치관과 문학관을 실현시킬 수 있는 공간이 남한보다는 북한이 더 적절했다고 생각했기 때문이라 할 수 있다. 현실적으로 분단국가로 굳어져버렸으며, 북쪽과 남쪽이 각각 다른 체계를 선택해 버려서 그것에 각각 대응되는 문학관이 자동으로 주어졌기 때문이다.[20] 결국 이들은 자신들의 이상을 실현시킬 수 있는 공간을 찾아간 것이라고 볼 수 있다.

이기영과 한설야의 월북은 임화의 월북과 다르다. 1947년 11월에 감행

---

18) 강진호, 『그들의 문학과 생애 한설야』, 한길사, 2008, 123~124쪽 참조.

19) 김윤식은 이기영과 한설야의 월북에 대해 제도혁명과 인간혁명으로 설명한다. 이기영은 제도혁명에 한설야는 인간혁명에 대응된다고 하였다. 북한에서 해방공간을 혁명공간으로 전환케 한 결정적인 사회변혁이 토지개혁인데, 이를 잘 형상화한 작품이 이기영의 「땅」이다. 이기영에게 있어 계급 사상 또는 카프란 근대성의 일종이었고 근대성이 제도혁명으로 가능한 것인 만큼 이를 현실에서 실현시킨 것이 북한의 토지개혁이었다는 것이다. 한설야는 해방공간을 두고 '이상과 현실이 합치되는 시기'라고 규정했는데, 이상이란 곧 공산주의 사회였고 이것의 현실화는 김일성 중심의 정치 세력이 제시한 이념에 속하는 것이라 하였다. 한설야에 있어 새로운 인간형의 창조란 그의 창작 자체이자 곧 정치 자체였는데, '이상과 현실의 일치'란 '문학과 정치의 일치'에 해당되는 것이다. 이는 한설야의 창작 방법론이 이상적 인간형의 탐구에 이어지는 것으로 연결되며 그가 말하는 이상적 인간형이란 '신의'를 바탕으로 하는 '고상한 인간형'으로 이것에 계급성이 자연스럽게 연결된다는 것이다. 이들은 1946년 10월 명칭이 확정되면서 구성된 '북조선문학예술총동맹'에서 이기영은 위원장, 한설야는 중앙상임위원이 되었다. 김윤식, 『한국현대문학사상사론』, 일지사, 1992, 147~170쪽 참조.

20) 김윤식, 『해방공간의 문학사론』, 19쪽.

제1부 근대 지식인으로 문학하기

된 임화의 월북은 그의 문학적 활동보다 정치적 활동에서 더 직접적인 이유를 찾을 수 있다. 이는 해방공간이 자신의 가치관에 따라 정치 체제를 선택할 수 있는 공간이었기 때문이다. 임화는 문학가로서 정치 현실을 꾸려갔다. 임화가 강조한 '인민민주주의 민족문학'을 박헌영의 8월 테제와 연결짓기도 한다. 1946년 10월 1일 인민항쟁이 실패로 돌아가고 미군정의 탄압이 심해지자 조선공산당을 대표하는 박헌영은 여운형의 인민당, 백남운의 신민당과 결합하여 남로당(1946.11.23~24)을 결성 주도하였으며 박헌영의 월북과 잇달아 이원조 · 이태준(1946), 임화 · 김남천(1947)이 월북[21]하였다. 임화의 월북은 남한에서 남로당 활동이 불가능해지고, 공산당에 대한 탄압이 심해지자 이를 피하기 위한 방법이었다고 할 수 있다.

그러므로 권환이 월북하지 않은 것은 이기영 · 한설야나 임화가 처한 상황이 아니었기 때문이라 할 수 있다. 곧 권환은 통일된 새나라를 세우는 데 무게 중심이 있었기 때문에 분단을 해서라도 이념을 실현하고자 한 것은 아니었으며, 임화가 주도한 조선문학가동맹을 준비하는 핵심 위원으로 활동하기는 했으나 임화처럼 남로당의 정치 활동에 앞장서지 않았던 것이다.

제1회 전국문학자대회를 마치고 난 이후부터 조선문학가동맹 위원들의 월북이 이루어지던 시기는 권환이 병석에 있던 때이다. 권환이 병석에 있었다는 것은 좌파로 활동했던 본인에 대한 탄압을 피해 갈 구실이 된 것으로 보인다. 이것은 마치 카프 2차 검거 때 임화가 체포되어 가던 도중 경성역에서 졸도하여 병원에 실려 가는 탓에 구속 수감되지 않았던 경우와 같다. 해방 정국에서 좌파에 대한 탄압이 가시화된 것이 10월 항쟁 이후였던 점을 고려하면 1946년 2월 전국문학자대회 이후부터 전쟁이 일어나던 시

---

21) 김윤식, 『한국현대문학사상사론』, 384쪽.

기까지 권환은 계속 병석에 있었으므로 정치적 활동을 전혀 할 수 없었음이 증명되기 때문이다.

권환이 월북하지 않고도 당시의 탄압을 피해 갈 수 있었던 다른 요인으로 아버지의 영향력을 들 수 있다. 권환은 월북하지 않고 고향으로 내려가는데 고향은 아버지의 영향력이 존재하는 공간이다. 안동 권씨 명문가 집안 출신인 권환은 고향에서 일신을 보호할 수 있는 지위를 얻을 수 있기 때문이다.[22]

이는 권환이 변절을 하지 않아도 일신을 안정적으로 유지할 수 있었음을 말해주는 것이다. 결국 권환이 월북하지 않은 행보는 표면상으로는 지병인 결핵이 이유가 되었고, 이면상으로는 권환이 진정으로 추구한 가치의 무게가 통일된 새나라 건설에 있었기 때문이라고 볼 수 있다. 그리고 이러한 권환의 행보를 안정적으로 뒷받침해준 것은 고향에서 작용한 아버지의 영향이었다.

---

[22] 부르디외는 사회학은 사회위상학으로 드러낼 수 있다고 했는데, 행위자들과 행위자들의 집단들은 사회우주 속의 공간 내에서 차지하는 상대적 위치들에 의해 규정된다고 하였다. 사회 공간의 구성 원리로 선택된 활동적 속성들은 다양한 장에서 통용되는 다양한 종류의 권력이나 자본이다. 이것들은 통상 위신, 평판, 명성 등으로 불리는 상징자본일 뿐만 아니라, 경제자본, 문화자본, 사회자본이다. 사회적 장은 각각의 실제 위치가 다양한 관련 변수들의 가치에 상응하는 가치를 지닌 다차원적인 좌표 체계에 의해서 규정될 수 있는, 위치의 다차원적 공간으로 묘사될 수 있다. 그리하여 행위자들은 첫 번째 차원에서는 그들이 소유한 자본의 전체적인 규모에 따라, 두 번째 차원에서는 그들의 자본의 구성에 따라 분포되는 것이다. 부르디외, 『상징폭력과 문화재생산』, 정일준 역, 새물결, 1995, 286~289쪽 참조. 부르디외의 이론을 따른다면 권환은 고향에서 아버지로 인해서 취할 수 있는 여러 자본을 많이 가질 수 있게 된다. 이것은 고향에서 권환이 차지하는 위상을 높여줄 것이다. 비록 권환이 정치적 인사로 당시 남한에서 검거의 대상이 되었다 하더라도 권환이 가진 자본은 고향 공간에서 그를 안정적으로 보호해주었을 것이다.

제1부 근대 지식인으로 문학하기

누구냐 이름을 말하라 손을 들어라
영광스러운 새 반역자들아

왜놈들이 40년 동안 우리를 묶었던
그 무거운 쇠사슬로
같은 겨레가 다시 묶으려느냐
같은 겨레가 같은 겨레를 말이다
우습고 한숨도 나올 곳이 없구나

— 권환, 「번식할 줄 아느냐」[23] 부분

『현대일보』(1946.6.4)에 발표된 글로 병석에서 쓴 시이다. '조선문학가동맹'으로 문학 계열의 통일을 위해 몸소 앞장섰으나 그 이후의 상황은 분단과 혼란으로 치닫고 있었다. "같은 겨레가 같은 겨레"를 "다시 묶으려"는 상황은 해방 이후 이념과 계파로 분열되어 서로를 비난하고 분열을 조장하는 당시 상황을 뜻하고 있다. 병석에서까지 이와 같은 정치 상황에 대한 분노와 안타까움을 표현하고 있는 것은 권환이 가장 중요하게 여겼던 것이 무엇이었는지를 말해준다. 즉, 그는 "같은 겨레"가 함께 잘 어우러지는 통일된 민주국가를 원했던 것이다. 그러므로 '문동'이 추구하는 바가 '문건'과 차이가 났어도 통합을 향하여 몸소 실천할 수 있었고, 본인이 좌파 계열의 문학가였지만 "극좌적 경향"을 "엄중 경계해야" 한다고 주장할 수 있었다.

하지만 권환이 가장 중요하게 추구했던 통일된 새나라 건설은 이루어지지 않았다. 함께 활동하던 조선문학가동맹 위원들은 남한에서 일어나는 정치적 탄압을 피해 월북했고, 그 조직은 약세를 면치 못했다. 분단은 이미 정해진 사실이 되어가고 있었고, 병석에 있던 권환은 자신의 꿈을 이룰

---

23) 『권환 전집』, 191쪽.

수 없음을 받아들여야 했다.

　권환이 월북을 하지 않은 것은 자신이 추구했던 가치를 이룰 수 있는 공간을 찾을 수 없었기 때문으로 보인다. 통일된 새나라 건설이라는 이상은 남북 분단이 이미 정해진 사실이 되어가고 있는 상황에서는 그 어디에서도 이룰 수 없기 때문이다. 권환이 고향으로 내려간 것은 뻗어나갈 수 없는 자신의 이상을 보듬고 달래기 위한 행보였을 것이다. 나아갈 앞길이 보이지 않을 때 사람은 뒤를 돌아보기 마련이며, 스스로의 정리를 함이 보통이다.[24]

　권환에게 고향은 아버지의 가치가 존재하는 곳이다.[25] 그는 아버지 옆에서 아버지가 행하는 지식인의 실천적 행동을 보고 자랐다. 사재를 털어 근대 교육을 위한 학교를 세운 아버지의 행동은 망국에 처한 나라를 살리기 위한 행동이었다. 권환이 근대 지식으로서 사회주의를 받아들인 것은 빼앗긴 나라를 찾을 수 있는 방법이었고, 민중의 어려움을 함께 생각하고 이를 해결할 수 있는 방법이라 생각했기 때문이었다. 그러므로 해방 정국에서 권환은 사회주의자로서 신념을 실현하는 것을 우선적으로 행동하기보다 통일된 새나라를 건설하는 데 초점을 두게 된 것이다. 그것은 조선문학가동맹을 구성하는 것으로 나타났고 '민주주의 민족전선'을 이루는 것을 받아들임으로써 자신의 이상을 이루고자 하였다.

---

24) 김윤식, 『임화연구』, 문학사상사, 2000, 547쪽.

25) 이장렬에 의하면 권환은 고향 진전면 오서리로 바로 되돌아가지 못하고 고향 가까운 마산시 완월동에 거처를 마련했다고 한다. 진전면과 완월동은 지리적으로 가까운 곳에 위치해 있다. 이 의견에 따른다면 권환의 귀향이 비록 태어나고 자란 고향인 진전면에서 이루어진 것은 아니지만 고향 가까운 완월동에 거처를 마련하고 마산에서 요양을 했으므로 권환의 귀향이 아버지의 가치를 떠올릴 수 있었던 것으로 보아도 무리가 없을 것이다. 이장렬, 「권환 문학 연구」, 경남대학교 대학원 박사학위 논문, 2003, 23쪽 참조.

　　　　　　　　　　　　　　　　　제1부 근대 지식인으로 문학하기

하지만 통일된 새나라 건설의 이상은 이룰 수 없었고 권환은 귀향했다. 이것은 자신의 이상을 포기했다거나 당시의 상황을 회피하기 위한 것이었다기보다 자신의 신념을 유지하기 위해 가치의 근원 지점으로 회귀한 것으로 보아야 한다.

2. 민중 소통을 위한 시의 가치 재인식

권환은 해방 정국의 혼란기에 지병인 폐결핵을 심하게 앓고 있었다. 병으로 인해 적극적인 활동은 못 했지만, 병석에 있으면서도 계속적인 창작 활동을 하며 통일된 새나라 건설에 대한 염원을 표현하였다. 「고궁에 보내는 글」(1946.3.20), 「몇 배나 향기롭다」(1946.5.22), 「번식할 줄 아느냐」(1946.6.4)의 작품이 '병석에서' 쓴 글임을 밝히고 있다. 하지만 그가 꿈꾸던 통일된 새나라는 이루지 못했고, 지병인 결핵은 더욱 심해져 고향으로 내려오게 되었다. 권환이 고향으로 내려온 1948년은 정치 활동을 하던 문인 및 활동가들의 월북이 마무리되던 시점이었다. 따라서 고향에 머물던 시기는 그동안 자신이 활동했던 일들을 뒤돌아보고 정리하는 시기였다고 할 수 있다. 이는 포기나 회피가 아니라 자신의 가치와 신념을 다듬고 앞으로 나아갈 길을 모색하는 행동이었다.

권환의 귀향은 요양으로 이어진다. 하지만 권환은 요양 중에도 창작을 멈추지 않았는데, 절명작으로 분류되는 『병중독서잡감(病中讀書雜感)』, 『병상독서수상록(病床讀書隨想錄)』, 「선창 뒷골목」을 집필하는 것으로 나타난다.[26] 이 세 작품은 '권환'의 이름이 아닌 필명인 '암(岩)'이나 호 '하석(河石)'

---

[26] 이와 같은 권환의 '절명작 연구'는 박태일에 의해 이루어졌으며, 이 책에서 인용하는 권환의 절명작 세 편은 박태일의 글에서 인용함을 밝힌다. 박태일, 「권환의 절명작 연구」, 『현대문학이론연구』 56집, 현대문학이론학회, 2014 참조.

으로 발표했는데 작품의 서지를 밝히면 다음과 같다.

① 권암(權岩), 「병중독서잡감(病中讀書雜感) - 우리 고전문학(古典文學)을 중심으로」(1)·(2), 『경남공보』 8호 : 9호, 경상남도, 1952.9, 26~31쪽 : 10호, 12~13쪽.

② 권하석(河石), 「병상독서수상록(病床讀書隨想錄) - 고전을 주로」(1)·(2)·(3), 『경남공론』 통권 25호(송년호) : 26호(신춘호) : 통권 27호, 경상남도, 1954.12, 66~74쪽 : 1955.2, 31~40쪽 : 1955.4, 34~39쪽.

③ 고(故) 하석(河石), 「선창 뒷골목」, 『경남공론』 통권 28호, 경상남도, 1955.6, 75쪽.[27]

먼저 「병중독서잡감(病中讀書雜感)」과 「병상독서수상록(病床讀書隨想錄)」을 살펴보자. 「병중독서잡감」(잡감)은 전체 9장으로 이루어져 있다. 그 내용은 다음과 같은데, 1. 단서(斷書)의 고통 2. 고전의 운문과 산문 3. 한문학의 운명 4. 직업적 공인(功人)과 비직업적 시인 5. 문학 주제로서의 연애 6. 시의 형식적 구속과 용어 등 7. 두보의 시 8. 시조문학 9. 『파우스트』와 『부활』[28]의 구성이다.

「병상독서수상록」(수상록)은 8장으로 이루어져 있다. 그 내용은 다음과 같은데, 1. 독서변(讀書辯) 2. 고시대(古時代)의 예술 취급 3. 시조문학의 은일사상(隱逸思想) 4. 우리나라 근대사회의 특수성 5. 예술잡론(藝術雜論) 6. 문학의 제조류(諸潮流) 7. 문학가의 지위 [결락] 8. 단편적 잡감 1) 고적(古籍)의 진실성 정도 2) 문학 애호의 한계성 3) 산문학(散文學)의 발생 기초 4) 노

---

27) 위의 글, 301쪽.
28) 위의 글, 308쪽.

제1부 근대 지식인으로 문학하기

동과 음악 5) 잡감의 잡감으로 구성되어 있다.[29]

제목에서 알 수 있듯이 이 글들은 권환이 병석에 있을 때 쓴 글이다. 특히 「수상록」의 독서변에서 "나는 요양생활에 들어간 후부터 근 십 년간 인생의 낙이란 전연 모르고 지내왔다."는 구절이 있는데, 이에 대해 박태일은 임종 직전 해인 1954년 7월을 기준으로 할 때 "근 십 년간"이란 1944년 7월에 앞선 어느 때[30]라고 하였다. 긴 시간 병석에 있으면서도 권환은 자신의 신념을 가다듬고 사회 현실을 바로 보고자 애썼음을 알 수 있다.

두 편의 글에서는 근대 지식인으로서의 권환의 인식이 드러나는 부분이 있는데, '조선의 근대사회로서의 특수성'에 대한 인식과 '연애'에 대한 인식, '고전문학'에 대한 인식이 그것이다. '조선의 근대사회로서의 특수성'에 관한 인식은 「수상록」 4장에 나와 있다. 권환은 이 장에서 조선에서 근대사상은 '실학'이라는 이름으로 18세기에 처음 들어왔으나 "아세아적 정체성(停滯性)"으로 "자본주의가 자주적으로 발달"하지 못했다고 하였다.

우리나라에서 근대의 발생 시기를 어디로 잡는가에 대해서는 현재도 그 해답이 분명하지 않은데, 18세기에 실학으로 근대사상의 시작을 말할 수 있다고 인식한 것은 근대에 대한 권환의 인식이 우리의 전통에서 이어지는 것으로 찾으려 한 노력을 엿볼 수 있다.

'연애'에 대해 권환이 무게감을 두고 인식한 것과 관련해서는 「잡감」 5장을 참고할 수 있다. 그는 문학에 있어 '남녀 간의 연애에 대한 주제가 가장 많다.'고 전제하고 있다. 박태일은 권환이 특히 연애 주제에 대해 유별난 관심을 거듭 보여준다[31]고 지적한다.

---

29) 위의 글, 317쪽.

30) 위의 글, 304쪽.

31) 위의 글, 313쪽.

'연애(戀愛)'라는 용어는 일본에서 시작된 것으로 영어 'Love'의 번역을 위해 1870년에 생성된 신조어이다.[32] 연애는 근대의 산물인데 기존의 '색(色)', '연(戀)', '애(愛)' 등의 용어가 있었음에도 불구하고 '연애'라는 용어가 새로이 필요했던 것은 남녀 애정관계의 정신화를 통해 남녀평등의 근대적 세계를 지향했던 연애의 제의식이 중요 요인으로 작용하고 있었기 때문[33]이다.

연애 작품에 대한 권환의 평가는 시와 소설, 희곡에 따라 다르게 나타난다. 고려가요의 「가시리」, 「청산별곡」, 황진이와 작자 미상의 시조 등에 나타난 "상연(相戀)"의 시에 "우수한 작품"이 많다고 하며 이는 서양 문학의 연애시나, 신시(新詩)의 "사랑의 노래"에 견주어도 더 우수하다고 한다. 그러나 "소설 희곡 등에서는 연애 장면을 상당히 대담 솔직하게 묘사하였다."고 하는데, 연애 주제가 자본주의 시대 문학에 특히 많이 등장한 것을 지적한다.

연애는 근대의 산물이므로 자본주의가 발달한 근대에 연애 이야기가 많이 등장하는 것은 자연스러운 일이나 아쉽게도 권환은 근대정신의 실현으로서의 연애 특성에는 주목하지 못했다. 권환이 우리 문학에서 '연애'를 주제로 한 것이 많음에 주목한 것은 '연애'가 가지는 근대성보다는 "작가가 대중 심리에 영합하기 위한"[34] 방법이었다고 생각했기 때문이다. 이는 권환이 카프 시절부터 카프 문학의 대중화를 위해 구체적 방법을 고민하던 행동과 연관되는 것이라 할 수 있다. 여전히 권환은 연애 요소의 활용은 통속적인 것이라 여겼다. 이는 그가 연애가 가지는 근대성을 먼저 인식하

---

32) 류종열 외, 「연애의 성립과 근대의 발견」, 『한국문학논총』 43집, 한국문학회, 2006, 144쪽.

33) 위의 글, 161~162쪽

34) 박태일, 앞의 글, 313쪽.

기보다는 연애 요소가 가지는 대중성의 확보력에 더 중점을 두고 살펴보았기 때문이다. 다만 자본주의 발달에 따라 연애적 요소의 활용도가 증가한 현상에 주목한 것을 시대 상황의 변화를 나름대로 파악했다는 점에서 의미를 찾을 수 있다.

고전문학의 인식에 대해서는 「잡감」 1장에서 나타난다. 그는 특히 고전문학에 대한 관심을 보였는데 병석에서 독서를 하던 중 "고전문학에 향수를 느꼈"고, 고전 작품을 "한 권도 읽지 못하여 그 윤곽마저 모르고 있"었기 때문이다. 이미 「잡감」의 부제를 '우리 고전문학을 중심으로'라고 하여 고전문학에 대한 관심을 드러내고 있는데, 「잡감」 전체 장에서 9장을 제외하고 고전의 시조 · 한시 · 산문에 관한 자신의 생각을 표현하였다.

권환이 이 시기에 고전에 관심을 보인 것에 대해[35]서는 김태준[36]의 영향

---

35) 이와 관련하여 박태일은 당시는 사회주의 · 계급주의 계열의 책은 불온서로 폐기 처분을 당하던 때였으므로 다양한 독서 자체가 막히고 이념 표출 또한 억눌렸기 때문으로 본다. 권환에게 열려 있는 유일한 가능성은 당대 비평 현장을 벗어나 지나간 우리 고전 문학이나 세계 고전으로 물러서는 길이었고, 한편 광복기부터 전쟁기에 이르는 시기는 우리 고전문학에 대한 읽을거리나 참고 도서 출판이 봇물 터지듯 활발하기도 했기 때문이라 하였다. 위의 글, 307쪽 참조.

36) 김태준(金台俊)은 1905년 11월 22일 평안북도 운산군 동신면 성지동에서 태어났다. 호는 천태산인(天台山人), 별호는 고불(古佛), 성암(聖巖)이다. 아버지 김하용(金河龍)은 한학에 소양을 가진 시골 선비로 추정되며 가세는 중농 이상이었을 것으로 짐작된다. 김태준은 공교육기관에 취학하기 전 당시의 관습에 따라 기초 한문 교육을 받았다. 1923년 4월에 전북 이리시 소재 이리농림학교 3학년에 편입학했고, 1926년 4월에 경성대학 예과 문과 을류에 진학한 후 1928년 4월 경성대학 법문학부 지나어학급지나문학과(支那語學及支那文學科)에 진학했다. 학부에서는 유진오가 중심이 된 경제연구회에 가입, 플레하노프의 『유물사관의 근본문제』, 뿌하린의 『유물사관』 등을 윤독 교재로 했다. 1930년 10월 31일부터 『동아일보』에 「조선소설사」를 발표했는데 이는 근대적 연구방법에 입각한 최초의 한국문학사로 다음해 2월까지 연재되었다. 본격 논문 체제의 문학사로 학계와 문단의 주목을 받았다. 1931년 학부 졸업논문으로 「성명잡극연구(盛明雜劇研究)」를 썼고 같은 해 경성대학 졸업 후 성균관의 개편 형태인 경학원의 직원

을 생각해볼 수 있다. 김태준은 조선공산당의 문화학술담당총책으로 해방 직후 세워진 두 개의 좌파 문학 단체인 '조선문학건설본부'와 '조선프롤레타리아문학동맹'의 규합을 주도한 인물이다. 김윤식은 김태준의 조정으로 두 단체의 대립이 문학 동맹으로 규합된 것[37]이라고 하였는데, 실제로 이 단체의 대회준비위원으로 김태준·권환·이원조·한효·박세영·이태준·임화·김남천·안회남 등 12명[38]이 활동하였다. 김태준은 조선문학가동맹이 주관한 제1회 전국문학자대회에서 「문학유산의 정당한 계승방법」

이 되었다. 1932년 2월과 4월 각각 『조선어문학보』 3, 4호에 연암 박지원의 한문소설을 초역으로 소개한 「연암소설 경개(燕巖小說 梗槪)」를 발표했다. 1938년 10월 20일부터 『조선일보』에 「조선가요개설」을 연재했는데 이는 우리 고대 시가에서부터 향가, 고려가요, 가사, 시조 등 여러 양식을 역사적으로 검토하여 그 맥락을 잡으려 한 것이었다. 1939년 2월 한국인 최초로 경성제국대학 문학부 조선문학 전공 강의를 맡았으며 임화가 관계한 학예사에서 『청구영언(靑丘永言)』(1939.3)과 『고려가사』(1939.4)를 문고판으로 간행했다. 1940년 5월 이현상을 만나 조선공산당 재건 경성위원회(경성콤그룹)에 포섭되었고 그해 8월 10일 이현상의 안내로 경성콤그룹 최고 책임자인 박헌영과 대면, 인민전선부에서 활동했다. 같은 해 7월 경북 안동 주촌 진성 이씨 종가에서 『훈민정음』 해례본 원본을 발굴, 간송 전형필에게 매입하도록 주선했는데, 이를 통해 국보급 문헌이 비로소 학계에 공개되었다. 이후 국내의 지하투쟁에 제약을 느끼고 1944년 11월 중국 연안으로 탈출했다가 1945년 광복이 되자 귀국하여 12월 13일 조선문학가동맹이 개최한 전국문학자대회의 준비위원으로 선임되었다. 12월 21일 경성대학 총장으로 선출되었다고 하나 군정청 학무국이 그의 총장 선출을 인정하지 않았다. 1946년 2월 8일 제1회 전국문학자대회에서 「문화유산의 정당한 계승방법」이라는 제목으로 보고 강연을 하며 조선문학가동맹 중앙집행위원회 평론분과 위원장으로 선출되었다. 같은 해 11월에는 조선공산당의 확대 개편조직인 남로당의 문화부장이 되었다. 1949년 지리산 유격전구의 공작 활동을 지도했으며 7월 26일 남로당 특수정보부장의 신분으로 경찰에 체포되었고 9월 30일 서울지방법원 대법정에서 군사재판의 범인으로 기소되어 중앙고등군법회의 심판대에 올라 '이적간첩'의 죄로 총살형을 선고받았다. 같은 해 11월 형이 집해되었다. 김용직, 『김태준 평전』, 일지사, 2008, 603~610쪽 참조.

37) 김윤식, 『해방공간의 문학사론』, 36쪽.

38) 위의 책, 10쪽.

제1부 근대 지식인으로 문학하기

이라는 제목으로 문학 분야의 보고를 하였고, 조선문학가동맹 중앙집행위원회 평론분과 위원장으로 선출되었다. 권환은 이 대회에서 사회를 맡아 개회 선언을 했다. 권환이 의장 5명(이태준·김태준·임화·이기영·한설야)과 서기 5명(홍구·박찬모·여상현·이봉구·김영석)을 호명하고 강단에서 내려왔고 이 대회의 서기장이 되었다. 그리고 「조선농민문학의 기본방향」이라는 제목으로 문학 분야의 보고를 하였다. 활동 내용으로 보았을 때 권환과 김태준은 서로의 의견을 주고받는 데 적극적이었을 것이고, 실제로 당시 정세와 관련하여 권환이 김태준과 의견의 일치를 이룬 경우도 보인다.

> 이제 정치적 해방의 서광은 문화적 광야에 투사하고 있다. 삼상회의가 결정한 국제 노선에도 조선민족 독자의 민주주의 민족문화의 건설이 요청되어 있고 (…)
> 조선 고문학의 자료는 「구운몽」, 「춘향전」, 「심청전」 류와 같은 이야기책(고대소설)과 「용비어천가」, 「일동장유가」, 「십이가사」, 「토끼타령」, 「꼭두각시타령」 등의 가사와 「청구영언」, 「가곡원류」와 같은 시조집과 「활월상택」, 「삼당」, 「여한십대가」와 같은 조선 한문학 등 매우 호번하게 있으니, 이것은 아직도 학구(學究)들의 책상이나 도서관에서 일반에게 충분히 소개되어 있지 못하고 또는 시골집 골방 위에서 뛰어 나오지 않은 것도 많다. 우리는 금후 전국적으로 광범하게 소집하기를 요한다. (…)
> 새 시대의 문학연구자는 정치문학의 비평가요 인민생활의 향상을 도모하는 애국주의요 진실을 사랑하는 철학자이기를 요구하고, 편협한 배타적 국수주의적인 것이 아니라 세계문학의 일환으로서의 조선 문학의 과학적 연구를 요구하고, 단순한 문학 애호가에서가 아니라 일보 나아가서 창조적 예술이론의 수립자이기를 요구하고, 연구자들이 상아탑 속에 문학의 피라미드를 쌓는 것이 아니라 민중 속에 들어가서 민중을 계몽·선전하는 선구자이기를 요구한다.[39]

---

39) 김태준, 「문학유산의 정당한 계승방법」, 조선문학가동맹 엮음, 『건설기의 조선문학』,

위의 글은 김태준이 제1회 전국문학자대회에서 보고한 내용인데, 보고 문에서 당시 권환의 행보를 뒷받침해줄 만한 일치점을 찾아볼 수 있다. "삼상회의가 결정한 국제노선에도 조선민족 독자의 민주주의 민족문화의 건설이 요청되어 있고"라는 대목에서 해방 직후 모스크바 삼상회의를 통해 한반도에서 조선 민족의 독자적 민주주의 국가를 세울 수 있을 것임을 기대하는 내용을 확인할 수 있다. 이는 당시 조선공산당의 지침을 따른 것이었겠지만 실제로 권환의 시에서도 당시 삼상회의에 대한 기대감을 표현한 작품이 있음을 확인할 수 있다.

> 높은 담밑 흰 눈도 마지막 사라지고
> 연못가 버들가지 푸른 고궁에
> 그대들은 왔구려 봄을 찾아서
>
> 그대들은 거룩한 원정(園丁)들
> 파쇼의 억센 가시나무를
> 군국주의의 모진 독초를
> 모조리 베어버리고 뿌리 채 뽑아버린
> 승리의 원정!
> 세계에 민주주의 씨를 뿌리고
> 세계의 민주주의 꽃에 물을 주는
> 민주주의 원정!
>
> 훌륭하게 북돋아 주리라
> 조선의 꽃
> 민주주의의 꽃
> 40년동안 제국주의 발 밑에 짓밟혀
> 잎도 꽃도 피어보지 못한

최원식 해제, 온누리, 1988, 115~118쪽에서 재인용.

제1부 근대 지식인으로 문학하기

한 떨기 조선의 꽃
봉실봉실 피리라 조선의 꽃
아름답게 피리라 민주주의의 꽃
오랫동안 서리맞고 거칠어진
조그만한 이 화원에도

흰 무명옷 입고
황토밭 밑 얕은 초가집에 사는
순한 양 얼굴같은 이 백성들은
실상 모두다 민주주의를 사랑하니까요

— 권환, 「고궁(古宮)에 보내는 글」[40] 부분

'미소공동위원회에'라는 부제가 붙은 이 시는 '조선문학가동맹' 기관지 『문학』 1호에 실려 있으며 '1946.3.20. 병석에서' 쓴 글임을 밝히고 있다. 모스크바에서 열린 삼상회의는 한국에 미·소공동위원회를 설치할 것을 합의했는데, 권환을 비롯한 당시 '조선문학가동맹'에서는 미·소공동위원회가 해방된 조선에 민주주의 기틀을 잡아줄 것이라 기대하였다. 이를 보면 김태준과 권환이 개인적인 친분을 유지했다거나 의견을 직접적으로 주고 받았다는 기록은 아직 발견되지 않았지만 함께 문학 단체 일을 구상하였고 정치적인 부분에 있어서도 행동 방향이 같았으므로 서로에게 영향을 주었음을 짐작할 수 있다.

문학적인 면에 있어서도 가치관의 방향이 같음을 확인할 수 있는데, 김태준이 "편협한 배타적 국수주의적인 것이 아니라 세계문학의 일환으로서의 조선문학의 과학적 연구를 요구하고"라고 주장한 대목이다. 이는 권환이 프롤레타리아예술가동맹 위원으로 활동하던 당시 「현 정세와 예술운

---

40) 『권환 전집』, 178~179쪽.

동」에서 "최 우익적 부르조아 예술경향"이 가진 "국수주의"를 "경계"[41]한 내용과 통한다. 권환은 "조선의 국수주의도 파시즘 같은 길과 우회하지 않고 직통해" 있으므로 이와 같은 경향을 "엄중 경계"해야 한다고 하였다.

또한 김태준이 "연구자들이 상아탑 속에 문학의 피라미드를 쌓는 것이 아니라 민중 속에 들어가서 민중을 계몽·선전하는 선구자이기를 요구한다"라고 주장했는데, 이는 카프 시절 권환이 카프 문학의 대중화를 위해 노력한 대목과도 통한다. 김태준이 주장한 내용은 지식이 "상아탑" 속에만 갇혀 있을 것이 아니라 "민중"을 향해 있어야 할 것을 주장한 것인데 이는 민중의 가치를 인식한 것이라 할 수 있다.

김태준은 한국문학 연구 분야에서 저서의 양이 가장 많았으며,[42] 고전문학 연구에서 주목할 만한 성과를 낸 학자였다. 그가 「구운몽」, 「춘향전」, 「심청전」 등의 고전소설과 「일동장유가」, 「십이가사」, 「토끼타령」, 「꼭두각시타령」 등의 가사와 『청구영언』, 『가곡원류』와 같은 시조집과 「활월상택」, 「삼당」, 「여한십대가」와 같은 조선 한문학 등의 제목을 언급하며 '일반에게 충분히 소개되어 있지 못'하고 있는 상황을 안타깝게 여긴 것은 조선의 전통이라 할 수 있는 고전문학이 여러 대중에게 널리 읽혀서 그 생명력을 이어가기를 바라는 마음이었을 것이다.[43]

---

41) 권환, 「현 정세와 예술운동」, 『예술운동』 창간호, 1945.12. 『권환 전집』, 424쪽에서 재인용.

42) 김용직, 앞의 책, 414쪽.

43) 실제로 김태준은 일제강점기에 임화가 주관했던 출판사인 학예사(學藝社)에서 『조선문고』를 함께 기획하고 출판한다. 『조선문고』는 1부 조선고전, 2부 현대문학, 3부 번역물로 분류되었다. 주도적인 역할은 임화였으나 1부 조선고전 출간과 관련해서 고전문학 전공자였던 김태준의 도움이 컸던 것으로 평가된다. 권환은 3부 번역물과 관련하여 『신편 하이네 시집』을 기획했으나 미발간되었다. 장문석, 추천 석사논문 「출판기획자 임화와 학예사라는 문제틀」, 『민족문학사연구』 41집, 민족문학사학회, 2009, 385쪽,

김태준의 고전문학에 대한 인식은 근대 지식인으로서 근대문학의 연속성을 주장하는 것에서 의미를 찾을 수 있다. 그는 소설의 발전 과정에 대해 서구의 "노블"과 다른 중국과 조선의 "소설" 개념을 중심으로 문학사를 서술하고자 했는데, 이를 통해 "조선에도 상당한 소설이 존재한다는 것을 알 수 있다"고 주장하였다. 이어서 그는 "영정시대"의 소설은 "근대소설"이라 주장하며 「춘향전」 또한 "근대소설"이 될 수 있다고 하였다. 이는 김태준이 "노블"과 다른 "소설" 개념을 중심으로 조선 소설의 연속성 및 교체를 설명[44]하고자 한 것이다.

영조 · 정조 시대의 소설이 '근대소설'이라 주장하는 것은 권환이 「수상록」 4장에서 "근대사상이 실학이란 이름으로 우리나라에 처음 들어"왔다고 주장하는 것과 통하는 점이 있다. 김태준은 "소설의 황금시대인 영정조 시대에는 중국이라는 외부의 힘이, 갑오경장의 신문예 부흥에는 서세동점이라는 외부의 힘이 각기 작용하였다"고 주장하는데, 이는 "아시아적 정체성" 이론에 따른 것이다.[45] 이에 대해서도 권환은 같은 생각인데 18세기에 들어온 "근대사상"은 "아시아적 정체성으로 자본주의가 자주적으로 발달하지 못하고", "외부에서의 침입으로 피동적으로 근대화"되었다고 진단했다.

고전문학을 바라보는 시각에서도 김태준과 권환은 비슷한 점이 보인다. 권환이 해방 직후 근 10년을 병석에 누워서 고전문학 작품을 읽고 이에 대해 비평을 한 데에는 김태준의 영향이 있었을 것이다.[46] 하지만 여기에서

397쪽 참조.

44) 방민호, 「임화와 학예사」, 『상허학보』 26집, 상허학회, 2009, 288~289쪽, 291쪽 참조.

45) 위의 글, 290쪽.

46) 권환이 고전문학에 대해 관심을 가지게 된 데에는 임화의 영향도 있었으리라 추측해 볼 수 있다. 임화가 김태준과 『조선문고』를 간행할 때 작품 선집을 주도하는데 이때 보여준 임화의 감각을 참고한다면 임화는 학예사를 시작할 즈음에 고전 탐구에 대한 정

초점을 두고자 하는 것은 고전을 통해 자신의 이념적 가치를 다지고, 근대 지식으로 현 정세를 바라보고자 했던 권환의 태도이다.

권환은 고전문학 작품을 비평하면서 각 장르에 나타난 귀족계급적 특성과 민중들의 삶의 반영에 대해 주목하였다. 그리고 당시 정치 노선이기도 했던 '민주주의 민족전선'과 관련하여 조선민족의 문학을 알고자 한 의도도 있었다. 「잡감」 1장에서 밝혔듯 "우리 고전문학에의 향수를 느꼈"다거나 "어떠한 문학을 하고 있드래도 응당 상식적이나마 알아야 할" 것이었다고 여기는 것은 조선인으로서 민족문학을 알고 있어야 한다는 의무감과 조선인이므로 공감하게 되는 정서의 부분이었다.

고전문학에 대한 권환의 인식 중에서 가장 의미가 있는 것은 고전 작품을 통해 민중의 삶을 생각한 점이다. 문학, 예술이라는 것이 예로부터 귀족계급에서 향유되었던 특성이 있는 만큼 한문으로 쓰인 작품이나 조선시대 양반의 시조에서 귀족계급의 향락적, 은일적 요소가 보이는 것에 대해 비판적 시각을 보인다.

「수상록」 2장에서 「홍길동전」이 한글로 쓰인 점과 "사대계급(事大階級) 작가가 서얼 압박을 반대하고", "빈민계급을 옹호하는 당시로서는 실로 사회 혁명적인 작품을 쓴 것은 경탄할 가치가 있다."고 하였다. 그리고 연암 박지원이 「호질」, 「양반전」 등과 같은 "부유(腐儒)의 비루한 이중인격과 양반계급의 몰락을 폭로 풍자한" 작품을 쓴 것은 "불란서 발작크가 귀족계급이면서도 귀족계급의 몰락을 여실히 묘사한 그러한 우수한 사실주의적인 관찰력을 가진 작가임과 같다"고 하였다. 이는 계급성에 기반하여 고전 작품을 비평한 것으로 권환이 유지해온 신념이 지속되었음을 보여준다.

이와 같은 권환의 가치관은 「잡감」 7장의 '두보의 시'를 평가하는 데에

도가 상당한 상태였음을 짐작할 수 있다. 장문석, 앞의 글, 391쪽 참조.

제1부 근대 지식인으로 문학하기

서도 나타난다. "한시는 그 형식이 지극히 봉건적이며 비자유적이어서 현대의 우리로서는 쓰기를 배울 필요는 없"지만 "읽어보면 짧고 압축된 형식 안에", "깊고 많은 의미"와 "독특한 묘미"가 있다고 하였다. 하지만 한시에서는 "대개 그 주제가 은일(隱逸) 예찬 회고감상(懷古感傷) 자연풍경 취흥영상(醉興詠觴) 등"이며 "사회적 현실 생활은 하나도 표현되지 않았다"라고 하였다. 하지만 "두보의 시만은 예외"로 하였는데 "사회적 현실 생활을 심각하게 표현"했다고 보았기 때문이다.

권환은 한문이 어렵고 우리의 감정을 표현하기에 적합하지 않다고 보았기 때문에 한문으로 창작된 작품들에 좋은 평가를 내리지 않았다. 두보의 한시 작품에 의미를 둔 것은 사회적 현실 생활을 잘 표현했기 때문이다. 이때 표현된 사회적 현실이란 두보가 겪은 대로 전쟁의 비참함, 고향에 대한 그리움, 생활의 어려움 등일 텐데 이는 민중의 삶을 말하는 것이다. 권환은 카프 시절부터 민중이 이해하기 쉬운 언어로 표현할 것과 그들의 삶을 진실하게 나타낼 것을 강조했는데, 이러한 가치관이 변함없이 유지되어왔음을 확인할 수 있다.

민중을 생각하고 그들의 삶을 문학작품에서 나타낼 것을 강조한 권환은 산문에 비해 운문이 월등하다고 주장한다. 「잡감」 2장에서 그는 "운문의 상상 외의 우수함과 산문의 너무도 치졸"함을 언급하는데 이렇게 판단하는 가장 큰 이유는 우리말의 사용 유무이다. 서구 문학과 비교하여도 손색이 없는 작품으로 "송강 노계 등의 가사와 윤고산 황진 등의 시조 기외 유명 무명작가의 단편적인 시조 기편(幾篇)(예로 정몽주의 「단심가」, 성상문의 「이 몸이 죽어 무엇이 될고 하니」, 김인후의 「청산도 절로절로」, 무명씨 작의 「나비야 청산 가자」 등)"을 꼽았다. 이에 비해 산문은 「춘향전」, 「구운몽」 이외에는 "치졸한 구상과 원시적인 표현"이라고 평가했는데, 이유는 우리말로 표현하지 않았기 때문으로 보았다.

우리말이 한문에 비해 홀대시되었던 상황을 "한문의 압박으로 서얼적인 푸대접을 받"은 것으로 표현했다. 권환이 한문 사용에 민감한 반응을 보이는 것은 우리말을 두고 한문을 사용하는 것 자체가 "주객전도의 우습고도 부정당한" 것이며 한문을 통해 작품을 창작하기 위해 들이는 노력은 "허실(虛實)한" 것이기 때문이다. 이것은 어려운 한문을 사용하던 계급은 당시 양반 지배층이었으므로 글자를 모르는 피지배 계층의 문학 활동이 제한을 받아온 것에 대한 안타까움에서 비롯된 것으로 보인다.

권환은 우리말이 한문에 비해 정당한 대접을 받지 못했음에도 시문학이 계속 창작되었고 "우수한 작품들이 나온 이유"가 "형이 짧아 제작이 간이하므로 부지중", "생활의 일면과 결부되어 있기" 때문으로 보았다. "단형인 시조가 가장 발달"한 것도 같은 이유로 보았다. 이는 리얼리스트로서의 권환의 모습을 보여주는데, 역시 민중들의 삶 속에서 그들의 삶을 잘 표현할 것을 강조한 그의 가치관과 통하는 것이다.

삶의 진실한 표현을 강조하는 것은 「잡감」의 4장에서 "직업적 작가의 작품보다, 비직업적 작가의 작품 중에서 오히려 우수하고 생명이 긴 것"이 많다고 평가하는 것으로 이어진다. 이유는 "실천적 생활의 열정에서 지어진 것"과 "시조를 짓기 위해 지어진 것"의 차이점 때문이다. 이는 시 기술의 세련됨보다 생활을 통해 일어난 진실한 감정의 표현을 더욱 중요하게 보았기 때문이라 여겨진다. 역시 문학작품 창작에서 가장 중요한 것을 삶에 두고 있음을 확인할 수 있는데, 이는 시어 사용에 있어 창작자의 자유성을 강조하는 것으로 이어진다.

「잡감」 6장 '시의 형식적 구속과 용어'에서 권환은 "유행하는 시의 유행 용어"를 쓰지 말 것을 강조했다. 그러면서 현대시의 "자유적"이며 "개방적"인 특성을 강조했는데, 봉건시대의 한시에 비해 시형식과 시어 선택이 자유로운 현대시의 특성을 강조한 것이다. 한편 통속적으로 유행하는 "시

제1부 근대 지식인으로 문학하기

의 유행용어" 사용을 경계하고 있는데 이는 시 창작자의 고유한 특성을 만들어내는 것이 자유로운 현대시의 특성을 잘 살리는 것이라 생각했던 것으로 보인다.

　권환은 이렇게 고전문학 작품을 읽으며 특히 운문의 우월성을 강조하였고, 우수한 운문 작품으로 평가하는 기준은 삶을 바탕으로 진실하게 표현하는 것에 두었다. 이는 「수상록」 5장에서 특수성과 보편성을 갖춘 문학이란 "전형적 현실의 진실한 묘사"라고 밝힌 내용에서 확인할 수 있다. 삶을 바탕으로 하는 정신을 강조하는 태도는 「수상록」 8장 4항에서 '노동과 음악'의 관계를 언급하며 "근대적 사업장"에서도 예전에 "집단적인 노동에서 대개 노래를 같이 하며 일"했던 것처럼 함께 노래하면서 일하기를 권하는 것으로 이어진다. 운문은 노래와 연결되는 것이므로[47] 권환이 강조했던 운문의 우월성이 노동 현장에서 노동자의 삶을 위로하고 힘을 북돋울 수 있는 방법으로 연결되고 있음을 확인할 수 있다.

　결국 권환이 문학에 있어서 전형적 현실의 진실한 묘사를 강조하고 산문에 비해 운문의 우월성을 강조한 것은 민중과의 소통을 위한 노력이었다고 할 수 있다. 우리나라의 지배 계층은 일반 민중은 쉽게 배우기 힘든 한문을 통해 지배 권력을 가졌고 그들만의 문화를 향유해왔다. 한문은 원래 우리글이 아니므로 우리의 생각과 감정을 진솔하게 담아내기 어려웠다. 권환이 산문에 비해 운문의 우월성을 강조할 수 있었던 것은 고려가요

---

[47] 근대시의 기원을 노래에서 찾는 연구가 주목된다. 근대시의 기원을 논하는 여러 논의에서 원형으로 언급되는 것은 모두 노래 종류이다. 주요한은 '찬미가' 즉 찬송가에서 창가 및 신체시라는 근대시의 원형적 형태가 발생하였다고 보고, 근대시의 자생적인 측면을 강조하는 오세영은 창가나 신체시를 오히려 근대 자유시의 진행을 방해한 정형시로 비판하며, 자유시의 기원을 사설시조와 잡가에서 찾는다. 박현수, 『시론』, 예옥, 2011, 30~31쪽 참조.

와 시조에서 우리말로 삶의 진실한 감정을 읊었다고 보았기 때문이다.

진실한 감정은 현실의 삶을 바탕으로 할 때 드러난다. 피지배 계층이 그들의 생활고를 이겨내며 자신들의 감정을 솔직하게 드러낼 때는 그들의 현실에 맞는 양식을 찾을 수밖에 없다. 길이가 짧으면서도 일상에서 노래로 부를 수 있으며 우리말로 표현할 수 있는 운문이야말로 가장 적절한 문학 양식이었다. 고전문학을 통해 권환이 시의 가치를 재인식하는 것은 민중의 삶을 진솔하게 잘 드러낼 수 있는 양식이었기 때문이다. 시를 통해 민중의 삶을 함께하고자 한 태도는 현재까지 발굴된 것 중 마지막 작품인 그의 시를 통해서도 확인된다.

> 이켠엔 머리 하아얀 할머니 팥죽 항아리
> 앞에 낡은 십원짜리 지화 닷장을 세고 또 세고
>
> 저켠엔 다박머리 종일 재깔거리는
> 애꾸눈이 계집아이와 썩은 고구마 바구니
>
> 그 옆엔 일전짜리 빠나나빵 굽는
> 다 해진 군복에 연신 된기침을 쿨룩거리는 수염털보 영감
>
> 고급차 찌프 추럭이 지날 때마다
> 시껌은 진흙물이 사정없이 뛰어 오른다.
> 생선 비린내 풍기는 선창 뒷골목에
> 날이 벌써 저물어
>
> 고양이처럼 웅그리고 콧물을 흘리는 할머니 등 위에
> 눈 섞인 구진 빗방울 떨어진다.
>
>   -권환, 「선창 뒷골목」[48] 전문

---

48) 박태일, 앞의 글, 334쪽에서 재인용.

이 시에 등장하는 "할머니", "영감", "애꾸눈이 계집아이"는 가난한 가운데 힘들게 삶을 이어가는 사람들이다. 이들이 가난하게 살고 있는 사연이야 저마다 다르겠지만, 공통적인 것은 '전쟁'을 겪었다는 것이며, 그 전쟁으로 삶이 이전보다 더 피폐해졌다는 것이다. 전쟁은 모든 삶을 파괴한다. 자주 지나치는 "고급차 찌프 추럭"은 "지날 때마다" "진흙물"을 "사정없이" 튕긴다. 이 "진흙물"은 "할머니, 영감, 계집아이"에게 튈 것이다. "고급차 찌프 추럭"은 가난한 이들에게 삶의 구차함을 인식하게 해줄 뿐이다. 이 시는 전쟁은 "이념의 완성"이 아니라 "삶의 파괴"임을 보여준다.[49]

부둣가 뒷골목의 비린내 나고 지저분한 공간을 시적 대상으로 선택한 것은 가난하고 힘들게 살아가는 이들의 삶에 연민을 느끼고 아픔을 함께 하고 싶은 마음의 표현이다. 이들의 삶이 사실적으로 표현되어 있고, 어렵지 않은 기법으로 표현된 것은 시의 울림이 세상에 조금이라도 더 넓게 확장될 수 있도록 하기 위한 노력이다. 세상의 아픔을 함께 하고자 하는 것은 권환이 민중의 삶과 함께하고자 했던 자신의 신념에서 벗어나지 않았음을 보여준다.[50]

이는 지식인의 실천을 보여주는 것이다. 카프 문학은 있어야 될 인간상과 세계를 제시한 문학이다.[51] 있어야 될 인간상과 세계의 기준은 지식을 통해 세워놓을 수 있는 것이다. 따라서 카프 문학은 지식인의 문학이기도 했다. 그런데 카프에서 권환이 중점을 두어 활동한 것은 대중화 운동이었다. 시를 잘 모르는 사람도 이해할 수 있도록 쉬운 시를 쓸 것을 주장하였고, 그들의 삶을 표현할 수 있는 소재를 활용할 것을 강조하였다. 이는 문

---

49) 전희선, 「권환의 행보와 아버지 존재와의 관계 연구」, 『한중인문학연구』 44집, 한중인문학회, 2014, 225쪽.

50) 위의 글, 225~226쪽.

51) 김윤식, 『한국현대문학사상사론』, 364쪽.

학을 지식인만이 즐기는 것이 아닌, 민중과 함께해야 한다는 권환의 가치관을 보여주는 것이다.

이 시에는 카프 시절의 선전·선동적 표현이 보이지 않는다. 구호가 사라진 차분함은 세상의 모습을 찬찬히 둘러보게 한다. 그리고 삶의 아픔에 대해 생각해보게 한다. 대중을 선전·선동하고 단체를 조직화하려고 하던 것이 사상을 실천하는 모습이었다면, 구호를 빼고 삶의 뒷골목을 차분하게 그려낸 모습은 고향에서 자신이 추구하던 진정한 가치의 의미를 되새겨보고 있음을 보여준다.[52]

"고양이처럼 웅그리고 콧물을 흘리는 할머니 등 위에" 떨어지는 "눈 섞인 구진 빗방울"은 대상을 바라보는 화자의 눈물이면서 세상의 아픔을 여전히 함께 하고 있는 권환의 눈물이기도 하다. 그리고 세상의 발전을 향해 더 뻗어가지 못한 자신의 이념과 그 실천에 대한 안타까움이기도 하다. 권환의 이 마지막 시는 그가, 월북하지 않고 고향 근처 마산에 남아 단지 병마와 싸우고 감시의 눈길을 피하려고만 했던 것이 아니라, 끝까지 자신의 사상을 견지하고 새로운 이념적 가치를 모색하고 있었음을 말해준다.[53] 그리고 민중과 소통하려고 노력한 권환의 모습을 보여주고 있다.

권환은 해방 정국의 혼란기 속에서 통일된 새나라 건설의 이상을 이루기 위해 노력하였다. 하지만 그가 꿈꾸던 통일된 새나라 건설은 이루지 못했고, 지병인 결핵이 심해져 계속적인 활동은 할 수 없었다. 요양 생활이 이어졌지만 권환은 창작 활동을 멈추지 않았다. 병중에서 창작된 고전문학과 조선의 근대 사회에 대한 비평은 민중의 삶에 대해 끝까지 관심을 표명한 행동이었다. 그는 문학에서 나타나는 귀족적 특성에 대해서는 비판

---

52) 전희선, 앞의 글, 226쪽.

53) 위의 글, 226쪽.

적 태도를 보였지만 민중적 특성을 찾을 수 있는 부분에서는 긍정적 입장을 보였다. 그것은 한문보다 한글로 표현한 것, 산문의 양식보다 운문의 양식이 우월하다고 주장한 것에서 두드러지게 나타났다.

권환은 한문이 어렵고 우리 감정을 표현하기에 적합하지 않다고 보았기 때문에 한문 창작에 대해 좋은 평가를 내리지 않았다. 운문이 산문보다 월등하다고 주장할 수 있었던 것도 한문 사용과 관련 있다. 시문학의 짧은 형태와 생활과 잘 결부될 수 있는 특성은 한문에 대해 우리말 시문학의 생명력을 이어가게 했다고 보았다. 이것은 현대시의 자유적이며 개방적인 특성을 긍정적으로 평가한 것으로 이어졌다. 고정된 한시의 양식에 비해 자유로운 양식으로 자신의 생각을 자유롭게 펼칠 수 있는 현대 자유시의 특성을 높이 평가한 것이다. 이것은 문학작품은 민중들의 삶을 표현해야 한다는 권환의 가치관과 일치한다. 쉬운 시로 이해하기 쉽게 써서 민중들과 소통할 수 있도록 해야 한다는 것은 권환이 일관되게 주장한 바이다. 우리말의 우월성과 시에 대한 가치를 강조한 태도는 민중과의 소통을 중요하게 내세운 권환의 의지를 보여주는 것이라 하겠다.

6장
권환의 문학 생애에 있어 근대 지식의 의미

 문학작품은 우리 삶을 반영한다. 작품 속에 반영되는 우리 삶은 그것을 바라보는 작가의 인식에 따라 다르게 나타난다. 작가의 인식은 삶에 대한 해석을 다양하게 내놓기 때문이다. 인지 구조 안에 형성되어 있는 인식의 체계를 지식이라고 할 때 지식은 세상과 연결해주는 창(窓)의 역할을 할 것이다. 그러므로 작가에게 형성된 지식은 작가가 세상을 어떻게 이해하고 살아갔는지 알 수 있는 방법이 된다.

 이 글은 작가 권환을 연구 대상으로 삼았다. 권환은 카프(KAPF)의 대표적인 작가이다. 그는 카프 작가로 문학작품에서 이념을 표방했으나 일제 강점기와 해방 직후에 보인 그의 행보는 이념 고수와 관련하여 논란을 낳았다. 작가의 행보는 그가 가진 가치관의 표출이라 할 수 있다. 가치관은 개인이 소유한 지식과 밀접한 영향을 맺는다. 이에 권환에게 형성된 근대 지식을 통해 그의 삶을 살펴볼 필요가 있다. 권환은 근대 지식으로 자신의 문학 생애를 꾸려 나갔다.

 이 글에서는 '근대 지식'의 의미를 '미래의 시간을 우리가 기획한 대로 이끌어갈 수 있도록 해주는 앎의 체계'라고 정리하였다. 이는 근대의 핵심

제1부 근대 지식인으로 문학하기

이 합리성에 기반한 세계관에 있음을 말한다. 세계를 자연과학적 합리주의를 바탕으로 인식하여 수학적으로 계산해내는 근대 사고의 특징은 인간의 삶에서 일어나는 모든 현상을 대상화하였다. 현상의 대상화는 주체와 타자를 구분짓는다. 대상을 인식하는 주체와 대상이 되는 타자가 생기는 것이다. 이는 분절적 사고이다. 이것이 시간에 적용된다면 시간은 더 이상 순환적 질서 속에서 돌아가는 것이 아니다. 시간은 직선적으로 흘러가는 것이다. 직선적 흐름 속에서 미래는 발전적으로 이끌어갈 수 있는 것이 된다. 그것은 의지와 연결된다. '근대 지식'이 '미래의 시간을 우리가 기획한 대로 이끌어갈 수 있는 앎의 체계'라고 한다면, 이는 시간을 직선적 흐름으로 본다는 것이며, 우리의 삶은 의지를 갖고 진보를 향해 나아가야 하므로, 지식 또한 발전적이어야 한다는 것이다.

권환은 일제강점기에 근대 문물을 접하였고, 제국대학 유학을 통해 당시 가장 높은 수준에서 근대 교육을 받았다. 이는 권환의 성장에 근대 지식이 함께했음을 보여준다. 그런데 지식은 그 자체로 멈추어 존재하지 않는다. 지식은 소유한 주체가 기존에 가지고 있던 지식을 바탕으로 새로운 지식을 만들고, 주체가 접하는 지식은 주체의 가치관에 의해 취사 선택된다. 권환이 성장기를 통해 근대 지식을 형성했다면 그것은 기존에 권환의 지식을 이루었던 유가 사상과 영향을 주고받았을 것이다. 즉 권환의 가치관은 유가적 사고에서 근대적 사고로 전환된 것이며, 사고의 전환은 근대 지식의 습득을 통해 이루어진 것이다.

이것은 권환이 태어나고 자란 집안의 환경과도 관련된다. 개인이 태어나고 자라난 배경은 다양한 종류의 자본이 되어 다양한 종류의 장에서 투쟁하며 자리를 잡아간다. 이는 부르디외의 '장(場, field) 이론'으로 설명할 수 있는데, 이 글에서는 가문의 영향, 구체적으로는 아버지의 영향을 의미 있게 받은 권환의 삶을 설명하는 근거로 삼고자 했다.

이 글에서 권환을 연구 대상으로 삼은 것은 작가로서의 권환을 알아보기 위해서였다. 이것은 권환의 삶을 '문학 생애'의 측면에서 살피는 것이 된다. 문학작품은 인간의 내면이 삶과 어우러져 진실하게 표현된 것이다. 따라서 권환의 문학 생애는 그의 문학작품을 통해 파악되는 생애이며, 문학과 긴밀히 연관을 맺으며 이루어진 그의 삶이다. 권환은 시를 통해 그의 내면을 표현하였다. 특히 그의 시는 시기에 따라 시적 경향이 급격히 달라졌다. 이는 그가 어떻게 시대의 어려움을 헤쳐 나갔는지 보여준 것이다. 이 글에서 시를 중심으로 그의 문학 생애와 근대 지식의 의미를 살펴보고자 한 것은 그의 정신세계가 주로 시를 통해 형상화되었다고 보았기 때문이다.

권환은 유가적 양반 가문에서 태어나 성장했다. 권환의 집안은 복야공파 현조 월암공의 후손이다. 월암공은 "효제(孝悌)를 실천하지 않으면 글을 읽지 않음만 못하다."라고 하여 배운 것의 실천을 강조하였다. 4진사 8문장 4효열을 배출했다고 하는 가문의 명성은 지식을 실천으로 이어간 가문의 분위기가 만들어낸 것이라 할 수 있다. 권환의 아버지 권오봉 또한 명문장가의 후손으로 배움의 가치를 알고 지식을 실천하려고 했던 인물이었다. 그의 업적으로 볼 수 있는 '경행학교'의 설립은 지식인으로서 그 실천을 보여준 것이라 할 수 있다. 경행학교는 안동 권씨 문중 재실이던 '경행재(景行齋)' 건물에 권환의 아버지가 사재를 털어 세운 학교이다. '경행재'의 '경행(景行)'은 '시경'에 나오는 '저 산이 높으면 우러러 오를 것이며, 길이 크면 행하여 이를 것이다'라는 구절에서 따온 것이다. '큰 뜻'을 품고 '행'하라는 내용으로, 배워 실천한다는 뜻을 강조하고 있다. '경행학교'라는 이름에 '경행재'의 '경행'을 그대로 이어간 것도 아버지 권오봉이 지식인의 '실천'의 뜻을 이어가려는 의도에서 나온 것이라 짐작할 수 있다. 경행학교가 당시 지역의 근대 교육과 민족 교육을 담당하는 데 큰 역할을 했다는 것은 이러한 짐작을 뒷받침해준다.

아버지 권오봉의 이와 같은 실천의 태도는 아들인 권환에게 영향을 미쳤다. 권환은 일제강점기 당시 최고 엘리트 코스인 교토제국대학을 나왔다. 이것은 사회적으로 출세할 수 있는 길을 보장받았다는 것이다. 관료로 진출했으면 누구보다 승승장구하며 세속적인 편안함과 지위를 누릴 수 있었을 것이다. 하지만 권환은 일본 제국주의의 가치에 충성하는 길을 걷지 않았다. 오히려 그것에 반대하는 일에 앞장섰다. 이것은 삶에 대한 권환의 가치관의 문제이다. 신장 4척 8촌, 평민이 아닌 사족(士族), 자산 상황 추수 오백 석, 성적 중상위권이었던 휘문고등보통학교의 학적부 기록 내용은 권환에 대한 기본적인 신상 정보를 알려준다. 하지만 그 기록 중에 눈에 띄는 또 하나의 기록이 종교란에 쓴 '대종교'이다. 단군을 섬기는 신앙인 대종교는 민족의식을 강하게 드러낸다. 일제강점기 권환이 학적부에 기록될 내용에 '대종교'라고 분명히 쓸 수 있었던 것은 권환이 가문, 그리고 아버지의 가치를 이어받고 있음을 나타내는 것이다. 권환의 가치관 형성에 아버지가 있었다. 이는 권환이 처음 세상에 내놓은 소설 「아버지」에 아버지 권오봉의 자취를 읽을 수 있었던 데에서도 알 수 있다.

권환이 아버지에게서 가치관을 이어받았다는 것은 한편으로 근대 지식인 권환의 사상이 유가적 사상에서 이어진 것이라 할 수 있다. 우리 사회에서 근대 지식은 일제강점기라는 단절의 역사와 함께 전개된 까닭에 근대 지식을 전통 유가 사상과 별개의 것으로 생각하기도 한다. 하지만 개인 또는 사회가 새로운 지식이나 사상을 받아들일 때는 기존에 있던 지식체계를 바탕으로 한다. 그러므로 우리의 전통 유가 사상과 근대 지식의 사회주의가 가치 지향 면에서 상통하는 면이 있음을 찾아볼 수 있을 것이다. 양반 가문의 자손인 권환이 근대 지식으로 사회주의를 습득한 것은 그가 지니고 있던 유가의 지향점과 통하는 면이 있었기 때문이다.

권환의 교토제국대학 졸업 논문은 「革命詩人 Ernst Toller의 作品에 나타난 그의 사상」인데, 이는 톨러가 보여준 반근대성과 혁명성을 지지한 것으로 볼 수 있다. 권환은 근대 지식을 통해 세상을 인식했지만, 동시에 근대의 모순도 함께 보았다. 사회주의는 근대가 낳은 사상이지만 근대가 낳은 모순을 지적한다. 일제 강점은 근대의 모순이 낳은 결과이므로 권환은 근대의 모순에 대한 대안으로 사회주의에 관심을 갖게 되었다. 이는 유가 사상과 사회주의 사상이 통하는 지점에서 해법을 찾은 것이다. 이는 유가에서 강조하는 인의예지(仁義禮智)가 마르크스가 주장하는 균분(均分)과 인간적 삶을 강조하는 내용에서 공통점이 있다고 보았기 때문이다.

마르크스는 사적 소유의 욕망이 상대를 기만시키고 재물을 약탈하게 한다고 했다. 자본가 계급이 더 많은 잉여가치를 생산하기 위해 노동력과 노동자의 시간을 착취하고, 노동자는 자본가의 착취로 인해 스스로의 노동에서 소외되어 간다. 이 문제를 해결하기 위해서는 사적 소유에 대한 욕망을 내려놓아야 한다. 공자와 맹자는 군자의 도를 강조했다. 그러면서 군자의 도를 이루기 위해서는 경제적 필요조건이 갖추어져야 함을 언급했다. 이는 현대의 사회복지 사상을 떠올리게 한다. 그리고 이 지점에서 마르크스의 균분과 유가의 인의예지가 통할 수 있다. 권환은 근대 지식을 통해 근대성을 익히기는 했지만, 근대가 생산한 비인간적인 모순의 대안으로 사회주의에 관심을 갖게 되었다. 그것은 유가 사상과 사회주의 사상이 통하는 지점에서 해법을 찾았기 때문이다.

하지만 사회주의와 유가 사상은 계급성에 대한 인식에서 차이점을 보인다. 유가 사상은 봉건제에서 존재하는 계급 차이를 전제한다. 임금과 신하의 관계를 분명히 하고, 그 안에서 각자의 역할에 맞게 도리를 지켜야 하는 것이다. 이에 비해 사회주의는 무산자 계급의 주도로 자본가 계급을 물리쳐서 이상 사회를 만들고자 한다. 궁극적으로 바라는 이상 사회는 계급의 차별이 사라진 사회이다. 그런 의미에서 사회주의는 계급성에 그 핵심이 있다고 할 수 있다. 그러므로 권환이 접한 근대 지식으로서의 사회주의는 사회 불평등의 원인인 계급 차별을 물리치는 것이다. 『카프시인집』에 보이는 권환의 시에는 계급성이 두드러진다. 권환은 근대 지식으로 세상에 존재하는 계급의 차별을 인지하였고, 이에 따라 계급의 대립을 없애기 위해 실천하려는 의지를 시에 표현했다. 이는 지식인으로서의 책임감을 바탕에 둔 것이며, 실천적 태도를 요구하는 것이다. 곧 권환이 제국대학 졸업자로서 카프 활동을 한 것은 사회적 책무감이 바탕이 되었기 때문이며, 이는 교육 활동에 앞장섰던 아버지의 영향을 받은 것이라 할 수 있다.

권환의 근대 지식은 식민지 현실에 대한 인식에서 더욱 구체화된다. 교토 제국대학을 다니며 근대 지식을 공부한 권환은 자신에게 갖추어진 근대 지식으로 식민지 모순의 현실을 인식하였다. 제국대학 졸업 이후 권환은 카프 활동에 주력했다. 그는 카프 2차 방향 전환을 주도했고, 『카프시인집』에 시를 싣고, 신문과 잡지에 평론을 발표하였다. 그가 이때 발표한 작품에는 리얼리스트로서 권환이 드러난다. 작품에 프롤레타리아의 삶이 구체적으로 표현되었고, 이를 통해 민중들의 고통을 해결할 수 있는 방법을 고민하였다.

한편, 카프 활동에서는 대중화 노선을 표방하는 것에 앞장섰다. 이는 프롤레타리아 계급의 해방이라는 이상을 실현하기 위한 것이었다. 권환은 임화·안막과 더불어 카프 2차 방향 전환을 주도했는데, 조직의 노선을 내면화한 양상은 차이를 보였다. 임화는 조직의 주도권을 잡은 만큼 조직을 재정비하는 데에 무게를 두었고, 안막은 예술 작품 자체의 볼셰비키화에 중점을 둔 데 비해, 권환은 2차 방향 전환을 가장 충실하게 내면화했다. 카프의 볼셰비키화가 대중화에 있다면 권환은 의식을 갖춘 프롤레타리아 문학의 대중 확대에 중점을 둔 것이다. 이것은 권환이 아이디얼리즘으로 실현 방법에 몰두한 것을 보여준다. 프롤레타리아 문학을 창작할 때 작품의 제재로 취할 수 있는 기준을 구체적으로 제시하고, 이해하기 쉬운 시를 쓰도록 했다. 이를 위해 시를 어렵게 만드는 기교를 부리지 말 것을 강조했는데, 예술적 성취가 뛰어난 시 작품을 이해하기 위해서는 적정 학습이 필요한 것을 고려한 것이다. 일명 '쉬운 시'라는 형식에 관한 주장은 권환이 조선 빈농층의 문해 수준을 나누어 파악하는 것에서 구체화된다. 그는 글자를 아는 정도에 따라 '순문맹', '순문맹 면한 이'로 나누고 이들의 수준에 맞는 방법으로 문학작품을 창작할 것을 강조하였다. 문맹층에 대한 고려는 안막에게도 있었지만, 권환은 빈농층의 문맹 수준을 보다 세분화하여 그들을 위한 방법을 마련했다는 것이 눈에 뜨인다. 또 대중과의 소통을 강조하면서 기관지를 이용한 매체의 역할을 강조했다. 그러면서도 '매체' 발행 시 발생되는 비용의 문제도 고려하여 형태 양식이 소박하더라도 내용을 "엄선"하여 갖추면 매체로서 역할을 충분히 해낼 수 있음을 강조하였다.

문학 활동을 통해 민중과의 소통을 강조했던 권환은 이후 카프 활동에 대한 일제의 거센 탄압과 카프가 해체되는 위기를 겪는다. 카프가 해체된 이후 권환은 전향서를 쓰고 귀향한다. 당시 카프 2차 검거로 기소된 카프 조직원들은 일제로부터 전향서를 쓸 것을 강요받았고, 모두 전향서를 쓴다. 일본의 지식인 중에는 끝까지 전향하지 않은 경우도 있었지만, 카프의 경우는 그렇지 않았다. 이는 나프를 비롯한 일본의 지식인들이 처한 상황과 달랐기 때문이다. 조국이 있는 상황에서 일어난 사상 전향의 거부와 조국이 없는 상태에서 감내해야 했던 사상 탄압은 다른 것이다. 일본의 지식인은 조국이 있는 상황에서 사상에 대한 탄압을 받은 것이었다. 그래서 파시즘의 파국으로 치달아 가는 조국을 위해 대의의 차원에서 끝까지 전향을 거부할 수 있었다. 하지만 카프 조직원들에게 가해진 사상적 탄압은 식민지 상황에서 지배국의 탄압이 강화된 경우이다. 카프 활동은 직접적인 독립운동이 아니고, 사상적 측면의 활동이다. 이때는 지배국의 탄압을 버

제1부 근대 지식인으로 문학하기

티기 힘들다. 이에 카프 조직원들은 모두 전향서를 쓰게 된다. 그리고 출소한 뒤 사상보호법에 따라 사상보호관찰소의 관리 대상이 되었다.

권환은 카프가 해체되고, 전향서를 쓰고 난 이후 고향 부근으로 내려갔다. 그곳은 자연 공간이었다. 자연 공간에서 그는 농민의 삶을 가까이에서 체험할 수 있었다. 그리고, 이를 바탕으로 농민 문학에 대한 평론과 작품을 창작할 수 있었다. 이 시기에 발간한 두 권의 시집에도 자연이 주된 배경으로 등장한다. 일반적으로 일제강점기 문학작품에 등장하는 '자연'은 현실도피의 공간, 자신을 유폐할 수 있는 공간, 또는 현실에서 이루어지기 힘든 이상적 상황을 형상화한 것이 많다. 그러나 권환에게 있어 '자연'은 농민의 생활을 체험할 수 있는 공간이자 자신의 이상을 가다듬을 수 있는 공간이었다.

자연은 생명이 주체적 존재로서 살아가는 공간이다. 생명이 주체적으로 살아가는 모습은 생명과 자유의 가치를 느끼게 한다. 그런데 파시즘은 인간이 주체적 인간으로 살아가게 하는 기본 가치인 '자유'를 억압한다. 일본의 조선 지배는 단순한 식민 지배에 멈추어 있지 않다. 조선의 백성은 사상을 탄압당하고 억압된 생활을 해야 했다. 이것은 일제가 조선인의 자유를 억압한 것이었다. 더구나 조선 백성은 일본이 일으킨 2차 세계대전의 희생양이 되어야 했다. 파시즘의 광포함이 극에 달한 것이 '전쟁'이라고 했을 때 조선 백성은 일본의 파시즘적 광포함의 극단에서 고통받아야 했다. 그런데 일본의 조선 지배를 파시즘으로 읽어낼 수 있으려면 현 상황의 분석이 필요하다. 권환은 그의 근대 지식으로 일본의 탄압이 파시즘의 횡포임을 알 수 있었다.

이런 의미에서 1940년대에 발간한 두 권의 조선어 시집은 일본 파시즘에 대한 저항의 의미를 갖는다. 1942년 10월에 발생한 '조선어학회사건'을 시작으로 일제는 조선어에 사용에 대한 본격적인 탄압을 시작했다. 이후 조선인은 조선어를 마음대로 사용하지 못하고 강제로 일본어를 써야 하는 상황에 처했다. 이를 이중어 글쓰기 시대라고 한다면, 권환의 조선어 시집 발간은 뜻밖의 일이 된다. 더구나 당시는 전시 상황으로 종이를 사용한 도서 출간이 어려웠던 시기였음을 고려한다면 두 권의 조선어 시집 발간 배경에는 더욱 의문이 커진다. 권환의 친일 행적을 의심할 수 있는 상황이기도 하기 때문이다.

하지만 이 상황을 부르디외의 '장 이론'에 기대어 살펴보면 의미는 달라진다. 부르디외에 따르면 언어시장 혹은 장(場) 속에는 진입권을 획득하려는 신참자들과 기존의 독점적 지위를 유지하려는 기존 행위자 혹은 집단 사이의 투쟁이 있다. 이들은 투쟁의 장에 참여함으로써 게임 자체를 재생산해 낸다. 일본어는 조선의 언어시장에서 독점적 지위를 누리게 되었다. 이때 조선인들이 서투른 일본말로 독점적 지위를 누리는 기존 행위자와 투쟁을 벌인다. 이 과정에서 조선인은 부족한 일본어 실력에 열등감을 느낀다. 그래서 일본어 사용 능력을 키우기 위해 노력한다. 부르디외는 이때 일종의 공모를 전제로 하는 '상징적 지배'가 일어난다고 하였다. 조선 민중이 일본어 사용 능력이 부족한 자신을 부정하고, 평균적인 일본어를 구사하기 위해 노력할 때 일본이 의도했던 진정한 내선 일체가 이루어지는 것이다.

권환은 조선의 명문가 집안의 출신이자 일본의 제국대학을 졸업한 최고 엘리트이다. 그는 품위 있는 조선어는 물론 조선어에 비해 상위어로 자리했던 일본어도 유창하게 사용할 수 있다. 권환이 일본어를 유창하게 사용할 수 있었다는 사실은 조선어 시집 발간을 저항의 의미로 해석할 수 있는 열쇠가 된다. 일본어를 유창하게 구사할 수 있는 조선의 지식인이 언어의 장에서 상위어인 일본어를 사용하지 않았기 때문이다. 이는 일본어가 우위를 차지하는 상황에서 일본어의 위상에 도전한 것이라는 의미를 만든다. 즉 일본어의 권위를 부정하는 상징성을 만들어낸 것이다. 권위 부정의 상징성은 조선어 사용 금지로 내선 일체를 강요한 일제의 파시즘에 균열을 낸다. 이때 저항의 의미가 생기는 것이다.

그렇다면 해방 이후에 보인 권환의 행보 또한 그 의미를 찾을 수 있게 된다. 해방 직후 조선문학가동맹을 결성하며 좌·우 이념을 넘어선 문학 단체를 설립하는 일에 앞장섰던 권환은 조선문학가동맹 결성 이후 고향으로 내려갔다. 조선문학가동맹의 결성에 함께 했던 문인들이 정치적 혼란에 의해 대거 월북한 때에도 권환은 월북하지 않고 고향에 있었다. 이를 두고 권환의 전향이라는 점에서 논란이 일었다. 이 글에서는 이에 대해서도 부르디외의 '장 이론'을 적용하였다.

부르디외에 따르면 사회적 장에서 행위자들은 첫 번째 차원에서는 그들이 소유한 자본(상징 자본, 경제 자본, 문화 자본)의 규모에 따라, 두 번째 차원에서는 그들의 자본의 구성에 따라 분포된다. 고향으로 내려온 권환은 아버지로 인해 여러 자본을 가질 수 있게 된다. 이는 그를 정치적 갈등에서 자신을 안정적으로 보호해주었을 것이다. 즉 권환은 전향하지 않더라도 남한의 고향에서 일신상의 문제가 없었을 것이라는 점이다. 권환은 결핵이라는 지병이 있었다. 실제로 이것은 권환이 활동을 계속하지 못하고, 고향에서 요양해야 했던 이유가 된다. 하지만 이것은 표면적 이유라 볼 수 있다. 이면에는 권환이 진정으로 추구했던 통일된 새나라 건설의 좌절로 인해 월북할 이유를 찾지 못한 것이라 볼 수 있다. 그리고 정치적 혼란기에 월북을 포기한 권환을 안정적으로 뒷받침해준 것은 고향에서 작용한 아버지의 영향이었다.

권환이 근대 지식으로 사회주의를 받아들인 것은 일제에게 빼앗긴 나라를 되찾기 위한 것이었다. 그리고, 계급 차별로 인해 고통받는 민중들의 어려움을 해결할 방법이라 생각했기 때문이었다. 그러므로 해방공간에서 권환이 가장 중요하게 여겼던 것은 통일된 새나라 건설이었다. 조선프롤레타리아문학동맹의 선두 주자였던 권환이 좌우 이념을 넘어선 문학 단체 조선문학가동맹의 결성을 위해 앞장 선 것에서도 우리는 근거를 찾을 수 있다. 하지만 그가 꿈꾸던 통일된 새나라 건설은 이루지 못했고, 한반도는 남과 북으로 나뉘었다. 지병인 결핵 또한 심해져 오랫동안 요양 생활을 해야 했다. 그러나 병중에서도 작품 창작을 하며 민중의 삶에 대해 끝까지 관심을 표명하고자 하였다.

권환은 절명작으로 「병중독서잡감」, 「병상독서수상록」, 「선창 뒷골목」 등을 남겼다. 여기에는 병중에서도 작품 창작을 하며 민중의 삶에 대해 끝까지 관심을 표명하고자 했던 권환의 의지가 드러난다. 권환은 이 작품을 통해 한문보다 우리말이 우월함을 강조하고, 산문에 비해 운문의 가치가 더 크다고 주장했다. 이는 운문이 가지는 짧은 형태와 생활과 잘 결부되는 특성에 주목한 것이다. 민중과의 소통을 강조한 것으로 권환이 추구했던 가치가 일관되게 이어진 것이라 할 수 있다.

지식, 곧 앎의 체계는 사람을 행동으로 이끈다. 개인에게 이루어진 지식은 개인이 살고 있는 시대와 사회의 가치관에 영향을 받으며 기존에 가지고 있던 지식 체계와 끊임없이 갈등을 일으키며 자리를 잡아간다. 따라서 지식을 운용하는 것은 사회 속에서 개인이 살아가기 위한 방책이 될 것이다. 이 글은 권환의 문학 생애를 그에게 형성된 근대 지식과 연결하여 살펴본 것이다. 작가의 행보는 작가의 가치관과 관련되며 그것은 그가 남긴 문학작품을 해석하는 기준이 된다. 권환의 문학 생애에 있어 근대 지식의 의미는 작가의 지식이 가치관과 영향을 주고받아 작가의 행보를 이끄는 역할을 했다는 점에 주목하여 나온 것이다. 권환은 당대의 최고 엘리트였지만 지식으로 세속적 이익을 얻으려 하지 않았다. 민중과 소통하는 삶을 추구했으며 민중과 함께할 수 있는 작품을 쓰고자 했다.

문학이 우리의 삶 속에서 살아 숨 쉴 수 있는 것은 문학을 통해 삶을 공감할 수 있기 때문이다. 삶을 공감할 수 있다는 것은 상대방의 처지를 이해한다는 것이다. 상대방의 처지는 기쁨을 누리는 것일 수도 있고, 헤어날 수 없는 슬픔에 빠지는 것일 수도 있다. 기쁨을 누리는 상황이라면 우리는 함께 웃어주면 된다. 하지만 슬픔에 빠져 있는 경우라면 함께 슬퍼하면서도 문제를 해결할 방법을 고민해야 한다. 문학작품은 그러한 고민을 던져줄 수 있다. 그리고 우리는 그 고민을 통해 더 나은 삶을 살기 위한 방법을 찾게 된다.

이 글에서 중점을 두고 살펴본 것은 작가에게 형성된 지식이 문학작품과 어떻게 관계 맺는가 하는 것이었다. 문학작품은 작가가 창작하는 것이다. 따라서 작가의 시각이 중요하다. 작가의 시각은 작가의 지식을 통해 방향을 잡는다. 권환은 근대 지식으로 자신의 시대를 관찰하고 분석했다. 그가 근대 지식으로 살펴본 것은 민중들의 삶이었다. 그래서 그의 문학작품에는 우리의 삶이 녹아 있다. 이것은 권환이 우리에게 가르쳐주는 메시지라 할 수 있다. 문학을 통해 우리는 서로의 삶을 공감할 수 있는 것이다. 문학으로 공감되는 삶. 그것은 문학이 우리 삶에서 계속해서 가치를 빛내는 이유일 것이다.

시인으로서 근대 지식 펼치기

1장

권환 문학 연구 성과의 사적 고찰

1. 머리말

권환은 남북 분단이라는 정치적 상황 때문에 연구가 금지되었다가 1988년 해금 조치와 더불어 본격적인 연구가 시작된 작가이다. 해금 이후 권환과 그의 작품에 대한 연구는 꾸준히 이어졌지만, 아직도 발굴되지 않은 작품이 많고, 그의 생애를 말해줄 정확한 자료가 미비한 상태이다. 그는 월북 작가가 아님에도 불구하고 월북 작가로 분류되는 정치적 오해를 받기도 하였다. 그에 관한 전기적 자료가 정확하게 확보되지 않았기 때문에 생겨난 이와 같은 오해는 권환 연구가 더 정확하고 폭넓게 이루어질 필요성을 말해주고 있다.

권환은 시대적 상황에 따라 작품 경향이 급격히 변한 작가이다. 이에 권환 작품의 변모 양상을 그의 내면을 고려하여 살펴볼 것이 요구된다. 또한 일제강점기를 지식인으로서 살아간 그의 행보도 눈여겨보아야 한다. 이에 따라 본고는 연구사를 크게 세 부분으로 나누어 살펴보고자 한다.

첫째, 권환의 생애와 관련된 실증적 자료 확보를 통해 연구를 진행한 경우이다. 이는 권환에 대한 기본적 연구를 가능하게 했고, 앞으로 권환 연구를 다양한 방면에서 펼쳐나갈 바탕이 된다는 점에서 의의가 있다. 둘째, 권환의 작품을 분석한 경우이다. 권환은 시인으로서 주로 활동했지만, 소설, 희곡, 평론, 아동문학 등 다양한 분야에서 창작 활동을 했다. 이에 권환 연구의 대부분은 작품 분석이 많다. 이를 고려하여 작품 분석은 다시 권환의 작품을 시기별, 장르별로 구분한 경우, 주제어를 추출하여 작품을 해석했거나 특정 테마를 바탕으로 연구한 경우, 다른 대상과 비교 연구를 한 경우 세 부분으로 나누었다. 작품 연구는 권환 문학의 특징을 규명하는 작업이라는 점에서 의의가 있다. 셋째, 전향에 대한 논의이다. 카프 해산 이후 권환이 보여준 행보는 전향에 대한 논란을 불러일으켰다. 특히 1940년대 조선어 시집 발간, 해방 직후 월북하지 않았던 사실은 논란의 쟁점이 된다. 전향 논란에 대한 연구는 문학사에서 권환의 의미를 어떻게 규정할 수 있는가와 관련해서 의의가 있다.

권환은 그가 활동했던 시기와 그의 행보를 고려할 때 문학사에서 중요하게 자리매김할 수 있는 작가이다. 반면, 자료의 미비와 시대적 상황에 따라 연구의 어려움이 많은 작가이기도 하다. 계단을 하나씩 딛고 올라가듯이 지금까지의 권환 문학 연구는 어렵고, 주목받지 못하는 상황에서 조금씩 이루어낸 성과이다. 이에 권환 문학 연구 전반을 되돌아보는 것은 그간의 연구의 성과를 확인하는 동시에 권환 문학 연구가 나아갈 방향을 살펴보는 일이 될 것이다.

2. 자료 확보와 생애 연구

1988년 월북 작가에 대한 해금 조치 이후 권환에 대한 연구는 꾸준히 이어졌다. 월북 작가가 아님에도 월북 작가로 분류되었던 사실은 권환의 생애에 대한 실증적 자료의 부족을 말해준다. 더불어 권환 연구의 어려움을

보여주는 것이기|도 하다. 이와 같은 상황에서 이루어진 권환 연구는 생애와 관련된 실증적 자료를 확보하는 것에서 시작되었다.

권환의 생애와 그에 따른 작품 경향을 연구한 것으로 권은경[1]의 연구가 있다. 그는 안동 권씨 족보 확인을 통해 권환의 출생·사망 연도를 밝혔으며, 권환의 시 작품을 중심으로 시 세계를 분석하였다. 특히 권환의 출생 연도와 관련하여 호적등본은 1906년으로, 안동 권씨 족보에는 1903년으로 그 기록에 차이가 있음을 확인하였다. 권은경은 그의 출생 연도를 안동 권씨 족보의 기록에 따라 1903년으로 하였고, 족보에 있는 권환의 가계도를 제시하였다. 이에 따라 권환의 본명은 권경완(權景完), 이명은 권윤환(權允煥), 1903년 경남 창원군 진전면 오서리에서 아버지 권오봉과 어머니 김혜향 사이에서 3남 1녀 중 장남으로 안동 권씨 복야공파(僕射公派)의 36대손으로 태어났다[2]고 하였다.

또한 권환의 종숙 권오엽 씨와의 인터뷰를 통해 1931년 중매로 만난 조성남 씨와 결혼했으나 아들이 없어 양자를 들였고, 1950년 전쟁이 일어나기 전까지 설정식 등과 마산중학교에 근무하면서 독일어를 가르쳤다고 하였다. 이어 1954년 7월 30일 마산시 완월동 101의 14번지 자택에서 폐결핵으로 사망했으며 그의 무덤은 권씨 문중의 선영이 있는 진전면 오서리 남서쪽 보광산 기슭에 자리잡고 있다[3]고 하였다.

이어지는 연구로 목진숙[4]의 경우가 있다. 그는 호적등본, 안동 권씨 족보 등의 자료를 직접 열람하고 권환의 막내동생 권경범, 당숙 권오엽과의 면담을 통해 권환의 출생과 사망 시기가 1903년 1월 6일(음)과 1954년 7월

---

1) 권은경, 「권환 시 연구」, 경남대학교 교육대학원 석사학위 논문, 1990.

2) 위의 글, 7쪽.

3) 위의 글, 9쪽.

4) 목진숙, 「권환 연구」, 창원대학교 대학원 석사학위 논문, 1993.

30일[5]임을 밝혔다. 특히 권환의 출생 연도가 호적등본과 족보의 기록이 다른 이유를 6·25 때 면사무소 화재로 호적등본이 불에 타 이후 호적 재작성 때 착오를 일으킨 것이라는 권경범 씨의 증언[6]에 따라 족보의 출생 연도가 더 정확할 수 있음을 밝혔다. 또 일본 교토제대 학적부를 직접 열람하여 권환의 교토제대 유학 시기가 1926년 3월 31일 입학, 1929년 3월 30일 졸업이며, 학부학제 3년의 문학과(독문학 전공)에서 수학했음을 밝혔다. 이 연구는 권환 생애의 비교 자료를 제공해준 점에서 의미가 있다.

김윤식[7]은 권환이 다닌 휘문고등보통학교의 학적부, 야마가타(山形)고등학교의 자료, 교토제국대학의 학적부, 교토학우회 기관지 『학조』의 자료를 제시하여 권환의 학창 시절에 대한 연구의 기반을 제공하였다. 특히 휘문고등보통학교의 학적부 열람을 통해 권환은 '사족(士族)'이며, 자산 상황은 추수 오백 석, 신장 4척 8촌, 두 해 동안 성적 순위가 42명 중 12위, 56명 중 25위, 종교는 대종교임을 밝혔다. 또한 교토제대 편람을 통해 문학부 73명 중 석차는 12등으로 상위권에 해당한다[8]고 하였다. 이어서 발표한 연구[9]에서는 권환의 졸업 논문인 「革命詩人 Ernst Toller의 作品에 나타난 그의 사상」과 관련하여 권환의 유학 시절의 활동과 사상 체계를 점검하고자 하였다.

---

5) 권환의 사망일에 대해서 일치하지 않는 면이 있다. 이순욱은 『동아일보』(1954.8.4) 신문기사(7.29), 제적등복(7.7), 안동 권씨 족보(7.30)의 기록이 다름을 언급하며 이에 대해 새롭게 다가설 여지가 있다고 하였다. 이순욱, 「권환의 삶과 문학 활동」, 『어문학』 95집, 한국어문학회, 2007, 430쪽.

6) 목진숙, 앞의 글, 7쪽.

7) 김윤식, 「이념에서 서정으로―카프 시인 권환과 교토 제대」, 『작가론의 새 영역』, 강, 2006.

8) 위의 책, 25~28쪽.

9) 김윤식, 「혁명시인 에른스트 톨러와 카프 시인 권환」, 위의 책.

이상의 연구는 작가 연구의 가장 기본이 되는 생애를 자료와 증언으로
확인한 것이다. 연구 과정에서도 드러났듯이, 출생 연도부터 차이가 나는
자료의 부정확함으로 권환 연구는 시작부터 어려움을 겪어왔다. 선행 연
구는 자료의 정확한 내용 확인을 위해 직접 열람하는 수고와 부정확한 자
료는 주변 인물과의 인터뷰로 보충하며 마련되었다. 실증적 자료 확보를
통해 시작된 권환의 생애 연구는 이후 전개될 권환 문학 연구의 토대가 된
다는 점에서 의의를 마련했다고 할 것이다.

3. 작품 해석과 가치 재평가

권환은 다양한 장르에서 작품 활동을 하였다. 『신소년(新少年)』(3권, 1925
년 9월호)에 소설 「아버지」를 발표하고, 교토 유학생 잡지 『학조』에 「알코잇
는 령-엇든 尼僧의 참회담」(1927.2)-권경완 이름으로 발표함-을 실으며
세상에 이름을 알렸다. 이외에도 권환은 희곡 「광(狂)!」(1926), 수필 「천국과
지옥(문인이 본 서울)」(1932)을 비롯하여 평론, 번역 등 다양한 장르에서 창작
활동을 꾸준히 이어갔다. 권환의 창작 활동이 집중된 장르는 시다. 그는
KAPF 활동 시절 시 창작 활동을 통해 『카프시인집』(1931)을 내고, 이후 『자
화상』(1943), 『윤리』(1944), 『동결』(1946)의 시집을 출간했다. 작품 수에서도
시가 단연 앞서지만, 시에서 권환의 가치 지향이 넓게 펼쳐진다.

권환의 작품 세계에 대한 연구는 시대적 상황을 고려한 경우와 권환
작품의 특징적 의미를 찾아내려는 연구, 다른 대상과의 비교를 통해 의
미를 부각해보려는 연구로 나누어볼 수 있다. 권환의 작품 세계 연구는
전체 연구물 중에서도 대부분을 차지한다. 따라서 이 분야의 연구를 훑
어보는 것은 권환의 작품 세계를 어떻게 해석해왔는가를 살펴보는 일이
될 것이다.

1) 일제강점기 현실 모순에 대한 응전

권환의 작품 연구는 시 분야의 연구에 집중된다. 권환의 시 세계에 대한 연구는 권환 연구 초기부터 이루어졌고 이에 따라 다수의 연구물이 존재한다. 초기의 연구물은 권환의 시 세계를 시기별로 나누고 그에 따라 변모되는 시적 특징을 규명하려는 것이 주를 이룬다.

권은경[10]은 카프 변모에 따라 그의 시를 3단계로 나누어 '카프의 볼셰비키 대중화와 연결된 초기 선전·선동의 급격한 서술시', '카프 해체 이후 광복까지에 이르는 내면적 윤리 탐구의 감각시', '광복 후 좌·우 문단 대립 과정의 급진적 관념시'로 살펴보았다. 권환의 시에 나타나는 이와 같은 특징은 나라 잃은 제국주의체제 아래에서 모순된 현실을 문학적 현실을 통해 맞서려고 했던 실천적 문학인의 전형적 표본[11]으로 본 것이다.

목진숙[12]은 시기별 작품 경향을 '카프시기의 문학', '일제 말기의 문학', '해방공간의 문학'으로 나누었다. 카프시기의 아지프로시와 일제 말기의 서정시, 해방공간의 카프문예운동의 맥을 이은 시로 그 특징을 규정했다. 그는 카프문예운동이 일제강점기 민족해방운동의 선상에 있었으며 이를 통해 권환이 이루려 한 삶과 투쟁의 모습은 존중되어야 할 것을 강조했다.

김호정[13]은 권환 시의 변모 양상을 화자 중심의 내용을 통해 살펴보았다. 카프 시절의 시를 '예술운동 볼셰비키화기의 시', 카프 해산 이후의 시를 '내적 진실과 외적 현실 부조화 시대의 시', '해방공간의 시'로 시기를 나누고, 각 시기에 해당하는 화자의 모습을 '우리-개별적 자기 인식의 화

10) 권은경, 앞의 글, 5쪽.
11) 위의 글, 53쪽.
12) 목진숙, 앞의 글, 51~53쪽.
13) 김호정, 「권환 시의 변모양상 연구」, 부산대학교 교육대학원 석사학위 논문, 1993.

자—일제에 함몰하는 화자'로 변모해간다고 하였다. 그는 권환의 시가 효용론적 특성을 강하게 보이며 예술적 형상화와는 거리가 멀고, '전달'과 '효과'의 측면을 특징적으로 드러낸다고 보았다.

윤형욱[14]은 권환의 현실 대응 양상을 시기별 시의 특징을 통해 살펴보았다. '카프 시기'에는 시대의 고발로서 의미를 가지고, '카프 해체 이후'에는 일상성의 추구, 평등 지향 의식, 윤리 의식과 반성 등의 다양한 현실 대응 양상을 보였으며, '해방 이후'에는 이념을 바탕으로 한 선전·선동의 관념적 투쟁시로 대응 양상을 보인 것이라 하였다. 그는 권환의 시가 이론에 입각한 의지, 현실감을 유지하는 태도가 있다는 점에서 민중문학의 전형이라 하였다.

이상의 연구는 권환 시의 변모 과정을 '카프 시기—카프 해체 이후—해방 정국의 시기'로 삼분하여 각 시기별 특징을 연구한 형태가 주를 이룬 것이다. 시기별 특징으로 카프 시기에는 선전·선동을 위한 계급의식의 시, 카프 해체 이후에는 서정시, 해방 정국의 시기에는 다시 계급의식을 노래한 시를 썼다는 것으로 대략 정리된다. 이는 권환의 시를 전체적인 흐름에서 그 의미를 살피고자 한 의도였다.

시기별 구분과 관련하여 특정 시기에 초점을 두어 연구한 경우도 있다. 김은철[15]은 권환의 활동기를 3기로 나누어 2기에 해당하는 작품의 내적 지속성을 연구하였다. 그는 1기를 1920년대 중반~1930년대 중반으로, 2기를 카프 해체 이후~해방 이전으로, 3기를 해방 이후~1947년으로 구분하였다. 2기의 시에는 순수세계를 지향하는 서정시가 많이 등장하였는데, 그

---

14) 윤형욱, 「권환 시의 현실 대응 인식」, 동아대학교 교육대학원 석사학위 논문, 1999, 49~50쪽.

15) 김은철, 「권환 시의 내적 지속성 문제」, 『우리문학연구』 34집, 우리문학회, 2011.

순수 세계는 유년, 향수, 어머니라는 퇴행의 공간과 연결되지만 이것이 허무나 퇴폐로 이어지지 않았는데, 그것은 '현실'에 대한 지속적인 관심이 있었기 때문으로 보았다. 자유와 평등을 추구하는 권환의 내면은 1기와 3기에서 외면화되었고, 2기에서는 내면화되어 있었다고 하였다.

김은철은 이어지는 연구[16]에서 권환의 문학을 '현실'의 문제를 중심으로 시론과 시를 살펴보았다. 1기에는 예술은 선전·선동의 실현이라는 점에서 완고한 현실 인식에 따라 작품 활동을 했던 것이고, 2기에는 통속성을 용인하고, 현실에 조미를 가하고, 건전한 근로생활을 묘사하는 등 유연성을 확보한 시기로 보았다. 다소 세계관이 후퇴하는 듯하지만, 문학에 있어서 소재와 주제가 확대, 다양화되었다고 볼 수도 있다고 하였다. 이 시기의 시가 허무나 퇴폐로 가지 않은 것은 노동현장에 몸담고 있었기 때문으로 보았다. 권환이 궁극적으로 도달한 것은 판타지 시론이었고 농촌은 소재적 차원이었으며 전원문학에 더 가깝다고 하였다. '현실'을 근거로 해야한다는 논리는 1기의 시들과 2기의 시들에서 전혀 다른 모습으로 나타났는데, 이것은 식민지 현실이라는 역사 인식이 전제되지 않은 상태에서 의욕과 구호가 선행했기 때문이라고 하였다. 김은철은 권환 시의 변모 양상을 설명할 수 있는 주제 의식을 '현실'로 본 것이 특징이다. 이를 통해 2기의 서정시 특징을 현실에 대한 지속적인 관심이 있었던 것으로 보고자 하였다. 김은철의 두 연구는 권환의 문학작품에 '현실'에 대한 관심이 지속적으로 드러남을 밝힌 점에서 의미가 있다.

김종호[17]는 권환 시의 변모 과정을 초기와 중기시의 변모 과정에 주목하

---

16) 김은철, 「권환의 문학에 나타난 현실의 문제」, 『새국어교육』 89집, 한국국어교육학회, 2011.

17) 김종호, 「식민지 시대, 이데올로기와 현실의 시적 갈등―권환, 초기시와 중기시를 중심으로」, 『비평문학』 23집, 한국비평문학회, 2006.

여 살펴보았다. 초기의 특징을 이데올로기와 시적 갈등으로, 중기의 특징을 갇힌 자아와 현실의 갈등으로 보았는데, 특히 중기시에서 나타나는 순수 서정시의 경향을 내적 지속성의 단절이 아니라 초기시를 계승하는 지속성의 변모라 보았다. 권환의 신념이 일관성있게 유지되었음을 밝힌 점에서 의미가 있다고 하겠다.

지금까지는 시를 중심으로 한 연구물을 살펴보았다. 시 외의 다른 문학 장르에 대한 연구로는 다음의 경우가 있다. 김종호는[18] 소설 「목화와 콩」을 통해 권환의 농민소설의 특징을 살펴봄으로써 볼셰비키 이론의 대상이 농민에까지 있었음을 확인해주었다. 그는 이 글에서 권환 문학의 핵심적 이론이 볼셰비키화 문학론임을 밝히고, 이러한 문학론이 「목화와 콩」에 나타난다고 보았다. 권환의 소설이 긍정적인 매개 주인공을 설정하여 전형성을 구현했음을 밝힌 점, 식민지 농업 정책에 대한 직접적 비판을 담고 있음을 밝힌 점에서 의미가 있다.

구명옥[19]은 권환과 신고송의 희곡을 비교 연구하였다. 일제강점기 권환은 희곡 작품을 꾸준히 창작했고, 신고송은 아동극을 희곡으로 창작하면서 프로극 연출을 하였다. 그리고 신고송은 해방 직후 더욱 활발하게 희곡 작품을 창작했다. 권환의 희곡에는 자유연애 허위성 비판, 민중의 궁핍상을 통한 사회모순 비판이 드러나지만 노동자와 자본가의 대립이 없고, 투쟁과 승리의 결말이 아니라는 점에서 본격 프로극은 아니고 신경향파적 특성을 보인다고 하였다. 이에 비해 신고송의 희곡은 극적인 낭송의 형태를 보이는 슈프레히콜 양식의 특징이 있다고 하였다. 권환은 넓은 의미에

---

18) 김종호, 「권환의 농민소설의 성과와 한계」, 『한국문예비평연구』 18집, 한국현대문예비평학회, 2005.
19) 구명옥, 「권환과 신고송의 프로극 연구」, 『지역문학연구』 11, 경남부산지역문학회, 2005.

서 프로극의 범위를 넓혀갔고, 신고송은 프로극 양식의 다양성을 확보해 나갔다고 하였다.

한정호[20]는 소년소설과 소년시, 기타 산문 작품들을 대상으로 계급주의 아동문학적 특성에 대해 살펴보았다. 권환은 카프의 아동매체 『신소년』, 『별나라』에 다수의 아동문학 작품을 발표했다. 권환의 문학 활동은 아동문학에서 시작되었음에 의미를 두었고, 권환의 계급주의 특성이 아동문학에서도 구체화됨을 밝혔다. 권환의 아동문학에 계급주의 특성을 찾을 수 있다는 것은 권환의 문학 이력과 행보를 더욱 풍성하게 만들어주며 나아가 우리나라 계급주의 문학의 전형으로 설정될 수 있다는 점에서 문학사적 의미가 있다고 보았다.

한정호[21]는 이어서 권환의 시 「원망」에 작곡가 이상근이 곡을 붙여 합창곡 〈원망〉을 창작한 것을 발견하고 그 창작 배경과 의미를 살폈다. 권환의 시 「원망」은 문학과 정치, 이상과 현실 사이에서 끊임없이 고뇌했던 자기 반성적 문학 세계를 보여준다고 하였다. 이상근은 합창곡 〈원망〉을 통해서 우리 음악의 광복과 자유를 표상하는 작품으로 이상근의 문학 사랑과 음악 정신을 보여준다고 하였다. 이는 권환의 인품에 이상근이 매료되었음을 짐작해볼 수 있다고 하였다.

이상은 권환의 작품을 장르별로 분류하여 살펴본 연구물이었다. 권환의 작품을 개별 장르를 넘어서 전체적으로 살펴보려 한 경우로 이덕화[22]가 있다. 그는 권환의 평론과 시, 소설을 바탕으로 권환의 문학 세계를 살펴보았고, 일제강점기 카프의 활동을 민족해방운동 차원에서 바라보았다. 권

---

20) 한정호, 「권환의 계급주의 아동문학 연구」, 『영주어문』 27, 영주어문학회, 2014.

21) 한정호, 「권환 시 「원망」과 이상근의 합창곡 「원망」에 관한 고찰」, 『어문논총』 31, 전남대학교 한국어문학연구소, 2017.

22) 이덕화, 「권환의 문학세계」, 『피어선 논문집』 6집, 평택대학교, 1994.

환의 문학에는 프롤레타리아의 계급의식을 고취하기 위한 의지가 있지만 그것은 프롤레타리아 세계관을 통해 민족해방 투쟁을 위해 문예운동을 전 개한 것이라 하였다. 이에 카프 해체 후에 나타나는 서정시에 대해서는 현 실을 부정하고자 하는 작가와 관조적 현실관과 고향 회복을 바라는 지사 적 신념이 드러난 것이라 보았다. 이 연구는 카프 활동 자체를 국제적으로 연대한 계급투쟁의 하나로 보지 않고 일제강점을 벗어나려는 민족해방운 동으로 보았다는 점에서 특징적이다. 권환의 사회주의 활동이 민족운동의 차원에서 행해진 것이라 볼 수 있는 여지를 둔 연구라 할 수 있다.

권환의 문학 세계를 전체적으로 살피는 연구는 이장렬[23]의 연구에서 이 루어진다. 권환을 대상으로 한 최초의 박사학위 논문인 이장렬의 논문은 권환 문학에 대한 총체적이고도 종합적인 연구이다. 특히 이 연구는 권환 에 대한 전기적 실증 자료[24]와 미발굴 작품의 발굴 성과를 내었다. 또한 시, 소설, 극, 아동문학, 비평을 바탕으로 각 장르에서 보이는 권환의 문학 적 특징을 분석하였고, 그 특징으로 계급주의 문학의 특성이 드러남을 확 인하였다.

김은철의 연구는 「권환의 초기 시와 소설 연구」[25]로 이어진다. 그는 이 연구에서 권환의 초기 시와 소설 「목화와 콩」은 카프 이념을 충실히 따르 고 있다는 점에서는 공통점이 있으나, 그 저항이 서로 다른 양상으로 나타 난다고 하였다. 시에서는 노동자의 계급의식을 자극하고, 소설에서는 농

---

23) 이장렬, 「권환 문학 연구」, 경남대학교 대학원 박사학위 논문, 2003.

24) 이장렬은 『사립휘문고등보통학교 생도학적부』(1922)를 열람하여 권환이 1919년 봄 서 울 중동학교 중등과에 입학하고 3년 후 1922년 3월 정식으로 졸업, 4월에 휘문고등보 통학교 3학년으로 편입했음을 밝혔다. 기존 자료에서는 1919년 사립휘문고보에 입학 한 것으로 알려져 있었다. 위의 글, 10쪽.

25) 김은철, 「권환의 초기 시와 소설 연구」, 『비교한국학』 2집, 국제비교한국학회, 2013.

민의 의식을 자극한 점이 특징이라고 하였다. 권환이 카프 시절 문학작품을 통해 일제강점기라는 시대 상황을 어떻게 대응하려고 했는지 살펴보았다는 점에서 의미가 있다.

이상 권환의 작품을 시기별, 장르별로 연구한 내용을 살펴보았다. 시기별로 살펴본 연구는 변모된 권환의 작품 세계를 해석한 것에 중점을 두었다. 카프 시기의 선전·선동의 시가 1940년대의 시 작품에서는 서정시로 급변했기 때문이다. 이에 대한 대부분의 연구는 일제강점기라는 현실적 상황을 그 이유로 들었다. 카프 해산과 강화되는 일제 탄압으로 현실적 상황을 견뎌가기 위한 나름의 방법이 필요했다고 보는 것이다. 각 연구물은 그것이 '서정시'라는 형태로 나타난 것이라 하였다. 따라서 권환의 서정시는 현실적 상황에 대한 응전의 방식으로 보려는 경향이 많았음을 알 수 있다. 이는 권환 문학에 가치를 부여하려는 것으로 볼 수 있다.

장르별로 살펴본 연구에서 소설과 아동문학의 연구물은 일제강점기의 모순을 극복하기 위해 농민과 계급주의 문학에 관심을 보인 것으로 보았다. 특히 권환이 소설과 아동문학을 창작한 시기는 주로 카프 시절이었으므로 그 경향 또한 일제강점기라는 현실 상황에 맞서기 위한 방법이었다는 것이다. 그 경향은 계급주의 문학이었다. 권환의 문학작품에는 일제강점기라는 현실적 상황이 긴밀히 연관되어 있으며 권환 문학작품에서 나타나는 계급주의 경향은 현실 상황에 맞서기 위한 의미로 해석되었다.

2) 이념 표현과 예술적 가치 해명

카프의 맹원으로 활동했던 권환은 그의 작품에서 민중의 어려움을 노래하고 그 어려움을 해결하기 위해 함께 나아갈 것을 주장하였다. 그것은 일제강점기라는 시대적 모순과 더해져서 그 절박함이 더욱 강조되었다. 카프 2차 방향 전환의 주요 조직원이기도 했던 권환은 그의 작품에 볼셰비키적 선전·선동시를 쓰기도 하였다. 하지만 이념의 강조는 문학작품으로서의 예술적 성취에 미달하게 하였는데, 권환을 비롯한 대부분의 카프 작가들의 작품을 '뼉다귀 시'라고 일컫는 이유도 이 때문이다. 권환 문학작품을 '이념의 표현'과 '예술적 성취'의 문제로 다루려는 연구는 권환 문학작품에 의미를 부여하기 위한 노력으로 볼 수 있다.

이에 권환의 작품에 드러나는 특징에 의미를 부여할 수 있는 소재, 주제어를 중심으로 연구를 진행한 경우를 확인할 수 있다. 정재찬[26]은 '시'와 '정치'의 관계를 통해 프로시사 속에 차지하는 권환의 위상을 검토하고자 하였다. 권환의 시는 서술시 경향 중에서도 아지프로를 목적으로 한 아지프로 서술시라고 규정하였다. 권환 시의 핵심은 『카프시인집』 시대에 실린 시라고 보았는데 이때 보이는 격렬함의 표현은 일제강점기 정치가 불법화된 상태에서 시가 정치에 대신하기를 바라는 요구를 받아들인 것이라 하였다. 시가 정치적 역할을 할 수 있다는 것에 주목한 것이 특징이다.

김재홍[27]은 '볼셰비키 프로시인'으로서의 권환의 특징을 강조한다. 권환은 아지프로시의 한 전형을 이루어낸 작가로 볼셰비키 예술운동에 어느 정도 뚜렷한 자취를 남겼다고 보았다. 이를 위해 프로문학의 비속화를 경계하면서 감상성과 추상성을 배격하는 데에도 하나의 시범을 보여주었다고 평가하였다. 카프의 볼셰비키 대중화에 앞장선 권환의 특징을 살린 연구라는 점에서 의미가 있다.

황현[28]은 권환의 생애를 당숙 권오엽의 증언을 바탕으로 연구하였다. 이

---

26) 정재찬, 「시와 정치의 긴장 단계」, 『한국 현대 리얼리즘 시인론』, 태학사, 1990.

27) 김재홍, 「볼셰비키 프로시인 권환」, 『카프시인비평』, 서울대학교 출판부, 1995.

28) 황현, 「현실, 그 갈등과 성찰의 공간」, 『오늘의 문예비평』 여름호, 오늘의 문예비평사, 1998.

를 통해 이주홍과의 관련, 권환의 인품에 대해 짐작할 수 있는 단초를 제공하였다. 그는 이 연구에서 세 편의 시집 『자화상』, 『윤리』, 『동결』을 중심으로 권환의 시 세계를 살펴보았는데 권환의 시는 현실과 고뇌, 바로 그 중심에 서서 미래의 이상 세계를 따뜻한 서정 공간으로 감싸안고 있으며, 이는 동시대 다른 시인들의 작품과는 구별되는 특징이라고 하였다.

김용직[29]은 권환을 '이념'에 우선하여 시에 있어 예술적 성취를 이루지 못했다고 평가하고 있다. 카프 시기의 시 작품이 계급문학의 특성을 보이는 것도 이념에 우선한 그의 태도 때문이라고 보았다. 카프 해체 이후에는 순수문학으로 전향한 것이라 보았지만, 「한역」, 「윤리」에서는 순수문학이 갖추어야 할 예술적 기교는 부족했고, 일제 말기 윤동주의 시에서 찾을 수 있는 시대 상황에 대한 의식이 보이지 않는다고 하였다. 권환의 시가 작품으로서의 시적 성취를 이루지 못한 내용에 대해 지적한 경우라 할 수 있다.

김경복[30]은 권환 시의 주제 의식을 '유토피아'라고 보고 유토피아 의식이 권환의 시 세계 전체를 관통하며 그의 정신세계를 유지하는 것이라 하였다. 유토피아 의식으로 보면 그의 시에 사회적 유토피아 의식, 심미적 유토피아 의식이 있다고 하였다. 특히 카프 해체 이후 서정시에 대해서 심미적 유토피아 의식을 볼 수 있으며, 그것은 자연이 갖는 자유와 평등의 호혜 정신 및 고향이 갖는 원초적 풍요와 평화의 정신을 내면화한 것이며 당대 역사 상황에 대한 응전이었다고 보았다. 이 연구는 권환 시의 변화 양상을 관통할 수 있는 주제 의식을 제시한 점에서 의미가 있다.

채수영[31]은 시에서 형상화된 실재적 재료를 예술 작품의 전경이라 하고,

---

29) 김용직, 「이념 우선주의-권환」, 『한국현대시인연구』, 서울대학교 출판부, 2002.

30) 김경복, 「권환 시에 나타난 유토피아 의식 연구」, 『한국어문논총』 46집, 한국문학회, 2007.

31) 채수영, 「시의 전경과 후경의 조화-권환론」, 『경기어문학』 8집, 경기대학교 인문대학

실재적인 재료를 통해서만 현상하는 생산자의 정신을 후경이라 한다는 N. 할트만의 이론에 기대어 권환의 시를 살펴보았다. 이에 따라 권환의 문학에의 활동을 전경, 시적 표현을 후경이라 하였는데, 권환의 전경과 후경은 달랐지만 그의 내심은 아름다움, 그리움, 고향의 지고지순의 한국적 정서를 향해 있다고 하였다. 이어서 권환의 시를 밝음을 지향하는 색채 감각으로 살펴보았는데, 백색·청색은 시인의 현실과 이상의 암시로, 적색은 미래의 암시를 띠고 있다고 하였다. 이 연구는 권환의 시를 색채 이미지로 풀어내려고 했다는 점에서 새로운 시도를 보인 것이라 할 수 있다.

박건명[32]은 권환의 '아지프로시'를 축으로 하여 해방 이전까지의 시적 특성을 살펴보았다. 아지프로시는 시 구조의 평면성과 시적 긴장감을 약화시킨 부정적 결과를 초래하기는 했으나, 소외 계층을 시 속에 자리 잡게 하여 기존의 시 영역을 확장시켰다는 긍정적인 면도 있다고 하였다. 따라서 권환의 시에 나타난 못가진 자들에 대한 관심과 애정을 낮게 평가할 수 없다고 하였다. 해방 이전에 발표된 서정시에서 '눈', '별', '달', '전신주'와 같은 비교적 단순한 상징들의 사용은 일제의 검열을 피하며 시대에 저항하려 한 모습을 보인 것이라 하였다.

조영복[33]은 '매체 운동'의 관점에서 카프 예술 대중화론으로 특히 권환의 대중화론에 주목하였다. 권환의 대중화론은 기존의 문학 양식론이나 창작 방법론과 다른 차원에서 논의될 수 있다고 보았다. 매체 운동 관점은 대중 소통의 문화운동 전략을 구체적으로 제시한 것으로, 매체 그 자체의 기능과 활성을 강조한 것이다. 이를 통해 대중 계몽운동을 효과적으로 달

국어국문학회, 1990.

32) 박건명, 「권환론」, 『건국어문학』 13·14합집, 건국대국어국문학연구회, 1989.

33) 조영복, 「권환의 대중화론과 매체론적 지평」, 『한국시학연구』 25집, 한국시학회, 2009.

성할 수 있다고 보고 있다. 이 논문은 김기진의 대중화론을 함께 살펴보아 매체적 관점에서 권환의 시에 의미를 부여하고 있다. 권환 시를 바라보는 새로운 시각을 제시한 것이라 하겠다.

권성훈[34]은 일제강점기(1920~1945) 시인들의 '자화상'에 나타난 자아 인식에 대한 양상을 정신분석적으로 밝혔다. 시인들의 시는 욕망으로, 자아 방어기제가 어떻게 표출되고 현실극복에 기여하는지를 살피고자 하였는데, '자화상'은 거울 단계처럼 자아(ego)의 재현을 드러내는 문제로 탐구해 볼 수 있다고 하였다. 권환에 대해서는 '상상계의 이미지'로서 '분열된 자화상'을 갖고 있다고 하였는데, 자신을 회피하면서 안전거리를 유지하려는 자아방어기제를 보인다고 하였다. 이 논문은 일제강점기에 창작된 '자화상'이라는 제목을 갖고 있는 작품을 정신분석적으로 밝힌 것이다. 이 분석을 통해 권환의 심리가 자신을 회피하고자 했다는 것을 알 수 있다는 데서 의미를 찾을 수 있다. 권환의 시가 다양한 방면에서 연구 대상으로 활용될 수 있음을 보여준 경우라 할 수 있다.

전동진[35]은 '비평 글쓰기'를 구조적 방면에서 탐색하였다. 비평 글쓰기를 문학적인 글쓰기에서 학문적인 영역의 글쓰기로 확장하려는 시도라고 하였는데, 이를 위해 서정시를 그 대상으로 삼았다. 서정시는 다시 낭만주의 시, 사실주의 시, 모더니즘 시로 분류하고 이것을 독자의 시선으로부터 비롯한 것으로 방향을 바꾸어 살펴보았으며, 독자가 능동성을 갖춘 쓰기로 나가기 위해서 필요한 술어적 서술로 '아름답다', '생생하다', '놀랍다'를 들었다. 이 글에서는 1930년대에 쓰인 김영랑의 「동백잎에 빛나는 마

---

34) 권성훈, 「일제강점기 자화상 시편에 대한 정신 분석」, 『한국학연구』 42집, 고려대학교 한국학연구소, 2012.

35) 전동진, 「비평 글쓰기의 방법적 전략으로서의 '술어적 서술'」, 『비평문학』 51집, 한국비평문학회, 2014.

음」을 낭만주의 시로, 권환의 「한역」을 사실주의 시로, 이상의 「오감도-시 제1호」를 모더니즘 시로 선택했다. 이들 세 편의 시에 대한 감상, 분석, 해석을 통해 비평적 글쓰기 과정을 보여주고자 했다. 이 논문은 문학교육의 측면에서 비평적 글쓰기를 위한 방법으로 권환의 시를 선택한 것이다. 권환의 시에 대한 작품 분석보다는 독자가 이 시를 받아들이고 표현하기 위한 방법적 전략을 제시한 글이다. 이 논문 역시 새로운 관점에서 권환의 작품을 활용하고 있음을 보여준다.

황선열[36]은 권환 연구가 시작된 이후부터 2006년까지 진행된 권환의 연구물을 바탕으로 연구 현황을 정리하는 동시에 원전 텍스트를 밝히는 문제에 있어 신중함을 요구하였다. 특히 이장렬의 박사학위 논문에서 권환의 작품으로 제기한 몇 작품에 의문을 나타내었다. '원소'라는 필명으로 발표된 소설 「썩은 안해-감방내의 환몽」(『조선지광』, 1927.7), 「자선당의 불」(『조선지광』, 1927.12)과 'KO생'이라는 필명으로 발표된 수필 「여배우와 기생」(『장한』 1호, 1927.1)으로부터 「학교순례기」(『학도』 3호, 1952)까지의 여러 작품은 권환의 것으로 볼 수 없다는 의견을 내었다. 이에 대한 해답을 분명히 알기 위해서는 계속적인 연구가 필요하겠지만 권환의 문학작품에 대해 신중하게 접근하려는 태도가 보인다는 점에서 의미가 있다고 하겠다.

박태일[37]은 권환이 임종 직전 경상남도 기관지 『경남공보』, 『경남공론』에 발표한 세 편의 작품을 발굴하여 소개하였다. 이 중 「병중독서잡감」, 「병상독서수상록」은 1948년 이후 쓰인 독후문이고, 시 「선창뒷골목」은 전쟁기 겨울 저녁 무렵, 마산 어시장 골목의 가난한 장사꾼의 삶을 응시 묘

---

36) 황선열, 「권환 문학 연구의 현황과 과제」, 『민족문화논총』 33집, 영남대학교 민족문화연구소, 2006.

37) 박태일, 「권환의 절명작 연구」, 『현대문학이론연구』 56집, 현대문학이론학회, 2014.

사한 작품이라고 하였다. 만년의 세 작품을 통해 권환의 사회주의자, 현실주의자로서의 특징을 확인할 수 있다고 하였다.

이상은 권환의 작품을 해석함에 있어 의미를 부여할 수 있는 소재, 주제어를 통해 연구한 경우들이다. 주로 시를 대상으로 연구한 경우이다. 권환의 시에는 이념 표출이 강하게 드러난다. 그래서 시에서 느낄 수 있는 서정적 요소가 부족하다. 연구물들은 이러한 점을 지적하면서도 작품이 그와 같은 방식으로 창작된 이유, 그와 같은 창작물에 부여할 수 있는 의미를 찾아내고자 하였다. 즉, 문학작품이 이념을 강하게 표현할수록 줄어드는 것이 예술적 성취이지만, 그와 같은 창작물에도 예술적 의미를 부여할 수 있다는 것이다. 이는 일제강점기라는 특별한 시대적 상황을 고려했다는 것과 무관하지 않다. '정치' 역할을 대신할 수 있는 '시'를 기대했다든가, 이념 표출의 시를 씀으로서 '유토피아'를 꿈꾸었다든가 하는 것은 권환이 살아간 시대와 깊이 연관된다. 그와 같은 시대 상황에서 시가 할 수 있는 역할을 생각해볼 수 있기 때문이다.

한편, '색채', '자화상', '비평적 글쓰기 구조'에 대한 주제는 권환의 시가 다양한 방면으로 연구될 수 있음을 보여준다. 주로 1940년대의 서정시를 대상으로 연구된 경우인데, 이것은 예술적 성취를 전제로 한 작품이 순수예술이 아닌 영역에서도 의미를 가질 수 있다는 것이다. 이념의 표출과 예술적 성취 사이의 갈등 관계는 접근 관점에 따라 그 의미의 추출량이 달라지는 것이다.

3) 동시대 문인과의 비교 연구

존재의 가치는 그 자체로도 빛날 수 있지만 대상과의 관계 속에서 의미가 새롭게 발견되기도 한다. 이에 작가로서의 권환을 다른 카프 문인들과 비교해 볼 수 있다.

김윤식은 「도쿄, 1927년의 이북만과 그 주변 – 권환과 에른스트 톨러」[38]에서 권환이 교토 제대를 졸업한 후 도쿄에 있는 카프 동경지부에서 활동한 내용을 이북만과의 관계를 통해 설명하였다. 카프 동경지부 조직자인 이북만에게 일본 제국대학을 졸업한 권환은 카프를 나프(NAPF)와 어깨를 나란히 할 수 있게 만든 존재로서 의미가 있다고 보았다. 또한 그 점이 카프 2차 방향 전환 이후 임화와 더불어 카프 문학의 중심 인물로 서게 한 이유라고 하였다.

김윤식은 이어 「해방공간에서의 권환과 향파」[39]에서 해방 이후 권환이 조선문학가동맹을 위해 활동한 내용을 고향 문우인 이주홍의 활동과 비교하여 설명하였다. 해방공간에서 권환이 택한 것은 카프 원리주의자로서 '통합절충을 위한 매개항' 쪽이었지만, 이는 임화, 김남천의 절충주의와 구분되는 것이며, 이기영, 한설야의 노선과도 선을 긋는 것이라고 하였다. 이는 그 어느 쪽에도 설 수 없는 것이었고, 결국 권환이 해방공간에서 침묵하게 한 것이라고 하였다.[40] 반대로 이주홍은 해방공간에서 왕성한 글쓰기로서 원점회귀했다고 하였다. 비록 이 시기의 글쓰기가 작가로서의 실존적 위기와 대면한 것은 아니지만, 외부 활동의 유무에서 비교된다고 보았다. 한편 문학의 지역중심주의와 논할 때 권환과 이주홍은 경남중심주의를 대표하는 자로서 서울중심주의, 평양중심주의와 다른 지향점에 대해서도 논할 여지가 있다고 하였다.

---

38) 김윤식, 「도쿄, 1927년의 이북만과 그 주변 – 권환과 에른스트 톨러」, 『문학사의 새 영역』, 강, 2007.

39) 김윤식, 「해방공간에서의 권환과 향파」, 위의 책.

40) 위의 책, 220쪽.

유성호[41]는 권환과 임화의 관련성을 주제로 의견을 개진하였다. 권환과 임화는 카프에 가담하면서부터 해방 직후까지 일정하게 같은 길을, 방법적 차이를 안은 채, 걸어왔다고 할 수 있으며, 권환과 임화가 시와 시론을 통해 나누었던 방법적·이념적 갈등과 논쟁 뒤에는 이러한 프로문학가로서의 연대와 동행의 흔적이 있었다고 보았다. 그간 제기되어왔던 권환과 임화의 관련성을 전면에 주제로 내세웠다는 점이 특징적이다.

이상은 권환을 동시대 문인과 비교하여 연구한 경우다. 다른 문인들과의 비교는 연구 대상의 의미를 새롭게 부각시킨다. 권환은 카프의 다른 문인들에 비해 고학력자이고, 1940년대 후반 조선어 시집을 두 권이나 출간했고, 해방 직후에는 조선문학가동맹이라는 좌·우 문인들의 연합 결성체를 만드는 데 앞장선 작가라는 특징이 부각된다. 이는 권환이 카프 내에서 중요한 위치에 있었음을 말해준다. 그런 점에서 임화와의 관계는 지속적으로 비교 연구될 필요가 있다. 문학 지역주의와 관련하여 이주홍과의 관계도 계속 연구할 분야이다. 카프 활동에 조명받지 못했던 점을 비춰줄 수 있는 연구 주제가 될 것이다.

다른 대상과의 비교는 작가 권환과 그의 작품에 위상을 부여하는 일이 된다. 비교 연구는 대상과 어깨를 나란히 해야 가능한 연구 방법이므로 권환 연구에 지위를 부여하는 일인 동시에 연구 방법을 다양하게 확장하는 일이 되기도 할 것이다.

4. 전향에 대한 연구

카프의 맹원이었던 권환의 행보를 두고 전향 여부를 논하는 것은 권환

---

41) 유성호, 「권환과 임화」, 『한국근대문학연구』 17집, 한국근대문학회, 2016.

을 연구할 때 쟁점이다. 그 이유는 크게 두 가지인데, 1943년과 1944년에 출간한 시집 『자화상』, 『윤리』에 실린 시들이 서정시였다는 것과 권환이 해방 이후 월북하지 않고 고향에 남아 있었던 것이다. 1940년대는 종이가 귀하여 도서 출간이 어려웠던 시절이었던 데다가 조선어 시집이었기 때문에 친일을 하지 않았으면 가능한 일이 아니었다는 것이 가장 큰 이유이다. 한편 해방 이후 임화와 더불어 조선문학가동맹의 결성에 앞장섰고, 임화 등 다른 카프 문인들이 대거 월북한 상황에서 권환은 월북하지 않았다. 이러한 행보는 권환이 내면으로까지 전향했기 때문이라는 추측을 낳게 하였다. 카프 해산 당시 카프 조직원 모두가 전향서에 이름을 쓰기는 했지만, 그것이 내면의 전향으로까지 이어졌는가에 대해서는 살펴볼 일이다.

권환의 서정시집 발간과 친일에 대한 논란은 시집에 실린 몇 작품에 친일의 경향이 보인다는 것 때문이다. 박태일[42]은 권환의 전향은 카프 해체 이후 이미 이루어진 것이지만, 친일에 대해서는 일제의 '내선일체' 압박에 지병을 핑계로 버틴 것으로 보았다. 시집 『윤리』에 실린 「황취」, 「송군사」, 「그대」의 작품에 친일의 논란이 생길 수는 있지만, 부왜 잡지나 신문에 발표된 것이 아니라, 개인 시집에 발표되었다는 점에서 '부왜의 빛깔이 엷다'고 하였다.

이에 대해 김형수[43]는 위 세 작품이 일본의 전쟁 논리에 동조하는 태도가 있기 때문에 '부일'의 행위가 없다고 할 수는 없다고 하였다. 이와 관련하여 '비장한 결단 없이 자화상과 윤리를 언급'한 점, '전장에 나가는 이들

---

[42] 박태일, 「경남지역 문학과 부왜활동」, 『한국문학논총』 30집, 한국문학회, 2002, 17~18 쪽.

[43] 김형수, 「부일협력, 그 기억과 망각 사이를 떠도는 망령 : 유치환과 권환의 '부일협력' 의혹에 대하여」, 『인문논총』 11집, 창원대학교 인문과학연구소, 2004, 19~20쪽.

을 찬양 했다는 조동일[44]의 견해를 빌려 부일협력 의혹을 완전히 해소해주지 않는다고 하였다.

이순욱[45]은 초기 아동문학의 실체를 규명함으로써 그의 문학적 출발점을 이해하는 토대를 마련하고, 전향 후 김해 박간농장에서의 삶과 문학 활동, 이 시기 의혹을 받고 있는 친일시의 맥락과 광복기 남한 잔류의 문제를 해명하고자 하였다. 그는 박간농장에서의 삶을 구체적으로 살펴보았는데, 권환은 지금의 부산시 강서구 지역에 머물렀으며, 관리인이 아니라 농장원으로 농막에 머물면서 6천의 소작지를 경작하였다는 사실을 여러 근거를 통해 추론하였다. 김해에 머문 시기는 1936~7년경부터 1944년 경성제대 도서관 사서로 일하기 직전까지로 보았다. 또 친일적 경향의 시로 평가받는 「아리랑 고개」, 「황취」, 「송군사」, 「그대」 네 편의 작품에 대해서도 살펴보았는데, 권환의 전향은 내적 신념이기보다는 외적 상황에 따른 선택으로 보았다. 현재까지 권환이 친일문학단체에 가입한 흔적이 없고, 친일 잡지나 신문에 실리지 않았다는 점에서 친일시로 확정할 수 없다고 하였다. 또한 그의 남한 잔류를 신념이나 이데올로기의 좌절로 읽을 수 없다고 하였다.

김승구[46]는 권환의 일제 말기 문학 활동을 면밀히 검토해보았다. 일제 말기 그의 문학적 재기가 임화와의 관계 속에서 이루어짐을 검토하였고, 『자화상』, 『윤리』 두 권의 시집을 낸 상황을 중요한 의미로 부각하며, 당시의 출판 상황과 그의 시집과의 관련성을 검토하였다. 이들 시집에 실린 시들은 몇 편의 문제적 시들을 제외하면 권환의 오래된 신념을 내재한 시들

---

44) 조동일, 『한국문학통사 5』, 지식산업사, 1989, 488쪽.

45) 이순욱, 앞의 글.

46) 김승구, 「일제 말기 권환의 문학적 모색」, 『국제어문』 45집, 국제어문학회, 2009.

이었음을 밝혔다. 권환은 전향 이후 순수문학으로 전환한 것이 아니라, 엄혹한 식민지 사회 중심부에서 지식인의 윤리에 대해 고뇌했다고 보았다. 일제 말기에 발간한 두 권의 시집에 대한 문학사적 의의를 높인 경우이다.

권환의 친일에 대한 논란은 시집 『윤리』에 실린 「아리랑 고개」, 「황취」, 「송군사」, 「그대」 네 작품에 집중되어 있다. 색깔이 옅든, 짙든 친일(부일)한 행적이 아니냐의 논쟁이 있었지만, 연구가 진행될수록 시각의 범위가 넓어져 큰 틀에서 권환의 시에 의미를 부여하려는 활동이 이어진다.

박정선[47]은 일제 말기 서정시를 통해 파시즘과 서정시, 나아가 파시즘과 리리시즘 사이의 상관성이 있다고 보고 이들의 관계를 살펴보았다. 이를 통해 김종한, 서정주의 경우는 탈정치미학인 리리시즘을 정치적으로 전유함으로써 일본 파시즘을 서정적으로 노래한 것으로, 정지용, 권환은 리리시즘을 통해 파시즘에 대한 미학적 저항을 감행한 것으로 보았다.

박정선은 또 다른 연구[48]에서 일제 말기 발표한 서정시들에서 반파시즘적 시대하의 서정시가 어떤 의미를 갖는지 살펴보았다. 권환은 인간 생활의 진실을 추구하는 '현실 탐구의 시학'을 정립했는데, 이에 의거하여 자연에서 인간 생활의 진실을 발견하고, 주체와 자연이 진실을 매개로 하여 미메시스적 방식으로 동일화하는 세계를 형상화했다. 이러한 미메시스적 동일화는 파시즘의 '잘못된 투사' 즉, 주체 중심적 동일화에 대한 비판의 의미를 지닌다. 아울러 권환은 현실에 기원을 두면서도 현실을 초월한 판타지를 중심 개념으로 하여 '판타지 시학'을 체계화했다고 하였다. 판타지 시학은 서정시에서 미적 가상의 구축으로 나타났고, 그러한 미적 가상은 당

---

47) 박정선, 「파시즘과 리리시즘의 상관성 연구」, 『한국시학연구』 26집, 한국시학회, 2009.
48) 박정선, 「시대의 반서정성과 서정시의 반시대성」, 『어문학』 108집, 한국어문학회, 2010.

대 현실의 모순성을 폭로하는 아이러니의 의미를 지닌다고 하였다. 이 과정을 통해서 권환의 서정시가 저항성을 획득한다고 하였다. 박정선의 연구는 권환의 서정시를 전향이 아니라 저항의 행위였음을 이론적으로 밝힌 글이라 할 수 있다. 이것은 권환의 서정시에 대해 적극적인 의미를 부여하는 것이며, 일제 말기 우리 문단의 창작 활동이 생명력 있게 이어지고 있었다고 주장할 수 있는 기반을 마련해주는 것이라 하겠다.

한편 해방 이후 권환이 월북하지 않은 행보와 관련한 연구를 살펴볼 수 있다. 한정호[49]는 권환이 월북하지 않은 것은 문학가동맹의 와해로 북로당에도, 남로당에도 낄 수 없는 고뇌 때문이라고 하고 권환이 북행을 행동으로 옮기지 않은 이유를 세 가지로 제시하였다. 첫째, 이데올로기의 좌절과 자기반성, 둘째, 폐결핵의 악화, 셋째, 고향 사랑과 장남 콤플렉스이다. 그는 1935년 카프 해산과 더불어 제출한 전향 서약을 통해 내면적 전향이 이루어졌다고 보고, 이 근거로 서정시 창작을 든다.

김형수[50]는 권환의 행보를 해방 직후 복잡했던 정치적 사건을 통해 풀어보았다는 점에서 의미가 있다. 그는 권환을 해방 직후 남로당의 핵심 인물로 파악하고 그의 활동을 정리하였는데, '조선프롤레타리아문학동맹'을 결성(1945.9.17.)하고, '조소문화협회 경성지부(1945.12.27.)' 발기인 명단에 이름을 올리고, '조선문화건설본부'와의 통합을 주도하여 '조선문학가동맹(1945.12.13.)' 서기장 및 농민문학부위원장을 역임했고, '전국문학자대회(1946.2.8~9) 준비위원회' 위원과 '민주주의민족전선(민전 · 1946.2.15.)' 결성대회 대위원 및 민전 중앙위원에 이름을 올렸던 남로당의 핵심 인물이라

---

49) 한정호, 「권환의 문학행보와 마산살이」, 『지역문학연구』 11집, 경남부산지역문학회, 2005.

50) 김형수, 「해방기 경남의 시인 1. 권환」, 『인문논총』 13집, 창원대학교 인문과학연구소, 2006.

제2부 시인으로서 근대 지식 펼치기

말한 것이 그것이다. 따라서 권환이 월북하지 않은 이유를 미군정의 탄압으로 인민문학 건설이 남한에서 불가능하게 되었다는 사실에 대해 좌절한 이유가 컸기 때문이라고 보았다. 이후 국민보도연맹의 탄압을 견디다 못해 끝내 전향하지 않을 수 없었을 것이라 하였고 여기에는 권환의 지병도 중요한 이유가 되었을 것으로 보았다. 김형수의 연구는 역사적 사건을 통해 권환의 행보를 설명했다는 점에서 의미가 있다.

권환의 전향 여부에 관한 논란은 아직 해명되지 않은 상태이다. 주장을 입증할 만한 결정적 자료가 확보되지 않은 것이 가장 큰 이유이고, 그의 내면 의식이나 작품 세계에 대한 연구가 더 필요하기 때문이다. 전향의 문제는 그의 작품 세계를 해석할 수 있는 단초가 된다. 권환을 연구함에 있어 전향에 대한 논의는 계속 연구되어야 할 부분이다.

5. 요약과 전망

지금까지 권환 연구의 전개 양상을 살펴보았다. 권환은 그의 생애에 관한 기록이 충분히 갖추어져 있지 않았던 관계로 권환이라는 작가적 중요도에 비해 그 연구가 활발히 전개되지 못했다. 본고는 그와 같은 상황에서 시작된 권환과 그의 작품에 관한 연구가 어떤 양상으로 전개되었는지 살펴보고자 하였다.

먼저, 작가에 대한 연구는 그 생애에 대한 자료 확보가 우선이라는 점을 고려하여 실증적 자료 확보를 통해 생애 연구를 한 경우를 살펴보았다. 자료가 일천하던 시기에 직접 자료를 열람한 연구자들의 수고를 통해 출생과 배움의 과정에 대해 중요한 자료를 확보한 것을 알 수 있었다. 다만 권환의 사망 연도와 해방 이후의 활동에 관한 실증적 자료 확보는 아직 부족하므로 이에 대한 연구가 계속 필요할 것으로 보인다.

다음, 권환의 작품 세계를 분석함으로써 문학적 가치를 부여한 연구들을 살펴보았다. 권환 관련 연구물은 이 분야에 집중되어 있었다. 이에 일제강점기의 현실과 모순된 현실에 대한 응전으로서의 의미와 이념의 표현과 예술적 주제의 추출이라는 점, 비교 연구를 통해 대상과의 관계 속에서 발견되는 위상의 의미를 살핀 연구로 나누어보았다.

일제강점기의 모순과 모순된 현실의 응전에 대한 의미에서 권환의 작품들이 일제강점기라는 시대적 상황 속에서 창작된 것이며 모순된 현실에 맞선 것이라는 연구물들로 정리할 수 있었다. 특히 카프 해산 이후 1940년대에 발간한 시집에 실린 권환의 서정시들에 대해서 대부분의 연구는 시대적 탄압을 피할 수 없었던 것으로 해석하고 있었다. 현실에 맞선 응전의 의미라는 점에서 앞으로의 연구는 1940년대의 시집 발간에 의미를 부여하는 작업이 강조되어야 할 것으로 보인다.

이념의 표현과 예술적 주제의 추출은 카프 맹원으로서 권환의 작품에 대한 연구물을 정리한 것이다. 권환의 작품들은 카프의 이념에 충실하게 표현된 것이라고 하였다. 이념의 표현은 반대로 예술적 성취를 떨어뜨리게 하지만, 연구물 중에는 예술 작품으로서 성취를 보일 수 있는 '주제'를 추출하여 살펴보려는 경우도 있었다. 권환이 카프의 맹원이었고, 카프가 우리 문학사에서 중요한 부분을 차지한다는 점에서 카프와 권환의 의미를 확장하는 연구가 필요할 것으로 보인다. 다양한 방면에서 새로운 각도로 권환의 작품을 해석하려는 시도 또한 계속되어야 할 것이다.

비교 연구를 통해 대상과의 관계 속에서 발견되는 위상은 카프 문인들과 다른 작품의 비교 연구를 통해 권환과 그의 작품에 의미를 부여하려 한 연구였다. 이는 권환의 활동과 작품에 새롭게 의미를 부여할 수 있는 방법이 되었다. 권환 연구에 지속적으로 언급되는 임화를 비롯하여 다른 카프 문인들과의 비교 연구, 해방 이후 다른 문인들과의 비교 연구, 창작 방법,

제2부 시인으로서 근대 지식 펼치기

가치 지향에 대한 비교 연구 등 권환과 그 작품의 의미에 지위를 부여할 수 있는 주제를 계속 발굴하여 연구하는 작업이 필요할 것이다.

마지막, 전향에 대한 논의는 1940년대의 시집 발간에 친일의 의도가 있었는가의 문제와 해방 이후 월북하지 않은 행보에 관한 연구들이었다. 친일 행적의 의도와 관련해서는 친일시로 볼 수 있는 몇 편의 시 작품들에 초점을 두는 경우와 그 작품들을 제외한 다른 작품들의 의미, 그리고 조선어 시집 발간에 초점을 두어 문학사적 의미를 부여하려는 경우가 있었다. 해방 이후 월북하지 않은 행보에 관해서는 당시의 정치 상황과 권환이 처한 개인적 사유를 들어 해명하려 한 경우가 있었다. 모두는 현재로서 추측만이 가능한 것이라 할 수 있는데, 이 또한 관련한 실증적 자료가 부족하기 때문이다. 이 부분은 관련한 자료 확보를 우선으로 하고, 권환이 그의 생애에서 지닌 가치 지향을 고려하여 신중하게 접근해야 할 것으로 보인다. 권환의 삶과 작품을 해석할 수 있는 단초가 되기 때문이다.

권환은 일제강점기와 해방 이후 혼란의 정국을 살아갔다. 그는 근대 지식인이자, 문학인이었고, 혼란의 시기를 살아간 한 인간이었다. 그의 작품은 시대의 고민이면서 삶의 행적이 표출된 것이다. 여전히 정치적·사회적으로 혼란한 시기를 살아가고 있는 요즘 지식인으로서의 삶을 생각해보고, 문학이 현실의 문제에 할 수 있는 역할을 되새겨 볼 때 권환과 그의 작품은 오늘의 우리에게 의미를 제공해주는 것으로 여전히 살아 있다고 할 것이다.

2장
대상으로서의 수용자와 리얼리즘의 시적 성취[*]

1. 머리말

리얼리즘을 문학, 특히 시로 표현하고자 할 때 제약이 따르는 것이 사실이다. 운율과 함축이라는 시 고유의 특성 때문에 현실의 상황을 상세하게 서술할 수도 없고, 복잡한 현실의 모습을 총체적으로 표현하기가 힘들기 때문이다. 그러므로 리얼리즘의 시적 성취를 논할 때 소설과 다른 시 양식의 특성을 지키면서 리얼리즘이 얼마나 잘 반영되었는가를 고려하는 것은 시적 성취의 중요한 판단 기준이 될 것이다.

시 양식에서 리얼리즘의 논의 가능성을 연구한 경우는 윤여탁[1]이 있다. 그는 리얼리즘에 대한 기왕의 논의를 바탕으로 서정시까지를 포함하는 시 양식에서의 리얼리즘 논의의 가능성을 살펴보고, 시 형식의 문제를 살펴 그 형상화의 다양한 방법을 분석하였다.

---

* 이 글은 『한국시학연구』 54집, 한국시학회, 2018에 실린 필자의 글을 수정·보완한 것이다.

1) 윤여탁, 「1920~30년대 리얼리즘시의 현실인식과 형상화 방법에 대한 연구」, 서울대학교 대학원 박사학위 논문, 1990.

제2부 시인으로서 근대 지식 펼치기

리얼리즘의 시적 성취에 관해서는 최두석[2]의 경우가 있는데, 그는 '당대의 사회현실의 유의미한 국면이 시적 주체와의 상관관계 속에서 핍진하게 형상화된 것'을 리얼리즘의 시적 성취라고 보았다. 그리고 리얼리즘의 시정신이 시의 속성에 호응하면서 어떻게 구현될 수 있는가와 관련하여 리얼리즘 시의 창작 방법에 대해 연구하였다.

리얼리즘의 생명이 현실의 핍진한 반영에 있다면 그것은 궁극적으로 현실을 살아가는 사람들의 삶을 발전적으로 변화시키려는 데 목적을 두었을 것이다.[3] 그렇다면 리얼리즘 시가 현실에서 의미를 가지려면 그것을 현실에서 수용하는 '수용자'의 입장을 고려하지 않을 수 없다.[4]

본 연구에서는 리얼리즘 시의 시적 성취를 논하되, 그 성취를 가늠할 수 있는 기준으로 '수용자(독자)'를 들고자 한다. 수용자는 작품을 감상하는 주체로 작가가 창작한 작품을 읽고 감동을 받아 내적 변화를 일으킬 수 있는 궁극적 감상 대상이다.[5] 이러한 '대상으로서의 수용자'를 리얼리즘의 시적

---

2) 최두석, 「한국 현대 리얼리즘시 연구—임화 오장환 백석 이용악의 시를 중심으로」, 서울대학교 대학원 박사학위 논문, 1995.

3) 이와 관련하여 최두석은 '리얼리즘 시의 본령은 답답한 현실일지라도 그 현실을 집요하게 추궁하여 드러냄으로써 변혁의 방향과 동력을 찾아내는 데 있다'고 하였다. 최두석, 『리얼리즘의 시정신』, 실천문학사, 1998, 44쪽.

4) 수용이론의 대표자인 야우스는 '수용자(독자)'를 중심에 놓는다. 그는 마르스크주의적 미학이 단지 현실 반영에만 머문다면 그것은 예술이 가지고 있는 세계에 대한 새로운 인식과 선취된 현실에로 인간을 유도해갈 수 있다는 특성을 놓치게 될 것이라고 한다. 이를 극복하기 위해서는 작품과 인간의 능동적 상호작용을 이루어야 하는데, 여기에 '수용자'가 중심에 서게 된다. 즉, 문학과 예술은 작품들의 상호성이 단지 생산적인 주체를 통해서만이 아니라, 소비적 주체를 통해서—작가와 독자의 상호작용을 통해서도 중재될 때 비로소 전진적인 역사로 변하는 것이라고 하였다. 야우스, 『도전으로서의 문학사』, 장영태 역, 문학과지성사, 1983, 172쪽.

5) 수용이론을 소개하고 정리한 차봉희의 의견을 참고하면, 수용자는 작품을 받아들이는 행위자로 작품을 읽거나 평하거나 이에 관여하는 행위를 하는 사람으로, 예컨대 독

성취를 판단하는 기준으로 내세운 것은, 리얼리즘이란 현실의 문제를 진실하게 다루려는 정신을 가지고 있는 문예사조이므로 작가가 리얼리즘 문학을 창작하고자 할 때는 그 작품을 읽는 사람의 삶의 환경을 고려하여 창작하고자 했을 것이라 생각하였기 때문이다.[6]

이 글에서 논의하고자 하는 작품은 임화의 「우리 오빠와 화로」, 권환의 「소년공의 노래」, 이용악의 「낡은 집」이다. 이 세 작품은 리얼리즘의 성격을 기본적으로 가지고는 있으나 작품의 경향이 조금씩 다르다고 할 수 있다. 그 조금씩 다른 작품 경향은 작가의 창작 목적과 관련하여 생성된 것이며 작가의 창작 목적으로 삼은 중요한 요소가 '수용자'에 대한 입장 차이라고 볼 수 있다. 그런데 작가가 설정하고자 하는 '수용자'는 그 시대의 지배적 성향에 영향을 받는다. 「우리 오빠와 화로」(1929)와 「소년공의 노래」

자 · 비평가 · 문학 이론가 · 문학 교수, 신문 · 라디오 · TV를 통한 작품 해설가, 또는 영화 · 연극 등 문학작품 상연에서 행위하는 연기자 및 관객, 방송극의 청취자 등을 총 망라하는 것이라 할 수 있다고 하였다. 차봉희 편저, 『수용미학』, 문학과지성사, 1985, 29~30쪽

6) 수용자와 관련하여 참고할 만한 연구로 박윤우와 심혜련의 경우가 있다. 박윤우의 「'이야기시'의 화자 분석과 시의 해석 방법」(『문학교육학』 21집, 한국문학교육학회, 2006)은 담화의 소통 구조를 갖는 이야기시를 연구 대상으로 삼아 화자에 대한 청자로서 수용자가 시를 해석하는 과정에서 자신의 경험과 인식을 활용하는 상황에 주목했다. 이는 학습 독자가 가치의 내면화를 이루는 데 시 읽기가 효과적임을 보여주는 것인데, 시의 가치가 수용자의 삶을 의미 있게 엮어가는 데 있음을 주장하는 근거가 되었다. 심혜련의 「감성적 주체로서의 능동적 관찰자」(『도시인문학연구』 9권 1호, 서울시립대학교 도시인문학연구소, 2017)는 감성학을 언급하며 감성의 주체로서 수용자를 강조한다. 특히 수용자의 능동적 관찰자로서의 역할을 강조했는데, 디지털 매체시대에 수용자가 '혼종주체(heterosubject)'로 그 모습을 드러내는 것에 주목했다. 이는 능동적 관찰자에게서 보이는 이질적인 다양한 주체의 모습을 언급한 것으로 수용자의 능동적 역할을 강조한 것이다. 두 논문은 수용자 역할의 중요성에 무게를 둔 것으로 현대사회에서 수용자에 대한 관심이 커져가는 현상을 설명하는 데 적절한 이론적 근거를 제시하고 있다는 점에서 의미가 있다.

(1930)는 카프(KAPF) 조직원의 작품이기는 하지만 카프 2차 방향 전환을 전후하고 있어서 조직의 방향에 따라 창작 방법이 달라진 작품이다.[7] 「낡은 집」(1938)은 1930년대 후반의 작품으로 카프 해체 이후 변화된 조선 문단의 문학적 분위기와 시대 상황을 담아낼 수 있는 작품이다. 따라서 이 세 작품은 시기에 따라 달리 설정되는 '수용자' 양상을 보여준다. 리얼리즘의 시적 성취는 이와 같이 각각의 '수용자'를 고려하여 그 성취 정도를 평가해야 한다고 본다. 수용자 상황에 맞는 시 창작이 수용자에게 리얼리즘 정신을 잘 불러일으킬 수 있기 때문이다.

본 연구에서는 각 작품이 대상으로 삼고 있는 '수용자'가 어떻게 다른지 알아볼 것이다. 그리고 그 수용자에 따른 작품이 리얼리즘의 시적 성취에 얼마나 도달하였는지 살펴보고자 한다.[8] 이것은 '수용자'라는 기준을 내세

---

7) 카프의 2차 방향 전환의 내용은 임화의 「시인이여! 일보전진하자!」(『조선지광』 제91호, 1930.6)를 참고할 수 있다. 임화는 이 글에서 '시는 절대 무조건적으로 대중화하여야 하며 또한 시로 엄정한 프롤레타리아화해야 한다.'라고 하였고, 자신의 작품 「우리 오빠와 화로」에 나타난 '낭만성'을 비판하였다. 또한 권환은 「무산예술운동의 별고와 장래의 전개책」(『중외일보』, 1930.1.18)에서 '임화의 「우리 오빠와 화로」 같은 것은 어떤 센티멘탈한 여성을 머리에 두고' 썼을 것이라며 '적어도 노동자·농민의 감정으로 그들을 읽히기 위해 쓰지 않은 것만은 어느 독자이든지 다 동감할 것'이라고 하였다.

8) 이 글에서 주목하는 것은 '수용자'를 고려했을 때 리얼리즘 시에서 '시적 성취'가 어떻게 달라지는가 하는 것이다. '수용자' 중에는 그가 처한 환경에 따라 시에 대한 기본적인 지식과 이해 정도를 잘 갖춘 이가 있는가 하면 그렇지 못한 이도 있다. 이럴 때 작가가 수용자의 특성을 고려하여 그에 맞게 작품을 창작하였다면 그 창작품은 저마다 다르게 나타날 것이다. 이를 기존의 기준으로만 평가한다면 그 가치를 제대로 부여하지 못할 것이다. 리얼리즘 시는 현실 반영을 특징으로 한 것으로 현실의 수용자를 중심에 두고 수용자 시선에 맞게 해석할 필요가 있다. 기존의 수용자를 중심으로 한 연구들은 '텍스트'가 수용자의 해석에 의해서 '작품'이 되어가는 과정에 초점을 맞춘 것이 많았다. 이는 작품의 가치를 형성하는 과정에서 수용자의 역할을 중심에 두었다는 점에서 의미가 있다. 이 글에서는 기존의 연구 성과를 바탕으로 하면서도 시적 성취의 정도를 평가하는 기준으로 '수용자'를 중심에 두고자 한다.

움으로써 리얼리즘의 시적 성취를 논할 수 있는 방법을 확장시킨다는 점에서 의미가 있을 것이며, 수용자를 둘러싼 여러 환경에 의해 수용자가 느끼는 '감동적인 시'는 다를 수 있음을 보여 시적 성취에 대한 수용자의 능동적 입장을 확보하게 할 것이다.

2. 낭만적 혁명 동지와 현실 인식

임화(林和, 1908~1953)는 초기에는 다다이즘의 시[9]를 쓰기도 하였으나, 마르크스 이론을 바탕으로 하여 무산자 혁명을 부르짖는 시로 나아가게 되었다. 카프의 주요 회원으로 활동한 임화는 그의 대부분의 작품에서 리얼리즘의 경향을 찾아낼 수가 있는데, 그의 대표작 「우리 오빠와 화로」(1929.2)를 통해 그 정도를 살펴보고자 한다.

> 사랑하는 우리 오빠 어저께 그만 그렇게 위하시든 오빠의 거북紋이 질화로가 깨어졌어요
> 언제나 오빠가 우리들의 '피오닐' 조그만 기수라 부르는 永男이가
> 지구의 해가 비친 하로의 모-든 시간을 담배의 독기 속에다
> 어린 몸을 잠그고 사온 그 거북紋이 화로가 깨여졌어요
>
> 그리하야 지금은 火적가락만이 불상한 永男이하구 저하구처럼
> 똑 우리 사랑하는 오빠를 잃은 남매와 같이 외롭게 벽에가 나란히 걸렸어요

---

9) 「지구와 박테리아」(『조선지광』 1927.8)가 대표적인 작품이다. 이 외에도 임화는 1926~27년 사이에 「풀테쓰파의 선언」『매일신보』(1926.3.7), 「근대문예잡감」(『매일신보』 1926.5.23)이라는 제목의 평론을 발표하기도 하였는데 이들은 모두 임화의 다다이즘에 대한 관심을 보여주는 글이다. 김윤식, 『임화 연구』, 문학사상사, 2000, 35~48쪽 참조.

제2부 시인으로서 근대 지식 펼치기

(…)

그리고 오빠 ……
저뿐이 사랑하는 오빠를 잃고 永男이뿐이 굳세인 형님을 보낸 것이
겠습니까
슬지도 않고 외롭지도 않습니다
세상에 고마운 청년 오빠의 무수한 위대한 친구가 있고 오빠와 형님
을 잃은 수없는 게집아희와 동생
저의들의 귀한 동무가 있습니다

그리하야 이 다음 일은 지금 섭섭한 분한 사건을 안꼬 있는 우리 동
무 손에서 싸워질 것입니다.

— 임화, 「우리 오빠와 화로」[10] 부분

'리얼리즘 시'의 성격 규명을 어떻게 할 것인가에 따라 위의 시는 리얼리
즘을 잘 반영한 시일 수도 있고, 현실을 소재로 했을 뿐 그저 감상성에 빠
지고만 시가 될 수도 있다. 문학에서 '리얼리즘'의 성격을 논할 때는 '전형
성, 총체성, 전망제시'를 그 요소로 든다.[11] 이러한 기준으로 본다면 프롤레
타리아 계급의 노동자가 나오며, 길이가 긴 이야기 시 양식을 통해 현실의
총체성을 드러내고 있으며, 열악한 노동 환경과 그 현실을 이겨내고 보다
나은 미래를 만들기를 꿈꾼다는 점에서 '전형성, 총체성, 전망제시'의 요
소를 찾아낼 수가 있다. 본 연구에서는 리얼리즘에 대한 이러한 이론을 바

---

10) 임화, 『현해탄』(임화전집 Ⅰ·詩), 풀빛, 1988, 32쪽.
11) 루카치는 그의 글에서 '예술 작품 속에서는 특정의 단편, 특정의 사건, 특정의 인간 혹
    은 그의 삶에서의 특정의 계기가 그러한 연관을 그 구체성 속에서 그리고 그 속에 있는
    모든 본질적인 규정들의 통일 속에서 표현하여야 한다.'라고 하였다. 루카치, 「예술과
    객관적 진리」, 『리얼리즘 미학의 기초 이론』, 이춘길 편역, 한길사, 1985, 64쪽.

탕으로는 하되, 시 장르에서 나타내야 할 '리얼리즘'의 성격을 '현실의 사실적 모습이 시적 장치를 통해 삶의 의미를 가지고 표현된 것'으로 규정하고자 한다.

그렇다면 임화의 위의 시는 현실의 사실적 모습이 구체적으로 드러나지 않지만, 현실적 상황이 시적 장치를 통해 드러나고는 있다고 평가할 수 있다. '현실의 사실적 모습이 구체적으로 드러나지 않았다'는 것은 노동자 계급인 화자와 그 가족들이 처한 열악한 상황들이 '힘든 상황'임을 짐작하게 할 정도이지 구체적으로 어떠한 상황인지 표현되지 않았다는 점이고, '현실적 상황이 시적 장치로 제시되었다'는 것은 '거북紋이 질화로가 깨어졌다'는 상징적 기법을 통해서 노동 탄압이라는 현실적 상황을 표현하고 있기 때문이다.

「우리 오빠와 화로」가 보여주는 리얼리즘의 시적 성취는 이러한 점에서 부정적일 수도 있고, 긍정적일 수도 있다. 그리고 이러한 평가는 이미 카프 시절 김기진과 임화의 논쟁에서 나타난 것이다.

김기진은 독자 대중의 교양을 생각하여 시를 쉽게 그리고 흥미를 높일 수 있게 써야 한다고 했는데, 그 적절한 양식으로 임화의 「우리 오빠와 화로」를 들었다. 그리고 이 시의 양식을 '단편서사시'라 명명하였고, 이러한 단편서사시는 '막연한 감정─단순한 심리상 충동의 노래가 아니고', '현실적·구체적의 묘사요 이것에 의한 감정의 전달이요 독자의 정서의 호소인 까닭'[12]으로 앞으로 이들이 나아가야 할 시는 단편서사시의 형식을 띄어야 한다고 하였다. 김기진은 이어서 '우리들의 시는 그들의 용어로 되어야[13]

---

12) 김기진, 「단편서사시의 길로」, 『조선문예』 창간호, 1929. 임규찬·한기영 편, 『카프비평자료총서』 Ⅲ, 태학사, 1989, 542쪽에서 재인용.

13) 김기진, 위의 글, 위의 책, 543쪽에서 재인용.

함을 강조하는데, 왜냐하면 이들의 시가가 대중에게 다가가지 못한 것이 '첫째, 우리의 시를 우리가 그들에게 가지고 가서 보여주지 못하였고 둘째, 그들이 알아보기 쉬운 말로 쓰지 못하였고, 셋째, 그들이 흥미를 느끼고 외우도록 그들의 입맛을 맞추지 못한 까닭'[14]이라고 보았기 때문이다.

이러한 김기진의 평가에 대해 임화는 자신의 시가 한갓 소시민적인 감상주의의 범주에서 벗어나지 못했다고 하였다. 곧, '소시민층, 주로 학생 지식자 청년들의 가슴을 흔들었을지 모르나 노동자와 투사에게는 남의 것이고 낯설은 손님에 지나지 않'[15]았다는 것이다.

김기진에게는 시를 이해하기 힘든 이들에게 모범적인 사례가 될 수 있는 「우리 오빠와 화로」가 임화에게는 노동자와 투사에게 낯선 시라고 평가되는 이유는 무엇일까? 각자에게 리얼리즘의 시적 성취가 다른 이유는 '수용자'에 대한 김기진과 임화의 입장 차이에서 찾을 수 있을 것이다.

작품을 창작함에 있어 두 사람이 공통적으로 중요하게 생각했던 것은 '노동자·농민'을 위한 작품 창작이었다. 김기진은 시를 이해하기 힘든 이들에게 알기 쉬운 말과 형식으로 글을 써야 한다고 하였고, 임화는 '노동자와 투사'를 위한 글을 써야 한다고 하였다. 두 사람 모두 '노동자·농민'을 중심에 두고 있었으나 그들이 그리는 '노동자·농민'의 모습은 달랐다.

김기진이 그린 '노동자·농민'은 어려운 시를 이해할 바탕이 마련되어 있지 않아 대중적 흥미를 일으킬 요소를 마련해주어야 하는 대상이었고, 임화에게 '노동자·농민'은 계급 모순이 가득한 현실에 분노를 느껴 이 사회를 바꾸기 위한 투쟁 정신을 가져야 할 대상이었다. 그런데 임화의 이런

---

14) 김기진, 「프로시가의 대중화」, 『문예공론』 제2호, 1929.6, 위의 책, 535쪽에서 재인용.

15) 임화, 「시인이여, 일보 전진하자」, 『조선지광』 제91호, 1930.6. 김윤식, 『임화 연구』, 132쪽에서 재인용.

비판은 「우리 오빠와 화로」가 창작된 이후 카프 방향 전환 즈음에 나온 것으로 「우리 오빠와 화로」를 창작할 당시의 본인의 입장은 아니었다. 그렇다면 임화가 이 작품을 쓸 당시에 대상으로 그렸던 '수용자'의 모습은 모순된 현실을 함께 헤쳐 나갈 의지가 있고 프롤레타리아의 세상을 만들 수 있다는 이상을 가지고 있는 낭만적 혁명 동지로서의 모습이었을 것이다. 그것은 「우리 오빠와 화로」가 노동자 현실의 어려움을 구체적으로 표현하기보다는 잡혀간 오빠의 공백으로 생긴 어려움을 투쟁 의지를 갖고 이겨내겠다는 다짐에 무게를 두고 있다는 것에서 알 수 있다.[16]

특히 '저뿐이 사랑하는 오빠를 잃고 永男이뿐이 굳세인 형님을 보낸 것이겠습니까'의 구절은 수용자에게 시적 화자와 동일한 처지에 있다는 감정을 불러 일으킨다. 시적 화자가 처한 상황이 특수한 개인에게만 적용된 것이 아니라 보편적 상황이라는 것으로 호소하고 있기 때문이다.[17] 그리고 이렇게 형성된 상황에 대한 공감은 '그리하야 이 다음 일은 지금 섭섭한 분한 사건을 안꼬 있는 우리 동무 손에서 싸워질 것입니다'의 구절에서 수용자로 하여금 혁명 동지의 입장에 서게 한다. 연대하여 투쟁하는 이상적인 모습을 그리고 있기 때문이다.

---

16) 이 작품에서 드러나는 '낭만적 혁명 동지' 의식에 대해, 화자는 여성임에 반해 이 작품의 주요 독자 대상은 남성이었다는 점을 고려해볼 수 있다. 젠더화된 화자의 목소리는 그 감정을 더욱 크게 불러일으키며 공감을 형성하여 이상적 미래에 대한 기대를 더욱 높여줄 수 있다.

17) 이 구절에 대해 대화의 양상이 시적 화자인 여동생과 청자인 오빠 간에 이루어지는 것이 아니라 작중 화자와 독자 간에 이루어지는 것이라고 보는 연구가 있다. 화자는 '오빠'를 부르고 있지만 그의 말을 받는 사람은 작중 청자라기보다 '오빠를 잃은 같은 처지의 민중들'이라는 것이다. 이는 곧 텍스트 밖의 타자가 보다 표나게 내부로 진입해 오고 있음을 의미하는 것이라고 하였다. 송기한, 「임화 '단편서사시'의 대화적 담론 구조」, 오세영·최승호 편, 『한국현대시인론』I, 새미, 2003, 77쪽 참조.

제2부 시인으로서 근대 지식 펼치기

프롤레타리아의 이상을 꿈꾸는 투쟁의지는 이 작품에서는 추구해야 할 선(善)이 된다. 인간의 보편적 감정은 올바른 가치를 지닌 '선'을 추구하려는 행동 앞에 감동이 일게 된다. 그것은 감상성을 동반하여 이상을 향해 함께 나가기로 다짐한 동지들의 마음을 하나로 모을 수 있다. 그것은 현실의 모순에 대한 구체적 인식이 없어도 가능한 것인데, 임화가 자기비판을 한 것은 이러한 이유, 즉 계급 모순의 구체적 제시 없이 감상성으로만 혁명의 이상을 표현하고 있다는 점 때문일 것이다. 그러나 이 점은 투쟁을 위한 이론적 지식이 부족하고, 시를 이해하기 어려운 '노동자·농민'에게도 감성을 자극하여 그 자체로 감동을 줄 수 있다. 김기진이 주목한 것은 바로 이러한 점일 것이다.

감성에 대한 자극으로 '수용자'인 '노동자·농민'이 계급 모순의 현실을 인식할 수 있다면 그것은 리얼리즘의 성취를 이루었다고 할 수 있을 것이다. 하지만 현실에 대한 구체적 모습을 그려내지 못하는 것은 작가의 리얼리즘 정신을 의심케 하는 것이므로 작품의 구체적 현실 반영은 리얼리즘의 우선 요건이 된다. 물론 이것은 임화만의 문제가 아니라 당대 카프 시인들의 한계이기도 하다. 결국 임화는 이후 '주체 재건'이라는 입장을 통해 작가의 리얼리즘 정신을 강조하게 된다. 시 「우리 오빠와 화로」는 '수용자'를 중심으로 대중화를 강조했던 김기진과 카프의 방향 전환을 통해 작가들의 조직화를 꾀한 임화의 행동 방향에 따라 그 평가를 달리하게 되었다.

3. 노동자·농민과 투쟁 의식

수용자에 대한 인식을 분명하게 드러낸 경우로는 카프 조직원이었던 권환(權煥, 1903~1954)을 들 수 있다. 그는 카프 조직의 볼셰비키화를 주장하면서 방향 전환을 주도한 주요 인물이었는데, 그때 중점으로 삼은 것이

'노동자·농민'들의 투쟁 의욕을 불러일으키는 것이었다.

　권환은 「무산예술운동의 별고와 장래의 전개책」에서 '독자 대상은 노동자·농민으로 하자'는 제목으로 카프의 예술 작품의 독 자대상은 '노동자·농민'임을 분명히 하였고, 그들을 조직화하는 데 있다고 하였다.

> 　유일한 주요 목적은 우리 노동자·농민 계급을 아지 프로하여 미조직된 그이들을 조직시키고, 조직된 그 조직을 더 강화케 하는 데 있다. (…) 우리 문예의 비평은 소부르 비평가들의 깨바래지 말고 오로지 노동자 농민들에게 구하여 그들의 감정으로 그들의 일용 언어로 그들이 이해하기 쉽게 그들이 잘 감동하게 써야 한다. 그래서 그이들이 잘 이해하고 그이들이 잘 감동되면 그리될수록 그 작품은 우리의 요구하는 작품이요, 우리가 높게 평가할 작품이다.[18]

　투쟁의식을 높이기 위한 목적은 카프의 방향 전환과도 관련이 있다. 문학의 이유가 단순히 작가의 감정을 표현하는 것이 아니라 프롤레타리아를 조직하고 부르주아 사회에 대해 투쟁하는 것에 있었으므로 시 창작도 선전·선동할 수 있는 것이어야 했다. 그러므로 이 당시 카프 조직원들에게 리얼리즘의 의미 있는 시적 성취란 노동자·농민들이 잘 알 수 있게 써서 그들의 투쟁의식을 높여주는 것에 있었다.

> 　우리는 나 어린 소년공(少年工)이다
>
> 　뼈와 힘줄이 아직도
> 　봄바람에 자라난 풀대처럼
> 　연하고 부드러운 나 어린 소년

---

18) 권환, 「무산예술운동의 별고와 장래의 전개책」, 『중외일보』 1930.1.10~31, 황선열 편, 『아름다운 평등』, 도서출판 전망, 2002, 246~248쪽.(이하 『권환 전집』이라 함.)

부잣집 자식 같으면
따뜻한 햇빛이 덮여 있는 풀밭 위에서
단 과자 씹어가며 뛰고 놀 나 어린 소년
부잣집 자식 같으면
공기 좋은 솔 숲 속 높은 집 안에서
글 배우고 노래 부를 나 어린 소년이다

그러나 우리는 지금
햇볕없고 검은 먼지 찬 제철공장(製鐵工場) 안
무겁고 큰 기계 앞에서
짜운 땀을 흘리는 소년공이다
이른 아침부터 늦은 저녁까지

(…)

동무들아 나 어린 소년공(少年工) 동무들아
×× 〔마음〕 아프다고 울기만 하지 말고
×하다고 ×× 〔한탄〕 만 하지 말고
우리도 얼른 힘차게 억세게 자라나서
용감한 그 아저씨들과 같이
수백만 우리처럼 가난한 사람들
맡은 ×를 ×한테를 × 〔지〕 니기만 하는 동무들
이리가나 저리가나 ×을× …… 〔우리〕 들을 위해서 ×× 〔싸우〕
자 응 × 〔싸〕 우자!

— 권환, 「소년공(少年工)의 노래」[19] 부분

리얼리즘의 반영이라는 점에서는 앞에서 제시한 기준을 따르면, 주인공
인 소년공이 처한 상황을 이야기하고, 나이 어린 소년 노동자가 힘들게 일

---

19) 『권환 전집』, 28-29쪽.

해야 하는 현실이 제시되었고, 노동자 세상을 위해 싸우자는 전망을 이야기하므로 리얼리즘의 성격이 있다고 할 수 있다. 그러나 이 시는 상징이나 비유를 통한 울림이 거의 없고, 투쟁에 대한 구호를 외치기 때문에 시적 성취의 정도는 떨어진다.

하지만 카프 문학의 목적이 투쟁 의식 고취에 있었던 만큼 이 시는 '운동으로서의 문학'[20]이라는 점에 초점을 맞추어 논의해야 할 것이다. 그렇다면 이 시는 권환의 평론에서도 밝혔듯이 '노동자·농민'의 투쟁 의식을 높이기 위해 그들이 이해하기 쉬운 말로 쓴 것이다. 앞에서 지적했듯, 이 시에는 시적 성취를 위해 복잡한 비유나 어려운 상징 기법을 쓰지 않았는데, 그것은 처음의 창작 목적과 수용자인 '노동자·농민'을 위해 취한 방법이었다.[21]

> 그러니까 '가나다'도 못읽는 빈농층에게는 연극이나 영화 등으로 ×× 사상을 아지프로하는 수밖에 없으며 「춘향전」이나 「추월색」 같은 순언문소설을 겨우 읽을 만한 순문맹 면한 빈농층에게는 우리들의 능력 소급한대로 평이하게 써서 그들을 아지프로해야 할 것이다.[22]

---

20) 김윤식은 문학을 논의할 때 '작품으로서의 문학', '운동으로서의 문학', '텍스트로서의 문학'으로 시각을 나누어볼 수 있다고 하였다. 김윤식, 『임화 연구』, 123쪽.

21) 대중의 교양 정도가 시를 이해하는 데 있어 영향을 미친다는 것에 대해 카프 문인들은 진작부터 관심을 가졌다. 1차 방향 전환 이후 지속적으로 제기된 카프의 대중화론은 교양 정도가 떨어지는 독자 대중에 대한 고민이었다. 「왜 우리는 작품을 쉽게 쓰지 않으면 안되는가?」(장준석, 『조선지광』 제78호, 1928.5)를 비롯하여 「대중소설론」(김기진, 『동아일보』 1929.4.14), 「프로시가의 대중화」(김기진, 『문예공론』 제2호, 1929.6), 「단편서사시의 길로」(김기진, 『조선문예』 창간호, 1929.5), 「탁류에 항(抗)하여」(임화, 『조선지광』 제86호, 1929.8)에서 펼쳐진 논쟁들은 프로문학을 독자 대중에게 가까이 가져갈 수 있는 방법에 대해 의견을 펼친 것들이다.

22) 권환, 「조선 예술운동의 당면한 구체적 과정」, 『중외일보』 1930.9.2. 『권환 전집』, 294쪽에서 재인용.

권환은 독자 대중의 교양 정도를 문제 삼고 있다. 교양 정도는 '순문맹'과 '순문맹 면한' 것으로 나누어진다. 이때 순문맹 면한 자가 읽는 작품으로 「춘향전」, 「추월색」을 언급한 점이 주목된다. 「춘향전」, 「추월색」은 당시 대중적 인기를 얻었던 소설 작품인데, 글자를 겨우 읽을 수 있게 된 대중이 쉽게 접할 수 있던 작품이 「춘향전」, 「추월색」과 같은 것이었음을 짐작할 수 있다. 즉, 권환은 당시 독자 대중의 교양 정도는 통속적 작품에 흥미를 느끼는 정도라고 생각한 것이다. 주목할 점은 비록 권환이 카프의 2차 방향 전환의 과제를 앞장서서 전개하고 있었지만 독자 대중에 대한 분석은 그들이 배격했던 김기진의 것과 매우 비슷하다는 점이다.

> 무엇을 말하는 것이냐 하면 그들의 교양 정도를 말하는 것이다. 현재 조선의 노동자는 거의 전수가 미조직 중에 있다. 개중에 조직된 노동자가 있다 할지라도 그들의 교양이라는 것은 ××××에 관한 약간의 교양과 훈련에 지나지 않으므로 그들은 프롤레타리아 시가와는 딴 남이 되어 있다. 그들의 노래는 의연히 오십년 전이나 백 년 전의 그것이다. 아리랑·육자배기·새타령·수심가·춘향가·심청가·소상팔경 등으로부터 최근 수년 전에 항간에 전파되어 있는 별별 잡가 등속이 그들의 계급적 노래이다. 이미 소위 조직된 노동자에 있어서 이러하니 하물며 방임되어 있는 전대중에 있어서이랴. (…) 그러면 프롤레타리아 시가를 그들의 속으로 가지고 가려면 그들을 여하히 교양하고, 재래의 가요를 여하히 구축하고 우리의 시가를 여하히 제작함으로써 그들의 주의를 포착할 수 있을까?[23]

김기진은 독자 대중의 교양 정도를 문제 삼고 있다. 그들의 교양은 민요, 판소리, 잡가 등의 통속적 노래들을 즐기고 부르는 정도이다. 이는 조

---

23) 김기진, 「프로시가의 대중화」, 임규찬·한기형 편, 앞의 책 Ⅲ, 535쪽에서 재인용.

직된 노동자들에서도 나타나는 현상이므로 프로시가의 대중화를 위해서는 대중들의 이러한 교양 정도를 고려해야 한다고 한다.

권환과 김기진에게 궁극적으로 도달해야 할 지점을 같았다. 프롤레타리아 시가로 노동자·농민을 조직, 선전·선동하는 것이다. 이 목표점을 이루기 위해서는 독자 대중이 이해하기 쉽게 써야 한다. 다만 김기진은 독자 대중이 이해하기 쉽게 쓰기 위한 방법으로 통속적인 것도 가능하다고 했지만 권환은 그렇지 않았다는 점이다. 즉, 김기진은 '재래의 가요를 여하히 구축하'듯이 기존의 통속적 양식도 프롤레타리아 시가에 적극 활용할 수 있다는 주장이었지만, 권환은 「춘향전」이나 「추월색」 같은 통속적 작품을 겨우 읽을 만한 순문맹을 면한 이들을 위해 시를 쉽게 쓰자고 주장했던 것이다.

결국 권환이 추구한 것은 프롤레타리아 예술 확립이었다. 그것은 기존의 부르주아 예술과는 구분되는 것이다. 그러므로 '프로 문학의 내용을 부르 문학의 형식으로 구성, 표현하지 못'[24]하는 것이다. 이것은 권환이 김기진의 논리에 동의할 수 없는 이유이기도 하다. 독자 대중이 알기 쉽게 써야 한다는 것에는 의견이 같았지만 프롤레타리아만의 예술 형식을 확립하는 데 있어 기존의 부르주아 예술의 방식을 도입할 수는 없다고 본 것이다. 곧, 권환은 '쉬운 시'로 프롤레타리아 문학에 있어서 진정한 시적 성취 이루자 했던 것이다.

그런데 권환이 의도한 '쉬운 시'는 기교 높은 시적 장치를 쓰지 않는 것으로 따라서 시적 울림이 떨어진다. 이는 이들의 시가 '뼉다귀 시'라 비판받는 이유가 되기도 하였다. 그렇다면 문학적 교양이 낮은 이들을 위해 창

---

24) 권환, 「무산예술운동의 별고와 장래의 전개책」, 『중외일보』 1930.1.30. 『권환 전집』, 257쪽에서 재인용.

제2부 시인으로서 근대 지식 펼치기

작한 소위 '쉬운 시'는 그 문학적 가치를 인정받지 못한다는 문제가 생긴다. 하지만 여기에 '수용자'를 고려한다면 이 문제를 다시 해석할 여지가 생긴다.

부르디외는 노동자·농민 계층이 복잡한 시적 기교를 이해하기 어려운 경우가 많다고 하였다. 그는 모든 인간의 문화 행위 및 취미 활동은 계급과 학력 등에 의해 구별 지어진다고 보았다. 거친 노파의 손을 찍은 사진을 보고 가장 빈곤한 계층의 사람들은 실제적 감정만 표시하고 거기에 대한 미적 판단은 보여주지 않은 데 비해, 사회적 위계의 상층으로 올라갈수록 촌평은 점점 더 추상적으로 되어 파리의 상급 기술자는 '노동의 상징 자체'라고 평가한다고 하였다.[25] 그래서 문학과 연극에서 난해함으로 보이는 형식적 세련화는 노동계급 대중들의 눈에는 그들의 참여를 거부하려는 의도로 읽힌다[26]고 하였다. 부르디외의 견해를 따른다면 고도의 상징과 비유와 같은 시적 기교들은 지식인들이나 즐길 수 있는 문화적 행위이며, 카프에서 '수용자'로 정한 '노동자·농민'들을 소외시키는 행위가 되는 것이다.

이 시의 수용자를 '노동자·농민'으로 본다면 수용자는 '우리는 나 어린 소년공(少年工)이다'로 시작하는 구절에서 어린 노동자의 입장에 서게 된다. 그리고 '부잣집 자식 같으면/공기 좋은 솔 숲 속 높은 집 안에서/글 배우고 노래 부를 나 어린 소년'이 되었겠지만 '무겁고 큰 기계 앞에서/짜운 땀을 흘리'며 일해야 하는 자신과 같은 처지를 만난다. 그런데 자신의 처지가 이해하기 쉬운 말로 사실적으로 표현되어 있다. 이는 평등하지 않은 상황을 보다 수월하게 인식하게 하는데, 모순이라 할 수 있는 이러한 상황을 극복해야겠다는 생각으로 이어진다. 그런데 이 모순을 극복할 수 있는

---

25) 부르디외, 『구별짓기—문화와 취향의 사회학 上』, 최종철 역, 새물결, 2006, 93~94쪽.
26) 위의 책, 75쪽.

방법은 자본가들과 투쟁하는 것이다.[27] 그래서 '우리도 얼른 힘차게 억세게 자라나서/용감한 그 아저씨들과 같이' 함께 나아가야 한다고 선동되는 것이다.

「소년공의 노래」에는 가난한 집안의 소년 노동자가 처한 상황이 부잣집 소년과의 대비 속에 사실적으로 제시되어 있다. 기계적이고 도식적인 시상 전개에, 수준 높은 시적 기교를 쓰지 않아 시적 울림이 거의 없지만, 쉬운 표현으로 공장 노동자가 쉽게 이해할 수 있게 쓰였다. 이는 노동자 계급에게 동질감을 불러일으키기가 수월하다. 그리고 수용자인 노동자 계급에게 투쟁 의식을 고취시켜 그들이 꿈꾸는 세상에 대한 전망을 갖게 한다.

우리는 시 작품을 읽었을 때 마음속에 감동이 밀려오는 것을 좋은 시라고 한다. 그런 것처럼 이 시에서 대상으로 정한 수용자들이 이 시를 읽고 그들이 처한 현실에 대해 위로받고 이 상황을 헤쳐 나갈 힘을 얻을 수 있게 되었다면, 그것은 그들에게 시적 성취가 높은 작품이 될 것이다. 이러한 기준으로 본다면, 선전·선동을 위한 구호에 지나지 않았던 카프의 시들이 당대의 시대 상황과 이념을 고려했을 때 리얼리즘의 성취를 높인 시라고 재평가를 할 수 있는 여지를 마련할 수 있을 것이다.

> 한 작품이 지닌 기대의 지평이 재구성될 수 있음으로써, 전제된 독자에 미치는 영향의 상태와 정도에 따라 작품의 예술성이 결정될 수 있다. 이미 주어진 기대의 지평과 새로운 작품의 출현에서 나타나는 거리감, 즉 이 새 작품의 수용이 일단 이루어진 경험을 부정하거나 의식화함으로써 '지평의 전환'을 초래하게 되는데, 이러한 거리감을 심미적 차이라고 표시해 본다면, 이것은 독자 대중의 반응과 비평의 판단이 부

---

27) 마르크시즘의 논리를 바탕으로 하는 이러한 견해는 카프 조직의 이념과 일치한다. 즉, 운동으로서의 문학이 목적이었음을 고려해야 할 것이다.

딪히는 스펙트럼에서 역사적으로 구체화된다.[28]

수용이론의 대표가 야우스의 의견대로, 작품의 예술성이란 독자와의 관련성에서 결정될 수 있다. 즉, 작품을 이해하고 받아들이는 데 있어서 독자인 수용자는 작품의 가치를 결정하는 요소가 될 수 있다는 것이다. 이 논리를 권환이 추구한 '쉬운 시'의 가치에 적용시켜 본다면 작가가 의도한 수용자에 따라 작품의 시적 성취는 달라지게 됨을 주장할 수 있을 것이다.

4. 예술 독자와 비극 인식

이용악(李庸岳, 1914~?)은 임화나 권환처럼 카프에 가담하지 않았다. 하지만 이용악의 시에는 리얼리즘을 드러내는 작품을 여럿 들 수 있다. 카프에 가담해야지만 리얼리즘 시를 쓸 수 있는 것은 아니다. 하지만 초기에 모더니즘의 경향을 보이던 시인이 특별한 조직에 가담하지 않고서도 리얼리즘의 성격이 드러나는 시를 썼다는 것은 작가 나름대로 사회 현실에 대한 고민이 있었음을 짐작하게 한다.[29] 이용악의 시에서 리얼리즘의 성격이 드러나는 작품은 여럿 있는데, 그중 대표적인 것이 「낡은 집」이다.

> 날로 밤으로
> 왕거미 줄치기에 분주한 집

---

28) 야우스, 「문예학의 도전으로서의 문학사」, 차봉희 편저, 앞의 책, 60쪽에서 재인용.

29) 물론 이용악 시에 나타나는 리얼리즘적 성격은 그의 개인적 체험에서 오는 것이기도 하다. 그는 러시아 국경을 넘나들며 소금실이 장사로 생계를 꾸려간 가정환경에서 자라났다. 이용악의 이러한 개인적 체험은 그의 시에서 비극적 민족의 전형성으로 나타남으로써 리얼리즘 시로 기능하게 하였다. 박윤우, 「이용악 시의 일상성과 리얼리즘적 창작방법」, 『한국 현대시와 비판 정신』, 국학자료원, 1999, 187~193쪽 참조.

마을서 흉집이라고 꺼리는 낡은 집
이 집에 살았다는 백성들은
대대손손에 물려줄
은동곳도 산호 관자도 갖지 못했니라

재를 넘어 무곡을 다니던 당나귀
항구로 가는 콩실이에 늙은 둥글소
모두 없어진 지 오랜
외양간엔 아직 초라한 내음새 그윽하다만
털보네 간 곳은 아무도 모른다

찻길이 놓이기 전
노루 멧돼지 쪽제비 이런 것들이
앞뒤 산을 마음놓고 뛰어다니던 시절
털보의 셋째아들은
나의 싸리말 동무는
이 집 안방 짓두광주리 옆에서
첫 울음을 울었다고 한다

"털보네는 또 아들을 봤다우
송아지라도 붙었으면 팔아나 먹지"
마을 아낙네들은 무심코
차가운 이야기를 가을 냇물에 실어 보냈다는
그날 밤
저릎등이 시름시름 타들어가고
소주에 취한 털보의 눈도 일층 붉더란다

(…)

그가 아홉 살 되던 해
사냥개 꿩을 쫓아다니던 겨울

이 집에 살던 일곱 식솔이
어데론지 사라지고 이튿날 아침
북쪽을 향한 발자욱만 눈 우에 떨고 있었다

더러는 오랑캐령 쪽으로 갔으리라고
더러는 아라사로 갔으리라고
이웃 늙은이들은
모두 무서운 곳을 짚었다

지금은 아무도 살지 않는 집
마을서 흉집이라고 꺼리는 낡은 집
제철마다 먹음직한 열매
탐스럽게 열던 살구
살구나무도 글거리만 남았길래
꽃피는 철이 와도 가도 뒤울안에
꿀벌 하나 날아들지 않는다

— 이용악, 「낡은 집」[30] 부분

　가난을 대물림한 털보네의 비극적 이야기가 드러난 시이다. 가난했기 때문에 출생이 축복일 수 없었던 친구의 이야기와 그 친구네 가족(털보네)이 결국은 가난을 이기지 못해 고향을 떠나 먼 곳으로 이주했다는 이야기를 화자가 들려주고 있다. 일제강점기 조선 민중의 삶이 어려웠다는 것은 여러 자료를 통해서도 알 수 있고, 당시의 삶을 표현한 문학작품을 통해서도 알 수 있다. 이 시의 작가 이용악 또한 가난한 집안에서 태어나 어렵게 공부했는데, 이 작품에서 드러나는 조선 민중의 가난한 이야기는 작가가 자라면서 겪은 이야기일 수도 있고, 당시 조선에서 어렵지 않게 볼 수 있

30) 이용악, 『낡은 집』, 미래사, 1992, 70~72쪽.

었던 장면이었을 수도 있다. 일제강점으로 인해 비참해진 우리 조선인의 삶이 시에서 리얼리즘의 성격을 보이며 잘 드러나고 있다.

이 작품의 리얼리즘 시로서의 성격을 앞의 기준을 통해 찾자면, 털보네의 비극적 삶이 서사 구조를 띠고 형상화되었다는 점, 유이민의 비극이 털보네 가족을 통해 전형성을 보이고 있다는 점 등으로 나타난다. 비록 미래를 위한 전망 제시는 없으나 너무나 비극적인 상황은 미래를 위한 전망을 제시할 수 없었을 것이므로 오히려 당대의 현실을 있는 그대로 보여주었다고 할 수 있을 것이다.

이용악은 카프와 같은 특별한 조직체에 가담하지 않았기 때문에 작품 창작 시에 고려해야 할 '수용자'에 대한 제한이 없었다. 그리고 특별히 어떠한 '수용자'를 대상으로 시를 쓰겠다는 이용악 개인의 의지가 담긴 글이 없다. 단지 작품으로 표현된 내용으로 '수용자'를 짐작할 뿐인데, 「낡은 집」의 수용자는 시를 이해할 수 있고, 시에 대한 지식이 있는 '예술 독자'라 할 수 있을 것이다.

「낡은 집」의 수용자가 앞서 살펴본 「우리 오빠와 화로」나 「소년공의 노래」와 다른 점은 계급의식을 포함하느냐 그렇지 않으냐에 있다. 「낡은 집」의 수용자를 시를 이해할 수 있는 '예술 독자'라고 했을 때, '노동자·농민' 계급을 염두에 둔 것은 아니다. 즉, 「낡은 집」에서는 투쟁 의식을 고취해야 할 대상으로서의 '노동자·농민'을 특별한 수용자로 한정한 것은 아니라는 것이다. 이것은 이용악이 카프와 같은 특정한 조직체에 가입하지 않았기 때문일 수 있다.

이용악이 특정한 조직체에 가담하지 않았기 때문에 그의 시는 창작 방법에서 자유로웠다. 즉, 특정한 '수용자'를 정하지 않았기 때문에 작가로서 표현할 수 있는 범위가 무한했다. 이러한 점은 무엇보다 시 본연의 특성을 살릴 수 있었는데, 상징적 기법이나 비유의 방법을 통해서 연상되는 시의 내용이 풍부하고 울림이 크다.

수용자는 「낡은 집」의 1연에서부터 제시되는 '낡은 집'의 상황을 경제적인 가난과 연결짓게 된다. 이 집의 주인인 '털보네'는 처음부터 가난한 '백성'이었음을 알게 되는데, '대대손손에 물려줄/은동곳도 산호 관자도 갖지' 못한 사람들이었기 때문이다. 그리고 '찻길이 놓이기 전'이라는 표현에서 '털보네'의 가난은 일제강점기의 시대적 배경과도 무관하지 않음을 알게 된다. '찻길'은 일제의 근대화 작업을 상징하는 것이며 궁극적으로는 그 '길'로 일제의 수탈이 이루어졌기 때문이다. 수용자는 '털보네'의 가난이 타고난 배경 때문에만 그치지 않고 시대적 배경으로 이어져 결국은 고향을 떠나는 유랑민이 될 수밖에 없었음을 알게 된다. 그리고 그 비극적 상황은 '북쪽을 향한 발자욱'이 '눈 우에 떨고 있'다는 표현으로 형상화되었음도 알게 된다. 그리고 그렇게 떠난 '털보네'도 앞날은 나아지지 않았으며, 그가 떠난 고향도 비극의 연속이었음을 '꿀벌 하나 날아들지 않는다'라는 이 시의 마지막 구절에서 확인하게 되는 것이다.

이 시가 시적으로 뛰어난 상징적 기법을 보이는 것은 시에서 언급된 현실적 상황이 「낡은 집」이라는 제목으로 모인다는 것이다. 제목이자 제재인 '낡은 집'에 관련된 이야기를 펼치는 것이 이 시의 주된 내용이다. 펼쳐지는 이야기를 통해 현실 상황이 잘 반영된다. 그 이야기는 화자가 털보네의 이야기를 들려주는 형식이므로 객관적 입장으로 전달된다. 그것은 현실 상황을 더욱 효과적으로 표현하게 하는데, 이렇게 표현된 현실의 모습이 '낡은 집'으로 모여들면서 '일제강점기 유랑하는 우리 민족의 비극'이라는 의미의 상징을 만들어낸다.[31]

---

31) 유종호는 '낡은 집'의 경우처럼 구체적인 이미지에서 출발하여 시인의 현실 인식을 표현하는 것을 이용악 시의 기본 성향으로 본다. 이는 서사 충동을 내장한 채 고유한 서정적 울림을 획득하는 것으로 이러한 특징은 임화를 위시한 프롤레타리아 시인과의

이러한 표현 기법은 이 시의 시적 성취를 높여준다. 즉, '작품으로서의 문학'으로 시적 성취가 높아진 것이다. 이것은 예술 독자들에게 특히 그 감동을 높여준다. 시에 사용된 시적 장치를 이해하기 위해서는 어느 정도의 교육 수준을 갖추어야 하기 때문이다. 이것은 독자의 수준을 뜻하는데 시를 이해하기 위해 독자가 해야 할 노력에 대해서 김기림의 견해를 참고해보자.

> 현대시의 난해성의 내면적 원인은 거진 시 자체의 숙명이어서 그 타개책으로서 시의 보편성의 문제와 개성의 객관적 방향과 시의 독창성의 문제 등이 벌써부터 진지한 詩徒와 심리학자의 목전에 과제로 되어 왔다. 그리고 외재적 원인으로부터 오는 난해성은 사실로 난해성이 아니고 비난하는 편의 태만의 결과임도 알았다.[32]

현대시가 난해한 것은 내재적으로는 시의 숙명이지만 그것을 이해하는 것은 외재적 요소 중의 하나인 독자의 몫임을 강조하고 있다. '비난하는 편의 태만'이라는 것은 독자가 그 시를 이해할 지적 수준을 갖추려고 노력하지 않았기 때문이라는 뜻이다. 김기림의 견해대로라면 좋은 독자는 시의 애매성을 이해하기 위해 노력하는 독자이며, 시는 이러한 독자들을 위해 시적 기교 등을 활용하여 애매성을 충분히 살려야 하는 것이다. 하지만 이렇게 시를 잘 이해하지 못하는 것을 독자의 탓으로만 돌릴 수는 없다. 시를 이해할 교육 수준을 갖추지 못한 것은 개인의 무관심 탓이기보다는 그를 둘러싼 환경의 문제일 수 있기 때문이다. 그러나 시에 쓰인 문학

차이성을 드러내주는 특징이라고 하였다. 유종호, 「식민지 현실의 서정적 재현」, 『다시 읽는 한국인』, 문학동네, 2002, 193쪽 참조.

32) 김기림, 「시의 난해성」, 『김기림 전집』 2, 심설당, 1988, 116쪽.

장치를 이해하기 위해서는 어느 정도의 교육적 수준이 전제되어야 함은 일반적이다. 그런 의미에서 이용악의 시는 시의 기교를 이해할 수 있는 예술 독자를 전제로 한 것이며, 그들의 시 이해에 대한 수준을 기대하고 쓴 것이라 할 수 있다. 그러므로 그의 시는 작품으로서의 문학적 성취가 높은 것이다. 즉, 이와 같은 상징 체계를 이해할 수 있는 지식인, 시에서 언급된 내용을 보고 조선 민중의 비극적 삶을 연상시켜 가슴 아픔을 느낄 수 있는 사람들에게 큰 울림을 주는 것이다.

이것은 이 시의 의미를 깊게 만들었고, 시를 향유할 수 있는 독자들에게 이어져 긴 생명력을 가진 시가 될 수 있도록 하였다. 그리고 이것은 '운동으로서의 문학'과 구분되는 점이기도 하다.

5. 맺음말

어떤 일의 성취 정도를 평가할 때 무엇을 기준으로 세우느냐에 따라 그 정도는 달라진다. 본고에서는 '리얼리즘 시'에서의 성취 정도를 평가할 때 그 기준으로 '수용자'를 내세웠다. 기존 연구에서는 '창작 주체'인 '작가'에 기준을 둔 경우가 많았는데, 작가가 현실을 어떤 관점으로 바라보고 어떻게 그려내는 가가 중요하다고 보았기 때문이다. 하지만 작가가 작품을 창작할 때 드러나는 작가의 세계관 속에는 현실을 바라보는 관점도 있지만 작품을 읽을 수용자에 대한 입장도 있는 것이다. 그리고 수용자에 대한 입장은 작품의 경향을 결정한다.

수용자에 대한 입장을 분명히 밝히고 있는 경우로는 카프 조직원이었던 권환이 있었다. 그는 '선전 · 선동'의 입장에서 '노동자 · 농민'을 수용자로 설정하여 그들이 이해하기 쉽게 작품을 썼다. 이것은 '감상성' 짙은 작품이라고 스스로 비판했던 임화의 「우리 오빠와 화로」의 경우와 대비되는데,

「우리 오빠와 화로」에는 구체적 현실이 언급되기보다는 혁명의 이상을 꿈꾸며 의지를 다지는 감상적인 내용으로 창작되었다. 카프의 2차 방향 전환이 있기 전 임화가 작품의 수용자로 생각했던 것은 낭만적 혁명 동지였기 때문이다. 이용악의 「낡은 집」은 시를 이해하고 감상할 수 있는 '예술 독자'를 고려하여 창작된 작품이다. 그러므로 이 시에는 작가가 나타내고자 하는 주제가 시적 장치들과 잘 어울려 작품성 높게 그려졌다.

수용자를 고려하지 않는다면 시적으로 성취가 높은 작품은 시의 기교나 시적 장치를 살려 주제를 잘 표현한 작품이 될 것이다. 하지만 수용자를 고려한다면 높은 수준의 시의 기교는 오히려 작품 수용을 어렵게 만드는 것이라 할 수 있다.

본고에서는 이처럼 수용자를 어떻게 설정하느냐에 따라 리얼리즘의 시적 성취가 달라질 수 있음을 언급하였다. 이것은 기존의 시각에서 작품으로서의 가치가 낮다고 평가되는 작품들에 대해서도 의미를 부여할 수 있게 한다. 곧, 수용자를 고려한다면 문학작품을 평가하는 시각을 확대시킬 수 있을 것이다. 이것은 작가의 작품 창작 의도를 함께 고려하게 되는 것으로, 작품에 대한 이해를 높이는데 도움이 될 것이며, 우리 문단의 활동 영역을 넓히는 데 가치를 부여할 것이다.

3장

베스트셀러로서의 『카프시인집』위상*

1. 머리말

독자가 한 권의 책을 선택한다는 것은 독서의 경향을 형성하는 시작점이 된다. 한 사람이 선택한 독서물은 자신과 주변인에게 영향을 미치고 그것이 큰 흐름이 되어 개인의 가치관을 이루고 당대의 문화를 형성한다. 따라서 특정 시대의 베스트셀러를 살펴보는 것은 그 시대의 가치관이나 문화를 알아보는 흥미로운 방법이 될 것이다. 그런데 이것을 역으로 살펴보면, 즉 하나의 독서물을 베스트셀러라는 관점에서 파악해보면 독서물이 시대와 어떻게, 어떤 점에서 조응하며 살아남을 수 있었는지, 당대와 소통한 지점은 무엇이었는지를 알 수 있을 것이다.

1925년에 결성된 카프(KAPF)가 1935년까지 10년간 조선 문단의 큰 흐름을 형성하고 있었음은 주지하는 사실이다. 이는 당대의 세계사적 흐름과 조선이 처한 시대적 상황에 이유를 찾을 수 있다. 사회주의 사상이 세

---

* 이 글은 『한중인문학연구』 61집, 한중인문학회, 2018에 실린 필자의 글을 수정·보완한 것이다.

계사적 흐름이었으므로 전 세계 청년 지식인은 물론 노동자·농민들은 이에 동조하였다. 식민지 상태였던 조선은 조국을 되찾을 수 있는 방법의 하나로 사회주의에 관심을 가지는 한편 사회주의를 통해 서구 열강과 대등한 지위를 얻고자 하였다. 이러한 분위기는 조선에 사회주의 사상이 급속히 퍼지는 데 영향을 끼쳤다. 이것은 당시의 출판물에도 영향을 미쳤는데, 일제강점기 독서물에 대해 연구한 천정환은 1923년『조선일보』(1922.1.1)의 기사를 근거로 사회주의 사상과 관련된 책의 호조가 가장 눈에 띄는 '사상계'의 신경향이었다[1]고 하였다.

　이러한 경향 속에서 1931년에 발간된『카프시인집』이 '호성적'을 보이며 베스트셀러로서 위상을 과시한 것은 당연한 일인지도 모른다. 그러나『카프시인집』은 사회주의 사상의 이론서가 아니다. 당시의 독자들이 사회주의 출판물에 관심이 있었다는 것은 사상의 이해를 위해 이론서를 찾았다는 것이다. 하지만『카프시인집』은 이론서가 아닌 문학작품집이다. 즉, 사회주의 사상을 바탕으로 창작된 시집인 것이다.『카프시인집』을 독자들이 많이 찾았다는 것은 사상을 형상화한 문학작품에까지 관심의 영역을 넓혔다는 뜻이다. 이것은 문학 출판물에서도 새로운 경향으로 이야기될 수 있는 것이었다.

　문학 도서 구매를 결정하는 요인에 대해 연구[2]한 내용을 보면 문학서 구

---

1) 천정환, 『근대의 책 읽기』, 푸른역사, 2004, 212쪽.

2) 정현욱·신명환, 「문학서 도서구매 결정요인과 만족도에 관한 연구」, 『한국출판학연구』 제43권 제2호, 한국출판학회, 2017. 143~146쪽. 이 연구는 문학서를 구매하는 구매요인으로 '심리적 욕구 요인', '제품 및 위험지각 요인', '유통환경, 독서문화 환경 요인'의 세 가지로 나누어 살펴보았다. '심리적 욕구 요인'의 순위를 살펴보면 '자기만족', '재미', '시대흐름반영', '소장'의 순위로 나타났고, '제품지각 요인'의 순위는 '내용의 유용성', '작가 명성'으로, '위험지각 요인'은 '타인으로부터 좋은 평가를 받기 위하여'가 우선 순위로 나타났다. '유통 환경 요인'의 순위는 '서평', '인터넷 검색'으로, '독서문화

매 시 '심리적 요인'으로 자신의 '지적 만족'과 '시대 흐름'을 반영하고자 하는 욕구가 크게 작용하며, '제품지각요인'으로 '내용의 유용성'과 '작가의 명성'이 크게 작용한다고 하였다.[3] 이에 근거한다면 『카프시인집』[4]이 베스트셀러가 되었다는 것은 당대 독자들의 '지적 만족'과 '시대 흐름'의 욕구, 그리고 '작가 명성'의 요인을 충족시켰다고 볼 수 있다. '지적 만족'과 '시대 흐름의 욕구'는 사회주의 사상이 형상화된 작품집으로서 특징을 말할 수 있을 것이고, '내용적 요소'와 '작가 명성'은 수록된 시의 작품성과 이름이 널리 알려진 카프 작가들을 말할 수 있을 것이다. 이는 근대 자본주의 사회에서 사회주의 사상의 문학작품집으로 성공할 수 있었던 요인으로 이어진다. 본고는 『카프시인집』이라는 출판물의 가치를 확인[5]하는 동

요인'에서는 '독서캠페인' 항목이 우선순위를 보였다. 본고에서는 이 연구를 의견 개진의 근거로 삼되, '심리적 욕구 요인'과 '제품 및 위험지각 요인'의 요소만 고려하기로 한다. '유통환경, 독서문화 환경 요인'은 높은 순위로 나온 것이 '서평', '인터넷 검색', '독서캠페인'인데, 당대의 시대 상황을 고려할 때 '인터넷 검색'은 존재하지 않았고, '서평'이나 '독서캠페인'은 크게 활성화되지 못한 것으로 판단하기 때문이다.

3) 위의 글, 152쪽.

4) 본고에서는 『카프시인집』을 연구하되 베스트셀러로서의 『카프시인집』으로 의미를 두고자 한다. 이는 카프 조직의 융성 정도와 연관짓지 않겠다는 것이다. 『카프시인집』은 카프 조직에서 발행한 것으로 카프 1차 검거와 2차 방향 전환을 겪은 직후에 나온 것이다. 조직이 흔들리는 시기에 출판된 『카프시인집』은 카프의 융성을 이루겠다는 의도도 있었을 것이다. 하지만 현실은 카프의 쇠락으로 이어졌다. 시대의 압력도 더해져 카프는 결국 1935년에 해산하게 된다. 그렇다면 『카프시인집』은 조직의 발전에 크게 기여하지는 못했다는 것이다. 하지만 『카프시인집』은 출판물로서 존재한 것이다. 조직의 융성에 기여하지 못했다고 해서 독서물로서의 『카프시인집』의 가치까지 사라지는 것은 아니다. 『카프시인집』은 독자들의 독서물로 존재한 만큼 독서물의 가치로 한정하여 보고자 한다.

5) 본고에서 연구하고자 하는 주제는 베스트셀러로서 존재한 『카프시인집』의 의미이다. 이는 독자가 작품을 수용하는 문제이기도 하면서, 작품에서 형상화된 주체가 독자에게 어떤 의미를 줄 수 있는가의 문제이기도 하다. 본고에서는 이를 각 장으로 나누어

시에, 오늘날에 시집, 나아가서 문학서들이 나름의 가치관을 지키면서 독자 대중에게 넓게 퍼져갈 수 있는 방법을 제시할 수 있다는 데 의의를 두고자 한다.

2. 감정 자본주의를 활용한 사회주의 이념의 낭만적 전개

『카프시인집』은 조선프롤레타리아동맹(KAPF) 문학부에서 기획되어 나온 시집으로 1931년 11월 집단사에서 발행되었다. 여기에는 당시 카프 맹원이었던 김창술, 권환, 임화, 박세영, 안막 등 다섯 명의 시가 수록되어 있다.[6] 작가별로 수록한 작품 수를 보면 김창술 4편, 권환 7편, 임화 6편, 박세영 1편, 안막 2편이다.

1920~30년대에 발간된 다섯 권의 시인 선집을 대상으로 근대시의 정전화 과정을 연구한 심선옥의 글에 의하면 1935년 10월에 『삼천리』에서 경성의 주요 서적상들을 대상으로 조사한 기록은 『카프시인집』을 베스트셀러로 언급하고 있다.[7] 대중성과 상업성을 강조하는 『삼천리』에서 조사한 기록에 『카프시인집』이 이광수의 역사소설류에 이어 호성적을 나타낸다는 것은 『카프시인집』이 얻었던 대중적 인기를 증명하는 것이라 할 수 있다. 더구나 『삼천리』가 조사한 시점은 카프가 해산된 이후인데, 이 시기에도 『카프시인집』이 대중적으로 읽혔다는 것은 당시 카프라는 조직체가 가진 대중적 인지도에 대해 시사하는 바가 크다고 하겠다.

살펴보고, 이것이 베스트셀러로서의 『카프시인집』의 의미가 됨을 밝히고자 한다.

6) 이남호, 「해설 카프 시인들과 『카프시인집』」, 『한국 대표 시인 초간본 총서 카프시인집』, 열린책들, 2004, 102쪽.

7) 심선옥, 「1920~30년대 근대시의 정전화 과정 — 시인선집을 중심으로」, 『상허학보』 제20집, 상허학회, 2007, 87쪽.

또한『삼천리』(1934.5)는『조선명작선집』의 정전 목록을 구성하는 과정에서 대중적인 인기와 문학사적인 가치를 결합한 명작·걸작의 목록을 구성하기 위해 1차적인 작업으로 현직 작가들을 대상으로「10년 갈 명작, 100년 갈 걸작」이라는 설문조사를 하였는데, 여기에 임화의「우리 오빠와 화로」가 꼽혔다.[8] 이는 앞에서 언급한 대로 독자들이 문학서를 선택하는 요인 중에서 '작가 명성'이 영향을 미친 것이라 할 수 있다. 즉, 출판물로서『카프시인집』이 베스트셀러가 될 수 있었던 것에 임화의 영향이 있었음을 말해주는 것이라 하겠다.

당시 학생 지식인들이 필자가 되어 발간한 교지를 연구한 바에 의하면 학생들은 '근대문학'을 '낭만성'과 관련되는 '감정의 분출'로 이해하고 수용하였다고 한다.[9] 그런데 감정의 분출에도 일정한 양식을 따라야 하고 '질서'가 필요하다.[10]「우리 오빠와 화로」는 '단편서사시'라 명명받을 정도

---

8) 위의 글, 91쪽. 심선옥은 이 연구에서 당시에 간행된 다섯 권의 시선집(『조선시인선집』,『조선명작선집』,『현대조선문학전집 시가집』,『현대조선시인선집』,『현대서정시선』)을 대상으로 시인 선집에 수록된 시인의 빈도수를 살펴보았는데, 거기에 임화가 정지용, 김기림, 모윤숙과 함께 4회 이상 시인 선집에 기록된 작가였음도 보여준다. 위의 글, 112쪽.

9) 일제강점기 교지 연구를 통해 당시 지식인이었던 학생들의 문학성이 '낭만성'을 띤다는 것에 주목한 연구로 박헌호,「근대문학의 향유와 창조 : 『延禧』의 경우」,『한국문학연구』제34집, 동국대학교 한국문학연구소, 2008, 323~358쪽 ; 전도현,「『배재』를 통해 본 高普학생들의 현실인식과 문예의 특성 고찰」,『한국학연구』제31집, 고려대학교 한국학연구소, 2009, 55~78쪽을 들 수 있다.

10) 박헌호의 글을 참고하면, 일제강점기 국내 최고 지식인 집단인『延禧』의 필자들이 문학을 '감정자연유로설'과 같은 '낭만주의' 혹은 '감상주의'를 전면에 내세웠는데, 이는 현실의 한계와 일상의 보수성 사이에서 존재론적 갈등에 처한 당시 학생들의 어려움이 드러난 것이라 하였다. 주목할 점은 그들의 시 작품이 주로 시조 양식이나 정형성으로 나타난 것인데, 이는 분출하는 감정에 질서를 부여하기 위한 것이라고 하였다. 박헌호, 위의 글, 343~344쪽.

로 새로운 양식으로 감정을 체계적으로 표현하였다. 조심스럽게 연결하면 당시 학생들의 문학에 대한 '낭만성'과 「우리 오빠와 화로」의 '낭만성'은 '감정의 분출'과 '질서 있는 감정 표현'이라는 점에서 『카프시인집』의 주된 독자층이었을 학생들의 '정서'와 통하는 점이 있다. 그렇다면 당시 근대 자본주의 사회에서 『카프시인집』이 베스트셀러가 될 수 있었던 것에는 작가 명성이 높은 '임화'가 「우리 오빠와 화로」에서 '감정'을 체계적으로 나타낸 것이 큰 요인이 되었다 할 수 있을 터인데,[11] 본 연구에서는 이를 부르디외의 '감정 자본주의'와 관련하여 살펴보고자 한다.

부르디외의 '감정 자본'을 활용한 에바 일루즈는 '감정'을 '심리학' 영역과 연관지어 부르디외의 '감정 장(場)'을 설명한다. 에바 일루즈는 감정 장이란 사회생활의 한 영역, 곧 국가, 학계 각종 문화산업, 국가와 대학이 인가한 전문가 집단, 대규모 의약 및 대중문화 시장 등이 교차함으로써 창출되는 모종의 작용·담론이며 그 나름의 규칙과 대상과 경계를 갖고 있[12]는 것이라고 하였다. 그는 감정 장이 작동하는 방식을 크게 두 가지로 나누었는데, 병리의 영역을 구축·확대하는 것과 감정 건강의 영역을 상품화하는 것이 하나이고, 감정 능력이라는 새로운 형태의 사회능력에 대한 접근

---

11) 『카프시인집』에 임화의 「우리 오빠와 화로」가 실렸다는 것은 문제적이다. 『카프시인집』은 카프의 2차 방향 전환 이후에 발간된 시집으로, 프롤레타리아의 전위를 강조하는 볼셰비키적 논리를 따르는 카프의 지향점에서 어긋나는 작품이기 때문이다. 임화는 자신의 시 「우리 오빠와 화로」를 '소시민적 낭만성'이 강하다고 비판했는데, 이것은 프롤레타리아 계급의 구체성을 담보해내지 못했기 때문이다. 그럼에도 불구하고 『카프시인집』에 「우리 오빠와 화로」가 실렸다는 것은 조직 내에서 임화가 차지하는 지위 때문이거나, 「우리 오빠와 화로」가 대중적 인기를 확보할 수 있는 작품이라 여겼기 때문일 수 있다.

12) 에바 일루즈, 『감정 자본주의-자본은 감정을 어떻게 활용하는가』, 김정아 역, 돌베개, 2010, 125쪽.

권을 규제하는 것이 또 하나라고 하였다. 곧 문화 장이 문화 능력에 의해 구조화되는 것과 마찬가지로, 감정 장은 감정 능력에 의해 규제된다[13]는 것이다.

그런데 감정 능력이란 자기의식, 곧 자기의 감정을 분간하고 자기의 감정에 대해서 말하고 서로의 입장에 감정이입하고 해결책을 찾아내는 능력[14]이다. 이것은 사회자본, 또는 신분 상승으로 전환될 수 있는 자본의 한 형태일 뿐 아니라 평범한 중간계급 성원들이 사적 영역에서 평범한 행복을 얻도록 해주는 자원이 될 수 있다.[15] 에바 일루즈는 그 이유를 통상적인 문화적 구조를 활용함으로써 자기들의 어려운 감정들을 설명할 수 있고, 고통과 자조의 내러티브를 불러냄으로써 그런 감정들의 '용도'를 찾을 수 있으며, 나아가 그러한 내러티브를 공유하고 친밀성을 강화하는 자본으로 활용할 수 있기 때문[16]이라고 하였다.

이를 임화의 시 「우리 오빠와 화로」에 적용한다면 이 작품의 화자가 자신의 감정을 잘 표현함으로써 즉, 화자의 감정 능력을 잘 발휘하여 독자 대중들과 내러티브를 공유하고 친밀성을 강화하는 자본으로 활용한 것이라고 할 수 있다. 물론 화자가 감정 능력을 잘 발휘했다는 것은 작가의 표현이지만, 독자는 시 작품을 읽을 때 화자의 목소리로 내용을 전달받는다. 작가가 작품을 창작할 때 자신의 감정을 잘 설명할 수 있는 화자를 내세웠다면 독자는 이러한 화자의 목소리에 의해 자신의 감정이 움직여지게 되는 것이다. 독자가 화자의 처지에 공감이 된다면 독자는 자신을 화자와 동일시할 것이다.

---

13) 위의 책, 126쪽.
14) 위의 책, 136쪽.
15) 위의 책, 136쪽.
16) 위의 책, 136쪽.

사랑하는 우리 오빠 어저께 그만 그렇게 위하시던 오빠의 거북무늬
화로가 깨어졌어요.
언제나 오빠가 우리들의 피오닐 조그만 기수(旗手)라 부르는 영남이
가
지구에 해가 비친 하루의 모든 시간을 담배의 독기 속에 어린 몸을
잠그고 사온 그 거북 무늬 화로가 깨어졌어요.

(…)

언제나 철없는 제가 오빠가 공장에서 돌아와서 고단한 저녁을 잡수
실 때 오빠 몸에서 신문지 냄새가 난다고 하면
오빠는 파란 얼굴에 피곤한 웃음을 웃으시며
……네 몸에선 누에똥내가 나지 않니 하시던 세상에 위대하고 용감
한 우리 오빠가 왜 그날만
말 한마디 없이 담배 연기로 방 속을 메워 버리시는 우리 우리 용감
한 오빠의 마음을 저는 잘 알았어요

(…)

오빠와 또 가장 위대한 용감한 오빠 친구들의 이야기가 세상을 뒤집
을 때
저는 제사기(製絲機)를 떠나서 백 장에 일 전짜리 봉통(封筒)에 손톱
을 뚫어트리고
영남이도 담배 냄새 구렁을 내쫓겨 봉통 꽁무니를 뭅니다
지금 만국 지도 같은 누더기 밑에서 코를 골고 있습니다

(…)

그리고 오빠……
저뿐이 사랑하는 오빠를 잃고 영남이뿐이 굳센 형님을 보낸 것이겠
습니까

섧지도 않고 외롭지도 않습니다

세상에 고마운 청년 오빠의 무수한 위대한 친구가 있고 오빠와 형님을 잃은 수없는 계집 아이와 동생

저희들의 귀한 동무가 있습니다

그리하여 이 다음 일은 지금 섭섭한 분한 사건을 안고 있는 우리 동무 손에서 싸워질 것입니다

오빠 오늘 밤을 새워 이만 장을 붙이면 사흘 뒤엔 새 솜옷이 오빠의 떨리는 몸에 입혀질 것입니다

이렇게 세상의 누이동생과 아우는 건강히 오늘날마다를 싸움에서 보냅니다

영남이는 여태 잡니다 밤이 늦었어요

— 임화, 「우리 오빠와 화로」[17] 부분

이 작품의 화자는 공장 노동자인 여성으로, 역시 공장 노동자인 오빠와 남동생과 함께 살고 있다. 이들은 노동자이면서 노동운동가이다. 근대 가족의 형태가 대가족에서 핵가족으로 바뀌고, 그것이 공장이 생기면서 형성된 도시와 도시 노동자의 발생과 맞물리는 것이라면 이 작품의 화자는 근대의 변화된 가족 구성을 취하고 있다. 이유가 분명히 제시되지는 않았지만, 현재 화자의 가족은 핵가족이고 구성원은 모두 공장 노동자이다. 대가족의 공동체 생활에서 벗어난 근대의 가족 구조는 근대적 가치관에 따른 삶을 살 수 있게 한다. 화자의 남매는 도시에 와서 공장 노동자가 되었지만 노동운동가가 되었는데, 이것은 이들에게 가치지향적 삶을 살게 한

---

17) 김창술 외, 『한국대표 시인 초간본 총서 카프시인집』, 열린책들, 2004, 64~67쪽.(이하 『카프시인집』이라 함.)

다. 비록 몸에서 '신문지 냄새', '누에똥내'가 나고 '지구의 해가 비친 하루의 모든 시간을 담배의 독기 속에 어린 몸을 잠그'어야 하는 힘든 노동의 생활이지만, 이들은 노동운동가이다. 노동의 가치는 사회주의 사상과 관련되므로 근대 지식이다. 그렇다면, 이 작품에서 그려진 화자 남매는 근대적 삶을 살고 있는 사람들이라 할 수 있다. 당시 조선은 비록 식민지 상태이기는 했으나, 근대 자본주의 사회였다. 「우리 오빠와 화로」의 화자가 노동하는 근대 여성이었다면 독자들은 화자를 통해 근대적 삶의 모습을 엿볼 수 있었을 것이다.

그런데 화자의 남매는 위기에 처해 있다. 집안의 중심이었던 오빠가 붙잡혀 간 까닭에 현재는 여성 화자가 이 가족의 가장 역할을 하고 있다. 집안의 기둥을 잃은 막막함과 정치적 위압으로 오빠뿐 아니라 화자와 동생까지 공장에서 쫓겨나 힘든 상황이다. 독자가 화자의 처지에 공감했다면 화자가 처한 상황을 어떻게 헤쳐 나갈 것인가는 관심사가 된다. 그런데 작품 속의 화자는 대단히 차분하면서도 논리적으로 자신의 감정을 설명하고 삶의 의지를 다잡는다.

'저뿐이 사랑하는 오빠를 잃고 영남이뿐이 굳센 형님을 보낸 것이겠습니까'는 화자가 노동운동가로서 자신의 가치를 자리매김할 것임을 보여주는 것이다. 즉, 화자는 오빠가 잡혀간 상황을 만든 것이 노동운동이었지만, 이것에 원망하는 태도를 보이지 않고 되려 의지를 다져 오빠와 그 주변의 모두가 꿈꾸던 세상을 만들기 위해 계속 나아가겠다는 태도를 보이는 것이다. 그것은 오빠로 인해 화자와 동생 영남이까지 공장에서 쫓겨나 버려 비록 '백 장에 일 전짜리 봉통(封筒)'을 만들어야 하는 처지가 되었더라도 포기하지 않는 것이다.

이것은 근대 지식이 바탕이 되어 활동하는 근대 노동자의 이상적 태도이다. 그러므로 '낭만적 혁명주의자'의 모습이 드러나는데, 현실적 고통을 낭만적 이상으로 끌어올린 것은 차분하게 자신의 감정과 의지를 잘 표현한 화자의 어조 덕분이다. 그런데 이러한 차분함과 의지가 방향성을 가질 수 있었던 것은 근대 지식 덕분이다. 비록 제도화된 방법을 통한 것은 아니었지만 근대 지식이 기반이 된 노동 교육을 받지 않았다면 불가능했을 것이다.

그리고 이것은 오빠가 잡혀갔다는 극한의 현실을 가치 있는 것으로 탈바꿈시킨다. '이렇게 세상의 누이동생과 아우는 건강히 오늘날마다를 싸움에서 보냅니다'는 오빠가 한 일은 밖에서도 계속 이어지고 있음을 말하는 것이고, 이것은 오빠가 추구했던 가치를 이어가는 것이다. 또한 그 순간에 오빠와 오빠 친구들이 꿈꾸었던 세상은 위대한 것이 되고, 그러한 오빠를 지지하고 뒷바라지하는 화자와 동생도 함께 위대한 자가 되는 것이다. 에바 일루즈의 의견을 따른다면 미천한 노동자였던 화자는 노동의 가치를 역설하는 사회주의, 즉 근대 지식을 통해 자신의 문화적 능력을 배양했으며, 이것이 바탕이 되어 자신의 복잡한 감정을 잘 설명할 수 있는 감정 능력을 갖추게 된 것이다. 그리고 이것은 화자의 목소리를 듣는 독자를 감동시켰다.

「우리 오빠와 화로」의 이러한 특성은 『카프시인집』에 실린 다른 작품과 비교했을 때 두드러져 보인다. 『카프시인집』은 카프 2차 방향 전환의 취지에 맞게 작품을 구성한 까닭에 여기에 실린 대부분의 작품들이 자본가 계급에게 억압받고 착취당하는 상황에 대한 분노와 울분을 직접적으로 표출하고 있다. 이는 시를 통해 선전·선동하려는 의도와 관련 있다. 이러한 분위기 속에서 「우리 오빠와 화로」와 같이 감정 자본을 잘 활용한 작품이 있다는 것은 『카프시인집』에 특별한 의미를 실어준다. 왜냐하면 감정의 체계적 표현이 당시 대중들에게 효과적으로 다가갈 수 있는 방법이라 여긴 것으로 읽힐 수 있기 때문이다. 이것은 『카프시인집』이 자본주의 사회에서 성공한 출판물이 되기 위한 전략으로도 볼 수 있다.

임화가 이 작품에서 스스로 비판했던 것은 '소시민적 낭만성'이었다. 하지만 『카프시인집』에 실린 「우리 오빠와 화로」의 '소시민적 낭만성'은 독자를 끌어들임에 있어서는 오히려 장점이 되었다. 당시의 설문조사 「10년 갈 명작, 100년 갈 걸작」에서 이 작품이 선정된 것은 독자들, 나아가 인간의 보편적 심성이 '낭만성'에 영향을 받기 때문에 나온 결과라고도 할 수 있다. 그 '낭만성'은 자신의 처지를 체계적으로 설명함으로써 가치화시킨 '낭만성'이다. 체계를 가진 '낭만성'은 당시 교지 필자였던 학생 독자들의 '낭만적' 성향과도 연결될 수 있는 것이었다. 결국 '감정 자본주의'를 충분히 활용한 「우리 오빠와 화로」의 화자는 자신의 처지를 독자들에게 효과적으로 전달할 수 있었다. 이는 근대 자본주의 사회에서 하나의 '장(場)'을 차지할 수 있는 의미 있는 자본이 되었고, 『카프시인집』을 자본주의 사회 내에서 성공한 출판물로 만들 수 있었다.

3. 말하는 주체 세우기를 통한 사회적 약자에 대한 관심

문학 도서 구매를 결정할 때 '심리적 동기 요인'으로 '지적 만족'과 '시대 흐름'이 중요한 요인으로 나타남을 고려한다면 카프 조직에서 발간한 『카프시인집』이 베스트셀러가 되었다는 것은 당시의 분위기에서 '사회주의'에 관심이 고조되었기 때문으로 보인다. 1925년에 결성된 카프(KAPF)는 '무산계급문화의 수립을 기함'이라는 강령을 내세웠다. 이후 1927년 1차 방향 전환을 겪으면서 '마르크스주의적 이념'을 따름을 분명히 하였으며, 1931년 3월 2차 방향 전환을 통해 '볼셰비키화'로 조직의 노선을 정하게 된다. 이에 따라 2차 방향 전환 이후의 카프는 예술가도 예술가 자신의 입장보다는 프롤레타리아 전위의 관점에 서서 무산계급 혁명의 주체가 되어야 함을 주장[18]하게 되었다.

『카프시인집』은 카프의 2차 방향 전환 이후에 출판되었다. 따라서 시집에 실린 작품들은 카프의 변화된 노선을 따랐을 것임을 짐작할 수 있는데, 실제로 시집에 실린 20편의 작품은 '노동자·농민', '운동가'를 시적 대상으로 하고 있으며, 조직적인 프롤레타리아의 모습을 강조하고 있다. 『카프시인집』이 베스트셀러가 되었다는 것은 당시의 독자들이 프롤레타리아의 삶과 행동을 통해 형상화된 사회주의 이념에 관심을 보였다는 것이다. 이에 초점을 맞춘다면 『카프시인집』에서 형상화된 시적 대상의 폭과 깊이에 주목할 필요가 있어 보인다. 시집에 실린 전체 작품이 '노동자·농민', '운동가'를 대상으로 하고는 있지만, 그것이 천편일률적 모습만 보인다면 도서 구매자들에게 문학서로서의 만족을 채워주기 힘들기 때문이다.

이에 본 연구에서 주목하고자 하는 것은 '여성 프롤레타리아'에 대한 형상화이다.[19] 『카프시인집』에는 여성을 화자로 내세우고 있는 시가 세 편 있다.[20] 『카프시인집』의 전체 작품 수에 비해 여성이 화자인 작품이 많은 것

---

18) 역사문제연구소 문학사연구모임, 『카프문학운동연구』, 역사비평사, 1991, 244쪽.

19) 『카프시인집』에 수록된 작품들 중 여성 화자와 청자의 작품에 주목하여 마르크스주의 페미니즘 방법론으로 분석한 배상미의 연구가 있다. 배상미, 「가부장적 억압과 혁명성의 경계에 선 여성들―『카프시인집』 수록 시편들의 여성 청자와 화자」, 『한국학연구』 제50집, 인하대학교 한국학연구소, 2018, 31~65쪽. 그는 여성 노동자들이 일하는 공장을 가부장의 비유라 보고, 여성 노동자들의 투쟁은 가부장 구조의 허구성을 폭로하는 것이라 하였다. 『카프시인집』에서 형상화된 여성 노동자 및 투사들은 계급 혁명이 여성 문제를 해결해준다는 논리로 성차별적 현실에 접근하지 않고, 여성 노동자들이 처한 현실을 분석하여 이를 해결하기 위해 투쟁해야 하는 방식으로 접근하고 있음을 밝혔다. 이 연구는 『카프시인집』의 여성을 중심으로 여성의 주체성을 페미니즘의 관점에서 살펴본 것으로 의의가 있다.

20) 『카프시인집』에서 여성을 화자로 하는 작품은 임화의 「우리 오빠와 화로」, 김창술의 「가신 뒤」, 권환의 「우리를 가난한 집 여자라고」이다.

은 아니지만, 카프 조직이 여성 문제에 대해서도 고민했음을 보여준다. 여성 문제에 관심을 보였다는 것은 약자에 대한 관심의 표현이다. 여성은 경제적 계급 문제와 별도로 성별로 인식되는 존재로, 약자 계급인 프롤레타리아 계급 내에서도 남성에 대해 약자로 존재했다. 때문에 여성 노동자, 여성 농민은 근대 자본주의 사회에서 최약자라고 할 수 있을 것이다. 따라서 카프 조직이 여성 프롤레타리아들을 문학작품의 대상으로 삼았다는 것은 약자 인식에 대한 폭과 깊이를 보여주는 것이라 할 수 있다. 이는 물론 사회주의 사상을 기반으로 한 것이므로 남성에 비해 소외된 존재로 살아온 여성들이 근대 자본주의 모순을 뛰어넘는 일에 동참해야 함을 인지한 것으로 볼 수 있다.[21]

랑시에르는 '문학의 정치'에서 "정치행위는 정치적 능력이 입증되는 감성의 경계를 추적하기 위한, 이를테면 무엇이 말이고 무엇이 외침인지를 결정하는 하나의 갈등"[22]이라고 하였다. 그는 플라톤의 『국가』에서 장인들이 자신들의 직업 이외에 다른 것을 할 수 있는 시간이 없다고 한 것을 지적하며, "정치는 이 불가능성에 의문을 던질 때에야 비로소, 자기 일 외에는 다른 것을 살필 시간이 없는 사람들이 분노하고 고통 받는 동물이 아니라 공동체에 참여하면서 말하는 존재라는 것을 입증하기 위해 자기들에게 없는 시간을 가질 때에야 비로소 시작된다."[23]고 하였다.

시 작품에서 여성을 시적 화자로 내세우고 있다면 소외된 여성들의 지

---

21) 이를 당시의 대중적 흐름과 관련지어 본다면 '여성'의 존재가 새롭게 부각된 시대적 분위기와도 관련이 있을 것이다. 근대 지식을 통해 등장한 '신여성'의 존재와 '신여성'에 대한 사회적 관심은 『카프시인집』에서 형상화된 여성 프롤레타리아에 대한 관심으로 이어졌다고 할 수 있기 때문이다.

22) 자크 랑시에르, 『문학의 정치』, 유재홍 역, 인간사랑, 2011, 10쪽.

23) 위의 책, 10~11쪽.

제2부 시인으로서 근대 지식 펼치기

위를 문학으로써 중심에 설 수 있도록 자리매김하는 것이다. 이를 고려하면 『카프시인집』에서 중점을 두고 살펴보아야 할 작품은 권환의 「우리를 가난한 집 여자라고」이다. 이 작품은 노동하는 여성이 화자인 작품인데, 앞서 살펴본 임화의 「우리 오빠와 화로」의 여성 화자보다 구체적으로 노동의 삶이 표현되어 있다. 이는 김창술의 「가신 뒤」에 나오는 여성 화자와 또 다른 입장이다.[24]

당시 공장 여성 노동자는 직업을 가진 여성들 중에서도 긴 시간 근무를 함에도 불구하고 상대적으로 낮은 보수를 받고 있었다.[25] 일정 수준의 교육과 전문성을 요구하는 간호사나 교사에 비해 여직공들은 근무 시간이 길고, 보수도 적었다. 이는 여직공들이 겪은 어려움과 빈곤감을 말해준다.

---

24) 콜론타이의 「붉은 사랑」을 시로 재현한 듯한 김창술의 「가신 뒤」는 여성 운동가는 일과 사랑을 구분해야 한다는 콜론타이의 연애관을 바탕으로 하고 있다. 이러한 연애관은 당시 사회주의 운동가들이 수용한 입장인데, 카프에서도 이 연애관을 받아들였음을 「가신 뒤」를 통해 알 수 있다. 「붉은 사랑」은 여직공이자 노동운동가, 공산주의자인 '바실리샤'와 그녀의 연인이자 동지인 '블라디미르'와의 사랑 이야기를 그린 콜론타이의 대표적 소설이다. '운동이 우선이고, 그 다음이 사랑'이라는 주의를 소설 전반에서 강조하고 있는데, 소설에서 사랑하지만 일을 위해서 떨어져 있어야 하는 상황이 주인공이 기차를 타고 떠나는 장면으로 나온다. 김창술의 「가신 뒤」에서도 노동운동을 위해 남편은 기차를 타고 떠났고, 아내는 남편에 대한 그리움을 '부부의 사랑보다 동지로서 사랑하라'고 말한 남편의 말을 기억하며 이겨내려고 한다. 시 작품 속에 '『적련(赤戀)』 속의 히로인 바실리샤를 사모했습니다.'라며 콜론타이의 소설을 직접 언급하는 대목이 나오기도 한다(콜론타이, 『붉은 사랑』, 김제헌 역, 공동체, 1988 참조). 이는 여성 노동자의 이야기이기는 하나 여성이 연애의 상황에 부딪혔을 때 취해야 할 태도에 대한 것으로, 노동 현장의 직접적 삶을 그려낸 것과 다른 성격이다.

25) 이와 관련해서는 이행화 · 이경규의 「일제강점기의 직업여성에 관한 담론」(『일본근대문학연구』 제57집, 한국일본근대학회, 201쪽)을 참고할 수 있다. 이 글은 1931년 12월 『삼천리』 자료를 근거로 간호부나 여교원의 경우는 근무시간 09-16(7)에 단위임금 간호부 7.4원, 여교원 6.8원이었던 데 비해, 여직공은 근무시간 07-17(10)에 단위임금 2.0(원)이라고 하였다.

그러므로 혹 당시의 여직공들이 도시에서 직업을 가질 수 있는 여성이어서 부러움의 대상이었다는 주장을 한다면 이는 논점에서 벗어난 것이라 할 수 있을 것이다.

우리들을 여자라고
가난한 집 헐벗은 여자라고
민초처럼 누른 마른 명태처럼 빼빼 야윈
가난한 집 여자라고
놈들 마음대로 해도 될 줄 아느냐
(…)

놈들은 많은 이익을 거름같이 갈라가면서
눈꼽짝만 한 우리 삯돈은
한없는 놈들 욕심대로 자꾸자꾸 내려도
아무 이유 조건도 없이
신고 남은 신발처럼
마음대로 들었다 메다쳐도 될 줄 아느냐

(…)

안남미밥 보리밥에
썩은 나물 반찬
돼지죽보다 더 험한 기숙사밥
하얀 쌀밥에 고기도 씹어 내버리는
놈의 집 여편네 한번 먹여 봐라

태양도 잘 못 들어오는
어두컴컴하고 차디찬 방에
출입조차⋯⋯ 게 하는
감옥보다 더 ⋯⋯한 이 기숙사살이

낮이면 양산 들고 연인과 식물원 꽃밭에
밤이면 비단 커튼 밑에서 피아노 타는
놈 집 딸자식 하루라도 시켜 봐라

(…)

우리들을 여자라고
가난한 집 헐벗은 여자라고
마른 피를 마음대로 빨라고 말라
우리도 항쟁을 한다……을 안다
아무래도 ×어 ×× 일어나는 우린데
이놈의 집에서 쫓겨 나가는 걸
순사들 손에 붙잡혀 가는 걸
눈꼽만치라도 겁낼 줄 아나

아무래도 싸우는 우리니
죽을 때까지 항쟁하리라 싸우리라
　　　— 권환, 「우리를 가난한 집 여자라고─이 노래를 공장에서 일하는
　　　　　　　수만 명 우리 자매에게 보냅니다」[26] 부분

　이 시의 화자는 노동하는 여성이다. 그런데 '가난한 여성'이다. 가난하기 때문에 노동자가 되었을 것이고, 여성이기 때문에 노동의 상황이나 대우도 열악하다. 같은 노동력의 가치에 비해 여성 노동자의 임금이 남성 노동자의 임금에 비해 상대적으로 낮은 것은 사회적으로도 계속 지적되어 온바이다. 문제는 여성 노동자들이 받는 임금의 정도가 그들의 재생산 비용을 충당하지 못할 정도로 낮다는 데 있다. 가부장제 중심의 사회에서 여성

---

26) 『카프시인집』, 37~40쪽.

노동자의 임금은 가장인 아버지 혹은 남편의 수입에 보탬이 되는 정도면 된다는 성차별적 인식 때문에 여성 노동자는 그들의 노동에 비해 턱없이 낮은 임금을 받고 경제적으로 계속 남성에게 종속된다. 가난한 여성이 노동을 하고 돈을 벌어도 가난에서 벗어날 수 없는 것이 이러한 이유이다.[27] "가난한 집 여자"라고 "놈"들은 마음대로 "눈꼽짝만 한 우리 삯돈"을 "한없는 놈들 욕심대로 자꾸자꾸 내"리고, "아무 이유 조건도 없이/신고 남은 신발처럼/마음대로 들었다 메다"치려고 한다. 정당한 노동의 대가를 제대로 받지 못하는 여성 노동자들의 현실과 이에 대한 그들의 분노가 나타나 있다.

낮은 임금은 소비의 차이로 이어지고 이는 계급의 차이를 드러낸다.[28] "낮이면 양산 들고 연인과 식물원 꽃밭"을 다니는 부르주아 "딸자식"이 손에 들고 있는 "양산"은 당시 중산층 여성들 사이에서 떠오른 새로운 소비 물품 중 하나였다.[29] "햇빛을 가리는 역할"을 하는 "양산"은 원래 기능을 넘어 부르주아 여성들이 연인과 한낮에 산책을 즐길 때 사용하는 도구가 되어 중산층 여성들의 문화를 상징하게 되었다. 가난한 여성 노동자들은 쉽게 구할 수도 없고 '양산'의 문화를 즐길 수도 없다. 결국 '양산'과 같은 물품은 생산자의 입장에 있는 여성 노동자들을 더욱 소외시킨다. 그것은 "안남미밥 보리밥에/썩은 나물 반찬/돼지죽보다 더 험한 기숙사밥"을 먹고, "태양도 잘 못 들어오는/어둠컴컴하고 차디찬 방"에서 살아가는 여성 노동자들의 처지를 더욱 비극적으로 만든다. 권환의 이 작품에는 여성 노동자로서 겪는 성차별적 문제와 계급 차별이 구체적으로 표현되었음을 알

27) 미셸 바렛 외, 『페미니즘과 계급정치학』, 신현옥 · 장미경 · 정은주 편역, 여성사, 1995, 39~40쪽. 참조.

28) 손자희, 『한국 페미니즘의 문화지형과 여성주체』, 문학과학사, 2009, 307쪽.

29) 태혜숙, 『한국의 탈식민 페미니즘과 지식생산』, 문화과학사, 2006, 316쪽.

수 있다.

그런데 '가난한 여자'라는 것은 '부잣집 여자'와 대비되는 것이다. 화자가 스스로를 '가난한 여자'라고 인식했다는 것은 '부자'와 '가난한 자'의 대립 속에서 알게 된 것이다. 그리고 "우리를 가난한 집 여자"라며 세상에 자신의 존재를 알린다. 랑시에르의 논리를 적용하면 '가난한 자'는 '부자'에 비해 소외되어 있었던 존재인데, 이들이 시 속에서 무대의 중앙에 자리하게 되었다. 그리고 이때 감성의 분할이 일어난다. '공동체'를 이루는 요소들은 그 순간에 균열이 생겼고, 요소들이 재배분되었다. '가난한 여자'들이 스스로를 인식하고, 그들의 열악한 처지를 바꾸고, 그들의 존재 가치를 인정받고자 외침으로써 그들은 '공동 세계'에서 하나의 위치를 차지하게 된 것이다.

그런데 '공동체'는 이질적인 요소들의 집합체이다.[30] 그러므로 각각의 이질적인 요소들이 서로 특성을 드러내면서 자리를 만들어가야 한다. 랑시에르는 노동자가 낮에 일을 하고 밤에 수면을 취하지 않고 부르주아의 시를 쓸 때 감성의 분할이 일어난다고 했다. 기존의 '치안' 질서에서 노동자의 지위가 '셈'해지지 않았기 때문에, '시'의 가치를 즐길 줄 아는 '노동자'는 존재할 수 없었던 것이다. 이는 『국가』에서 이야기하는 대로 노동자는 자신의 일 외에 다른 일을 할 시간이 없었기 때문인데, 만약 낮에 노동을 한 노동자가 밤에 수면을 취하는 대신 시를 쓴다면, 이는 기존의 질서

---

[30] 이에 대해서는 "공동의 세계에 대한 단언은 공동성과 비공동성을 함께 위치시키는 역설적 무대화 속에서 이루어진다. 그리고 이러한(공동성과 비공동성)의 결합은 항상, 소통의 적법한 상황들 및 세계와 언어의 적법한 나눔들을 뒤집어엎고, 말하는 신체들이 말하기 질서와 행위의 질서, 존재의 질서 사이의 접합 속에서 분배되는 방식을 재분배하는 역설 및 스캔들을 수반한다. 권리의 증명 내지 정당성을 드러낸 감각적인 것의 나눔의 재형상화다."라고 한 랑시에르의 의견을 참고할 수 있다. 랑시에르, 『불화·정치와 철학』, 진태원 역, 도서출판 길, 2015, 100쪽.

를 혼란에 빠뜨리는 것이다. 랑시에르가 말하는 문학의 정치는 이 순간에 일어난다. 이를 역으로 적용하면, 부르주아 지식인이 노동문학을 하는 것도 가능해진다.

위 시의 작가는 남성 지식인이다. 작가 권환은 일제강점기 '교토제국대학 독문과' 출신이라는 최고의 학벌을 가진 자이며, 명문가 집안의 자제다. 일제강점기 최고 학력의 지식인이 당시 가장 소외된 '가난한 여성 노동자'의 이야기를 시로써 펼치고 있다. 랑시에르의 논리를 따른다면 위의 시를 노동의 경험이 없는 지식인 작가의 관념 속 투쟁이라고 이분법적으로 부정할 이유가 없어진다.

이를 '문학의 정치'라는 입장에서 조금 더 세밀하게 살펴보면, "낮이면 양산 들고 연인과 식물원 꽃밭에/밤이면 비단 커튼 밑에서 피아노 타는/놈 집 딸자식 하루라도 시켜 봐라"에서 '감성의 분할'이 일어남을 알 수 있다. '양산'과 '피아노'는 부르주아 문화를 상징하는 사물이다. 그런데 화자가 '양산 들고'와 '피아노 타는', '놈 집 딸자식'이라고 표현할 때 부르주아 문화를 상징하는 이 사물들의 가치는 추락된다. '양산 들고 연인과 식물원을 거니는 일'과 '피아노' 치는 일이란 이 작품에서 마치 '한량의 놀이' 정도로 느껴지는데, '놈'이라는, 노동자를 부리는 그들의 주인은 화자가 처한 열악한 생활을 공장 주인의 딸과 같은 부르주아 계급들에게는 시키지 않는다. 한낮에 공장에서 일하지 않고 '양산'을 들고 '식물원 꽃밭'을 다니거나, 밤이면 '피아노'를 치면서 고급문화를 즐겨야 하는 '놈 집 딸자식'은 화자와 같은 이들이 처한 힘든 삶을 살지도, 힘든 노동을 견디지 않아도 되기 때문이다.

이때 화자와 같은 '여성 노동자' 계급과 '놈 집 딸자식'과 같은 '부르주아' 계급 사이에 역전이 일어난다. 즉, '놈 집 딸자식'은 화자가 할 수 있는 '노동'을 할 수 없는데, 자본주의 문화를 소비만 하는 '놈'과 '놈 집 딸자식'은

'노동의 가치'에 동참할 수 없는, 혹은 동참할 '역량'을 갖추지 못했기 때문이다. 노동으로써 존재의 가치를 인식하고 이를 위해 행동할 줄 아는 이는 화자와 같은 '여성 프롤레타리아'들인 것이다. 이를 통해 화자는 '가난한 집 여자라고/놈들 마음대로 해도 될' 수 있는 존재가 아님을 세상에 알린다.

'공동체'는 여러 이질적인 존재들의 집합이다. 작가 권환은 시를 통해 '가난한 여성 노동자'의 삶과 투쟁 의지를 그려낸다. 화자와 같은 '여성 프롤레타리아'들이 주장하는 '노동 해방'과 '존재의 평등'은 사회주의 지식을 통해 알게 된 것이다. 이러한 화자를 작가 권환이 그려냈다는 것은 부르주아 지식인이 프롤레타리아의 감성을 함께했다는 것이다. 이는 랑시에르가 말하는 '감성의 분할'이 일어나는 순간이며, '문학의 정치'가 일어나는 때이다.

베스트셀러로서 『카프시인집』을 생각한다면 랑시에르의 이러한 논리는 『카프시인집』의 독자층에 대해서도 적용할 수 있다. 이 책의 주된 독자층이 지식인이었다 하더라도, 바꾸어 말하면 노동자·농민이 이 책의 주 독자층이 아니었다 하더라도 공동체 안의 이질적 요소들의 어우러짐으로 의미를 가질 수 있다. 이는 각 작품의 작가인 카프 조직원이 지식인 집단이었다는 사실과 더불어 『카프시인집』을 둘러싼 이질적 요소들이 되어 당대 독서 공동체를 이룬 것이다.

『카프시인집』에 '여성 프롤레타리아'를 형상화한 작품이 있다는 것은 근대 자본주의 사회에서 최약자로 존재한 이들에 대해 관심을 보인 것이라 할 수 있다. 그리고 이것은 지식인에 의해 형상화되었다. 지식인의 감성이 프롤레타리아 감성과 함께함으로써 기존의 질서에 균열을 내고 소외된 이들을 무대의 중심에 세웠다. 여성 화자 세 편의 작품 중 「우리를 가난한 집 여자라고」에 이와 같은 의미를 읽어낼 수 있는 것은 프롤레타리아가 나아가야 할 방향에 대한 고민의 깊이를 보여주는 것이라 할 수 있다. 이것은 당시에 사회주의 독서물에 관심을 보인 지식인 독자들에게도 영향을 주었을 것이다. 베스트셀러가 된 『카프시인집』은 독자들에게 사회주의가 관심을 가져야 할 것이 무엇인지에 대해서도 시사점을 주며 널리 퍼져 나간 것이다.

4. 맺음말

일제강점기 근대 자본주의 사회에서 사회주의 이념을 표방하는 『카프시인집』이 베스트셀러가 되었다는 것은 자본의 질서 안에서 반자본주의 가치를 심었다는 뜻이어서 흥미로운 일이다.

본고에서는 『카프시인집』이 당시의 베스트셀러였다는 데 주목했다. 이는 카프 조직의 성쇠와 별도로 살펴본다는 것이다. 하나의 문학작품집으로서 『카프시인집』이 당시의 독자 대중에게 인기가 있었던 출판물이었다는 데에 초점을 맞추고 이것이 가지는 의미를 찾고자 하였다. 이를 위해 독자가 문학서를 구매할 때 어떤 요인이 우선적으로 작용하는가에 대한 연구 결과를 참고하여, '심리적 요인'으로서 '지적 만족'과 '시대 흐름'의 요인, '제품지각 요인 및 위험지각 요인'으로서 '내용의 유용성', '작가 명성'의 요인을 기준으로 하였다. 이에 따라 『카프시인집』은 감정 자본주의를 활용하여 사회주의 이념을 낭만적으로 전개했다는 것과 말하는 주체 세우기를 통해 사회적 약자에 대한 관심을 보인 출판물이라는 의미를 추출해내었다.

먼저, 감정 자본주의를 활용하여 사회주의 이념을 낭만적으로 전개했다는 것은 임화의 「우리 오빠와 화로」를 통해 알 수 있었다. 이 작품은 당시 설문조사에서 「10년 갈 명작, 100년 갈 걸작」이 될 수 있는 작품으로도 선정되었는데, 이는 '작가 명성'의 요인을 만족시키면서 대중적 인기를 끄는 작품이 될 수 있었다. 「우리 오빠와 화로」의 가장 큰 의미는 '감정 자본'을 잘 활용한 것에 있다고 보았는데, 부르디외가 정리하고 에바 일루즈가 활용한 '감정 자본'은 자본주의 사회에서 자신의 상황을 유리하게 만들 수 있는 자본이 된다. 화자는 자신이 처한 위기상황을 차분한 어조로 감정을 체계적으로 표현해내었다. 이는 『카프시인집』에 실린 대부분의 작품이 직설적으로 감정을 토로한 것과 비교되는 것이다. 「우리 오빠와 화로」의 화자가 자신의 처지를 '낭만적'으로 만들어 독자와 감정을 공유한 것은 당시 학생 필자들이 체계적 양식을 통해 표현한 '낭만성'과도 연결점을 가질 수 있다. 이것은 근대 자본주의 사회에서 하나의 장(場)을 차지할 수 있는 의미 있는 자본이 되었다.

말하는 주체 세우기를 통해 사회적 약자에 대한 관심을 보인 것에 대해서는 권환의 「우리를 가난한 집 여자라고」를 통해 알 수 있었다. '여성'은 경제적 계급 외에도 성별에 의해 차별을 당하는 존재로, '여성 프롤레타리아'는 최약자에 속하는 자였다. 『카프시인집』이 이들을 형상화했다는 것은 약자에 대한 관심이 그만큼 깊고 넓었다는 것으로 볼 수 있다. 이것을 랑시에르의 논리에 기대어 보면 여성 프롤레타리아가 스스로의 존재 가치를 외치는 것으로 기존 공동체에 균열을 내는 것에 해당한다. 이는 감성의 분할이며, 이것이 문학의 정치다. 『카프시인집』에 있는 세 편의 여성 화자 작품 중 「우리를 가난한 집 여자라고」는 프롤레타리아가 나아가야 할 방향에 대한 고민의 깊이를 보여주는 것이다.

이는 또한 이질적인 것의 섞임이라는 공동체를 형성하고 있다. 소외된 자들이 중심에 설 수 있는 기회를 만들고 부르주아 지식인이 프롤레타리아의 감성으로 노동문학을 한 것이다. 이것은 당시에 '사회주의' 사상이 시대의 흐름을 형성하고 있었다는 것과 관련하여 '시대 흐름'을 만족시킬 수 있는 요인이 되어 지식인 독자층이 『카프시인집』을 구매하여 읽게 하였다.

　독자는 독서물을 통해 재미나 감성을 느끼고, 새로운 지식도 얻으며, 삶을 살아가는 데 필요한 교훈을 얻는다. 베스트셀러로서의 『카프시인집』은 당시 독자들에게 흥미, 지식, 교육, 감성 등을 주었을 것이다. 이것은 거꾸로 말하면 당시 독자들이 독서물을 통해 요구했던 바에 『카프시인집』의 많은 요소들이 부응했다는 것이다. 바로 이 점이 1930년대 후반 베스트셀러로서 『카프시인집』이 갖는 시사적 의미라 할 것이다.

4장

조선문학가동맹의 결성과 '중(中)', '화(和)'의 아비투스[*]

1. 머리말

조선문학가동맹은 그 결성 자체가 문인들의 화합의 결과물로서 중요한
의미를 가진다. 해방 직후 정치적·문학적으로 혼란한 양상을 보였던 시
기에 이념을 넘어선 문인들의 결성체였기 때문이다. 조선문학가동맹의
결성에 대해서는 임화가 박헌영의 「8월 테제」를 수용하고, 조선문학건설
본부와 조선프롤레타리아문학동맹의 대립을 조선공산당 김태준의 중재
로 이루어낸 것으로 보는 것이 일반적이다.[1] 이는 조선공산당의 공식적 문

---

[*] 이 글은 『한중인문학연구』 67집, 한중인문학회, 2020에 실린 필자의 글을 수정·보완
한 것이다.

[1] 조선문학가동맹의 결성이 조선공산당의 노선의 수용에 따른 것이라는 견해는 관련
한 대부분의 연구물에서 확인할 수 있다. 대표적 연구물로 다음을 참고할 수 있다. 김
윤식, 『해방공간의 문학사론』, 서울대학교 출판부, 1989; 박민규, 「조선문학가동맹 '시
부'의 시 대중화 운동과 시론」, 『한국시학연구』 33호, 한국시학회, 2012; 박정선, 「해
방기 조선문학가동맹의 문화대중화 담론과 조직적 실천」, 『어문학』 93집, 한국어문
학회, 2006; 박헌호, 「해방직후의 문예대중화론 연구」, 성균관대학교 대학원 석사학
위 논문, 1990; 배개화, 「조선문학가동맹과 북조선문학예술총동맹의 대립과 그 원인,
1945~1953」, 『한국현대문학연구』 44집, 한국현대문학회, 2014; 윤여탁, 「해방정국의
문학운동과 조직에 대한 연구-좌파 문단을 중심으로」, 『한국학보』 3권, 일지사, 1988;

화노선인 「조선민족문화건설의 노선(잠정안)」이 조선문학가동맹이 개최한 '제1회 전국문학자대회'의 강령으로 적극 수렴되면서 문화운동의 실질적인 지침의 역할[2]을 했다는 것에서 그 근거를 찾는다.

조선문학가동맹의 결성에 대한 이와 같은 연구는 당시의 정치 상황을 반영한 연구이기는 하나, 문학가 혹은 지식인으로서 가질 수 있는 자유의지에 대한 측면은 간과한 점이 있다. 해방 직후 조선인에게 일었던 광복에 대한 벅찬 감정과 그에 따른 새나라 건설에 대한 임무 의식이 특정한 곳에서 내려온 지령에 의한 것이라고만 볼 수 없다. 설령 지령에 의한 경우가 있었다고 하더라도 행동하려는 개인의 자유의지가 없었다면 단체의 설립은 애초에 불가능했을 것이었다.

최성윤은 조선문학건설본부는 해방 직후인 8월 17일[3]에 결성되었고, 조선공산당의 8월 테제는 8월 20일에 통과된 점, 박헌영이 조선공산당 결성을 공포한 것은 9월 11일이었다는 점을 들어 조선문학건설본부의 발족 당시에 박헌영 등의 영향이 있었다고 보기는 힘들다고 하였다.[4] 조선문학건설본부는 조선문학가동맹으로 이어지는 단체이고, 조선문학가동맹 또한 좌·우 이념을 초월한 조선 전체 작가의 모임이라는 규모였기 때문에 조선문학건설본부의 시작이 조선공산당의 영향 아래 움직인 것이 아니라는 지적은 주목할 만한 점이다. 이는 문학인의 자유의지를 강조할 수 있는 대

이우용, 「해방 직후 좌우익 문학논쟁 연구」, 『건국대학교 대학원 논문집』 31권, 건국대학교, 1990.

2) 박헌호, 위의 글, 8~9쪽.

3) 조선문학건설본부의 결성일이 8월 16일인가, 8월 17일인가에 대해서 논의가 있어왔다. 김윤식은 이에 대해 실제로 모임이 가능했던 날은 8월 17일로 보아야 할 것이라 하였다. 김윤식, 『해방공간의 문학사론』, 55~60쪽 참조.

4) 최성윤, 「해방기 좌익 문학 단체의 성격과 '민족문학론'의 전개」, 『국어문학』 58집, 국어문학회, 2015, 482~483쪽.

목이기 때문이다.

한편 김춘식은 오장환의 해방기 시를 중심으로 조선문학가동맹 측의 사적 윤리와 공적 윤리를 살펴보았다. 해방기 좌파의 문학론에는 공식주의에 대한 반성과 윤리성에 기반한 주체의 사유가 있었으며 이는 당시 작가들의 행동이 과학적 사고에 의한 정세 판단과 윤리적 태도에 기반한 것이었다고 하였다.[5] 이 연구는 주체의 합리적 판단을 강조한 것으로 해방기 작가들이 정치 노선에 함몰되어 행동했을 것이라는 평가에 제동을 걸어준다.

본 연구에서 주목하는 것은 조선문학가동맹이 좌·우의 갈등을 넘어선 문학 단체였다는 점이다. 물론 결성 이후 정세의 혼란에 휩쓸려 다시 분열·대립의 길을 가게 되었지만, 최초 결성이 가능했던 지점에 문인들이 보여준 화합의 태도는 의미 있게 보아야 한다. 지식인으로서 문인들이 보여준 실천의 태도를 찾을 수 있기 때문이다. 이에 본 연구에서는 조선문학가동맹의 결성을 가능하게 했던, 다시 말하면, 좌·우의 갈등을 넘어선 단체 구성이 가능했던 시점에 문인들을 움직이게 했던 동력이 무엇이었는지를 살펴보고자 한다. 문학적 성향이 달랐던 문인들이 한 자리에 모일 수 있었던 것은 지식인으로서 문인들이 공명할 수 있었던 태도가 있었기 때문이다. 본고에서는 그것이 유가 사상에 기반한 '중(中)'과 '화(和)'에 있다고 본다. '중'과 '화'는 유가 사상의 근본을 이루는 개념이다. 그리고 유가의 이상적 지식인인 '군자(君子)'가 평생을 지켜가야 할 태도이다. 조선 오백 년을 내려온 유가 사상은 조선인들에게 깊게 내재되어 전해졌다. 따라서 유학인이라 표방하지 않은 문인들에게도 지식인으로서 지녀야 할 기본적인 태도는 '군자'적 태도에 기반할 것이다. 그것은 아비투스(habitus)의

5) 김춘식, 「해방 전후 시의 사적 윤리와 공적 윤리―오장환을 중심으로」, 『한국문학연구』 57집, 동국대학교 한국문학연구소, 2018, 137~138쪽.

작동이다. 본 연구에서는 조선문학가동맹원에게 유가 사상에 기반한 '중', '화'의 태도가 아비투스가 되어 나타났고, 그것이 좌·우의 갈등을 넘어선 단체 결성의 동력이 되었다고 본다.

조선문학가동맹은 해방 정국에서 분열과 대립을 넘어선 최초의 문학 단체라는 의의를 지닌다. 이와 같은 단체 결성이 가능했던 것을 '중', '화'의 아비투스에 기반한 것으로 본다면 화합을 위해 우리가 나아가야 할 상황에 지침이 되어 줄 것이다.

2. 이원조의 「민족문학론」에 투영된 임화의 논리

김윤식은 이원조의 「민족문학론」이 주자학의 '중간노선'을 따르고 있다는 데 주목한다. 그 근거로 이원조의 「민족문학론」은 모택동의 「신민주주의론」을 바탕으로 구성되었으며, 모택동의 이론은 주자학에 기반하고 있음을 든다.[6] 이원조가 모택동의 이론을 받아들인 것은 퇴계 이황의 직계손인 이원조의 마음에 주자학의 울림이 있었기 때문이고, 그래서 이원조의 「민족문학론」이 '극좌'도 '극우'도 아닌 '중간노선'을 주장하게 한 것으로 보는 것이다.[7] 이원조에게 있었다고 보는 '주자학의 울림'은 '아비투스'로 설명이 가능하다. 아비투스는 사회회되고 구조화된 육체이자, 특정한 장

---

6) 모택동의 이론은 "이것이 현단계 중국의 새로운 국민문화의 내용으로, 자산계급의 문화 전제주의도 아니고 또한 무산계급의 사회주의도 아니며 무산계급사회주의 문화사상이 영도하는 인민대중의 반제·반봉건의 신민주주의"라는 내용이다. '자산계급'과 '무산계급'의 대립이 아닌 '무산계급사회주의 문화사상'이 이끄는 '인민대중'의 '신민주주의'는 중간자적 입장에서 모두를 포괄할 수 있다. 김윤식은 모택동의 이러한 사상은 주자학적 사상구조와 관련성이 있다고 본다. 김윤식, 『20세기 한국 작가론』, 서울대학교 출판부, 2006, 308~311쪽.

7) 위의 책, 309~312쪽.

의 내재적 구조들을 내화한 육체이다. 그것은 세계에 대한 지각과 그 속에서의 행동을 구조화하는 육체다.[8] 조선 오백 년을 내려온 유가 사상은 모든 조선인에게 내재되었겠지만, 특히 이원조는 퇴계 이황의 직계손이었기에 그 울림이 행동으로 직접 드러나는 것이 두드러진다.

김윤식이 강조한 주자학의 '중간노선'은 유가 사상의 '중', '화'와 관련된다. 하늘이 명하는 '성(性)'을 따르는 것이 '도(道)'인데, '성'이 마음속 깊은 곳에서 감정으로 일어나지 않은 것이 '중'이고, 감정이 일어나서 절도에 맞는 것이 '화'이다.[9] '중'은 일상생활에서 어디에도 치우치지 않는 '가운데' 지점을 유지하는 것이고, '화'는 절도에 맞는 것이므로 주체의 특성을 살리는 것이다. '조화'를 이룬다는 것은 '성'이 어떤 상황에 가장 알맞게 작용함으로써 그것이 최선으로 유지될 때를 말한다. 그래서 '중'과 '화'를 이루면 하늘과 땅이 제자리로 돌아가고 만물이 제대로 길러진다고 하였다. 이것은 '도'를 지키며 사는 삶이다.[10] 그러므로 '군자'는 조화를 지향한다.

이에 기반하여 '군자는 중용(中庸)'하고 '시중(時中)'할 것[11]을 강조한다. 군자가 일상에서 '중'을 유지하려면 마음속의 '성'이 겉으로 드러나서 서로의 다른 의견을 모두 포용할 수 있는 견해를 취해야 한다. 포용한다고 하여 그저 중간 지점을 찾는다는 것이 아니다. '수평을 유지하면서 전체를 들어 올릴 수 있는 지점'[12]을 찾는 것이다. 이때는 '이기심' 없는 순수한 마

---

8) 하상복, 『세계화의 두 얼굴, 부르디외 & 기든스』, 김영사, 2006, 100쪽.

9) 『中庸』 第1章 中, "天命之謂性 率性之謂道 修道之謂敎. (…)喜怒愛樂之未發, 謂之中, 發而皆中節, 謂之和. 中也者, 天下之大本也, 和也者, 天下之達道也. 致中和, 天地位焉, 萬物育焉."

10) 『대학·중용 강설』, 이기동 주해, 성균관대학교 출판부, 2012, 107~119쪽.

11) 『中庸』 第2章 中, "(…)君子之中庸也 君子而時中, 小人之中庸也 小人而無忌憚也."

12) 이기동 주해, 앞의 책, 121쪽.

음 상태여야 한다. 그런 마음 상태에서 나아가고 물러날 때를 아는 것, 그 것은 '시중'이다. '중용'과 '시중'은 조화를 이루기 위한 것이다. 군자가 중 용의 삶을 살고자 하면, 이기심 없는 순수한 마음으로 '수평을 유지하면서 전체를 들어 올릴 수 있는 지점'을 찾아 다른 구성과 조화를 이룰 수 있어 야 한다.[13]

이원조가 찾은 '중간노선' 곧, '수평을 유지하면서 전체를 들어 올릴 수 있는 지점'은 '인민적 민주주의 민족문학'이다. 이것은 "부르주아 민주주 의를 내용으로 하는 것도 아니요, 프롤레타리아 민주주의를 내용으로 하 는 것도 아닌, 자본주의 사회의 발전에 있어서 가장 고도의 진보적 단계이 며 새로운 국면으로서의 인민적 민주주의 민족문학"[14]의 내용이다.

이원조의 '중간노선'을 보면, '부르주아 민주주의'를 배척한 것도 아니 고, '프롤레타리아 민주주의'를 앞세운 것도 아니다. 두 개념을 모두 충족 할 수 있는, 당시의 상황에서 가장 적절하다고 생각되는 지점이 잡혀 있 다. 즉 서로 다른 두 개념은 여전히 살아 있으나, 내세워지지 않았다. 그러 면서 서로 합치될 수 있는 지점에서 만난다. '중'을 이루는데, 각 개체의 다 양함이 살아 있다. 곧, '중'과 '화'를 이룬 것이다.

그런데, 이원조의 「민족문학론」은 임화의 「민족문학의 이념과 문학운동 의 사상적 통일을 위하여」(『문학』 3호, 1947.4)의 연장선에 있다.[15] 임화가 주 장하는 인민 주체의 민족문학 개념이 이원조의 문학론에 이어지는 것이 다. 이는 임화의 논리가 투영된 것이다. 바꿔 말해, 이원조의 「민족문학론」 에서 보이는 '중간노선'이 주자학에 기반한 것이라 주장할 수 있다면, 임화

---

13) 위의 책, 120~122쪽.
14) 청량산인, 「민족문학론」, 김윤식 편, 『한국현대현실주의 비평선집』, 나남, 1989, 246쪽 에서 재인용.
15) 위의 책, 250쪽.

의 민족문학론에서도 주자학적 '중간노선'의 특징을 찾을 수 있다는 것이다. 이것은 조선문학가동맹원에게 '중'과 '화'의 아비투스를 확인할 수 있음을 말해준다.

3. 시대의 시점으로 민족문학 포용하기

조선문학가동맹은 결성 이전에 민족문학의 주체를 어떻게 설정할 것인가를 두고 조선문학건설본부와 조선프롤레타리아문학동맹과 대립하였다. 김윤식은 해방 직후인 1945년 8월 17일 임화가 주도한 첫 모임에 대한 기록으로 "해방문학은 글자 그대로 해방된 문학이기 때문에 (…) 이 문학은 누구 개인의 것도 어느 유파의 것도 아니며 온 민족의 감정과 사상을 전체로 대변하는 문학"[16]이라는 임화의 말을 인용하면서 해방 직후 최초의 문인 모임에서는 '종파주의'는 찾아볼 수 없을 만큼 '감격적'이고, '불안'하고, '순수'했다고 평하였다.[17] 이를 통해 조선문학건설본부의 초기 분위기는, 문학은 어느 개인이나 유파에 한정하지 말고 민족 전체의 문학으로 나가자는 방향이었음을 짐작할 수 있다. 여기에는 계급 차이에 대한 인식이라든가 기존의 카프가 가졌던 방향성은 보이지 않는다. 그런데 바로 이 점이 구카프계의 반발을 일으키는 요소가 되었다. 한효는 「예술운동의 전망」에서 "예술은 어떠한 경우에 있어서든지 초계급적일 수가 없고 또한 초당적일 수 없다"고 했다.[18] 권환도 "계급의 차이를 인정하지 않는 민족은 국

---

16) 백철, 『문학자서전』 하, 박영사, 1975, 294~295쪽. 김윤식, 『해방공간의 문학사론』, 61쪽에서 재인용.

17) 위의 책, 61쪽.

18) 한효, 「예술운동의 전망」, 『예술운동』 창간호, 1945.12. 김윤식 편, 앞의 책, 136쪽에서 재인용.

수주의 민족의 개념"[19]일 뿐이라고 했다. '민족 전체의 문학 이름'과 '계급의 문제를 고려해야 하는 민족'이라는 두 개의 가치가 대립하는 상황이 된 것이다. 임화는 이때 문화 주체의 범위를 조정함으로써 문제를 해결하고자 한다. 그는 『문화전선』 창간호(1945.11.15)에 「현하의 정세와 문화운동의 당면 임무」에서 문화혁명의 중심으로 '인민'을 언급한다.

> 계속해서 제기되는 문제는 이 문화혁명의 담당자의 문제다. (…) 이 문화혁명의 담당자도 문화혁명에 있어서 가장 혁명적인 계급인 노동자 계급을 위시한 농민과 중간층과 진보적 시민으로 형성된 통일전선에 속하게 된다. 그러므로(…) 우리 문화의 기초를 인민 속에 수립해야 할 건설적 임무가 따르는 것이다.[20]

문화혁명의 담당자를 '인민(노동자 계급, 농민, 중간층, 진보적 시민)'으로 밝힌 이 글은 조선문학건설본부가 논의되던 초창기의 범위와 차이가 난다. '중간층'과 '진보적 시민'을 인민 속에 포함한 것은 조선프롤레타리아문학동맹의 피착취 계급의 범위와 다르지만, 지배계급이 아니었다는 점에서 중간층과, 계급 문제에 관한 의식을 가지고 있다는 점에서 진보적 시민은 '인민'이라는 큰 틀에서 포함할 수 있으며, 민족 통합을 위해 용해될 수 있는 범위이다. 계급의 문제가 이렇게 이해될 수 있다면 '민족'을 앞세운 까닭에 발생할 수 있는 '국수주의' 문제도 해결된다. 곧 문화혁명의 담당자를 노동자 계급, 농민뿐만 아니라 중간층, 진보적 시민까지 포함한 '인민'의 개념으로 제시한 것은 임화가 조선문학건설본부 시절에 의도했던 민족 전

---

19) 권환, 「현 정세와 예술운동」, 『예술운동』 창간호, 1945.12. 황선열 편, 『아름다운 평등』, 도서출판 전망, 2002, 424쪽에서 재인용.(이하 『권환 전집』이라 함.)

20) 임화, 「현하의 정세와 문화운동의 당면임무」, 『문화전선』 창간호, 1945.11. 임화문학예술전집 편찬위원회, 『임화문학예술전집5 · 평론2』, 소명출판, 2009, 362쪽에서 재인용.

　　　　　　　　　　　제2부 시인으로서 근대 지식 펼치기

체를 포함하는 문학 주체와 한효 등의 조선프롤레타리아문학동맹이 주장
했던 계급 문제를 고려해야 하는 문학 주체를 포용할 수 있다.

임화가 강조하는 민족문학의 '의미와 주체'는 이후 「민족문학의 이념과
문학운동의 사상적 통일을 위하여」(『문학』 3호, 1947.4)[21]에서 분명히 밝힌다.
그는 "민족은 인민이요, 인민만이 민족인 것이며, 민족의 이념은 인민의
이념이요, 인민의 이념만이 민족의 이념이 될 수 있"으므로 "인민의 이념
을 이념으로 한 문학만이 민족문학이 될 수 있는 것"이라고 하였다. 그런
데 인민을 영도하는 것은 노동계급이다. 그렇다고 해서 이러한 문학이 계
급문학이 될 수 없는 것이 "시민계급"은 "인민과 민족의 특권적 지배자가
되기 위하여" 즉, 자신들의 이익을 얻기 위하여 행동했지만, "노동계급"은
"자기와 더불어 모든 인민층이 목적의식을 가"질 수 있도록 돕는 것이다.
곧 "이러한 경우의 노동계급의 이념은 계급적 자각의 매개자이기보다도
인민적 자각의 매개자인 것이다."라고 하였다.

임화가 말하는 '인민'은 '프롤레타리아 계급'적 의미도 있으면서 '부르주
아 계급'의 역할을 포함하고 있다. '노동계급'에 영도되므로 '프롤레타리아
계급(노동계급)'의 이념이 '민족 형성'의 기본을 이루기는 하나, 그것은 '반
제국주의, 반봉건, 민주주의, 민족적 결합'을 통해서다. '반제, 반봉건, 민
주주의'는 이원조가 「민족문학론」에서 언급한 대로 '부르주아 혁명 단계'
에 속하는 것이다. 부르주아의 '시민계급'이 변하여 그들의 역할을 잊은 탓
에 노동계급이 그 역할을 이어받은 것이다. 그러므로 임화의 '인민'은 두
극단의 계급의 역할을 포함하고 있다. 이는 앞에서 살펴본 이원조의 '중간
노선'인 '인민적 민주주의 민족문학'과 통한다. '부르주아 민주주의'를 배척
한 것도 아니고, '프롤레타리아 민주주의'를 앞세운 것도 아닌, '인민적 민

---

21) 위의 책, 455~471쪽에서 재인용.

주주의 민족문학'이다.

임화의 '민족문학'에 대한 이러한 논리는 조선문학가동맹이 결성된 직후 처음으로 열린 '제1회 전국문학자대회'에서도 확인할 수 있다. 임화는 '제1회 전국문학자대회'에서 「조선 민족문학 건설의 기본과제에 관한 일반보고」(1946.2.8)[22]를 한다. 그는 조선문학가동맹의 기본 임무로 "근대적인 의미의 민족문학"을 말한다. "계급적인 문학이냐?" "민족적인 문학이냐?"의 질문에 대한 답으로 "근대적인 의미의 민족문학"을 언급하였다. '근대성'은 시대적 흐름의 문제로서 민족문학을 규정하고 있다. 시대적 흐름의 문제로서 '근대성'이란 '봉건제도', '국수주의', '파시즘'을 극복하고 '민주주의'로 나아가야 함을 내포한다. '계급'의 문제를 전면에 내세우지 않으면서도 '계급문학'에서 언급해야 할 문제를 지적한다. 그러면서 역사적으로 진행되었던 '부르주아 혁명' 단계도 이루어야 함을 말한다.

그런데 궁극적인 목표점은 '민족문학'이다. 이것은 조선문학가동맹이라는 문학 단체가 결성되어야 하는 이유이다. 문인들이 함께 모여서 민족문학이 발전할 수 있도록 논의할 기구가 필요한 것이다. 그것은 식민지적 상황을 벗어난 시점이므로 '민족문학'의 방향성은 더욱 당위성을 가진다. 그래서 좌·우의 문인들을 포용할 수 있는 범위가 된다. 곧, 임화는 '계급' 대 '민족'의 이분법적 구도를 현재 처한 시대적 흐름의 한 시점(時點)에서 '근대적인 민족문학'이라는 '중간노선'을 취하며 그 해법을 찾고 있는 것이다.

'군자는 중용'하고 '시중'할 것을 강조한다고 했다. '중용'의 마음 상태에서 나아가고 물러날 때를 아는 것, 즉, 때에 맞게 '중용'을 유지하는 것, 그것은 '시중'이 된다. '중용'과 '시중'은 조화를 이루기 위한 것이다. 해방 직

---

22) 조선문학가동맹 엮음, 『건설기의 조선문학』, 최원식 해제, 온누리, 1988, 34~45쪽에서 재인용.

　　　　　　　　　　　　　　제2부 시인으로서 근대 지식 펼치기

후 새나라와 그 문화를 세워야 할 시기, 역사 발전에 기반한 문화, 전 민족이 함께할 수 있는 문화를 세우는 것이 필요할 때, 임화를 비롯한 조선문학가동맹원은 시대적 흐름의 시점에서 '중간노선'을 취함으로써 해답을 찾으려 했던 것이다.

이는 비슷한 시기에 수립된 전조선문필가협회(1946.3.13.결성)와 이 단체를 이어받은 조선청년문학가협회(1946.4.4.결성)가 보인 태도와 대립된다.[23] 전조선문필가협회와 조선청년문학가협회는 설립 자체가 조선문학가동맹과 대립하기 위한 것이었다. 그러므로 이들 단체는 시작부터가 분열과 대립의 구도를 띠었다고 볼 수 있다.

공임순[24]은 김동리가 해방 정국의 '신탁통치'에 반대하는 소위 '반탁파'를 '정통파'라 구분 짓고, 조선문학가동맹 대부분이 '찬탁파'인 것을 들어 이들과 대립 구도를 만들었다고 본다. '반탁파'를 '정통파'라 이름 붙이고, '정통파' 이외의 것은 '비(非)/반(反)정통파'라고 보겠다면, '정통파'의 반대쪽에 있는 단체나 이론들은 '정통파'의 논리를 받아들이지 않고서는 이들과 합치를 이룰 수 있는 지점이 없다. 이러한 전개를 따라간다면 김동리로 대표되는 조선청년문학가협회는 분열과 대립의 구도[25]를 전제한 것이 된다.

---

23) 시기적으로는 전조선문필가협회와 조선청년문학가협회가 조선문학가동맹 결성 이후에 수립되었기 때문에 이 글에서 논의하고자 하는 조선문학가동맹의 결성기와 차이가 난다. 하지만, 유가 사상의 군자에 대한 지향은 당시의 지식인 대부분에게 아비투스로 나타날 수 있으므로 구분 지어 살펴볼 필요는 있다.

24) 공임순, 「박종화와 김동리의 자리, 반탁 운동의 후예들과 한국의 우파 문단」, 『사학연구』 121집, 한국사학회, 2016, 67~73쪽.

25) 이른바 '탁치 정국'의 상황에서 '반탁 운동'에 대립한 '찬탁 운동'은 좌익 정권을 비난하기 위해 만든 용어라는 연구가 있다. 박태균은 좌익 세력은 신탁통치안에 대해 '찬성'이라는 용어를 사용한 적이 없으며, 단지 '모스크바 3상 협정에 대한 지지'라는 용어를 사용했다고 하였다. '지지'한다는 표현이 '찬성'으로도 해석될 수 있겠지만, 그렇다고 좌익 정권이 공개적으로 열강에 의한 신탁통치안에 지지한 예는 없다고 하였다. 박태

'반탁파'를 '정통파'로 규정하고 김동리는 조선문학가동맹과 문학 이론에 대해서도 대립했는데, 김동리의 '순수문학론'이 그것이다. 해방기 김동리의 '순수문학론'은 문학이 어떠한 이념에도 이용되어서는 안 된다는 것으로, 특정한 이념이나 정치성을 띠지 않는 것을 말한다.

김윤식은 김동리가 조선청년문학가협회를 창립할 당시에 이 단체의 명예회장이 박종화였음에 주목하였다. 이는 김동리에게 문학적으로 유일한 선배는 박종화임을 뜻하는 것이라 하였는데,[26] 김동리와 박종화의 연계성을 말해준다. 이와 관련하여 공임순[27]은 김동리의 '순수문학론'이 박종화의 '민족문학론'을 계승한 것이며, 특히 박종화가 주장한 '민족'을 탁치정국의 '애국독점주의'와 합치시키는 방식으로 문학 이론을 체계화했다고 하였다. 이는 김동리가 '순수문학'을 주장했다가 '본격문학'으로 이름을 바꾸고, 다시 '민족문학'을 주장하는 과정을 거치며 우익 문단의 헤게모니를 구축하게 되는 것과 연관 있다고 보았다. 곧, 박종화와 김동리로 대표되는 전조선문필가협회와 조선청년문학가협회는 분열과 대립의 구도 속에 '순수문학'의 논리를 '조국애·민족혼'이 바탕이 된 '애국적 민족문학론'으로 발전시킨 것이다.

김동리는 조선청년문학가의 창립 대회에서 '민족혼의 구현'을 강조한다. 그러면서 민족혼의 파괴를 모략하는 것은 문학 분야에서 자신의 적이 될 것이라 하였다. 이러한 김동리의 입장에 대해 김윤식은 "상대방(적)을 극복하는 길밖에 다른 방도가 없다는 논리, 이래도 좋다든가 적당히 타협한다

균, 「반탁은 있지만 찬탁은 없었다」, 『역사비평』, 역사비평사, 2005, 66~67쪽. 이원조 또한 「민족문학론」에서 '탁치 정국'의 분열 양상을 언급하지만 '찬성'이라는 용어는 쓰지 않고 '신탁통치안지지'라고 하였다.

26) 김윤식, 『해방공간 문단의 내면 풍경 - 김동리와 그의 시대2』, 민음사, 1996, 102~103쪽.
27) 공임순, 앞의 글, 67~73쪽.

든가 제3의 논리 모색이란 전혀 없을 수 없다는 이 논리는 끝장을 보고야 만다는 극좌 또는 극우의 논리"라고 하였다.[28] 그런 점에서 이들 단체는 자신들의 주장을 강조하면서 하나로 결집하려는 열의는 있으나, 나와 다른 상대방의 차이를 받아들이면서 조화를 이루려는 노력은 찾기 힘들다 할 것이다.

조선문학가동맹의 결성은 중지(衆志)를 통해 결정된 것이다. 직접적으로는 조선문학건설본부와 조선프롤레타리아예술가동맹의 대표 구성원들의 조정이 있었지만, 조선문학가동맹이 이 두 단체만의 결합은 아니었다. 이 단체는 해방 직후의 감격을 함께 토로하고 싶은 작가들, 그리고 해방공간의 정치, 문화 상황을 이끌어갈 방향성에 공감한 당시 대부분의 작가들이 함께한 단체였다.[29] 이태준, 김기림, 정지용 등 카프와 무관했던 작가들도 조선문학가동맹에 가입하여 활동했으며, 우리의 문학과 문화가 나아가야 할 방향을 함께하고자 했다.

이와 같이 문인들의 좌·우 합작이 가능했던 것은 해방 정국의 갈등을 넘어서고자 했던 문인들의 실천 의지가 있었기 때문이다. 그것은 윤리적

---

28) 김윤식, 『해방공간 문단의 내면 풍경 – 김동리와 그의 시대2』, 112쪽. 김윤식은 이어서 이와 같은 대립의 상황에서 김동리의 선택의 기준은 인정(人情)주의에 있다고 하였다. 이것은 김동리가 극우를 선택한 것이 합리적 사고에 의한 것보다 운명에 의한 것이라고 보는 것이다.

29) 최원식은 이에 대해, 언급한 두 단체의 회원이 아니었던 홍명희가 조선문학가동맹 위원장으로 추대되었다는 점에 주목해야 한다고 하였다. 이는 조선문학가동맹이 꼭 카프의 연장이 아님을 보여주는 것으로 보았다. 그리고 조선문학가동맹이 주최한 '제1회 전국문학자대회'의 참석 명단에 '신석정, 곽하신, 최태웅, 이주홍, 김용호, 김달진, 정비석, 이봉구, 박계주, 박영준, 피천득, 홍효민, 유치환, 노천명, 서정주, 김영수, 이한직' 등이 보이는 것에 주목하여 조선문학가동맹은 우리 문학사상 처음으로 이루어진 문인들의 좌·우 합작 조직이었다는데 의의를 둔다. 최원식, 「한국현대문학사의 올바른 재구성을 위하여」, 『건설기의 조선문학』, 온누리, 1988, 6~7쪽.

태도의 발현이다. 그 윤리성은 다시 조선 오백 년을 이어 내려온 유가 사상에서 근본을 찾을 수 있다. 유가의 지식인인 군자는 '중'과 '화'의 태도를 지향했다. 좌·우 합작을 했던 문인들이 '근대적 민족문학'에 공감할 수 있었던 것은 시대의 시점에서 중용의 태도로 민족문학을 포용하려고 했던 태도에 공명했기 때문이다. 그 울림을 가능하게 한 것은 '중'과 '화'에 대한 조선인으로서의 아비투스였다.

4. 차이가 공존하는 문학 장(場) 이루기

군자가 중용의 태도를 취하려면 '중'이 되는 지점, 곧 '수평을 유지하면서 전체를 들어 올릴 수 있는 지점'을 찾아야 한다. 조선문학가동맹의 결성에서 그 지점은 임화의 '근대적인 민족문학'에서 이원조의 '인민 민주주의 민족문학'으로 이어짐을 살펴보았다. 그런데 '중'을 이루려면 '중'을 이루어야 하는 상황에 있는 각 요소들이 '화'를 이룰 수 있어야 한다. '근대적인 민족문학'으로 '중'의 지점을 잡았다면, 조선문학가동맹을 이루는 구성원들의 의견이 다양함으로 공존하고 있어야 한다. 그것이 '화'이다. 그래서 '군자는 화이부동'[30]한다고 하였다.

조선문학가동맹의 구성원에는 카프 활동에 참가했던 문인들도 있지만,

---

30) 『論語』, 「子路」 23, "子曰, 君子 和而不同, 小人 同而不和."(공자가 말했다. "군자는 조화는 하지만 뇌동은 하지 않고, 소인은 뇌동은 하지만 조화는 하지 않는다.") 『주희가 집주한 논어』, 정후수역, 도서출판 장락, 2000, 330쪽. 이에 대한 주자의 주해는 다음과 같다. "화(和)는 거스르고 어기는 마음이 없는 것이요, 동(同)은 아비(阿比, 아첨하고 빌붙음)하는 뜻이 있는 것이다. 윤씨가 말하였다. "군자는 의리(義理)를 숭상하므로 동(同)하지 않음이 있고, 소인은 이(利)를 숭상하니 어떻게 화(和)할 수 있겠는가."라고 하였다."和者, 無乖戾之心. 同者, 有阿比之意. ○尹氏曰 君子 尙義故, 有不同. 小人 尙利, 安得而和," 『論語集註』, 성백효 역주, 한국고전인문연구소, 2017, 372쪽.

그렇지 않은 경우도 있다. 이들의 문학적 경향이 모두 같지는 않았는데, 조선문학가동맹의 결성에 '중'과 '화'의 아비투스가 작동했다면 해방 정국의 서로 다른 문학적 입장들이 '화'를 이루면서 어우러지고 있을 것이다. 본 장에서 살펴보고자 하는 것은 이러한 차이들이 어떻게 '화'를 이루면서 만나고 있는가이다.

조선문학가동맹은 '제1회 전국문학자대회'에서 '농민'과 '아동'에 대한 방침을 특별히 규정했다.[31] 권환은 이 대회의 보고 연설(「조선 농민문학의 기본방향」[32])에서 농민이 처한 극빈한 문화 상태를 언급하며 농민을 위한 형식과 용어의 방향을 제시했다.[33] 그것은 "간명평이화"인데, 대다수 농민이 겪고 있는 생활의 어려움으로 그들의 문화를 향유할 여유가 없었던 농민들을 위해 특별한 배려가 필요함을 강조한 것이다. 여기에서 농민문학을 창조하자는 원론적인 이야기만으로 끝나지 않은 것이 눈여겨볼 만한데, '간명평이화'라는 구체적 방향을 설정한 것은 농민의 어려움─농노적

---

31) 조선문학가동맹의 「제1회 전국문학자대회의 결정서」에는 '조선문학의 기본임무가 민족문학의 수립'에 있음을 분명히 하고, 이를 위해 '민중의 민주주의적 교육', '이론적 비평적 활동의 근본방침 수립', '과학적인 국어정책 수립과 실행에 힘쓰기', '문학의 대중화와 문학운동의 도시편중주의 시정', '아동문학과 농민문학의 육성과 발전을 위한 방침 작성' 등 5가지를 언급하였다. 이것은 '민족문학'이 '민중'을 기반으로 해야 한다는 것을 분명히 보여주는 것이다. 특히, '아동'과 '농민' 문학을 별도로 규정하여 이에 대한 방침을 설정했는데, '아동'을 별도로 인식한 것은 근대적 의식의 각성이며, '농민'을 언급한 것은 당시 조선에서 대다수를 차지했던 농민에 대한 자각이라고 할 수 있다.

32) 조선문학가동맹 엮음, 앞의 책, 81~89쪽에서 재인용.

33) 권환이 보고 연설에서 제시한 농민문학론은 카프 시절 제기된 안함광, 백철 등의 농민문학론에 비해 한 단계 구체적이다. 농민문학과 프롤레타리아 문학과의 관계로 다소 추상적 논쟁을 벌였던 이전의 경우와 달리 해방 직후 권환은 혁명적 로맨티시즘─진보적 리얼리즘의 기초에 선 농민문학의 구성 방법을 5가지로 제시한다. 그리고 계몽운동으로서의 농민문학의 역할도 강조하고 있다.

반봉건적 질곡에 신음하는 상황, 생명 유지에도 여력이 없는 상황, 문화를 향유할 여유가 없는 상황—에 대한 안타까움이 드러나는 대목이기 때문이다. 또한 '간명평이화'로 창작된 문학작품을 통해 농민들이 각성되고 이를 바탕으로 농민의 문화가 발전하면 '근대적 민족문화 건설'을 위한 대중화 작업[34]과도 연결이 될 것이다.

이는 박세영의 보고(「조선 아동문학의 현상과 금후방향」[35])에서 "어떤 것이 정말 우리 땅이요, 어떤 것이 정말 우리 말이요, 누가 정말 우리 선생인지조차 그 켯속을 몰랐던 조선의 아동처럼 불쌍한 아동들은 세계 어느 곳에서도 찾아보기 드물 것이다"라며 조선 아동의 정체성을 확립하는 것이 중요함을 강조한 것과 같다. 이를 위해 "보수적 민족주의"를 극복하고, "진보적 민주주의"를 지향해야 함을 역설했는데, '보수적 민족주의'는 "친일파, 파시즘 추종자"들로서 봉건적 잔재를 깨치지 못한 이들이 외치는 민족주의이고, '진보적 민주주의'는 "현 단계가 부르주아 혁명 단계인 만치, 조선 민족의 9할이 넘은 무산계급을 위하여 그 생활과 이익을 보장해줄 수 있는 인민의 정권이 수립되어야 한다는 데서 진보적 민주주의"다. 즉, "아동"이 다 같은 '아동'이 아니며 조선에는 "프롤레타리아"계급의 '아동'이 있음을 인지하여 이 아동들이 앞으로 조선을 이끌고 나아갈 수 있도록 이들을 위한 아동문학을 이루도록 하자는 것이다.

조선문학가동맹의 주요 준비위원이었던 권환이 '농민문학'의 보고를 맡

---

34) 박정선은 해방기 조선문학가동맹의 문화 대중화 담론과 조직적 실천에 대한 연구로 당대의 문화 대중화 운동의 전개 과정을 복원하려고 하였다. 해방기 문화 운동을 3기로 나누고 각 시기에 특징적으로 활동한 바를 정리했는데, 조선문학가동맹 결성 시기는 1기(1945.8~1946.7)에 해당하고 문화통일전선 결성과 계몽운동에 초점이 맞춰져 있었다고 보았다. 박정선, 「해방기 조선문학가동맹의 문화대중화 담론과 조직적 실천」, 『어문학』 93, 한국어문학회, 2006, 465쪽.

35) 조선문학가동맹 엮음, 앞의 책, 90~101쪽에서 재인용.

은 것은 조선프롤레타리아문학동맹 시기부터 권환이 주장했던 계급적 차별[36]을 인정한 민족문학의 주체를 고려한 것에 일관된다. 이것은 '아동문학'의 보고를 한 박세영의 경우도 마찬가지다. '근대적인 민족문학'으로 중심점은 잡았지만, 계급성을 주장하는 목소리가 여전히 살아 있다.

이에 비해 '제1회 전국문학자대회'에서 '시 분과' 보고를 한 김기림의 경우는 주장의 기반이 다르다. 이 대회의 보고문인 「우리 시의 방향」[37]에서 김기림은 "시민(권)", "대중", "초근대인"의 용어를 쓰고 있다. 보고문의 내용으로 김기림의 용어들을 정리하면 '시민'은 "새 공화국을 지킬 가장 열렬한" 사람으로, '대중'은 "착취의 대상"으로 살아왔지만, "새로운 역사에 등장" 하는 존재로 "새로운 시의 온상이며 영야(領野)"이다. '초근대인'은 "문화"의 "불균형"에 "모순과 불합리"로 발발한 "1939년의 전쟁"으로 "역사상의 시대로서 끝을 마"쳤음을 인식하여 "근대를 부정하는 새로운 시대"를 여는 자이다.

위의 용어들은 단체의 대표격인 임화가 강조하는 용어와 기표에서 차이가 난다. 임화 등의 경우 '시민'은 부르주아 혁명을 이끌어야 할 책임을 다하지 못한 계급을, '대중'은 '인민'에 비해 계급적인 요소가 덜 드러나는[38]

---

36) 한나 아렌트는 『전체주의의 기원』에서 계급의식이 파시즘에 휘둘리지 않게 하는 기반이 된다고 하였다. 원자화된 대중은 자신이 기반한 계급에 대한 인식을 하지 못하는 까닭에 추상적 개념으로 다가오는 민족의 문제에 논리적 사고를 미처 하지 못한 채 끌려간다는 것이다. 한나 아렌트, 『전체주의의 기원』 2, 이진우·박미애 역, ㈜도서출판 한길사, 2006, 35쪽, 276쪽. 그렇다면 권환, 박세영이 계급적 인식에 따라 민족문학의 수립 주체를 구분지으려 한 것은 파시즘에 대결할 수 있는 기본 태도가 된다.

37) 조선문학가동맹 엮음, 앞의 책, 62~70쪽에서 재인용.

38) 임화는 「문학의 인민적 기초」(『중앙신문』 1945.12.8~12.14)에서 '인민'의 개념을 설명하였다. "한 국민 한 민족 가운데에서도 민중이란 대중이란 말과 같이 주로 피치자를 가리키는 말인데, 그렇다고 피치자 또는 피압박의 인민층만을 민중이라고"만 이르는 것은 아니다. "민중"은 "만인평등설과 더불어 19세기적인 개념"일 수 있다. 그러나 "인

대상을 나타내고, '초근대인'[39]은 임화가 지향한 '근대성' 너머의 곳을 가리키고 있다.

그렇다면 김기림의 입장에서는 '시민'의 용어에 새 공화국을 이끌어갈 지위를 부여하고, 피착취 계급의 특성이 부각되는 '인민'보다는 '대중'의 용어로 포용의 범주를 늘리며, '초근대성'을 통해 근대의 모순과 불합리를 극복하기를 바라고 있다는 것이다. 곧, 특정한 계급을 내세우지 말고, 불균형으로 분화하지 않는, 공동체 정신을 살리는 문화를 강조하는 것이다. 근대의 모순은 분화에서 나온 것이므로, 새로 세워질 나라는 '만인'과 함께 공동체를 꾸려갈 수 있는 '민주주의' 국가여야 함을 강조하고 있다.[40] 이는

민"은 "노동자나 농민, 그타 중간층이나 지식계급 등을 포섭하는 의미에 있어 이 말 가운데는 피착취의 사회계급을 토대로 한다는 일종 농후한 사회계급적인 요소가 보다 더 많은 개념이다. 현대가 민중이란 말 대신에 인민이란 말을 쓰는 것은 아마 현대에 있어 사회적 모순의 해결에 국가적 민족적인 여러 가지 문제보다도 기본적인 문제로 되어 있는 때문"이라 하였고, 그래서 "문학이 인민에게로 간다"는 뜻은 "문학이 현대의 사회적 모순의 해결의 일단과 관계를 맺는"것이라 하였다. 임화문학예술전집 편찬위원회 편, 앞의 책, 377~378쪽에서 재인용.

39) 김기림이 사용한 '초근대인'의 용어에 주목한 경우는 박연희, 「해방기 '중간자' 문학의 이념과 표상－김기림을 중심으로」, 『상허학보』 26집, 상허학회, 2009, 325~328쪽을 참고할 수 있다. 박연희는 김기림의 '초근대인'은 민족을 세계사적 차원에서 논의하면서 반봉건, 반제국주의 문제를 지적할 수 있는 있는 모더니스트로서의 탁월한 언어 감각의 표현, '레토릭'이라고 하였다.

40) 김기림은 해방 전부터 근대의 이분법적 태도가 낳은 문제점들을 지적해왔다. 근대의 합리성만 추구하는 태도는 이분법적 분열의 구도를 만들고 결국 인류를 파멸로 몰고 갈 뿐이라고 하였다. 근대 문제의 극단을 보인 것이 파시즘의 포악함이고 그 결과가 1939년 전쟁 발발이라고 하였다. 김기림은 이 문제를 극복하기 위해서는 분화가 아니라 조화를 지향해야 한다고 했다. 일제강점기에 일명 '전체시론'을 주장하고, '근대의 결산'을 외친 것도 근대의 문제점을 해결하기 위한 노력이다. 해방 정국에서 '초근대인'을 주장한 것도 근대의 문제점을 극복해야 한다는 김기림의 생각이 지속된 것이라 볼 수 있다.

제2부 시인으로서 근대 지식 펼치기

"이제 우리가 가지려 하는 민주주의는 일부가 아니라 만인의 정치적, 경제적, 문화적 민주주의일 것이다."라고 한 김기림의 언급에서도 확인된다. 그리고 김기림이 강조하는 '민주주의'는 "시의 정신의 자유"로 초점이 맞춰진다. '시의 자유'는 "파시즘과 제국주의를 타도하기 위하여 바친 연합제국의 데모크라시의 전사들의 피의 값으로" 얻어진 것이다.

김기림이 보여준 기표의 차이는 시인이 가질 수 있는 '시의 자유'를 행한 것이다. 결국 김기림이 조선문학가동맹에 공감한 것은 시와 시인의 자유를 누릴 수 있는 새로운 정치 제도와 국가 수립이 필요하되, 그것은 파시즘을 극복한 민주주의여야 한다는 것, 시는 그 안에서 모든 대중들이 함께 누릴 수 있어야 한다는 것이다.[41] 민주주의를 강조하되 '시의 자유'를 누릴 수 있는 기반으로서의 민주주의, 그것을 통해 만인이 행복할 수 있는 민주주의를 지향하는 것이다. 임화 등이 주장한 '근대적인 민족문학'의 큰 가치는 공유하고 있지만, 미세한 차이로 계급주의를 비켜가고 있다. 즉, 김기림은 자신의 목소리를 지켜가고 있는 것이다.[42] 조선문학가동맹의 결성에

---

41) 김춘식, 앞의 글, 163~164쪽. 김춘식은 특히 조선문학가동맹이 개최한 제1회 전국문학자대회에서 김기림의 시 부문 보고 내용에 주목하였다. 김기림이 내세운 진보적 민주주의와 미래주의, 이를 위한 인물형의 탐색, 대중성과 인민성의 확보를 위한 창작 방법론, 궁극적으로 '개인/민족/세계'를 관통하는 시 정신의 자유라는 이상적 지향은 정치성을 앞세운 공식주의와 남로당의 정책 노선을 무조건 따른 것이 아니라, '개인과 공동체'라는 두 차원에 대한 윤리적인 문제, 과거 청산과 새로운 건설의 과제에 대해 '문학'과 '시', '예술'이라는 영역에서의 독자적 실천 등을 고민하며 만들어진 것이라고 하였다.

42) 김기림의 행보와 조선문학가동맹의 노선에 차이가 있다고 보는 연구 결과가 여러 편 있다. 그중, 조영복은 해방공간에서 김기림의 좌파 활동은 사상적, 이념적 변화 때문이 아니라 김기림이 지향했던 '지성'과 '현실간여'의 인식론적 지평에서 비롯된 것이라고 하였다. 조영복, 「김기림의 예언자적 인식과 침묵의 수사—일제말기와 해방공간을 중심으로」, 『한국시학연구』 15집, 한국시학회, 2006, 29쪽. 강정구·김종회는 김기림

김기림의 견해가 '화'의 태도로 만나고 있다.

한편 이태준의 경우는 '문화적 기반으로서의 민주주의'를 지향하고 있음이 엿보인다. 해방 이후 이태준의 행보에 대한 자기 고백적 작품인 「해방 전후」에는 다음의 구절이 있다. "이번에 공산당이 계급 혁명으로서가 아니라 민족의 자본주의적 민주혁명으로 이내 노선을 밝혀 논 것은 무엇보다 현명했고, 그랬기 때문에 좌우익의 극단적 대립이 원칙상 용허되지 않아서 동포의 분열과 상쟁을 최소한으로 제지할 수 있는 것은 조선 민족을 위해 무엇보다 다행한 일이라고 저는 생각합니다"[43] 김직원과의 대화에서 나온 이 말은 조선문학가동맹과 함께하게 된 이태준의 해명인 듯 보이는 내용이다.

이 구절에 기대어 이태준이 해방 직후 조선문학가동맹에서 활동하게 된 계기를 찾자면, "좌우익의 극단적 대립"을 피해 갈 수 있었고, 그래서 "동포의 분열과 상쟁을 최소한으로 제지할 수 있"었기 때문이다. 임화, 이원조로 이어지는 '중간노선'에 공감하고 있는 것인데, 특히 '중간노선'을 지지하는 이유가 '대립, 분열, 상쟁'을 최소화할 수 있기 때문이다. 이것은 독단, 독재를 반대하고 민주주의적 태도에 기반한 화합을 지향하는 것이다.[44]

이 전국문학자대회 보고 강연에서 보인 민족적 아이덴터티가 조선문학가동맹의 경우와 다름을 강조한다. 조선문학가동맹의 경우 무산계급을 중심으로 한 폐쇄적인 범주를 보이나, 김기림은 대중과 지식인을 포함한 '만인(萬人)'이 함께하는 개방적 범주를 지녔다고 하였다. 강정구 · 김종회, 「해방기 김기림 비평에 나타난 민족 기표의 양상」, 『한국문예창작』 통권 26호, 2012, 250쪽.

43) 이태준, 「해방 전후」, 『한국대표단편소설』 5, 도서출판 빛샘, 1997, 400쪽.
44) 그런 점에서 이태준의 해방 이후 행보가 '최대다수의 최대행복'을 추구하려는 '공리주의'와 관련 있다는 연구가 있어 주목된다. 배개화는 이태준과 같은 중간파가 조선문학가동맹과 뜻을 함께하게 한 것에 '최대다수의 최대행복'을 실현하려는 '인민민주주의'

'제1회 전국문학자대회'에서 이태준은 「국어재건과 문학가의 사명」[45]으로 보고 연설을 하였다. 이 글에서 이태준이 강조하는 것은 '민주적' 태도이다. 국수주의적 태도를 경계하며 무조건적인 한문 배척은 반대한다. 전통적으로 한문을 써온 우리의 국어 상황을 정리하되, "한자 이전으로 물러가서까지 언어정리를 하려는 것은 불가능하다"는 것이다. 이때 이태준이 강조하는 것은 민주적 문화이다. "오늘 우리가 민족의 총의로서 바라는 국가는 민주주의 국가"이며 그것은 "정치", "문화, 경제"의 "모든 국가적 각도에서 민주주의적 기초가" 필요함을 역설한다. 그중 "문화"에 있어서 "국어 문제"[46]는 중대하다는 것이다. 국어 정책에 대한 구체적 내용은 언급하지 않고, 정책 결정을 하는 데 민주적 태도가 필요하다고 강조하고 있다. 여기에는 앞으로 수립될 국어 문화에 대한 기본적인 분위기가 '민주적'이라면 발전적일 것이라는 기대를 하고 있음이 엿보인다. 이태준이 조선문학가동맹에 공감한 것은 '민주주의' 지향이었다. '민주주의'는 서로의 의견

에 동의했기 때문이라고 하였다. 박치우가 언급한 '인민민주주의'는 '공리주의' 관점과 통하는데, 근로대중, 지식인, 농민들이 주체가 되어 '최대다수의 최대행복'을 실현하려는 특징이 이태준의 공감을 일으켰다는 것이다. 이것은 박헌영이 '인민민주주의 정권 수립'의 주체를 '노동자·농민'의 '민주주의적 독재'로 보는 것과 비교했을 때 상대적으로 온건한 해석이라고 하였다. 배개화, 「이태준, 최대다수의 행복을 꿈꾼 민주주의자·해방 이후 이태준의 사상과 문학」, 『상허학보』 43, 상허학회, 2015, 211–217쪽.

45) 조선문학가동맹 엮음, 앞의 책, 127~131쪽에서 재인용.

46) 조선문학가동맹은 '농민'과 '아동'문학의 생산과 수용을 위해서 '한글 교육'을 강조하였다. 이는 국어로써 민족문학을 수립하는 데에 기여하는 일이지만 그동안 글을 배울 기회가 없었던 '농민'과 '아동'들에게 자신의 삶을 문학적으로 표현할 수 있는 여건을 마련하는 일이기도 하다. '농민'과 '아동'의 삶을 형상화한 작품 생산은 물론, '농민', '아동'이 주체가 되어 생산한 작품은 소외되었던 이들의 목소리를 내기 위한 것이다. 이는 사회를 이루는 구성원으로서 그들의 의사를 표현하고, 또 역사적으로 이들의 의사를 반영하는 데 적극적이지 못했던 사회 지도층에 영향을 줄 여지가 생긴다. 문화적 기반으로서의 민주주의를 마련하는 일이 되는 것이다.

을 존중하며 화합을 이룰 수 있는 제도다. 다른 의견이 공존하는 사회 지향은 다양한 문화를 발전시킬 수 있는 기반이 된다. '문화적 기반으로서의 민주주의 지향'은 이태준의 조선문학가동맹의 행보에 '중', '화'의 아비투스로 나타나고 있다.

조선문학가동맹의 결성에는 살펴본 바와 같이 문학에 대해 차이가 나는 다양한 입장이 '근대적인 민족문학'이라는 '중'의 지점을 중심으로 '화'를 이루며 만나고 있다. 그런 점에서 김동리로 대표되는 조선청년문학가협회의 '민족주의'는 다양성보다는 합일을 강조하는 것이라는 연구가 있어 비교해볼 만하다.

김동리는 "문학 정신의 본령이 인간성 옹호에 있다"고 할 때, "오늘날과 같은 민족적 현실에서의 인간성의 구체적 앙양은 조국애나 민족혼을 통하여 발휘되어 있는 것"[47]이라고 하였다. 민족 구성원으로서 한 인간은 민족혼을 통해 그 인간의 정서와 가치를 형성해갈 수 있다는 점에서 한편 긍정할 수 있는 점이다. 하지만 한 인간이 민족혼을 바탕으로 자신의 삶을 둘러싼 경제적 문제, 정치적 문제를 문학적으로 표현할 수도 있다는 점에서 경제적, 정치적 문제를 말하는 문학을 인정하지 않겠다는 것은 문학의 다양성을 인정하지 않는다는 점에서 획일적이다.[48] 권영민은 김동리의 견해

---

47) 김동리, 「문학과 문학정신」, 『문학과 인간』, 민음사, 1997, 108쪽.

48) 김건우는 이와 관련하여 김동리의 문학 이론이 '반봉건, 반자본, 반볼셰비즘'을 주장한다는 점에서 일본 파시즘의 논리가 배어 있음을 읽어낸다. 또한 '인간성의 구체적 앙양이 민족혼을 통하여 발휘되는 것'이라는 표현에서 '조국애'나 '민족혼'에 신비주의적 요소를 덧입힌 일본의 파시즘 논리와 비슷하다고 하였다. 이는 김동리의 논리가 일본 파시즘의 논리를 세운 니시다의 『선의 연구』에 영향을 받은 것임에 근거하여 논의를 전개한 것인데, 니시다는 개인의 '선(善)'이 중요하지만 그보다 더 큰 '공동체의 선'이 더 중요하며, 국가와 동일시되는 공동체의 선에 인격을 부여함으로써 국가에 신비적 분위기를 만들었다는 것이다. 이는 니시다의 국가론이 종교의 영역으로 이어진 것

는 민족의 계급적인 구분을 통합, 지양할 수 있는 관점의 우위를 확보할 수 있어도, 민족정신을 민족 단위의 휴머니즘이라는 관념적인 도식으로 규정함으로써 민족문학이라는 역사적 실체에 대한 구체적 인식을 결여[49]하는 문제가 있다고 하였다. 자칫 문학의 현실적 기반을 이해할 수 있는 출구가 폐쇄되거나 지나치게 비현실적인 관념의 세계로 빠져들 위험성이 있다[50]는 것이다.

이를 보았을 때 김동리가 대표하는 '민족문학론'은 '순수문학론'을 바탕으로 한 '조국애, 민족혼'을 중심으로 하는 합일주의는 강조했지만, 문학에서 다루어질 수 있는 다양한 내용과 기능—내용으로서의 사회적 · 정치적 · 경제적 문제와 기능으로서의 교훈적, 유희적 기능 등—은 배척하고 있음을 알 수 있다. 이러한 태도는 문학에서 논의될 수 있는 모든 것을 '순수/민족문학'으로 '합일'되도록 할 수는 있지만, 그 내부에 존재할 수 있는 다양한 문제의식과 요소들의 차이점들을 인정하지 않는다는 점에서 '화'를 이루지 못한다.

유가에서 강조하는 '중', '화'는 그 실천이 어렵다. 공자도 "천하나 국가도 균등하게 할 수 있고, 지위나 그 녹도 사양하고, 시퍼런 칼도 견딜 수 있으나, 중용은 할 수가 없다.[51]"라고 하였다. 또한 "나라에 도가 있으면 힘들 때의 절조가 변하지 않으니, 강하고 굳셈이여! 나라에 도가 없으면

이 되었으며 교토학파의 국가철학을 이루는 바탕이 되었다고 보았다. 이로써 발터 벤야민이 언급한 '정치의 미학화'라 했던 전형적인 파시즘 논리가 구축된다는 것이다. 김건우, 「김동리의 해방기 평론과 교토학파 철학」, 『민족문학사연구』 37집, 민족문학사학회, 2008, 282~286쪽.

49) 권영민, 『한국현대문학사』, 민음사, 1993, 50쪽.

50) 위의 책, 50쪽.

51) 『中庸』 第九章 "子曰天下國家 可均也 爵祿 可辭也 白刃 可蹈也 中庸 不可能也".

죽음에 이르러서도 변하지 않으니, 강하고 굳셈이여!"[52]라고 하였다.

중용은 '성'을 조화롭게 드러나게 하는 근본이지만, 현실 생활에서 중용을 실천하고 유지하는 것이 어려움을 공자도 안타까워하는 것이다. 명예로운 지위도, 경제적 풍요도 사양할 수 있고, 칼날의 위협 앞에서도 견뎌낼 수 있지만, 중용을 지키는 것은 어렵다. 그래서 중용을 지키겠다는 것은 절조 있는 태도이다. 나라에 도가 있을 때는 나아진 생활에 힘들 때 가진 절조를 지키는 것이 어렵고, 나라에 도가 없을 때는 혼란한 정국으로 죽음에 이를 수 있어 절조를 지키는 것이 어렵다.

조선문학가동맹이 결성되었을 때에는 문인들의 '중', '화'의 태도가 이루어졌겠으나, 해방 정국의 혼란함은 중용의 태도를 유지하기 어렵게 하였다. 신탁통치안의 좌우 갈등은 점점 극에 달했으며, 남북 분단이 가시화되고 있었고, 정세에 따른 문인들의 월북이 이어졌다. 조선문학가동맹이 결성 이후 다시 분열과 대립의 구도를 보인 것은 혼란한 정세와 무관하지 않다. 지식인의 '중', '화'의 아비투스가 혼란한 정세 속에서 의미 있게 작동되지 못했다 할 것이다.

하지만 '중용'을 지키는 것이 이렇게 어려움에도, 공자는 '화'의 태도를 지닐 것(和而不同)을 강조했는데, 그것은 '화이부동'이 궁극적으로 공자가 꿈꾸던 이상적 사회인 '대동 사회'의 기반이 되기 때문이었다. 『서경』에서 '대동'은 다르면서도 함께할 수 있는 공동의 구조를 말한다.[53] 공자는 '덕'으로 이루어진 사회는 화합이 잘 되며 그러한 가치가 이루어진 사회가 '대동'이라고 하였다. '대동'은 '천하위공(天下爲公)'의 뜻이 있지만, '화이부동'

---

52) 『中庸』第十章 中 "(…) 國有道 不變塞焉 强哉矯 國無道 至死不變 强哉矯".

53) 남상호, 『육경과 공자 인학』, 예문서원, 2003, 270쪽.

제2부 시인으로서 근대 지식 펼치기

을 뜻하기도 한다. '화이부동'은『서경』에서 말하는 '대동'의 의미이다.[54]

　　유능한 사람을 세워 거북점과 시초점을 맡긴 후, 세 사람 중 두 사람의 말을 따르십시오. 그래도 임금께서 큰 의심이 생긴다면, 마음으로 생각하고 경·대부 및 관리들과 상의해 보며 백성들과 상의하고 거북점과 시초점을 쳐서 물어보십시오. 임금께서 따르고 거북점과 시초점이 따르며 경·대부와 관리들이 따르고 백성들이 따르면 그것을 대동이라 하는 것입니다.[55]

　『서경』의 대동에서는 국가의 중대사를 결정할 때 복서를 따르기도 하지만 임금, 관리, 백성 등 모두의 의견을 중요하게 여긴다는 것이다. 그래서 『서경』의 대동에는 개인과 국가가 공존하면서 모두가 동의하는 '화이부동'의 정치를 추구했다고 할 수 있다.[56] 즉, 다른 의견을 가졌을지라도 '대동'이라는 큰 가치 아래에서 서로의 의견을 조율하여 화합해 나가는 것이다.
　조선문학가동맹은 '근대적인 민족문학'을 전면에 내세웠지만, 내부적으로는 문인들의 문학 지향이 서로 다른 모습으로 만나고 있다. '중'을 이루고자 하는 태도가 '화'의 상태로 존재하면서 다양성이 공존하는 문학 장

---

54) 공자가 이상적 정치로 제시한 대동(大同) 사상은『예기』「예운」편과『서경』「홍범」두 곳에 나온다.『예기』에서 말하는 대동은 천하위공(天下爲公)으로, 천하가 만민의 것이 된다는 것이다. 만민 평등을 주장한다는 면에서 중국의 캉유웨이나 량치차오는『예기』의 '대동 사상'을 사회주의와 통하는 면이 있다고 하였다. 남상호는『예기』의 대동은 천륜에 해당하는 부모와 자식의 관계까지 해체하려는 면이 있으므로 이는 '인(仁)'을 추구한 공자의 사상과 맞지 않다고 본다. 그는 공자의 이상 정치는 인정(仁政)에 있으므로, 공자가 추구했던 대동 사상은『서경』「홍범」에 있다고 본다. 본고에서는 공자의 대동사상에 대해 남상호의 정리된 바를 주로 참고한다. 위의 책, 93~103쪽.

55)『書經』,「周書」, "立時人 作卜筮 三人 占 則從二人之言. 汝則有大疑 謀及乃心 謀及卿士 謀及庶人 謀及卜筮. 汝則從 龜從 筮從 卿士從 庶民從 是之謂大同".

56) 남상호, 앞의 책, 100쪽.

(場)을 이루었다. 이것은 '화이부동'을 바탕으로 한 이상적 사회, '대동 사회'를 꿈꾸는 것에 대응된다. 좌·우의 갈등을 넘어 화합의 단체를 이루고자 했던 것은 당시의 문인들에게 이상향을 이루는 것에 해당되었다. 문학에 대한 서로 다른 견해가 '화'를 이루면서 '대동 사회'에 해당하는 단체 수립을 지향했다면, 거기에는 '중', '화'의 아비투스가 작동했다고 보아야 할 것이다.

5. 맺음말

조선문학가동맹은 해방 직후 '이상적 새나라 건설'의 문화적 기반을 위해 좌·우 갈등을 넘어 '화합'을 이룬 문학 단체였다. 이는 조선문학가동맹의 가장 큰 특징이면서 의의이다.

본 연구에서는 조선문학가동맹의 결성에 조선의 지식인에게 있었던 유가의 아비투스가 작동한 것으로 보았다. 아비투스는 사회, 문화적 특징 속에서 구성원에게 구조화된 육체이다. 해방 정국에 행해진 문인들의 윤리적 행동은 유가 사상에 기반한 '중', '화'의 '아비투스' 작동이었다.

'중', '화'는 유가 사상의 근본을 이루는 개념이다. 하늘이 명하는 '성'이 마음 깊은 곳에 존재하고 있는 것이 '중'이다. 이것이 세상의 만물과 부딪힐 때 각 개체가 가진 '성'이 '화'를 이루며 드러나도록 해야 한다. '화' 없이는 '중'을 유지할 수 없다. 어디에도 치우치지 않고 조화를 이루어가는 태도가 '중'인데, 그것은 '수평을 유지하면서 전체를 들어 올릴 수 있는 지점'을 찾는 것이다. 그래서 '중'은 '화'의 태도가 전제되지 않으면 이룰 수 없다. 유가의 이상적 지식인인 '군자'는 그러므로 '조화'를 지향하고자 하였다.

조선문학가동맹이 지향하는 문학 이론은 이원조의 「민족문학론」(1947.6)에서 완성되었다. 이 이론의 핵심인 '인민적 민주주의 민족문학'은 '부르주

제2부 시인으로서 근대 지식 펼치기

아 민주주의'와 '프롤레타리아 민주주의'가 '화'의 상태로 '중'을 이룰 수 있는 지점이다. 퇴계 이황의 직계손인 이원조의 마음속에 주자학의 '중용'의 태도가 「민족문학론」로 발현되었고, 이원조의 문학론은 임화의 논리가 투영된 것이다. '중', '화'의 개념을 임화의 경우에 적용했을 때는 '근대적인 민족문학'으로 '중'의 지점을, 그 구성으로 '계급주의', '자유 정신으로서의 민주주의', '문화적 기반으로서의 민주주의'가 '화'의 상태를 이루면서 만나고 있었다.

반면, 조선문학가동맹 결성 이후 설립된 전조선문필가협회, 조선청년문학가협회는 '신탁통치결의안'에 반대하는 '반탁파'만을 민족문학의 '정통파'라 규정하고, 민족문학은 순수문학의 가치만을 지향할 것을 주장하였다. 이들 단체의 설립 목적 자체가 조선문학가동맹과 대립 구도를 만들기 위한 것이었던 데다가, 이들의 문학론은 '합일'에의 의지는 강조했지만, '조화'를 이루고자 하는 노력은 부족하였다. 그런 점에서 이 두 단체에서는 '중', '화'의 아비투스 발현을 찾기 어려웠다.

유가 사상의 '중', '화'는 일상에서 그 태도를 발휘하고 유지하기 어렵다. 나라에 도가 있을 때는 안락한 생활에 힘들 때 가진 절조를 지키는 것이 어렵고, 나라에 도가 없을 때는 혼란한 정국으로 죽음에 이를 수 있어 절조를 지키는 것이 어렵다. 이것은 공자도 안타까워한 것으로, '중용'의 태도를 유지하는 것이 그만큼 어려움을 말하는 것이다.

조선문학가동맹이 결성되었을 때에는 문인들의 '중', '화'의 태도가 이루어졌겠으나, 해방 정국의 혼란함은 그 태도를 유지하기 어렵게 하였다. 신탁통치안은 좌우 갈등을 점점 극에 달하게 하였고, 남·북 분단이 가시화되고 있었다. 이러한 상황 속에서 이어진 문인들의 월북 등으로 조선문학가동맹은 결성 이후 다시 분열과 대립의 구도를 보이게 되었다. 이것은 혼란한 정세와 무관하지 않다. 지식인들이 '중', '화'의 아비투스를 유지할 수 없는 상황으로 밀려간 것이라 할 것이다.

하지만 공자는 그 어려움에도 '중용'을 강조했는데, 공자가 생각한 이상적 사회인 '대동 사회'는 '화'를 이룬 상태, 곧 '화이부동'의 상태에서 이루어지기 때문이다. 조선문학가동맹이 좌·우의 갈등을 넘어 화합의 단체를 이루었던 것은 문학에 대한 서로 다른 견해가 '중', '화'를 이루면서 '대동 사회'에 해당하는 이상향을 이루는 것에 해당되었다.

분열과 갈등의 상태는 현재의 우리도 겪고 있다. 정치적, 문화적, 경제적인 분열과 갈등의 상황은 차이를 인정하지 않는 데에서 시작한다. 그러므로 현재 우리가 겪는 분열과 갈등의 극복은 서로의 다양성을 인정하는 것에서 출발해야 한다. 서로의 차이점들을 인정하고 각 존재들이 공동체에서 '중'의 지점을 통해 '화'를 이룰 수 있는 상태를 찾는다면 우리의 발전은 담보될 것이다. 그리고 우리 사회를 이상적 상태로 한 걸음 나아가게 할 것이다. 그것이 조선문학가동맹의 결성을 가능하게 한 '중', '화'의 아비투스가 현재에도 의미를 가지는 대목이라 할 것이다.

참고 문헌

기본 자료

김창술 외, 『한국 대표 시인 초간본 총서 카프시인집』, 열린책들, 2004.

우한용 외 기획, 『한국대표단편소설』 5, 도서출판 빛샘, 1997.

유교경전번역총서편찬위원회, 『大學·中庸』, 성균관대학교 출판부, 2007.

──────────, 『書經』, 성균관대학교 출판부, 2011.

유교문화연구소, 『맹자(孟子)』, 성균관대학교 출판부, 2006.

──────────, 『시경(詩經)』, 성균관대학교 출판부, 2015.

이기동 주해, 『대학·중용 강설』, 성균관대학교 출판부, 2012.

이용악, 『낡은 집』, 미래사, 1992.

임규찬·한기형 편, 『카프비평자료총서』 I~Ⅶ, 태학사, 1989.

임화, 『현해탄』(임화전집 I·詩, 한국근현대민족문학총서 13), 풀빛, 1988.

임화문학예술전집편찬위원회, 『임화문학예술전집5·평론2』, 소명출판, 2009.

성백효 역주, 『論語集註』, 한국고전인문연구소, 2017.

정지용, 『정지용 시전집 1』, 민음사, 2001.

정후수 역, 『주희가 집주한 論語』, 도서출판 장락, 2000.

조선문학가동맹 엮음, 『건설기의 조선문학』, 최원식 해제, 온누리, 1988.

황선열 편, 『아름다운 평등』, 도서출판 전망, 2002.

『新少年』 3권, 9월호, 1925.

단행본

가라타니 고진, 『일본근대문학의 기원』, 박유하 역, 도서출판b, 2013.

강진호, 『그들의 문학과 생애 한설야』, 한길사, 2008.

권성우, 『모더니티와 타자의 현상학—한국 근대 문학의 풍경』, 솔출판사, 1999.

권영민, 『한국현대문학사』, 민음사, 1993.

———, 『한국 계급 문학 운동사』, 문예출판사, 1998.

권오익, 『素波閑墨』, 대한교과서주식회사, 1994.

구인환·우한용·박인기·최병우, 『문학교육론』, 삼지원, 2001.

김기림, 『김기림 전집』 2, 심설당, 1988.

김동리, 『문학과 인간』, 민음사, 1997.

김수진, 『신여성, 근대의 과잉—식민지 조선의 신여성 담론과 젠더정치, 1920~
　　　1934』, 소명출판, 2009.

김영한·임지현 편, 『서양의 지적 운동』, 지식산업사, 1997.

김용직, 『김태준 평전』, 일지사, 2008.

김윤식, 『해방공간의 문학사론』, 서울대학교 출판부, 1991.

———, 『한국현대문학사상사론』, 일지사, 1992.

———, 『김동리와 그의 시대』, 민음사, 1995.

———, 『해방공간 문단의 내면 풍경—김동리와 그의 시대 2』, 민음사, 1996.

———, 『임화 연구』, 문학사상사, 2000.

———, 『미당의 어법과 김동리의 문법』, 서울대학교 출판부, 2002.

———, 『일제 말기 한국 작가의 일본어 글쓰기론』, 서울대학교 출판부, 2003.

———, 『작가론의 새 영역』, 강, 2006.

———, 『해방공간 한국 작가의 민족문학 글쓰기론』, 서울대학교 출판부, 2006.

———, 『20세기 한국 작가론』, 서울대학교 출판부, 2006.

———, 『문학사의 새 영역』, 강, 2007

———, 『백철 연구』, 소명출판, 2008.

——— 편, 『한국현대현실주의 비평선집』, 나남, 1989.

김재용, 『민족문학운동의 역사와 이론』, 한길사, 1990.

김재홍, 『카프시인비평』, 서울대학교 출판부, 1995.

남상호, 『육경과 공자인학』, 예문서원, 2003.

마쓰오 다카요시, 『다이쇼 데모크라시』, 오석철 역, 소명출판, 2011.

미학대계간행회 편, 『미학의 역사』 1권, 서울대학교 출판부, 2008.

박노자, 『우리 역사 최전선』, 푸른역사, 2008.

박선미, 『근대여성, 제국을 거쳐 조선으로 회유하다 ─ 식민지 문화지배와 일본유
    학』, 창비, 2007.

박윤우, 『한국 현대시와 비판 정신』, 국학자료원, 1999.

박현수, 『시론』, 예옥, 2011.

손자희, 『한국 페미니즘의 문화지형과 여성주체』. 문화과학사, 2009.

송기한, 『한국 시의 근대성과 반근대성』, 지식과교양, 2012.

신영복, 『강의』, 돌베개, 2004.

신형기 편, 『해방 3년의 비평문학』, 도서출판 세계, 1988.

역사문제연구소 문학사연구모임, 『카프문학운동연구』, 역사비평사, 1991.

오세영 · 최승호 편, 『한국현대시이론』 I, 새미, 2003.

우림걸, 『한국 개화기 문학과 양계초』, 박이정, 2002.

유종호, 『시란 무엇인가』, 민음사, 1997.

─────, 『다시 읽는 한국인』, 문학동네, 2002.

윤여탁 외, 『한국현대리얼리즘시이론』, 태학사, 1990.

이마무라 히토시, 『근대성의 구조』, 이수정 역, 민음사, 1999.

이미림, 『월북 작가 소설 연구』, 깊은샘, 1999.

이성재, 『지식인』, 책세상, 2012.

이우용 편, 『해방공간의 문학연구』 I, 태학사, 1990.

───── 편, 『해방공간의 문학연구』 II, 태학사, 1990.

이춘길 편역, 『리얼리즘 미학의 기초 이론』, 한길사, 1985.

이혜경, 『량치차오 : 문명과 유학에 얽힌 애증의 서사』, 태학사, 2007.

이화여자대학교 한국문화연구원 편, 『근대 계몽기 지식의 굴절과 현실적 심화』, 소

명출판, 2007.

조남현 외, 『해방공간의 문학연구』Ⅱ, 태학사, 1990.

조동일, 『한국문학통사 5』, 지식산업사, 1989.

조진기, 『한일프로문학론의 비교연구』, 푸른사상사, 2000.

차봉희 편저, 『수용미학』, 문학과지성사, 1985.

천정환, 『근대의 책 읽기』, 푸른역사, 2004.

최두석, 『리얼리즘의 시정신』, 실천문학사, 1998.

최병우, 『다매체 시대의 한국문학 연구』, 푸른사상사, 2003.

태혜숙, 『한국의 탈식민 페미니즘과 지식생산』, 문화과학사, 2006.

하상복, 『세계화의 두 얼굴, 부르디외 & 기든스』, 김영사, 2006.

후지타 쇼조, 『전향의 사상사적 연구』, 최종길 역, 논형, 2007.

Bertolt Brecht, 『문제는 리얼리즘이다』, 홍승용 역, 실천문학사, 1985.

Bourdieu Pierre, 『상징폭력과 문화재생산』, 정일준 역, 새물결, 1995

———————, 『구별짓기-문화와 취향의 사회학 上』, 최종철 역, 새물결, 2006.

———————, 『구별짓기-문화와 취향의 사회학 下』, 최종철 역, 새물결, 2006.

Bourdieu & Passeron, 『재생산-교육체계 이론을 위한 요소들』, 이상호 역, 동문선, 2003.

Chomsky, 『지식인의 책무』, 강주헌 역, 황소걸음, 2005.

Eckert Carter J., 『제국의 후예』, 주익종 역, 푸른역사, 2008.

Hannah Arendt, 『전체주의의 기원』 1, 이진우 · 박미애 역, ㈜도서출판 한길사, 2006.

———————, 『전체주의의 기원』 2, 이진우 · 박미애 역, ㈜도서출판 한길사, 2006.

Illouz, 『감정 자본주의-자본은 감정을 어떻게 활용하는가』, 김정아 역, 돌베개, 2010.

Jacques Ranciere, 『정치적인 것의 가장자리에서』, 양창렬 역, 도서출판 길, 2008.

———————, 『문학의 정치』, 유재홍 역, 인간사랑, 2011.

———————, 『불화 · 정치와 철학』, 진태원 역, 도서출판 길, 2015.

———————, 『해방된 관객 : 지적 해방과 관객에 관한 물음』, 양창렬 역, 현실문화, 2016.

Jauß, 『도전으로서의 문학사』, 장영태 역, 문학과지성사, 1983,

권환의 문학과 근대 지식

Kollontay, 『붉은 사랑』, 김제헌 역, 공동체, 1988.

Lukács György, 「예술과 객관의 진리」, 『리얼리즘 미학의 기초 이론』, 이춘길 편역, 한길사, 1993.

Marx Karl, 『1844년의 경제학 철학 초고』, 최인호 역, 박종철출판사, 1990.

Marx Karl & Friedrich Engels, Jones, Gareth Stedman 서설 · 주해, 『공산당 선언』, 권화현 역, 펭귄클래식코리아, 2010.

Michèle Barrett 외, 『페미니즘과 계급정치학』, 신현옥 · 장미경 · 정은주 편역, 여성사, 1995.

R.C. Hollub, 『수용이론』, 최상규 역, 삼지원, 1985.

Rechard H. 『일제의 사상통제─사상전향과 그 법 체계』, 김윤식 역, 일지사, 1982.

Sartre, 『지식인을 위한 변명』, 박정태 역, 이학사, 2007.

Zizek Slavoj, 『혁명이 다가온다─레닌에 대한 13가지 연구』, 이서원 역, 도서출판 길, 2006.

학위 논문

곽은희, 「일제 말 친일문학에 나타난 식민지 근대성 연구─최남선 · 이광수의 비평을 중심으로」, 영남대학교 대학원 박사학위 논문, 2007.

권은경, 「권환 시 연구」, 경남대학교 대학원 석사학위 논문, 1990.

김경택, 「1910 · 20년대 동아일보 주도층의 정치경제사상 연구」, 연세대학교 대학원 박사학위 논문, 1999.

김호정, 「권환 시의 변모양상 연구」, 부산대학교 교육대학원 석사학위 논문, 1993.

목진숙, 「권환 연구」, 창원대학교 대학원 석사학위 논문, 1993.

박헌호, 「해방직후의 문예대중화론 연구」, 성균관대학교 대학원 석사학위 논문, 1990.

방효순, 「일제시대 민간 서적 활동의 구조적 특성에 관한 연구」, 이화여자대학교 대학원 박사학위 논문, 2000.

백남권, 「선진 유가의 사회복지 사상 – 맹자를 중심으로」, 한국방송통신대학교 대학원 석사학위 논문, 2015.

윤여탁, 「1920~30년대 리얼리즘시의 현실인식과 형상화 방법에 대한 연구」, 서울대학교 대학원 박사학위 논문, 1990.

윤형욱, 「권환 시의 현실 대응 의식」, 동아대학교 교육대학원 석사학위 논문, 1999.

이장렬, 「권환 문학 연구」, 경남대학교 대학원 박사학위 논문, 2003.

조태린, 「일제시대의 언어정책과 언어운동에 관한 연구」, 연세대학교 대학원 석사학위 논문, 1997.

최두석, 「한국 현대 리얼리즘시 연구 – 임화 오장환 백석 이용악의 시를 중심으로」, 서울대학교 대학원 박사학위 논문, 1995.

일반 논문

강정구 · 김종회, 「해방기 김기림 비평에 나타난 민족 기표의 양상」, 『한국문예창작』 통권 26호, 한국문예창작학회, 2012.

고봉준, 「근대문학과 공동체 그 이후 : 외부성의 공동체를 위한 시론」, 『상허학보』 제33집, 상허학회, 2011.

공임순, 「박종화와 김동리의 자리, 반탁 운동의 후예들과 한국의 우파 문단」, 『사학연구』 121집, 한국사학회, 2016.

구명옥, 「권환과 신고송의 프로극 연구」, 『지역문학연구』 11, 경남부산지역문학회, 2005.

권성훈, 「일제강점기 자화상 시편에 대한 정신 분석」, 『한국학연구』 42집, 고려대학교 한국학연구소, 2012.

김건우, 「김동리의 해방기 평론과 교토학파 철학」, 『민족문학사연구』 37집, 민족문학사학회, 2008.

김경미, 「1940년대 어문정책하 이광수의 이중어 글쓰기 연구」, 『한민족어문학』 53

권환의 문학과 근대 지식

집, 한민족어문학회, 2008.

김경복, 「권환 시에 나타난 유토피아 의식 연구」, 『한국어문논총』 46집, 한국문학회, 2007.

김미지, 「한국 근대문학 연구에서 랑시에르의 '문학정치' 개념 적용에 관한 일고찰」, 『한국근대문학연구』 제19집, 한국근대문학회, 2018.

김성수, 「1930년대 초의 리얼리즘론과 프로문학」, 『반교어문연구』 1집, 반교어문학회, 1988.

김승구, 「일제 말기 권환의 문학적 모색」, 『국제어문』 45집, 국제어문학회, 2009.

김용직, 「이념 우선주의 – 권환」, 『한국현대시인연구』, 서울대학교 출판부, 2002.

김은철, 「권환 시의 내적 지속성 문제」, 『우리문학연구』 34집, 우리문학회, 2011.

──, 「권환의 문학에 나타난 현실의 문제」, 『새국어교육』 89집, 한국국어교육학회, 2011.

──, 「권환의 초기 시와 소설 연구」, 『비교한국학』 2집, 국제비교한국학회, 2013.

김종호, 「권환의 농민소설의 성과와 한계」, 『한국문예비평연구』 18집, 한국현대문예비평학회, 2005.

──, 「식민지 시대 이데올로기와 현실의 시적 갈등 – 권환, 초기시와 중기시를 중심으로」, 『비평문학』 23집, 한국비평문학회, 2006.

김춘식, 「해방 전후 시의 사적 윤리와 공적 윤리 : 오장환을 중심으로」, 『한국문학연구』 57집, 동국대학교 한국문학연구소, 2018.

김형수, 「부일협력, 그 기억과 망각 사이를 떠도는 망령 : 유치환과 권환의 '부일협력' 의혹에 대하여」, 『인문논총』 11집, 창원대학교 인문과학연구소, 2004.

──, 「해방기 경남의 시인1, 권환」, 『인문논총』 13집, 창원대학교 인문과학연구소, 2006.

류종열 외, 「연애의 성립과 근대의 발견」, 『한국문학논총』 43집, 한국문학회, 2006.

박건명, 「권환론」, 『건국어문학』 13 · 14합집, 건국대국어국문학연구회, 1989.

박노자, 「힘으로서의 자유 : 양계초의 강권론적 '자유론'과 구한말의 지성계」, 『한국민족운동사 연구』 39, 한국민족운동사학회, 2004.

박민규, 「조선문학가동맹 '시부'의 시 대중화 운동과 시론」, 『한국시학연구』 33호, 한국시학회, 2012.

박연희, 「해방기 '중간자' 문학의 이념과 표상−김기림의 민족 표상을 중심으로」, 『상허학보』 26집, 상허학회, 2009.

박윤우, 「'이야기시'의 화자 분석과 시의 해석 방법」, 『문학교육학』 21집, 한국문학 교육학회, 2006.

박정선, 「카프 목적의식기의 프로시 대중화론 연구」, 『어문논총』 40집, 한국문학언 어학회, 2004.

──, 「해방기 조선문학가동맹의 문화대중화 담론과 조직적 실천」, 『어문학』 93 집, 한국어문학회, 2006.

──, 「파시즘과 리리시즘의 상관성 연구」, 『한국시학연구』 26집, 한국시학회, 2009.

──, 「시대의 반서정성과 서정시의 반시대성」, 『어문학』 108집, 한국어문학회, 2010.

박태균, 「특집−역사용어 바로 쓰기 반탁은 있었지만 찬탁은 없었다」, 『역사비평』 73집, 역사비평사, 2005.

박태일, 「'계급' 개념의 근대 지식적 역학」, 『상허학보』 22집, 상허학회, 2008.

──, 「권환의 절명작 연구」, 『현대문학이론연구』 56집, 현대문학이론학회, 2014.

박헌호, 「근대문학의 향유와 창조 : 『延禧』의 경우」, 『한국문학연구』 제34집, 동국대 학교 한국문학연구소, 2008.

방민호, 「임화와 학예사」, 『상허학보』 26집, 상허학회, 2009.

배개화, 「조선문학가동맹과 북조선문학예술총동맹의 대립과 그 원인, 1945~1953」, 『한국현대문학연구』 44집, 한국현대문학회, 2014.

──, 「이태준, 최대다수의 행복을 꿈꾼 민주주의자」, 『상허학보』 43집, 상허학회, 2015.

배상미, 「가부장적 억압과 혁명성의 경계에 선 여성들−『카프시인집』 수록 시편 들의 여성 청자와 화자」, 『한국학연구』 제50집, 인하대학교 한국학연구소,

2018.

손유경, 「임화의 유물론적 사유에 나타나는 주체의 위치(position)」, 『한국현대문학연구』 24, 한국현대문학회, 2008.

송성안, 「마산 개항 이후 일제강점기 마산지역의 근대 교육」, 『지역문학연구』 12호, 경남부산지역문학회, 2005.

송하나, 「아동의 부정적 정서에 대한 아버지의 반응과 아버지에 대한 아동의 표상과의 관계연구」, 『인간발달연구』 15집, 한국인간발달학회, 2008.

심미옥, 「교육열 이해를 위한 어머니 감정자본 개념의 유용성과 한계」, 『교육사회학연구』 제27집, 한국교육사회학회, 2017.

심상훈, 「일제강점기 유학적 지식인의 사회주의 수용과 민족운동」, 『동아인문학』 29, 동아인문학회, 2014.

심선옥, 「1920~30년대 근대시의 정전화 과정－시인선집을 중심으로」, 『상허학보』 제20집, 상허학회, 2007.

심혜련, 「감성적 주체로서의 능동적 관찰자」, 『도시인문학연구』 9권 1호, 서울시립대학교 도시인문학연구소, 2017.

유성호, 「권환과 임화」, 『한국근대문학연구』 17집, 한국근대문학회, 2016.

유종국, 「맹자의 보민론이 지닌 사회보장적 성격」, 『한국사회복지학』 65집, 한국사회복지학회, 2013.

윤미란, 「일제말기 식민지배 서사 연구－『대화숙일기(大和塾日記)』(1944)를 중심으로」, 『국제어문』 72집, 국제어문학회, 2017.

윤여탁, 「해방정국의 문학운동과 조직에 대한 연구 : 좌파 문단을 중심으로」, 『한국학보』 3권, 일지사, 1988.

이강복, 「에른스트 톨러의 작품에 나타난 혁명의 의미」, 『국제문화연구』 17집, 청주대학교 국제문제연구원, 1999.

이남호, 「해설 카프 시인들과 『카프시인집』」, 『한국 대표 시인 초간본 총서 카프시인집』, 열린책들, 2004.

이덕화, 「권환의 문학세계」, 『피어선 논문집』 6집, 평택대학교, 1994.

이상복, 「역사 반성으로서의 자서전 – 에른스트 톨러의 『독일에서의 청춘』」, 『브레히트와 현대연극』 35권, 한국브레히트학회, 2016.

이순욱, 「권환의 삶과 문학 활동」, 『어문학』 95집, 한국어문학회, 2007.

――――, 「권환의 소설 「알코잇는 靈」의 자리」, 『근대서지』 3호, 근대서지학회, 2011.

이우용, 「해방 직후 좌우익 문학논쟁 연구」, 『건국대학교 대학원 논문집』 31권, 건국대학교, 1990.

이정숙, 「김영팔 희곡 「대학생」의 변화와 표현주의극 「힌케만」의 영향」, 『한국극예술연구』 50, 한국극예술학회, 2015.

이택광, 「문학의 정치성:랑시에르의 들뢰즈 비판에 대하여」, 『비평과이론』 15집, 한국비평이론학회, 2010.

이행화 · 이경규, 「일제강점기의 직업여성에 관한 담론」, 『일본근대문학연구』 제57집, 한국일본근대학회, 2017.

임헌규, 「유가에서의 도덕과 이재」, 『한국철학논집』 31집, 한국철학사연구회, 2011.

전도현, 「『배재』를 통해 본 高普 학생들의 현실인식과 문예의 특성 고찰」, 『한국학연구』 제31집, 고려대학교 한국학연구소, 2009.

정승화, 「감정을 통한 자본주의의 지배와 차가운 친밀성」, 『여성학논집』 제27집, 이화여자대학교 한국여성연구원, 2010.

정현욱 · 신명환, 「문학서 도서구매 결정요인과 만족도에 관한 연구」, 『한국출판학연구』 제43권 제2호, 한국출판학회, 2017.

정혜욱, 「랑시에르의 미학적 공동체와 '따로 · 함께'의 역설」, 『비평과이론』 제18집, 한국비평이론학회, 2013.

장문석, 추천 석사논문 「출판기획자 임화와 학예사라는 문제틀」, 『민족문학사연구』 41집, 민족문학사학회, 2009.

전동진, 「비평 글쓰기의 방법적 전략으로서의 '술어적 서술'」, 『비평문학』 51집, 한국비평문학회, 2014.

전희선, 「권환의 행보와 아버지 존재 관계 연구」, 『한중인문학연구』 44집, 한중인문학회, 2014.

권환의 문학과 근대 지식

정종현, 「경도의 조선유학생 잡지 연구」, 『민족문화연구』 59호, 고려대학교 민족문화연구원, 2013.

───── 외, 「일본 제국대학의 조선 유학생 연구(1) — 京都帝國大學 조선 유학생의 현황, 사회경제적 출신 배경, 졸업 후 경력을 중심으로」, 『대동문화연구』 80집, 성균관대학교 대동문화연구원, 2012.

조영복, 「김기림의 예언자적 인식과 침묵의 수사」, 『한국시학연구』 15집, 한국시학회, 2006.

─────, 「권환의 대중화론과 매체론적 지평」, 『한국시학연구』 25집, 한국시학회, 2009.

채수영, 「시의 전경과 후경의 조화 — 권환론」, 『경기어문학』 8집, 경기대학교 인문대학 국어국문학회, 1990.

최미선, 「『신소년』의 서사 특성과 작가의 경향 분석」, 『한국아동문학연구』 27호, 한국아동문학 학회, 2014.

최성윤, 「해방기 좌익 문학 단체의 성격과 '민족문학론'의 전개」, 『국어문학』 58집, 국어문학회, 2015.

최유준, 「권두논문 : 감정자본주의와 사랑노래」, 『감성연구』 제8집, 전남대학교 호남학연구원, 2014.

천호강, 「1920년대 문학영역에서의 볼셰비키의 정책」, 『러시아어문학연구논집』 37집, 러시아문학회, 2011.

하재연, 「신체제 전후 조선 문단의 재편과 조선어 · 일본어 창작 담론의 의미」, 『어문논집』 67, 민족어문학회, 2013.

한정호, 「권환의 문학 행보와 마산살이」, 『지역문학연구』 11집, 경남부산지역문학회, 2005.

황선열, 「권환 문학 연구의 현황과 과제」, 『민족문화논총』 33집, 영남대학교 민족문화연구소, 2006.

황 현, 「현실, 그 갈등과 성찰의 공간」, 『오늘의 문예 비평』 여름호, 오늘의 문예비평사, 1998.

인터넷 자료

경상남도 문화재 정보 시스템, http://heritage.gyeongnam.go.kr/map/cultural.jsp
다음백과, http://100.daum.net/encyclopedia/view/b04d1710a
디지털 국립국어원 표준국어대사전, http://stdweb2.korean.go.kr/search/View.jsp
안동 권씨 대종원, http://www.andongkwon.org/bbs/board.php?bo_table=z2_04
휘문중학교 홈페이지 http://www.whimoon.ms.kr/schoolContent/schoolHistory.do

권환의 문학과 근대 지식

찾아보기

용어

인명

권환의 문학과 근대 지식

작품 및 도서

권환의 문학과 근대 지식